Bad Blumenbach ist – ebenso wie Neufried am Bach – ein Ort, der nur auf der fiktiven Landkarte dieses Romans existiert. Gäbe es ihn jedoch, wo anders als in der schönen Region zwischen Wachau und Waldviertel könnte er sonst sein? Die genannten Personen sind ebenso erfunden. Ähnlichkeiten mit lebenden oder verstorbenen Personen sind nicht beabsichtigt und wären rein zufällig.

in memoriam Dr. Hubert Klinger (1942-2015)

Der Vorspann

Der Tag hatte fürsorglich seine Arme über den kleinen Ort gebreitet (so wie die Jesusstatue, die vom Corcovado aus Rio mit einer vergleichbaren Geste segnet). „Bad Blumenbach" stand neben einem Gruß an die Gäste auf der Ortstafel und es hatte alles, was es lebens- und liebenswert machte: Einen nahen, am Ostufer morastigen See, dessen dunklen Gewässern schon seit dem Mittelalter eine heilende Wirkung zugeschrieben wird. Einen übermächtigen Felsen im Westen, den Ebenstein, der mit der Burg Ebenwald seit jeher über die Bewohner wacht. Grüne Wiesen und gelbe Kornfelder im Sommer, ein Flüsschen, genannt die Wipf, das diese bewässerte und durch Blumenbach hindurchfloss. Es hatte alte Bauernhäuser und moderne Kommunalbauten für die Bewohner, Kindergarten und Volksschule für deren Kinder, einen Gemeindearzt für die Kranken, ein Wirtshaus für die Hungrigen und die Durstigen, eine Kirche mit Pfarrer für die unsterbliche Seele und für alle, die ob dieser Idylle unbekümmert, ja fast unbeschwert das Zeitliche segneten sogar einen Friedhof und einen Bestatter.

Bei so viel Beschaulichkeit klingt es beinahe übertrieben, wenn man erzählt, dass vom Spielplatz Kinderlachen, aus der Schule der reinkehlige Gesang von Mädchen und Buben und von den Bäumen gar das Gezwitscher von Vögeln zu hören war. Die Fernstraße, über die lange Kolonnen von Frachtlastern tagein, tagaus zur Grenze im Norden rollten, war ihrem Namen getreu tatsächlich fern und das einzige Brummen, das zu hören war, war jenes von Bienen- und Hummelvölkern auf den Wiesen.

Und nur mehr das Ölbild eines biedermeierlichen Landschaftsmalers würde noch eins draufsetzen und die Sonne scheinen lassen, vielleicht gar – Kitsch as Kitsch can – garniert mit weißen, weichen Wattewölkchen am Himmel. Aber so war es. Genau so. Zumindest vordergründig und auf den ersten Blick.

Doch wo Licht, da auch Schatten.

Und klingt dies alles noch so paradiesisch, so gab es auch hier einen Ort, der an diesem Tag der Düsterkeit geweiht war: Den Gemeinderatssaal im ersten Stock des Rathauses. Hier war nicht nur die Stimmung gedämpft, hier wähnte man sich im Purgatorium. Schwere Vorhänge aus dunklem Stoff sperrten die Sonnenstrahlen aus, die Fenster waren geschlossen, die Heiterkeit der näheren Umgebung war hier nicht erwünscht, während man über das künftige Schicksal der Gemeinde hitzig diskutierte. Rauchschwaden wälzten sich grau zur Decke empor, glitten über das dunkle Eichenholz und verschwanden in den Ritzen der alten Träger über den Köpfen der Gemeinderatsmitglieder, die bildlich nicht weniger rauchten, als jene Sitzungsteilnehmer, die mit Billigung der anderen die Rauchverbotstafeln an der Wand missachteten. Was galt an einem Tag wie diesem schon so ein Verbot, ging es doch ums nackte Überleben.

„Wenn das zutrifft, dann sind wir bankrott, dann können wir dichtmachen. Vorbei, aus! Keine Sommerspiele, kein Trachtenverein, kein Kirchenchor, kein Sitzungsgeld für uns ..." Eberl, der für das Kulturressort zuständig war und aus der Fraktion der Bürgermeisterpartei stammte, klatschte sich mit der flachen Hand auf seine Glatze und ließ sich theatralisch auf seinen Sessel zurückfallen. Bei seiner schmächtigen Statur erzielte dieser Auftritt allerdings wenig Wirkung bei den anderen.

„Ich seh' schon die Schlagzeile ‚Gemeinde nach Finanzskandal im Konkurs'." Schremser, der für Infrastruktur zuständige Gemeinderat, zog nach diesem Schreckensbild an seinem Zigarillo und blies den Rauch genussvoll in Richtung von Eberl. Schremser war als Vertreter der Bürgerliste Mitglied der Oppositionsfraktion. Seit vorgestern hatte er eine neue Frisur. Seine kurzen Haare standen mit Gel geformt in die Höh', und es sah aus, als würde ein Igel auf seinem Kopf sitzen.

Wipfinger, der schwergewichtige Bürgermeister, hatte die Diskussion länger mit geballten Fäusten über sich ergehen lassen. Jetzt erhob er eine davon und knallte sie auf den Tisch. „Es reicht! Das wird nicht passieren. Bevor es so weit ist, fahre ich nach Sankt Pölten. Dort wird man uns nicht hängen lassen."

Wipfinger war der Vorsitzende jener Partei, die seit jeher den Bürgermeister stellte und daher in Bad Blumenbach nur mehr Bürgermeisterpartei bezeichnet wurde, aber als Teil einer größeren Organisation auf deren Hilfe zählen durfte. Der Endfünfziger konnte es nicht nur stimmlich mit den meisten Gemeinderatsmitgliedern aufnehmen, auch seine Statur, mit der er die meisten überragte, verhalf ihm neben seinem Amt zu entsprechendem Einfluss. Er steckte in einem blauen Anzug mit Hirschhornknöpfen, der gewölbte Bauch ragte aus dem geöffneten Sakko. Seine engliegenden Augen (die Gegner bezeichneten sie als Schweinsäuglein, was sie aber niemals öffentlich bekunden würden) verrieten dem aufmerksamen Betrachter ein gewisses Maß an Verschlagenheit. Auch jetzt hatte er den Blick einer Schlange aufgesetzt, mit dem er die anderen musterte.

„Das ist alles die Schuld vom Basti!", kreischte die Bisinger. Angela Bisinger, die einzige Frau im Gemeinderat und Vizebürgermeisterin, hatte einen ähnlich dicken Hals wie Wipfinger, was aber nicht der Grund war, warum man ihr ein Verhältnis mit dem Dorfchef nachsagte. Sofort erntete sie Zuspruch.

„Ja, der Sebastian, der ist schuld. Wo ist der Ganove überhaupt?", fragte Matthias Schweighuber, der Volksschullehrer. Er hatte für die Zeit dieser Sondersitzung seine Schäfchen dem Dorfpfarrer anvertraut. Eine rahmenlose Brille und ein dezent gestutztes Kinnbärtchen erhoben akademischen, seine athletische Figur sportlichen Anspruch. In seiner Freizeit trainierte der Marathonläufer bei jedem Wind und Wetter.

Sebastian Czapek, aufgrund seines Namens oft abfällig nur als der »Ostler« bezeichnet, war der Grund der für heute anberaumten Sondersitzung. Der von der Bürgermeisterpartei eingesetzte Finanzgemeinderat hatte im Namen der Gemeinde hochriskante Finanzgeschäfte abgeschlossen. Put, Futures und Derivatgeschäfte waren jetzt das Thema, dabei hatten die Anwesenden nicht einmal annähernd eine Ahnung, was diese Begriffe bedeuteten. Es war, als hätte man von einem Volksschüler verlangt, die Heisenberg'sche Unschärferelation zu verstehen.

„Ja, wo ist der Ostler überhaupt?", fragte Schremser als Vertreter der kleinen Opposition.

„Der is' auf an Begräbnis", donnerte jetzt Wipfinger in die Runde. Er musste die schlechte Botschaft überbringen. Czapek hatte ihm erst am Vorabend seine seit Monaten dauernden Alleingänge in der Welt des Hochrisikokapitals gestanden.

„Na toll", fiel Bisinger ihrem Chef in den Rücken. „Was, wenn der feine Herr sich absetzt und uns in dem Chaos zurücklässt?"

„Ja", sagte Eberl unter Kopfnicken, „vielleicht stimmt das mit dem Begräbnis gar nicht. Was, wenn er die Unterlagen schnell beiseiteschafft?"

„Na, sei Tant' is wirklich gsturbn. Ihr wisst's, der Feuerunfall. Er hat mir die Parte zeigt. Außerdem hab ich wen auf ihn angesetzt."

Marco Martin legte das Fernglas beiseite. Die Zielperson hatte das Haus verlassen und stieg in den vor dem Haustor geparkten grauen Golf. Martin lag nun schon seit gut einer Stunde auf der Lauer. Den Wagen hatte er hinter einer Hecke geparkt, er selbst spähte aus einem Getreidefeld heraus. Die Halme standen hüfthoch. Beachtlich für Mai, bedachte man noch den langen, kalten Winter. Dafür kitzelten Martin bereits die ersten Pollen in der Nase. Jetzt hoffte er, endlich seinen Posten verlassen zu können. Was hatte Czapek nur so lange im Haus gemacht? Das Anwesen war nicht protzig, wirkte aber mit dem in grauem Granit gehaltenen Eingangsbereich, der von heimischen Hölzern überdacht war, nicht bescheiden. Und die Milchglasverkleidung des Alubalkons schien nicht billig. Czapek musste dafür ganz schön in der Kreide stehen. Oder er hatte tatsächlich in die Kasse gegriffen. Martin blickte auf die Uhr und fragte sich, für wann die Beerdigung angesetzt war. Der Privatdetektiv zog nochmals die Todesanzeige aus seiner Jackentasche und betrachtete sie.

Das Bild einer lebenslustigen alten Dame lächelte ihn an. Das Foto stammte wohl aus dem Sommer, so braun wie die Frau war. Darüber ein Kreuz und daneben ein tröstlicher Spruch, dies alles schwarz umrandet. Renate Hecher, die geliebte Tante, wie Czapek als ihr nächster Verwandter auf das Papier hatte schreiben lassen, war also nun – so die euphemistische Diktion – zu Gott gerufen worden. Martin hatte zwischenzeitig in Erfahrung gebracht, dass die gute Frau zwar kinderlos, dafür aber umso begüterter gewesen war. Ihr Mann, Heribert Hecher, der zu Lebzeiten einige Patente für selbstaufklappende Kästen entwickelte (ein Segen für jene Leute, die mit einer IKEA-Anleitung heillos überfordert sind), hatte ihr sein stattliches Vermögen hinterlassen. Kein Wunder, dass die lebensfrohe Witwe auch im Alter noch eine Leidenschaft für exotische oder nicht unbedingt altersadäquate Hobbys, wie Bungee-Jumping oder Drachenfliegen, entwickelte. Ein plötzlich auftretender Fallwind wurde ihr dabei zum Verhängnis. Die rüstige Dame hatte den Sturz mit zwei gebrochenen Beinen noch halbwegs glimpflich überstanden, doch danach war sie an einen Rollstuhl gefesselt und fiel dem durch eine umgefallene Kerze ausgelösten Brand in ihrer Villa zum Opfer.

Czapek, als ihr nächster Verwandter, würde wohl auf eine dicke Erbschaft hoffen dürfen, daher konnte er dem Begräbnis nicht fernbleiben, das gäbe eine schiefe Optik.

Endlich setzte sich Czapeks Wagen in Gang. Der Observierte betätigte das Gaspedal nicht gerade zaghaft. Der Golf hüpfte über einige Bodenwellen und zog auf der Schotterstraße eine Staubwolke wie einen Kometenschweif nach, bevor er auf den Gemeindeweg einbog. Der Motor heulte auf, kurz unterbrochen vom Schaltvorgang, dann war das Auto aus Martins Blickfeld entschwunden.

Czapek wohnte am dünn besiedelten Ortsrand, die wenigen anderen Häuser, die so wie das des Finanzgemeinderats jüngeren Datums waren, lagen in gut einhundert Metern Entfernung.

Martin konnte seine Deckung verlassen. Er richtete seinen Körper auf, streckte sich durch, ehe er über den Feldweg zum Hintereingang des Hauses lief. Er erreichte den Garten. Es waren um das Grundstück Betonsteher errichtet, ein Zaun fehlte aber noch. Martin war über dieses Vertrauen Czapeks in seine Mitmenschen überrascht, aber zugleich erfreut, weil dann war nicht mit allzu vielen Sicherheitsvorkehrungen zu rechnen. Er bewegte sich auf die Terrasse zu. Einige stylishe Möbel aus Rattan standen wie aus einem Wohnmagazin sauber angeordnet zwischen Pflanzgefäßen aus Ton da, ein Pavillon beugte sich schützend über eine Sitzgarnitur aus dunklem Geflecht. Martin hatte das Grundstück zuvor länger beobachtet. Ein Hund, der ihn mit fletschenden Zähnen rasch vertreiben würde, zählte nicht zu den Mitbewohnern Czapeks. Auch die Frau war ihm angeblich vor kurzem davongelaufen. Mit einem Yogalehrer, der im Vorjahr eine Sommerakademie in Bad Blumenbach gehalten hatte.

Ein plötzliches Geräusch ließ Martin zusammenzucken. Ein metallisches Gequake tönte aus dem kunststeinernen Froschkönig hinter ihm. Das Ding, das so hässlich wie alle Versandkataloge für Kitsch zusammen und mit Fotozelle und Bewegungsmelder ausgestattet war, musste wohl ein Geschenk sein, das man nicht weggeben konnte. Vielleicht von der verblichenen Erbtante zur Hauseinweihung.

Der Detektiv rüttelte an der verschlossenen Terrassentür. Seltsamerweise waren einige der Fenster gekippt. So viel Leichtsinn war schon fast strafbar. Martin schlich um das Haus. Zwischen dem Wohnkomplex und der Garage verlief ein schmaler Gang. Hier war man ungesehen. Er entdeckte einen Abgang, der in den Keller führte. Marco Martin schritt langsam die ersten Stufen hinab. Er beugte den Kopf vor und schnüffelte. Von unten her strömte ihm ein scharfer Geruch entgegen.

Martin erreichte die Kellertür, die offenstand. Das konnte kein Zufall oder der hektischen Abreise von Czapek geschuldet sein. Der Geruch nach Lösungsmittel stieg in seine Nase und brannte in seinen Augen. Er betrat den ersten Raum, der im Halbdunkeln lag. Die Lichtschächte waren abgedunkelt. Seine Augen gewöhnten sich langsam an die schummrige Umgebung. Er erkannte ein paar abgestellte Möbel und eine Menge Kartons und Schachteln, die aufeinandergetürmt waren. Es zog wie in einem Vogelkäfig, überall standen die Fenster offen. Vielleicht war ein Kanister umgefallen und Czapek wollte den Geruch auslüften lassen. Er hörte ein leises Tropfen aus dem nächsten Raum. Er ging weiter und rannte gegen eine angelehnte Tischplatte. Er unterdrückte einen Fluch, denn im nächsten Moment erfasste ihn Panik.

Er hatte das Tropfen schnell lokalisiert, doch was er sah, bereitete ihm Entsetzen. Er blickte sich um, der Boden schimmerte feucht, die Wände auch. Vor ihm der Wasserhahn, der vor sich hin plätscherte und den Wasserstand in dem unter ihm stehenden Kübel langsam ansteigen ließ. Er trat näher. Im Kübel steckte ein Brett, das den Inhalt in zwei

Hälften teilte. Auf der einen Seite rann kontinuierlich Wasser nach, das sich unter der Ritze des Bretts im gesamten Kübel verteilte. Auf der anderen Seite ein vielfaches Flackern von Schwimmkerzen, die unaufhaltsam mit dem Wasserpegel anstiegen. Von einem Regal hingen Tücher hinab und reichten bis an den Rand des Metallgefäßes.

Luft, dachte er, ein Feuer braucht Sauerstoff. Sobald die erste Flamme mit einem getränkten Tuch in Berührung kam, würde ein Feuerball den gesamten Keller samt Inhalt wegfegen. Auch ihn, es fehlten nur noch wenige Millimeter. Rasch löschte er die Kerzen aus, indem er vorsichtig die Tücher beiseiteschob, das Brett entfernte und die Kerzen ins Wasser tauchte. Ein kurzes Zischen, dann stieg der Geruch von heißem Wachs und dem erloschenen Docht auf. Zum Glück hatten sich die Dämpfe nicht entzündet. Aus diesem Grund verzichtete er auch darauf, das Licht anzuschalten. Ein Funke und das Ganze flog vielleicht doch noch in die Luft.

Martin suchte den Stiegenaufgang. Die Wand abtastend, hantelte er sich durch das Halbdunkel vor, bis er an einer Metalltür zu stehen kam. Verschlossen. Er rüttelte an der Schnalle. Vergebens. Er machte kehrt, wollte zum Ausgang, um sein Glück bei einem Seiteneingang oder Fenster zu versuchen, da vernahm er entfernt das Geräusch einer Sirene. Zügig verließ er den Keller durch den Eingang, den er zuvor unversperrt vorgefunden hatte, nicht jedoch, ohne die Tür zu schließen.

Er eilte zum Auto, startete den Motor und fuhr zum Haus vor, öffnete den Kofferraum und suchte schnell den Reservekanister. Keine Minute später bog der Mannschaftwagen der Freiwilligen Feuerwehr mit Blaulicht in den Schotterweg ein und bremste direkt vor Martins Motorhaube ab. Der Kommandant sprang aus der Fahrerkabine.

„Na, Herr Hauptmann, wo brennt's denn?", fragte Martin, der am Heck seines Wagens mit hochgekrempelten Ärmeln hantierte.

Der Feuerwehrhauptmann war leicht untersetzt, aber von kräftiger Statur. Sein rotes, zerfurchtes Gesicht wurde dominiert von einem Schnauzer, der in Martin sofort die Assoziation mit einem Walross aufkommen ließ. Er kniff die Augen zusammen, runzelte seine Stirn.

„Angeblich do!", schnauzte der Kommandant Martin an. „Irgendwer hot angrufen und behauptet, da sollt's brennen. Woarn Sie des?"

„Nein, ganz bestimmt nicht."

„Wos mochen Sie da überhaupt?"

Martin warf den Kofferraumdeckel zu. Jetzt war klar zu erkennen, dass er den Tank mit dem Reservekanister auffüllte. „Ich hab mich verfahren und dann ist mir noch der Sprit ausgegangen."

Ein zweiter Feuerwehrmann gesellte sich dazu. Er rümpfte die Nase. „Do stinkt's nach Terpentin oder so, Herr Kommandant."

„Benzin", warf Martin ein. „Ich war ein wenig ungeschickt und hab das Meiste verschüttet." Er deutete auf die Spuren am Autolack und den Fleck auf der Schotterpiste. „Ich hoff', ich komm damit noch zur nächsten Tankstelle."

„Vorne rechts zur Hauptstraße Richtung Krems, san nur a poar Kilometer. Abzug, Männer!"

Er hievte seinen Körper die hohe Stufe zum Fahrzeug hinauf und ließ sich auf den Beifahrersitz fallen. Aus dem offenen Fenster bedachte er Martins Auto mit einem anerkennenden Blick. „Schöner Wagen, und wenn er doch nimmer fahrt, dann rufen S' uns halt wieder, Wrackentsorgung mach ma a."

Von der Mannschaftsbank erklang schallendes Gelächter. Martin rührte keine Miene. Er wusste, was er an dem alten Sportwagen hatte. Simon Templar hatte seinen Volvo, James Bond seinen Aston und er eben den Talbot Murena. Der Fahrer des Feuerwehrgefährts startete den Motor, der hustend eine Rauchwolke ausspuckte und dann laut stotternd zu rollen begann. Das wuchtige Gefährt schob einige Meter zurück, erst dann konnte der Fahrer wenden.

Martin streifte die Ärmel hinab. Er wartete, bis die Florianis endgültig hinter der Kuppe verschwunden waren, ehe er wieder in den Keller stieg. Dort fand er schnell, was er zu finden gehofft hatte. Czapeks Plan war leicht zu durchschauen gewesen. Er konnte sich jetzt besser orientieren, obwohl ihm die von Dämpfen durchsetzte Luft nach wie vor zu schaffen machte. Flott ging er zur Blechtüre, diesmal jedoch mit einem Dietrich bewaffnet.

Martin hatte es sich oben am Esstisch gemütlich gemacht. Er saß auf der Lärchenbank und war nun schon seit zwei Stunden über die Papiere gebeugt, die er im Keller gefunden hatte. Mit Hilfe seines Tablet PCs verglich er die Kurse und starrte ungläubig auf die dargestellten Tabellen und Kurven. Er hatte sich ein Glas Wasser genommen.

Das Haus war geräumig und mit den nach zwei Seiten hin offenen Glasfronten lichtdurchflutet. Das Erdgeschoß bestand neben dem Entree aus einer großen, auf zwei Ebenen untergebrachten Wohn- und Esslandschaft, der Kamin lud bei unfreundlichem Wetter oder eisigen Temperaturen zum Verweilen ein. Martin tippte nochmals ein paar Daten über den Bildschirm ein, als er das Klicken des Schlosses von der Eingangstür hörte. Er legte die Papiere auf einen Stoß und schlüpfte in sein Jackett.

„Gemütlich haben Sie es hier."

Czapek zuckte zusammen.

„Warum wollten Sie es abbrennen? Oder glaubten Sie, die geschlossene Brandschutztür im Keller und die von Ihnen gerufene Feuerwehr hätten das Haus gerettet? Aber erst, wenn das hier verbrannt ist." Er hielt die sichergestellten Papiere in die Luft.

Czapek hatte Martin mit offenem Mund zugehört. Jetzt fragte er: „Was machen Sie in meinem Haus?"

„Der Gerechtigkeit zum Durchbruch verhelfen", bemühte Martin eine hohle Phrase.

Czapek zückte sein Mobiltelefon. „Was red ich da mit Ihnen, ich ruf die Polizei."

„Ja, machen Sie das. Die wird sich sicher für Ihre Finanzgeschäfte, die Sie im Namen der Gemeinde durchgezogen haben, interessieren. Erklären Sie denen am besten auch gleich, warum Sie überall Benzin verschüttet haben und dann ein Kerzerl gestiftet haben. Vielleicht für die Tante?"

Czapek ließ den Arm mit dem Telefon in der Hand langsam sinken. „Wovon sprechen Sie?"

„Das wissen Sie genau. Sie dachten, Sie verschaffen sich ein Alibi, denn bei der Beerdigung gab es für Sie sicher genug Zeugen. In der Zwischenzeit entzündet sich die Lunte und der in den Keller geschaffte Beweis für Ihre Transaktionen geht in

Flammen auf. Aber damit wären Sie nicht durchgekommen. Mit dem Genchromatographen lassen sich Brandbeschleuniger anhand von Brandrückstands- und Wischproben sehr leicht feststellen." Martin verschwieg, dass er dieses Wissen seinem Onkel Alfred zu verdanken hatte. Auch wenn dieser schon seit einigen Jahren nicht mehr aktiv bei der Versicherung beschäftigt war, hielt er doch regelmäßigen Kontakt mit seinen ehemaligen Kollegen und war daher technisch immer am aktuellen Stand.

Czapek löste sich aus seiner Starre. Langsam schritt er mit hängenden Schultern auf Martin zu, bog dann aber nach links ab, zur Bauernkredenz, dem einzigen alten und rustikalen Stück in der sonst einer modernen Wohnzeitschrift angepassten Möbellandschaft, der er eine durchsichtige Flasche mit ebensolcher Flüssigkeit entnahm.

„I brauch an Schnaps, Sie auch?"

Wipfinger ließ sich das dritte Seidel Bier herunter. Er war vor einer halben Stunde völlig entnervt von der Sitzung in seine Imbiss-Stube gekommen. Er stand da, das Hemd hing ihm aus der blauen Stoffhose, und murmelte mit hochrotem Kopf abwechselnd „Vollidioten" und „Saubande". Schremser hatte doch tatsächlich ein Misstrauensvotum in den Raum gestellt. Was bildete sich der Trottel eigentlich ein? Er konnte von Glück sprechen, dass er überhaupt in der Gemeindevertretung sitzen durfte, mit den paar Stimmen, die auf seine Gruppierung entfallen waren – dieser Verräter.

Und was war jetzt mit Czapek? Der Wahnsinnige hatte nicht nur gezockt, er hatte auch alle Transfers auf dem Gemeindecomputer gelöscht. Seine letzte Hoffnung war dieser

Detektiv. Wehe, wenn der nichts taugte. Der gab in der Sonntagspresse Tipps, wie man sein Eigentum am besten schützte. Nur deswegen hatte er ihn kontaktiert und letztlich engagiert, aber womöglich war auch der ein Blindgänger.

Die wenigen Gäste, die in der Gaststube gesessen waren, hatte er kurzerhand hinausgeschmissen, was sie ohne Widerrede hingenommen hatten. Sie kannten ihren Dorfchef, wenn er schlechte Laune hatte. Eine Dampfwalze, die jeden, der sich ihr in den Weg stellte, platt machte.

Wipfinger spülte Biertulpen ab. Also er versuchte es, denn seine Hände packten viel zu fest zu, das dünne Glas zerbarst unter dem Druck.

„Herr Wirt, drei Stamperl", rief Martin in die verwaiste, düstere Gaststube. Er zog Czapek, der ihm widerwillig folgte, am Ärmel nach.

In dem alten Gewölbe, früher ein Gasthaus für die Durchreisenden, klebte seit Generationen der Geruch von Maggiwürze, Nikotin und Bierhansel, Martin tauchte in den schummrigen Raum wie in eine dunkle Brühe ein. Es dauerte einen Moment, bis er den Adressaten seiner Bestellung ausgemacht hatte. Wipfinger saß an der Eckbank am Kachelofen, vor sich hatte er eine Flasche stehen, der Daumen der Rechten war in ein Tuch gewickelt, in dessen Mitte sich ein dunkler Fleck abzeichnete. Marco Martin dirigierte Czapek zur Sitzbank und ließ sich ebenfalls nieder.

„Was hat denn des so lang 'dauert?", fragte Wipfinger mürrisch und schob Martin die Flasche über den Eichentisch, dessen Schrammen und Kanten von langen, geselligen Stunden zeugten. Heiterkeit und Übermut, Missgunst oder

Zwist, Freundschaft wie Feindschaft, Völlerei und Genuss, egal ob beim Essen oder beim Trinken, davon vermochte die Tischplatte zu erzählen, und auch jetzt, als Martin ansetzte von den letzten Stunden zu berichten, hörte sie zu. Und hätte sie so wie Wipfinger auch einen Mund gehabt, er wäre ihr ebenso wie ihm offen gestanden.

„Ich konnte alles sicherstellen, aber nicht, um die Verantwortung Ihres Finanzreferenten zu belegen, sondern, um das Vermögen Ihrer Gemeinde zu retten. Die Wertpapiere werden Ihnen, richtig eingesetzt, enormen Wohlstand bringen."

Czapek schüttelte den Kopf. „Also ich versteh das nicht, das ist doch alles den Bach runtergegangen, wieso ...?"

Martin dachte an den Spruch, den er aus dem Buchhaltungsgrundkurs für angehende Selbständige mitgenommen hatte:

„Hast was auf der hohen Kante, ist Minus deine Variante."

Die Kammer hatte die Schulung als Beitrag zur Unternehmensneugründung finanziert. Hängen geblieben war nicht viel, außer vielleicht ein paar markige Sprüche. Treffender war noch der:

„Läuft der Laden richtig toll, parkst die Kohle du im Soll."

„Doppelte Buchführung", dozierte Martin weiter, „Sie haben die Bilanz falsch interpretiert, die Papiere haben sich alle prächtig entwickelt. Weil Herr Czapek aber glaubte, dass er immer mehr Verluste macht, hat er wie jeder Spieler immer risikoreicher veranlagt. Und damit noch viel mehr Gewinn gemacht. Ich habe vorhin noch die Kurse gecheckt, alles hochprofitabel. Blumenbach wird im Geld schwimmen."

Wipfingers Blick hatte sich mit jedem Satz vorhin erhellt, jetzt strahlte er wie ein glasiertes Neujahrsferkel. Er zwickte

Czapek wie einen Schuljungen, der erstmalig das Alphabet in richtiger Reihenfolge aufgesagt hatte, in die Wange.

„I hab ja gwusst, dass i mi auf di verlassen kann."

Das Kneifen ging in ein Tätscheln über, ehe er von seinem Platz aufsprang und von der Schank noch zwei kleine Schnapsgläser holte. „Des muss wirklich begossen werden." Er drehte das Licht auf. Martin betrachtete Czapek von der Seite. Er sah aus wie ein Ureinwohner der mittels Teleportation am New Yorker Times Square gelandet war. Seine Augen blickten ins Leere und er wusste im Moment nicht, ob er im Paradies oder in der Hölle gelandet war.

Wipfinger brüllte in die Küche: „Edita, mach uns was zum Essen!" Dann schenkte er die Gläser voll.

„Der Basti", murmelte er, während er sein Glas leerte und dabei den Kopf schüttelte. „Genial und deppert zugleich."

„Und leider ein übler Verbrecher", konstatierte Martin trocken und schielte dabei zu Czapek, dem das Glas buchstäblich an den Lippen gefror.

Wipfinger lächelte. Er wirkte bereits ein wenig illuminiert. „Aber wieso, ich hätt' gmeint, dass er eh ka Göd gnumma hot."

„Das nicht", antwortete Martin mit dozierendem Tonfall, „aber die Erbschaft ist nicht ganz sauber abgelaufen. Gelt, Basti?" Jetzt war es Martin, der Czapek einen vermeintlich neckischen Schlag auf die Schulter gab. Czapek leerte sein Glas in einem Zug und knallte es auf den Tisch.

„Ich hab keine Ahnung, wovon Sie sprechen, ich muss jetzt gehen."

Er wollte sich erheben, doch Martin drückte ihn wieder nieder.

„Nicht so schnell. Ich bin sicher, die Polizei findet das sehr interessant, was ich bei Ihnen vorgefunden habe. Wer weiß, vielleicht haben Sie Ihrer Tante schon zu Lebzeiten ein Kerzerl spendiert."

„Was mant er damit?", fragte der Bürgermeister mit glasigen Augen.

„Ganz einfach", antwortete Martin. „Ich denke, unser Freund hat bei seiner Tante ein wenig nachgeholfen. Aber ich bin sicher, wenn man danach sucht, findet man die entsprechenden Hinweise."

Czapek wand seine Schulter unter Martins Arm heraus und sprang auf. Er verrückte den Tisch, der sich nun als Barriere für Martin erwies, worauf dieser sich erst wieder freie Bahn schaffen musste, doch da war Czapek schon bei der Tür draußen.

„Rufen Sie die Polizei", schaffte er dem verdutzten Ortsvorstand an, als er die Verfolgung aufnahm.

„Aber welche Polizei? Die ham unsern Posten doch schon vor Jahren geschlossen."

Martin konnte diesen gejammerten Einwand aber nicht mehr hören, denn er war nun ebenfalls auf die Straße gestürmt.

Das grelle Licht im Freien ließ ihn seinen Arm schützend vor das Gesicht halten. Es dauerte eine Weile, bis sich seine Augen nach der schummrigen Stube wieder an die Helligkeit gewöhnt und er sich auf dem Platz orientiert hatte. Es war früher Nachmittag. Die Schüler waren bereits zu Hause und die Pendler noch in der Arbeit. Entfernt waren einige Landmaschinen von den Feldern her zu hören. Auf der Straße war nichts los. Keine Autos, die irgendein Ziel ansteuerten, keine Menschen. Außer dem einen. Martin machte Czapek zwischen den am Stadtplatz geparkten Autos aus, wie er sich an ihnen vorbeischlängelte und auf ein Fluchtfahrzeug zusteuerte. Helmut Zapotal, der Gemeindepostler, der wegen seines allgemein bekannten Alkoholproblems und dank gewerkschaftlicher Unterstützung weder in den Vorruhestand noch sonst wohin versetzt werden konnte, hatte sein Dienstmoped vor der Fleischerei abgestellt. Mit laufendem Motor. Am Ende seiner Tour, gezeichnet von der gerühmten Waldviertler Gastfreundlichkeit, die bei ihm ganz einfach in Promille zu messen war, fiel es ihm schwer, das Ding wieder anzurennen.

Martin sprintete los. Er sprang über den Randstein, über das den Parkstreifen umrandende Blumenbeet, näherte sich Czapek auf Griffweite, doch als er seine Hand nach ihm, der eben den Sitz des Mofas erklommen hatte, ausstreckte, erwischte er nur ein kleines Stück vom Hemdstoff und auch das rutschte ihm durch die Finger, sobald Czapek den Gasgriff drehte. Knatternd und mit einer blauen Rauchwolke als letztes Andenken bog das zweirädrige Postfahrzeug um die Ecke.

Martin suchte nach einem Gefährt, mit dem er die Verfolgung aufnehmen konnte. Seine Augen blieben an dem schwarzen Lack und dem in der Sonne glitzernden Chrom hängen. Jedem Liebhaber nostalgischer Stücke hätte jetzt das Herz höher geschlagen, doch Martins Puls erhöhte einzig die Anstrengung, die er aufbringen musste, um das alte, aber gut gepflegte Waffenrad, mit dem die verwitwete Frau Jolande Piribauer dienstags ihre Einkäufe erledigte, in Fahrt zu bringen. Die Dame würde später ihre Vergesslichkeit dafür verantwortlich machen, dass sie ihr Rad nicht mehr fand.

Martin folgte Czapek auf der Gemeindestraße, die in Richtung Felder und Wiesen führte. Zu seinem Glück ölte der Postbeamte Zapotal zwar seine Eingeweide, nicht aber sein Moped. Der verdreckte Vergaser ließ daher Geschwindigkeiten nur bis maximal 25 km/h zu, doch auch die wollten auf einem alten Fahrrad ohne Gangschaltung erreicht und gehalten werden. Martin keuchte und wäre ihm die Luft nicht so knapp geworden, er hätte geflucht wie ein Rohrspatz. So aber versuchte er im Wiegetritt den Anschluss nicht zu verlieren.

Auch wenn es eine etwas lächerliche Verfolgungsjagd war, so forderte sie die beiden doch ganz. Martins Kondition war auf dem Prüfstand, ebenso wie Czapeks Lenkbeherrschung gefragt war, denn das klapprige Moped war derart lange Strecken nicht gewöhnt und das Vorderrad flatterte bei jedem Richtungswechsel bedenklich.

Sie zuckelten durch eine Allee, die nach einer Biegung bergan stieg. Dahinter baute sich ein mächtiger, bewaldeter Felsen auf. Der Ebenstein. Martin war knapp davor aufzugeben, denn die Steigung spielte dem motorisierten Czapek zu, als er sah, dass das Moped in einer Kurve neben der Fahrbahn lag. Das Hinterrad drehte sich in der Luft, während sich das Vorderrad selbständig gemacht hatte und nun über eine Wiese kullerte.

Czapek hatte sich aufgerappelt und setzte seine Flucht zu Fuß fort. Der einzige Weg durch das Wäldchen führte zur Ruine Ebenwald.

„Jetzt gib endlich auf!“, rief Martin seinem Widersacher hinterher, ohne selbst davon überzeugt zu sein, diese Aufforderung könne Czapek stoppen. Martin blieb also nichts anderes übrig, als vom Rad zu springen und ebenfalls den steilen, in den bewaldeten Hügel gehauenen Weg einzuschlagen. Er keuchte bereits nach wenigen Metern. Selbst der Duft des frischen Reisigs und die kühle Luft im Schatten der Bäume spendeten dem erhitzen Martin, dessen Gesicht von der Anstrengung rot glühte, keine Erfrischung. Das Hemd hing ihm aus der Hose, sein Sakko hatte er beim überstürzten Aufbruch in Wipfingers Gastwirtschaft auf der Bank liegen lassen. Es hätte ihn nun bei seiner Jagd ohnehin nur behindert, aber das Handy steckte dort in der Brusttasche.

Im Wald herrschte ein Spiel von Licht und Schatten und Martin musste achtgeben, nicht über eine Wurzel oder einen losen Stein zu stolpern. Seine Schenkel brannten, der Schweiß, der ihm ins Auge tropfte, ebenso. Czapek, der noch von der Beerdigung gewandet war, stolperte mit den glatten Sohlen seiner schwarzen Lederschuhe wiederholte Male, fing sich aber jedes Mal mit den Händen ab. Auf dem steilen Anstieg war es ohnehin besser, wenn man ihn wie ein Affe auf allen Vieren bewältigte, nur so war man halbwegs vor einem Absturz sicher.

Czapek hatte die Straße am Ende des Wanderpfads erreicht, hinter ihm baute sich die Burgruine wie ein steinernes Mahnmal auf. Vor Jahren war im Hauptgebäude ein Hotel untergebracht gewesen, aber das stand schon seit Jahren leer, da keiner für die Renovierung des alten Gemäuers aufkommen wollte. Bis vor kurzem konnte man wenigstens den Innenhof besichtigen, aber nachdem einmal eine Touristin von einer umstürzenden Mauer beinah verschüttet worden war und nur wegen ihrer Leibesfülle (und natürlich Glück) leichte Verletzungen davongetragen hatte, war das baufällige Gebäude für die Allgemeinheit gesperrt worden. Jetzt wuchsen Gräser und Sträucher aus den Mauerritzen. Die Natur holte sich langsam den Platz zurück, um das menschliche Bauwerk endgültig zu verschlingen.

Das hinderte Czapek allerdings nicht, durch das mit einem Plastikband abgesperrte Tor zu laufen. Er drehte sich zu Martin um, der ihm auf den Fersen war. Czapeks Blick war der eines in die Enge getriebenen Tiers. Noch flüchtete er allerdings, und zwar eine offene Treppe hinauf in Richtung des nach wie vor mächtigen Nordturms.

Martin musste völlig erschöpft einen Moment rasten. Er stützte seine Hände auf seine brennenden Oberschenkel und atmete durch. Sein Herz klopfte wie wild. Er fragte sich, wohin Czapek wollte. In dem Turm würde er in der Falle sitzen. Aber seine ganze Flucht war rational nur wenig zu erklären. Martin hoffte, dass Wipfinger es in seinem Rausch wenigstens geschafft hatte, die Polizei zu verständigen. Aber woher sollte die wissen, wo sich der Verdächtige und er jetzt befanden?

Martin lief wieder los, hinauf zum Eingang in den Turm. Das Holztor war verwittert, Czapek hatte den Rest eingetreten. Martin begab sich ins dunkle Innere. Der Staub flirrte in der muffigen Luft. Martin suchte Czapek.

Ein Ruck. Zwei Hände hatten ihm von hinten einen Stoß versetzt, Martin wankte wie ein getroffener Kegel, dann ein Tritt ins Leere. Martin zog die Arme hoch, hielt sie schützend vor seinen Kopf, dann der Schmerz. Er war aufgeprallt. Er rollte wimmernd zur Seite, blickte nach oben. Die losen, morschen Balken zwischen den einzelnen Stockwerken ließen durch ihre Ritzen spärlich Licht hindurch. Er entdeckte Czapek. Der Kerl hatte ihn hinter der Tür abgepasst und überrascht.

Martin fiel das Atmen schwer, seine Lunge war wie gelähmt, jeder Atemzug gelang nur gegen den Widerstand eines Vakuums, bis endlich der Sauerstoff wieder fließen konnte. Er bewegte die Arme und schüttelte seine Hände. Der Sturz war zum Glück nicht tief gewesen, aber er kam unvorbereitet. Martin schaffte es, auf die Beine zu kommen, da setzte sich Czapek wieder in Gang. Doch was machte er? Er lief die Stufen des Turms hinauf. Aus einer Fensternische schreckten zwei Tauben auf. Ihr Flügelschlag erfüllte den Turm. Ihre Ausscheidungen landeten auf den Stufen und auf Martins Schulter. Czapek, dem das nicht entgangen war, lachte schadenfroh auf.

Martin lief hinterher. Mit schmerzverzerrter Miene hastete er die Stufen empor. Im ersten Stock angelangt, schien Czapek auf ihn gewartet zu haben.

„Hast du noch nicht genug, du Schnüffler?“

Er schwang einen Holzprügel in seinen Händen.

Martin sah sich im ersten Stock um. Die Wände waren schmutzig, der Putz abgeschlagen, die Fensterluken ließen kaum Licht hinein, dennoch sah er den erhitzten Blick Czapeks, der dabei war, vom Gejagten zum Jäger zu mutieren. Der Fußboden wies bedenkliche Löcher auf, überall ragten Holzsparren in die Luft. Martin überlegte, sich ebenfalls zu bewaffnen, indem er einen Holzscheit aus dem Boden riss. Doch das Knarren unter seinen Füßen ließ ihn innehalten.

„Seien Sie doch vernünftig, bitte.“

„Immer dieselbe Leier, aber glaubst du, ich lass mir von einem letztklassigen Schnüffler in die Suppe spucken?“

Czapek näherte sich Martin drohend. Der wich einen Schritt zurück, merkte, wie das Brett unter seinem Gewicht bedrohlich knarrend nachgab. Czapek war nun Martin bis auf Schlagdistanz nahegekommen. Grinsend holte er aus.

Die Tauben hatten sich im Gebälk unter dem Dach niedergelassen und gurrten. Diesmal schissen sie Czapek auf das Haupt. Dieser blickte für einen Moment nach oben, da stieß ihn Martin zur Seite und stürmte wieder zur Treppe.

„Wo wollen Sie denn so schnell hin, junger Mann?"

Martin sah den Lauf einer Pistole auf sich gerichtet.

„Tante!", rief Czapek freudig aus. „Hat's dir am Zimmer nicht gefallen?" Er erhob sich und schritt zu den beiden.

„Ich verstehe nicht ...", stammelte Martin, der trotzdem langsam zu verstehen begann. Der Versicherungsbetrug war offenbar anders abgelaufen und ein stillgelegtes Hotel ein perfekter Unterschlupf.

„Was gibt's da nicht zu verstehen?", sagte die alte Dame mit dem leuchtend roten Haar und den blitzenden Augen.

„Herr Hechers Vermögen war leider weniger groß, als allgemein angenommen und die Invalidenrente leider schnell aufgebraucht."

Erst jetzt dämmerte es Martin, dass es um Versicherungsbetrug im großen Stil ging. Er sagte: „Aber da gab es noch die Lebensversicherung ..."

„Ja, und die illegale moldawische Putze, der ich mein Gebiss verpasst habe."

„Tante, keine Details, bitte!"

Czapek hatte seiner Tante die Pistole abgenommen und hielt nun Martin in Schach.

„Aber warum denn?", entgegnete die alte Dame, keinesfalls an den Rollstuhl gefesselt und rüstiger, als es Martin lieb sein durfte. „Er wird es doch niemandem erzählen können", sagte sie beinahe liebevoll. „Du machst das!", setzte sie bestimmend nach.

Czapek dirigierte Martin zu den Stufen, die in dem Dämmerlicht in eine bedrohliche Leere führten.

„Spring!", forderte er Martin auf und packte ihn an den Schultern, um ihn abwärts zu stoßen.

Martin konnte sich entscheiden, ob er der Nachwelt sein Hemd von van Laack zerrissen oder von einer Kugel durchlöchert hinterlassen wollte. Ein klassisches Dilemma. Er entschied sich gegen beides, wand sich aus Czapeks Griff und sprang über die ersten zwei Stufen.

Czapek ihm nach, allerdings kam sein rechter Fuß auf der nächsten Stufe ins Rutschen wie ein Brummi ohne Schneeketten beim ersten Wintereinbruch auf der Allander Autobahn. Czapek versuchte sich zu fangen, ruderte mit den Armen durch die Luft und schlitterte Richtung Abgrund zu seiner Linken. Ein Schuss löste sich, hallte von den Wänden, schreckte die Tauben erneut auf und ließ den Verputz rieseln.

Czapek machte eine Drehung, riss ein Bein hoch. Martin fasste nach dem bereits gefährlich mit dem Oberkörper über dem Abgrund taumelnden Widersacher und erwischte gerade noch einen Schuh. Er musste sein Gewicht dem Sog in die Tiefe entgegenstemmen, um nicht gemeinsam mit Czapek abzustürzen. Da riss es ihn schon nach hinten. Als wäre ein gespanntes Seil gerissen, schleuderte es ihn gegen die Wand, während wenige Sekunden später ein dumpfer Aufprall zu hören war. Er betrachtete den leeren Schuh in seinen Händen. Auf der Sohle klebte der Taubenschiss, der Czapek den Garaus gemacht hatte. Er fuhr hoch, drehte sich zur Hecher um, doch die saß mit angespanntem Lächeln auf der Stufe und keuchte. Ihre Hand umfasste ihre Gurgel. Das Blut strömte über die Finger Richtung Unterarm wie aus einem leckgeschlagenen Eimer.

„Sie werden doch niemandem davon erzählen", sagte sie, bevor sie langsam zur Seite kippte und ihrem Neffen nachfolgte.

Die Ballistiker würden die Kugel nicht in dem alten Ziegelwerk suchen müssen, dachte Martin, bevor auch er auf die Stufen sank.

1983

Die Wolken hatten sich verzogen und die Erde dampfte nun unter dem restlich verbliebenden Schleier. Es roch nach feuchtem, frischem Gras, von den Bauern eilig geschnitten in den letzten Tagen vor dem Regen.

Katharina hatte ihr Jäckchen abgelegt. Der Stoff ihres Dirndls pluderte sich auf wie das Segel am Hauptmast, während sich die junge Frau im Takt der Musik drehte, die Wangen erhitzt und leuchtend, schweißnass und vom Rotgold der Abendsonne glänzend der Busen. Die Musikanten des Blumenbacher Heimatliedes brachten ihre Weisen auf einem Podium mitten am Hauptplatz zum Vortrag, und auch ihnen war die Hitze ins Gesicht geschrieben. Den meisten klebte das weiße Hemd schon ein wenig durchscheinend an der Haut und die Köpfe, vor allem die der Bläser, waren so rot wie die Paradeiser im Vorgarten der Frau Piribauer. Die

Freude und die Hitze sprachen den meisten aus dem Antlitz, außer vielleicht dem Helmut Zapotal, denn dem leuchtete die Nase aus dem durchäderten Gesicht auch dann hervor, wenn es kalt war.

Katharina Walbusch wirbelte herum, tanzte ein paar Takte mit dem einen, dann wieder mit dem anderen Mann, und es gab genug junge, nicht nur ledige Männer, die gerne um ihre Gunst gebuhlt hätten, doch für sie alle hatte das Mädchen keine Augen, denn ihr Herz gehörte einem anderen.

Die Sonne hatte sich mit ihren letzten Strahlen über Baumkronen und Dächer der Häuser gelegt und die Schatten waren lang wie das spitze Kinn im hageren Gesicht des Pfarrers. Hochwürden Tröscher, der sein Evangelium nicht selten ins Wirtshaus trug, war auch heute mit von der Partie. Natürlich, denn das in der Gegend gefeierte Marillenfest war ebenso Brauchtum wie der Kirchgang in einer Gegend, die fern genug von der nächsten Stadt war, um aufgeschlossen zu sein, jedoch nah genug, um den modernen Versuchungen zu erliegen.

Im Garten des Pfarrhofs war ein Rost aufgebaut, auf dem nun ein Spanferkel am Spieß über dem Feuer gedreht wurde. Unter den Obstbäumen waren Holzbänke und Biertische aufgestellt und einige der Männer hatten schon kräftig getrunken. Und nicht nur dort, auch im Garten vom Gasthaus Seidl wurde bereits das dritte Fass an die Zapfanlage angeschlossen. Ein paar der Alten am Tisch des Bürgermeisters verfolgten das Treiben am Hauptplatz von der Warte des Zechers aus. Katharina zog vorbei und trank einen großen Schluck aus dem Glas ihres Vaters, bevor sie wieder zur Tanzfläche eilte, die aufgesteckten Haare vom wilden Tanz ordentlich zerzaust.

„A bildhübsche Frau, dei Tochter", sagte Pollroß, der reichste Mann im Dorf, doch der Bürgermeister brummte nur und versenkte seinen Blick wieder im Glas.

Erwin Walbusch hatte es nie verwinden können, dass ihm seine viel zu früh verstorbene Frau nur ein Mädchen geschenkt hatte. Ein echter Stammhalter war ihm nicht vergönnt gewesen. So fragte sich der graumelierte Alte, wer einmal sein Erbe antreten werde. Dieser Gedanke drehte sich nicht allein um seinen Maschinenhandel, er verkaufte neben Baggern, Traktoren und Rasenmähern alles, was ihm das Lagerhaus nicht abspenstig machte, nein, er sorgte sich darum, wer nach ihm als Bürgermeister kommen werde. Schon sein Vater und auch dessen Vater waren Gemeindevorsteher gewesen und Katharina schien nicht das geringste Interesse für Politik zu besitzen. Pollroß klopfte ihm auf die Schulter. Eine Wolke des gebratenen Ferkels zog vom Rost herüber und manches Wort wurde nicht nur vom Stimmengewirr verschluckt. Doch Pollroß bohrte weiter in der offenen Wunde des Dorfchefs. Er sagte: „Schau, Erwin, da musst halt schauen, dass ein sauberer Schwiegersohn ins Haus kommt."

Der alte Walbusch war ein Dorfchef wie Majestix aus dem Dorf von Asterix, dem Gallier. Es fiel ihm nicht leicht, seine Mannen immer auf die richtige Spur zu bringen, zu viele Eigenbrötler gab es in dem Ort. Mit seinem Schnauzer und den buschigen Augenbrauen hatte er auch ein wenig von Peppone an sich, dem dümmlichen, doch bauernschlauen Gegenspieler von Don Camillo. Nur an der Größe mangelte es ihm, an Körpergröße wohlgemerkt.

Und wie es sich für ein zünftiges Dorffest gehört, entspann sich – ganz in der Vision der Autoren Goscinny und

Uderzo oder auch Guareschi – eine zünftige Schlägerei. Wein, Weib und Gesang, vor allem ersteres, hatten ein paar junge Burschen unvernünftig gemacht, die Hitze tat das ihre dazu und bald flogen Worte, eines ergab das andere, und dann die Fäuste.

Die älteren Herren um den Bürgermeister nahmen davon kaum Notiz, das Gespräch zwischen Bürgermeister und Großgrundbesitzer war noch nicht beendet.

„Hör mir doch auf, Herwig", sagte Walbusch. Mit seinem traurigen Blick und seinen hängenden Wangen hatte er etwas von einem Seehund an sich. „Was glaubst, was ich schon alles versucht hab. Aber die Kathi hat ja so einen sturen Schädel, den hat's von ihrer Mutter, und du weißt ja, sie lasst sich von mir nix dreinreden."

„Du warst immer zu nachgiebig mit ihr, des hab ich dir oft gesagt. Meinem Herwig hab ich nichts durchgehen lassen, du kennst meinen Grundsatz: Härte kommt von Härte. Du wirst sehen, der wird sogar noch einmal mich ausbooten." Pollroß lachte ein zufriedenes Lachen, eines, bei dem die Selbstgefälligkeit die Selbstironie übertraf, denn das was er gesagt hatte, konnte er selbst nicht ernst meinen, galt er doch alles andere als zimperlich, wenn es darum ging, einen Geschäftspartner über den Tisch zu ziehen.

„Jeder Topf findet noch sein Deckel", brachte sich der Pfarrer von der Seite mit einer Plattitüde ins Gespräch, welches er jedoch selbst nur bruchstückhaft verfolgt und verstanden hatte, aber ein Mann Gottes musste halt immer einen Spruch parat haben, ganz besonders, wenn er Engelbert Tröscher hieß und in der Volksschule darunter gelitten hatte, dass ihm nie etwas Blödes auf die blöden Ansagen der anderen eingefallen war. Das war nun anders, denn er hatte trainiert und der Katechismus lieferte die besten Vorgaben. Ein Mann mit dem Vornamen Engelbert konnte entweder Schlagersänger in Las Vegas werden oder sich der von den Eltern gegebenen und vom Standesbeamten bestätigten Verantwortung stellen und sein Leben den Engeln weihen. Und wo anders als in der katholischen Kirche ginge das besser?

„Aber genau diesen Deckel hat's ja scho gfunden, mir wär lieber, sie wär noch auf der Suche. Ein jeder anderer warat besser als der Bua vom Schnattl, dem Falloten!“ Walbusch hatte seine Faust auf die Holzplatte des Biertischs geknallt, zu fest offenbar, jetzt schüttelte er seine Rechte aus. Der Pfarrer hatte sich lächelnd wieder aus der Konversation geschlichen, zog an seiner Pfeife, ein Laster, das er manchmal bei seinen Predigten ansprach, denn nur wer die Gabe zu sündigen habe, besitze auch die zur Reue, meinte er dabei.

Pollroß entzündete ebenfalls eine Zigarre an einem Streichholz. Der Duft des verkokelten Holzes und des schwelenden Tabaks umgab ihn in einer Wolke. „Schau“, sagte er zum Bürgermeister, „du weißt, mein Wickerl hätt schon Augen für deine Kleine, an ihm liegt's sicher nicht, wenn die beiden nicht zsamm kommen. Ich der Holzhändler, du der Maschinenhändler, das war a schöne Synergie.“

Er sog an seiner Zigarre und paffte Rauchwölkchen in die Luft. Walbusch nickte nur. Über seinem Haupte kreisten Ärgerwolken, wenn er an Schnattl dachte. An den alten wie an den jungen.

„Na, bist dahin, Quirin?“, rief Pollroß einem schwankenden Alten mit weißen Haaren, die wie die ungestümen Gräser einer Bergweide durcheinander standen, zu. Der Alte hob nur die Hand, vollzog einen halben Kreis in der Luft, wobei er sich mit der anderen Hand an der Tischplatte anhielt, um nicht umzukippen. Quirin Schauer war meist betrunken und oft das Ziel des dörflichen Spotts. Als er so, die Hemdzipfel aus der Hose hängend, mit unsicheren Schritten abzog, folgte ihm auch diesmal höhnisches Gelächter.

Katharina war außer Atem. Ein Galan trug ihr einen G'spritzten an, doch sie lehnte lächelnd ab. Das Lächeln kam nicht über die freundliche Geste, nein, sie hatte etwas gesehen, oder genauer: sie hatte jemanden gesehen. Sie ließ den jungen Burschen in Lederhose und Karohemd stehen und eilte in Richtung eines anderen jungen Manns in Lederhosen und Karohemd, der ihr aus seinem gepflegten Dreitagesbart mit zwei weißen Zahnreihen entgegenlächelte. Er war über die Schulgasse gekommen und stand jetzt am Eck des Rathauses, wo er lässig an einer Hausecke lehnte. Er musste Katharina schon länger beobachtet haben, wie sie lasziv beim Tanz die Hüfte schwang, wie ihr Tanzpartner versucht hatte, sich an sie zu drücken, wie sie nachher seine kleinen, beinah unauffälligen Aufdringlichkeiten abgewehrt hatte. Höflich, aber bestimmt.

Jetzt lief sie auf ihn zu, sie hatte die Schürze ihres Dirndls an sich gerafft, um nicht darüber zu stolpern – er bewegte sich nicht, sondern erwartete sie. Irgendwie sah er ein wenig aus wie George Michael von Wham, kein Wunder, dass auch ihm die Herzen zugeflogen wären, hätte er seinen Taubenschlag geöffnet. Kathi und Siggi waren das schönste Paar, wenn sie es offiziell hätten werden dürfen.

Kathi fiel Siggi um den Hals, doch er zog sie um die Hausecke. „Nicht vor die Leut."

„Des is ma heut egal", sagte sie außer Atem.

„Aber deinem Vater sicher nicht." Siggi deutete in den Gastgarten, wo der alte Walbusch immer noch maulte, wie missraten doch die Nachkommenschaft ganz allgemein und die eigene im Besonderen sei.

„Wie is bei dir glaufen?", fragte Katharina.

„Super, du weißt ja, die Leut saufen immer gern", sagte er.

„Der Schnaps von dein' Papa is aber a der beste weit und breit."

„Na, ob deiner des a so sieht?", Siegfried lachte. Er drückte Kathi gegen die Mauer und seinen Körper gegen den ihren. Sie lächelte ihn an und die beiden küssten sich in der Deckung des Hauses. Die Wolken am Abendhimmel leuchteten purpurn. Das Firmament hatte einen Baldachin über die beiden gebreitet. Kathi fasste Siggi an der Hand und trabte mit ihm los, hinaus aus dem Dorf, hin zu den offenen Feldern.

Siegfried Schnattl hatte heute den Schnapsstand seines Vaters in Krems beim Fest der Marille betreut. Sein Vater, Valentin Schnattl, war als Schnapsbrenner über die Grenzen Niederösterreichs hinaus bekannt. Den Obstgarten in der Wachau unten hatte er erst seit zwei Jahren, aber auch dort hatte er schon Fuß fassen können. Denn ein echter Marillener aus der Wachau musste auch aus den dort wachsenden Marillen gebrannt werden. Die Qualität seines Lieferanten hatte zuletzt stark nachgelassen, also hatte er den alten brach liegenden Terrassengarten in Loiben schnell gekauft, bevor es ein anderer tat.

„Magst nimmer tanzen?", fragte Siggi.

„Danke, aber jetzt hab ich genug von die Mannsbilder dort, jetzt gehör ich nur dir."

„Echt?"

Siggi hielt sie von hinten umfasst, seine rechte Hand wanderte jetzt über die Schulter in ihr Dekolletee. Kathi seufzte. Langsam sanken sie auf dem abgeernteten Weizenfeld zu Boden.

„Autsch!", Kathi fuhr wieder hoch.

„Ja, die Stoppel stechen ganz schön."

„Wart, ich hab eine Idee", sagte sie und zog ihn an der Hand weiter zu einem alten Leiterwagen, der mit frischem Heu beladen war.

Siegfrieds Vater Valentin lag mit Katharinas Vater im Clinch, zuletzt deswegen, weil er des Bürgermeisters Lieblingsprojekt zu Fall gebracht hatte. Durch den Gemeinderat, vor allem aber im Kopf des alten Walbusch spukte die Idee, das Moor aus dem nahen See als Fangopackungen in einem eigenen Kurzentrum an den Mann bzw. die Frau zu bringen, also auf deren Körper zu pappen. Doch der Obstgarten mit den Zwetschken- und Birnbäumen, unverzichtbare Grundbestandteile für einen prämierten Obstler, standen im Weg, und Valentin, der ebenso stur war wie Erwin Walbusch, weigerte sich, sein Grundstück zu verkaufen. Also wurde er von der Gemeinde kurzerhand enteignet, wogegen er jedoch klagte und Recht bekam. Zudem hatte er das Projekt beim Naturschutzreferenten angezeigt, der not amused war, als er erfuhr, dass ein weiteres Stück Natur plattgewalzt werden sollte und sein Veto gegen das Projekt eingelegt hatte, wodurch es endgültig gestorben war. Und jetzt wünschten die beiden Alten einander gegenseitig den Tod, was die Beziehung zwischen Katharina und Siegfried nicht einfacher machte. Eine Variation von Romeo und Julia im Trachtengewand. Jetzt lagen sie nebeneinander im duftenden Heu.

„Magst du mir heute wirklich gehören? Also so richtig?", fragte Siggi und schob langsam den Dirndlrock in die Höhe. „Warte!", sie gebot ihm Einhalt. „Heute besser nicht."

Katharina war keine Jungfrau mehr. Natürlich hatte sie schon Sex gehabt, nicht nur mit Siggi, auch früher, doch sie vertrug die Pille nicht und musste daher auf althergebrachte Weise verhüten und besonders auf ihre Ovulation achten.

„Ich hab doch was dabei", sagte Siggi und kramte aus seiner Hosentasche ein Präservativ hervor.

Nachdem sie miteinander geschlafen hatten, lagen sie noch eine Weile da und starrten schweigend zum Himmel, an dem die Sterne kleine leuchtende Punkte in einer riesigen Grotte waren. Der Mond beschien die Wipfel vom nahen Ebenstein, die alte Ruine darauf erschien im bleichen Licht wie eine Kulisse. Der Wind brachte einzelne Fetzen der Musik, die nun aus der Dose kam, vom Platz zu dem Paar. „Drah di net um ..."

Der Kirchturm schlug elf Uhr. Kathi fuhr auf. „Schon so spät? Ich muss heim, der Vater wart sicher schon auf mi!"

Sie richtete ihr Kleid, zupfte sich Grashalme aus dem Haar und vom Gewand und versuchte ihre Frisur ein wenig zu reparieren.

Siggi setzte sich auf. Er lächelte sie an. „Geh", sagte er, „dei Vater ist entweder eh schon zua oder er träumt von einem neuen Projekt." Sein Blick blieb an der Ruine hängen. „Vielleicht will er ja aus der Burg ein Hotel machen. Bleib doch. 'S ist so ein schöner Abend." Er wollte sie wieder zu sich ziehen, doch sie gab ihm einen Klaps auf die Hand und sprang vom Wagen. „Na, i kann wirklich nimmer." Sie hauchte ihm einen Kuss zu und lief in Richtung Dorf, hinein ins Licht, in den Lärm, hin zum Treiben.

Der Wind hatte aufgefrischt und fuhr ihr durch das mühsam in Form gebrachte Haar.

Das Haus der Walbuschs war ein Ziegelbau aus den Siebzigerjahren, massiv, weiß verputzt mit dunklen Fensterläden und einem Dach aus Eternit. Es lag etwas abseits des Dorfes, hinter einem kleinen Wäldchen. Katharina lief so schnell sie ihre Beine tragen konnten. Sie hoffte, dass sie niemand gesehen hatte, damit ihr der Vater nicht wieder Vorhaltungen machen konnte. Einmal hatte sie, während sie sich liebten, das Gefühl gehabt, ein Geräusch gehört zu haben, doch dann hatte sie sich hingegeben und ihre Sinne waren zu berauscht gewesen, sie hatte alles um sich vergessen. Doch ihr war, als ob sie jetzt beobachtet würde. Der Wind strich über das Land und ein Rauschen ging durch die Bäume. Nichts war zu hören, außer ihrem Schnaufen. Die Stille im Wald war erdrückend. Und dennoch wurde sie das Gefühl nicht los, dass sie nicht allein war.

Die nächste Windböe rollte über die Wipfel, beutelte sie durch. Ein erster Blitz erhellte den dunklen Boden. Katharina erschrak. Eine Gestalt hatte sich vor ihr aufgebaut und versperrte ihr den Weg. Ein nächster Blitz erhellte das Gesicht des Mannes für einen Moment. Donnergrollen folgte. Kathi fasste sich an ihren Kragen und schloss ihn enger.

„Na, war es schön mit dem Siggi?", fragte der Mann.

„Was willst du?"

„Dasselbe wie er."

Kathi kam völlig durchnässt nach Hause. Der Himmel

hatte seine Schleusen geöffnet und der Regen rann ihr über Gesicht, Schultern und Arme. Das Gewand klebte am Körper und über die Wangen liefen von den Augen abwärts zwei schwarze Bäche, eine Mischung aus zerronnener Wimperntusche, Tränen und Regentropfen.

Vor der Haustür wischte sie sich über die Wangen. Sie atmete tief durch. Der Regen prasselte auf das Vordach, in der Regenrinne gurgelte es. Als sie die Tür öffnete, zwang sie sich zu einem Lächeln.

Aus der Küche drang Licht in den Vorraum. Sie nahm ein neben einem Wirtschaftswaschbecken hängendes Handtuch und frottierte ihre Haare trocken und tupfte damit auch ihre Kleidung ab.

Sie betrat die Küche. Ihr Vater saß da, auf der mit geblümtem Stoff überzogenen Eckbank, im Focus des in der Ecke am Kreuz hängenden Heilands und las Zeitung.

„Du bist schon da?", fragte Kathi.

Der Vater befeuchtete mit der Zungenspitze seine Fingerkuppen und blätterte akribisch die Zeitung um. Ohne zu ihr aufzusehen, sagte er: „Na sicher, bei dem Wetter, außerdem gengan mir die Spezis manchmal ziemlich am Geist. Hast es schon gehört?"

Kathis Lippen bebten, ihre Augen schimmerten feucht wie tauendes Eis im Frühjahr. Mit zitternder Stimme fragte sie: „Was?"

„A Raika haben s' überfallen. In Langenlois. Zwa woarns. Masken ham s' aufghabt. Und es hat sogar a Schießerei geben, mit die Schantis." Walbusch legte seinen Zeigefinger auf den Artikel. „Aner von de zwei dürft dabei verletzt worden sein. Die san in a Auto und jetzt fehlt jede Spur."

* * *

1.

Martin rollte zur Seite. Sex in der Früh war für ihn das Größte, vor allem wenn man sich danach einigeln und den Tag Tag sein lassen konnte.

„Du bist dran mit Frühstück machen." Anne unterstrich ihre Aufforderung mit einem sanften Hieb in seine Rippen.

Martin murrte. Er schloss die Augen, machte einen Schmollmund und stellte sich schlafend. Sein Versuch, den Eindruck eines zufriedenen Säuglings zu erwecken, scheiterte kläglich. Anne sagte: „Mach nicht so ein blödes Gesicht", und zog ihm die Decke weg.

„Geh, lass uns doch noch im Bett bleiben", sagte er und zog die Decke wieder zurück.

„Das geht nicht, ich erwarte doch um halb zehn einen Kunden. Oder hast du das wieder vergessen? Geh jetzt endlich Kaffee machen." Sie klappte die Decke wieder auf.

Martin ergab sich in sein Schicksal und schlüpfte in ein Paar Shorts im aktuellen Sommerfarbton Minze. Nicht nur im „Hugo", einem gemixten Erfrischungsgetränk, auch auf der Haut war dieses Kraut heuer begehrt. Zumindest farblich.

Keine Minute zu früh war er halb bekleidet, denn es läutete an der Tür. Ehe er öffnete, zog er noch schnell ein Shirt über seinen Oberkörper. Im Türrahmen begegnete ihm eine Lichtgestalt. Es war jedoch kein Erleuchteter, dessen Aura so strahlte, sondern der im Sommer eingesetzte Aushilfspostler, der von der morgendlichen Julisonne beschienen wurde. Er trug ebenfalls Shorts, seine in Dunkelblau, und ein gelbes Polo mit dem Logo der Post auf der Brust. Martin kniff die Augen zusammen, das grelle Licht schmerzte ihn.

Bevor Martin nach dessen Begehr fragen konnte, hielt ihm der Zusteller einen Brief vor die Nase. „Kennen Sie eine Anne Persson?“, fragte dieser.

„Wer ist es denn, Liebling?“, fragte Anne aus dem Badezimmer. Durch die geöffnete Schlafzimmertür drang das Plätschern der Dusche bis zum Eingang.

Der Postler machte einen neugierigen Blick in die Wohnung. Martin baute sich wenig freundlich vor ihm auf und schnitt ihm damit die Sicht ab. Der Postler verzog den Mund zu einem Grinsen. Er sagte: „Dann bin ich also richtig, die Dame wohnt hier?“

„Geben Sie schon her“, sagte Martin und wollte die Tür wieder schließen.

„Halt, warten Sie!“, protestierte der Postler.

„Ah so, muss ich was unterschreiben?“

„Nein, hier, das ist Ihre Post.“

Martin nahm den Packen aus Rechnungen, Katalogen und Werbefaltern entgegen und drückte nun endlich die Tür ins Schloss.

Auf dem Weg in die obere Etage wunderte er sich, dass Anne sich einen Brief an diese Adresse hatte schicken lassen. Er betrachtete den Absender: ein medizinisches Diagnoselaboratorium. Ob Anne etwas fehlte? Sie hatte nichts dergleichen angedeutet. Er schaltete die Maschine an, ehe er die Kaffeemühle aus dem Kasten holte und leerte die übliche Menge an frischen Kaffeebohnen hinein. Seit ihm ein Bekannter, der eine Ausbildung zum Kaffeebarista gemacht hatte, über die Kardinalfehler, die bei der Kaffee-Zubereitung gerne gemacht werden, aufgeklärt hatte, schwor Martin auf diese Hochlandmischung, die es nur in dem einen Shop in der Wollzeile gab. Natürlich musste der Kaffee frisch gemahlen sein. Die Kontrolllampe an seiner Maschine bedeutete ihm, dass Druck und Temperatur stimmten. Er füllte das kräftig nach den Röstaromen duftende feine Pulver in den Siebträger und schaltete die Maschine ein. Fünfzehn Sekunden lang, bei 15 bar Wasserdruck, genau so bekommt der Kaffee die gleiche Crema wie in Italien.

Martins Blick fiel wieder auf den Brief. Das war seltsam. Anne betonte ständig ihre Selbständigkeit und hatte aus diesem Grund auch darauf bestanden, dass sie weiterhin getrennte Haushalte hatten.

Sie verbrachten zwar viel von ihrer Freizeit gemeinsam, doch jeder hatte den nötigen Freiraum. Das ergab sich oft schon beruflich. Martin war viel unterwegs, wenn er einen Auftrag zu erledigen hatte, der ihn auch einmal in eine entlegenere Gegend führte, weg aus Wien. Bei Anne war es dasselbe. Auch sie hatte Kunden außerhalb Wiens, ja sogar Österreichs, die sie zu betreuen hatte. Ihre Werbeagentur war international vernetzt. Sie war manchmal mehrere Tage unterwegs. Wer weiß, was sich da ergeben konnte? Anne war eine attraktive Frau, deren offene Art vielleicht von manchen Männern falsch eingeschätzt wurde. Martin war aus einem Pragmatismus heraus treu: Er suchte kein Abenteuer und es ergab sich auch keins, das ihn in Versuchung hätte führen können. Bei Anne war das vielleicht anders. Sie meldete sich auch nicht immer sofort, wenn sie von einer Reise zurückkehrte. Darauf angesprochen, meinte sie nur, dass sie einfach zu abgespannt war und ihre Ruhe brauchte. Nur in letzter Zeit hatte sich das geändert. Seit zwei Wochen war sie richtiggehend anhänglich und wich ihm kaum von der Seite.

Er stellte die Kaffeetassen auf ein Tablett und richtete daneben Teller und Besteck her. Er öffnete den Kühlschrank, um Butter zu holen, Schinken und Käse ebenso. Es war ja ganz schön, wenn man nicht alleine war, aber offenbar führten sie jetzt eine echte Beziehung. Jetzt war ein zweiter Mensch ständig um ihn. Das hatte ihn, so sehr er seine Schwester liebte, auch schon bei Anja gestört, als sich ihr geschwisterliches Verhältnis verändert hatte. Es war nicht das Verlangen, das ihn dabei gefangen genommen hatte, sondern ...

„Suchst du die Lösung eines Falls in unserem Kühlschrank?", Anne stand hinter ihm. Mit einem um die nassen Haare zu einem Turban gebundenen Handtuch am Kopf. Martin zuckte zusammen. Er schüttelte den seinen.

„Nein, ich war nur in Gedanken."

„Davon werden wir aber nicht satt." Anne griff an ihm vorbei in den Kühlschrank. „Wieso war das jetzt unser Kühlschrank?", fragte sich Martin. Anne nahm ihm das Tablett aus der Hand und brachte es zum Tisch hinüber. Sie setzte sich und Martin wanderte ihr nach und nahm ihr gegenüber Platz. Sie begannen zu essen und Martin betrachtete ihre neckischen Grübchen, die sich beim Kauen bildeten. Bis ihm der Brief von vorhin einfiel. Er stand auf und holte ihn.

„Da ist übrigens ein Brief für dich gekommen."

Anne nahm ihn und betrachtete den Absender. Sie sagte: „Danke, auf den habe ich schon gewartet."

Sie riss ihn auf und überflog die Seiten. Martin schloss aus ihrer Miene, dass sie über den Inhalt nicht erfreut war.

„Der ist von einem Labor. Warst du beim Arzt?“

Anne blickte an ihm vorbei und biss von der Semmel ab. Statt einer Antwort schwieg sie, auch nachdem sie den Bissen fertiggekaut hatte.

„Fehlt dir was? Du bist doch hoffentlich nicht krank?“, bohrte Martin nach.

Anne legte die Semmel auf dem Teller ab und sah ihn ernst an. „Nein, aber bei mir ist seit zwei Monaten die Regel ausgeblieben und ich wollte sicher gehen, dass ... du weißt schon.“

„Ob du schwanger bist? Und? Bekommst du ein Kind?“

„Wenn, dann bekommen wir ein Kind. Da gehören ja immer zwei dazu. Die Babies fliegen ja nicht so durch den Äther oder glaubst du leicht an den Klapperstorch? Aber falscher Alarm.“

Martin nahm erleichtert einen Schluck von seinem Kaffee und sagte: „Ah so, ich dachte nur, weil du so enttäuscht dreingeschaut hast, dass vielleicht ...“ Er hob die Augenbrauen.

Anne schob ihren Teller beiseite. „Und wenn es so wäre? Ich bin bald fünfunddreißig. Ich hätte mich gefreut auf das Kind. Bei mir tickt eine biologische Uhr, wer weiß, wie lange ich noch Mutter werden kann.“

Martin stieß vor Schreck an sein Häferl und verschüttete dabei Kaffee auf sein Brot. Jetzt schob er den Teller beiseite. „Und das erfahre ich so nebenbei? Ich meine, du selbst hast gesagt, dass da zwei dazugehören. Vielleicht sollten wir so etwas vorher besprechen!“ Seine Worte hatten an Geschwindigkeit gewonnen. Er äffte Annes Stimme nach: „Du bist dran mit Frühstück machen und statt einem weichen Ei hätte ich heute gern ein kleines Kind.“

Annes Augen verengten sich. „Jetzt mach aber einmal einen Punkt. Keine Sorge, du musst deine Bequemlichkeit nicht für ein Kind opfern. Ich bekomm' nämlich keins. Und wenn, dann ist das meine Sorge, es war nur so, dass ich mich mit dem Gedanken durchaus anfreunden konnte, ja, dass ich mich gefreut hätte." Sie stemmte ihre Hände auf die Tischplatte und federte von ihrem Sitz auf. Das Geschirr darauf zitterte und aus ihrem Häferl schwappte nun auch ein Kafeerest auf das Essen. Der Tag des verschütteten Kaffees.

„Es ist besser, wenn ich jetzt geh. Ich muss eh los und du hast dann deine Ruhe."

Martin blickte betroppetzt zu Boden. Ich brauche kein schlechtes Gewissen zu haben, sagte er sich und sah Anne nach, wie sie über die Stiegen hinunter eilte.

Er brachte das Tablett zurück zur Küchenzeile, leerte den Kaffee in die Abwasch und entsorgte die durchtränkten Lebensmittel im Müll. Ich brauche kein schlechtes Gewissen zu haben, wiederholte er für sich, als wenig später die Tür unten ins Schloss fiel.

Genau das war das Problem mit Beziehungen. Man konnte in den anderen nicht hineinsehen. Selbst wenn man versuchte, sich in den anderen hineinzudenken, bauten sich Erwartungen auf, die unüberwindlich wie eine Mauer waren. Ob seine Schwester auch so kompliziert war?

Er machte sich noch einen Kaffee und setzte sich mit der restlichen Post in das Fauteuil. Außer den üblichen Prospekten waren einige Rechnungen gekommen, die er nachher würde in die Buchhaltung aufnehmen müssen. Ein Termin beim Steuerberater war überfällig. Er musste an das Geplänkel mit Anne denken. Sie hatten zum ersten Mal richtig

Streit gehabt. Das hatte es noch nie gegeben. Zankereien ja, wenn es um Kleinigkeiten ging, etwa, wenn sie sich nicht einigen konnten, ob sie essen oder ins Kino gehen sollten. Das ließ sich leicht lösen, man konnte ja beides machen. Er blickte auf die Uhr. Anne hatte wohl bald ihren Termin. Ob er sie noch anrufen sollte? Er könnte ihr sagen, dass es ihm leid tue. Aber tat es das? Er fühlte sich nach wie vor im Recht. Den Onkel brauchte er auch nicht anrufen, den traf er ohnehin in gut zwei Stunden beim Heurigen.

Sein Handy summte, eine SMS war gekommen. Hoffentlich nicht der Onkel, der ihm absagte. Er war der Einzige, mit dem er darüber reden konnte, auch wenn er ihn wahrscheinlich, wie so oft, zunächst durch den Kakao ziehen würde.

Die Nachricht kam von Anne. Sie bat um Verzeihung und fragte ihn, ob er am Abend Zeit hätte, sie wolle gern mit ihm reden. Martin lächelte zufrieden. Er trank den Kaffee aus und widmete sich wieder der Post. Unter einigen Werbesendungen fand sich ein Brief mit bunter Sondermarke auf dem Kuvert. „Bad Blumenbach" las er auf dem Stempel. Er riss ihn auf.

„Was macht dei Politika!"

„Du meinst den mit der Offshore-Geschichte?"

„Hast an andern a?"

„Nein, ich hab da ein paar interessante Informationen zusammengetragen."

„Warum hilfst du so an Pülcher?"

„Na, wenn er unschuldig ist? Ich hab einen Informanten, der mir bestätigt, dass er da reingelegt worden ist."

„Und wenn, a Gfrastsackl is er trotzdem. Dei Vater hat solche Lumpen eingsperrt und du boxt sie aus'm Kriminal ausse."

Wenn Onkel Alfred jetzt wieder mit seinem Vater anfing, entwickelte sich das Gespräch nicht in die Richtung, die Martin erhofft hatte. Beiläufig hatte er vorgehabt, seinen Zwist mit Anne anzusprechen, so schön nach und nach, damit der Onkel nicht gleich auf blöde Ideen kam. Er versuchte von seinem Fall abzulenken. „Gut, dass es doch nicht so heiß geworden ist, sonst läg dir das schwer im Magen." Er deutete auf den durchzogenen Schweinsbraten, den der Onkel in viel Saft schwimmend auf seinem Teller hatte. Die Fettaugen glänzten auf dem weißen Porzellan.

„Geh, das ist doch kein Problem", sagte dieser, „ich hab des probate Mittel gegen die Fetten." Er hob demonstrativ sein Weinglas hoch und trank genussvoll daraus.

Martins Lächeln kämpfte gegen einen unsichtbaren Widerstand in seiner Wangenmuskulatur an, es gelang einfach nicht.

„Wos schaust denn so zwider?"

„Mir liegt was im Magen ...", setzte Martin an, doch der Onkel ließ ihn nicht ausreden.

„Eh kloa, dieser Schuft, für den du hackelst. Wahrscheinlich lehnt sich ein letzter Rest an Moral in dir dagegen auf."

Martin wischte diesen Einwand mit einer raschen Handbewegung fort. Er sagte: „Das ist es nicht, es hat mit Anne zu tun. Wir haben uns heute gestritten."

„Na geh, hör auf." Onkel Alfred legte sein Besteck nieder und schob den Teller zur Seite. Er beugte sich zu Martin vor und sagte: „Erzähl, wos is passiert?"

Wider Erwarten lästerte der Onkel kein bisschen. Er ließ Martin berichten, unterbrach ihn nicht, lauschte aufmerksam und zum Schluss kratzte er sich dann am Kinn. „Naja", sagte er. „Zeit wär's ja für an Gschrappen bei dir. Die Anja hat scho zwa. I tät mi scho sehr freuen. Dei Mädel hat nicht unrecht, wenn man den richtigen Moment verpasst, kann's für immer zu spät sein."

Martin rutschte auf der harten Heurigenbank hin und her. So richtig wohl war ihm noch nicht bei dem Gedanken, vielleicht demnächst eine Familie zu gründen. Außerdem hatte Anne so etwas in Richtung alleinerziehende Mutter angedeutet. Und überhaupt war es zu früh, darüber zu diskutieren, wenn sie beide noch nicht einmal wussten, wie es mit ihnen weitergehen würde.

„Du musst mit ihr reden, unbedingt. Redet's euch amal aus", sagte Alfred.

Martin nickte wie ein Sünder, der bereute. „Ja, sie will eh heute Abend mit mir drüber sprechen."

„Na, ned so zwischen Tür und Angel. Nehmt's euch ein paar Tage Auszeit, fahrt's irgendwo hin. Du wirst sehen, mit Abstand zum Alltag renkt sich das bald wieder ein."

Martin strahlte. „Du hast recht, und ich weiß auch schon was. Weil heute hab ich eine Einladung bekommen. Da nehm ich Anne mit, das gefällt ihr sicher."

Martin winkte nach der Bedienung.

„Und jetzt trinken wir zwei noch ein feines Achtel."

„Oder zwei", sagte der Onkel lachend.

„Bad Blumenbach?", fragte Anne mit verzogenem Gesicht. Sie schien von der Idee nicht sonderlich begeistert.

„Ja, der Bürgermeister hat m… hat uns kommenden Samstag zu einem Wochenende dorthin eingeladen." Die Einladung war zunächst an Martin ergangen. Die Buchstaben „m. Begl." waren handschriftlich dazugesetzt worden.

„Und warum sollte er das tun? Du wirst doch hoffentlich nicht auf einen Schmäh wie bei einer Werbeverkaufsfahrt hereingefallen sein?", Anne senkte ihr Kinn zum Brustkorb und blickte ihn aus tiefen Augen an.

Martin lachte. „Aber nein, ich hab der Gemeinde einen, sagen wir, Gefallen getan und jetzt wollen sie sich auf diese Weise bei mir bedanken. Wir haben VIP-Karten für die Premiere des dortigen Sommertheaters, das Zimmer wird bezahlt und ein Candlelight-Dinner ist auch dabei, also nix mit Pferdefuß oder so."

Sie saßen auf Martins Terrasse auf einer Rattanbank. Anne schmiegte sich an Martin. Sie sagte: „Nur wir zwei? Auf ganz romantisch?"

Sie legte ihren Kopf auf seine Schulter. Eine bunt gefiederte Meise flatterte herbei. Sie setzte sich auf die Brüstung und begann zu singen. Wenig später kam ein zweites Vögelein und die beiden Federtiere flogen zwitschernd los.

„Süß", sagte Anne und Martin nickte. Er hatte das Symbol zum Nestbauen verstanden. Er wand sich aus Annes Umkuschelung und fragte: „Magst du auch einen Schluck Wein? Ich hätte jetzt Gusto."

„Warum nicht? Ich darf ja jetzt."

Martin hatte auch diese Anspielung auf das Ergebnis des Schwangerschaftstests begriffen. Vielleicht sollten zwei Menschen, die sich ohne lange Erklärungen verstanden, wirklich zusammenkommen. Und dann auch zusammenbleiben. Diesen Gedanken würde er bei einem Glas nochmals durchdenken.

„Wo ist eigentlich dieses Bad Bums-dich-ins-Knie?"

Martin verharrte in der Balkontür. Er drehte sich zu Anne um. „Das heißt Bad Blumenbach und ist in der Nähe von Krems. Die Straße nach Egelsee und dann noch ein paar Kilometer weiter. Du wirst sehen, die Gegend ist schön dort."

Anne hob ihren Zeigefinger. „Ich hab eine Idee: Wir können ja schon am Freitag losfahren und einen Zwischenstopp in der Wachau machen, vielleicht fein Essen gehen und dann weiterfahren."

„Magst zum Undhof?"

„Nein, lieber wieder einmal zum Knoll in Unterloiben, da war ich schon lang nimmer. Wenn das Wetter so bleibt, dann können wir im Garten sitzen."

„Na, wenn wir noch einen Tisch bekommen. Das ist in zwei Tagen."

„Find's raus! Du bist der Detektiv." Anne hauchte ihm über die flache Hand einen Kuss zu.

2.

„Und wenn du glaubst, ich bin blind, dann hast du dich getäuscht! Im Gegenteil, ich sehe gut, vielleicht zu gut. Mir ist nicht entgangen, wie du George am Wochenende angeglotzt hast, richtig lüstern."

Die sonore Männerstimme hallte über den Platz der kleinen Ortschaft. Eine Frauenstimme setzte unmittelbar nach einer kurzen Pause ein.

„Ah so? Hab ich das?"

Der weiblichen Stimme wohnte eine belustigte Note im

Tonfall inne. Ein wenig schrill klang sie, aber das störte nicht. Wipfinger lehnte sich mit verschränkten Armen zufrieden gegen die Sessellehne.

Die Frau sprach weiter. „Und wenn es so wäre? Wenn ich und George schon seit langem ein Paar wären? Wenn ich dir jeden Mittwoch, wenn du mit deinen Freunden im Pub bist, Hörner aufsetzte?"

Der Mann schritt schnell über den Bretterboden auf die Frau zu. Er hob seinen rechten Arm, ballte die Hand zur Faust, ließ sie aber dann sinken, als ob ihn die Kraft verlassen hätte. Er drehte sich weg und biss sich in seine Hand. Die Frau sprach weiter: „Und wenn du das glaubst, warum suchst du ihn dann nicht? Am besten im Kleiderschrank. Wir Frauen verstecken unsere Liebhaber darin seit Menschengedenken. Es hat sich leider noch kein besserer Platz dafür gefunden."

Sie hatte sich bei ihrer Rede zu dem wuchtigen Möbelstück bewegt und öffnete nun langsam die Tür, gab einen spitzen Schrei von sich und sprang einen Schritt zur Seite, dabei hielt sie die Hand vor ihren Mund.

„Stopp!"

Ein schlanker Mann in dunkler Stoffhose und eng am Oberkörper anliegendem Seidenpullover in beinah derselben Farbe kam über die seitlich errichteten Stufen auf die Bühne. Um seinen Hals hatte er locker einen dünnen weißen Schal gebunden. Man sah ihm den Künstler schlichtweg an. Er richtete sich an die Frau. „Du musst die Tür etwas schneller öffnen, so, mit einem Ruck." Er machte es ihr vor. Er stopfte den Daunenpolster in den Schrank zurück und riss dann an der Tür. Er zeigte auf den herausfallenden Kopfpolster. „Dann purzelt der Polster auch sofort hervor und das Publikum kann ihn sehen. Sonst spielst du die Erschreckte und die Leute fragen sich warum."

Die Frau, die vielleicht Anfang dreißig war und in einem grauen Kostüm eine englische Landhausdame verkörpern sollte, nickte. Ihr blonder Haarschweif, der ihr über die Schulter hing, bewegte sich dazu. Der Regisseur, der sich eben eingebracht hatte, stand jetzt im Scheinwerferlicht. Erst jetzt erkannte man das verlebte Gesicht und das schüttere Haar, Altersumstände, über die seine jugendliche Figur bislang hinweggetäuscht hatte. „Wir machen Pause", sagte er.

Wipfinger drehte sich zu seinem Nachbarn und sagte: „Fein haben Sie das wieder hinbekommen, der Mann versteht sein Handwerk. Gratulation." Er blickte nach oben. Über den schwarzen Abendhimmel schoben sich violette Wolken wie träge Rochen über den Meeresgrund. „Jetzt muss nur noch das Wetter halten", sagte der Bürgermeister.

Der Pfarrer neben ihm grinste. „Da kann ich vielleicht ein gutes Wort für uns einlegen." Der Schein der Straßenlaterne über ihnen umhüllte seinen Kopf wie ein Heiligenschein. „Genau wegen dieser Beziehungen machen wir Sie ja immer zu unserem Ehren-Intendanten." Wipfinger lachte jetzt lauthals auf.

Das Blumenbacher Sommertheater folgte seit gut fünf Jahren den gleichen Spielregeln. Man suchte ein gefälliges Stück, zumeist eine Komödie und engagierte ein paar Profischauspieler, die man auf die Blumenbacher Laien losließ. Und ein Regisseur wurde geholt, der zumindest Erfahrung mit einem Landestheater haben sollte – also ein echter Profi, aber keiner, dessen Terminkalender ausgebucht war. Heuer hatte man Alain Sylvester gewinnen können. Seine Mutter hatte ihn noch als Volker Zahradnik auf die Welt gebracht, aber in einer Umgebung, die vom Schein lebte, war ein klingender Künstlername das Mindeste. Die männliche Hauptrolle spielte ein Schauspieler, der sogar einem breiteren Publikum bekannt war – durch die von ihm für ein Möbelhaus im Werbefernsehen verkörperte Figur.

Über das Ganze wachte der Pfarrer, der tatsächlich so etwas wie der Intendant war. Ihm stand mit Eberl, dem Direktor der örtlichen Sparkasse, die zugleich als Hauptsponsor auftrat, ein in finanziellen Dingen erfahrener Mann zur Seite. Eberl hatte sich vor allem um die Finanzgebarung zu kümmern.

„Und ist unser Geldgeber auch zufrieden?", fragte ihn Wipfinger. Eberl brummte etwas, das man als Zustimmung deuten konnte. „Nicht so bescheiden", sagte der Ortsvorsteher, „Sie haben ja auch zum Gelingen beigetragen. Außerdem sind Sie ja vom Fach, hab ich mir sagen lassen?"

„Das ist lange her", wehrte der Direktor ab. Es war lange her, doch kaum jemand im Dorf kannte das Foto nicht, das der Herr Direktor in seinem Büro hängen hatte.

Die Nacht vor dem Tag der Generalprobe endete in der Wirtsstube vom Gasthaus Seidl, das nun seit ein paar Jahren auch als erstes Haus am Platz galt, wenn es um übernachtungswillige Sommerfrischler aus der Stadt ging. In den Ferien hatte der Bürgermeister seinen Imbiss geschlossen, man wanderte also zur Konkurrenz, die man aber hier oben nicht als solche empfand. Es dauerte keine zwei Bier, bis man auf den Saboteur, der in den letzten Jahren immer während des Sommertheaters aktiv geworden war, zu sprechen kam. Und ja, auch der spukende Quirin war wieder einmal Gast bei der Stammtischrunde. Jetzt, da er wieder in Persona aufgetaucht war – im wahrsten Sinne des Wortes.

Zu fortgeschrittener Stunde schleicht eine Gestalt durch die Gässchen von Bad Blumenbach. Ihr Gewand hat die Farbe der Nacht. Wann immer ein Auto zu hören ist, drückt sie sich gegen die nächste Hausfassade oder sucht Schutz hinter einem Baum. Aber es sind ohnehin so gut wie keine Leute unterwegs, nur vom Hauptplatz her, wo die Zimmerer bis heute Nachmittag mit der Fertigung der Bühne beschäftigt waren, sind Stimmen zu hören. Der Fußgänger wechselt die Richtung, schlägt den Weg zur Kirche ein. Auf dem Kiesweg, der diese umkreist, knirschen seine Sohlen auf den Steinchen. Der Weg ist von alten Metallkreuzen gesäumt, in den Reihen der alten Gräber flackern einzelne rote Lichter. Vom Seitenschiff der Kirche weg, verläuft ein schmaler Weg zwischen den Häusern hindurch. Der Gasthof hat heute Ruhetag, nur aus dem oberen Stock verkündet ein nervöses Lichterzucken, dass die Wirtsleute fernsehen, durch das geöffnete Fenster kann man eine Polizeisirene vernehmen. Der abendliche Spaziergänger fragt sich, warum die Leute so begierig auf Krimis sind. Wahrscheinlich liegt es daran, dass in dem Kaff hier sonst nichts los ist und ein wenig Nervenkitzel bestenfalls vor der Flimmerkiste aufkommt. Besser ein paar Leuten beim Sterben zusehen, als selbst vor Langeweile sterben, denkt er sich und ist selbst verzweifelt, hatte er sich sein Leben doch auch anders vorgestellt. Und jetzt drohte sogar diese, seine vermaledeite Existenz, den Bach runterzugehen. Er kommt vor einem Haus zu stehen. Im Vorgarten türmen sich alte Fahrradteile, verrostetes Werkzeug, ein paar Holzscheite, die schlampig aufeinander geschlichtet sind, das lange Gras ist zertreten, überall kommt die Erde zum Vorschein und die wenigen Sträucher wuchern nach Belieben. Das Dach hängt bedenklich durch. Die fehlenden Schindel erinnern an Zahnlücken, der schäbige, zum Teil abgebröckelte Putz wirkt wie ein von Motten zerfressenes Wolltuch. Der Mann hat seinen Mantelkragen aufgestellt und den Hut ins Gesicht gezogen. Er beugt sich hinunter zu dem kleinen Fenster und will hineinschauen, doch das Glas ist vom Schmutz ganz blind, man kann nichts erkennen. Er blickt um sich, holt ein Taschentuch hervor, dann ein braunes Fläschen, mit dessen Inhalt er das Tuch tränkt. Er klopft an die windschiefe Eingangstür. Zunächst leise, er wartet, dann klopft er stärker gegen das alte Holz. Eine Glühbirne über der Tür geht an. Er macht einen Schritt zurück, weg aus dem Lichtschein. Es dauert noch gute dreißig Sekunden, bis sie geöffnet wird. Ein junger Bursch in zerrissenen Jeans öffnet. Sein Gesicht wirkt von Wind und Wetter zerfurcht, auf der einen eingefallenen Wange hat er einen schwarzen Strich.

„Ah, du bist es wieder. Was willst du heute von mir?"

Der Besucher macht einen Schritt vor, nah zum andern hin. Er betrachtet dessen verfilzte Haare, die wie die vertrockneten Disteln im Vorgarten erscheinen. Er sagt: „Wir müssen noch einmal reden, lass mich rein." Sein Blick wandert die leere Gasse entlang, Wolken haben sich vor den fast vollen Mond geschoben.

Der Hausbewohner sagt: „Gut, aber nicht lang, ich bin auch grad erst zurückkommen. Ich muss meine Öllampe nachfüllen. Komm mit, gemma in die Kuchl."

Der Mann folgt dem weit jüngeren nach. Der Dielenboden in der Küche ist ausgetreten, einzelne Bretter federn mit jedem Schritt nach. Der Besucher setzt sich an den wuchtigen Holztisch. In der Ecke thront der Heiland am Kreuz wie eine Warnung.

Der Bursch schenkt sich Tee ein, irgendeine streng riechende Kräutermischung. „Mogst auch an? Hab i selber pflückt."

Der andere schüttelt nur den Kopf. Er sagt: „Ich muss noch einmal mit dir über den Quirin reden."

Der Bursch setzt sich ihm gegenüber hin und lacht auf. Seine Zähne sehen aus wie sein Dach. „Gell, jetzt glaubt's es mir endlich. Ich weiß, dass ihr alle über mich lachts, aber jetzt hab ich den Schatz gfunden. Und jetzt seid's neugierig worden, aber ich werd niemandem verraten, wo er ist. Der Quririn passt drauf auf. Und ich pass auf den Quirin auf."

Der andere legt seine Hände auf die Tischplatte. Er trägt schwarze Lederhandschuhe. „Du musst mir sagen, wo der Quirin auf den Schatz aufpasst."

Der Junge kratzt sich den Bartflaum auf der Wange, seine Augen fliegen durch den Raum, langsam beginnt er seinen Kopf hin- und herzubewegen. „Nein, nein, nein, 's ist meins, meins." Er kramt etwas aus seiner Hosentasche hervor. Es ist ein zerknitterter Geldschein. Er ist rosastichig und zeigt einen Mann mit Backenbart.

Der Besucher fasst nach seiner Hand, er hält sie mit der einen fest, mit der anderen entwindet er ihm den Geldschein. „Wo hast du das her?" Er lässt von ihm ab, hält ihm die Banknote vors Gesicht. „Sag, wo kommt das her."

Der Junge wendet den Blick zu Boden, dann grinst er und öffnet die in den Bauerntisch versenkte Schublade, aus der er ein Messer hervor holt. Er legt dieses aber beiseite und kramt weiter und sagt: „Behalt's, ich brauch's nicht, ich hab noch mehr davon und der Quirin hat noch viel mehr." Aus der Lade befördert er ein Bündel mit Banknoten.

„Du musst mir sagen, wo du das gefunden hast."

„Nix werd ich dir sagen, vielleicht sag ich's dem Pfarrer. Irgendwann einmal, wenn es mit mir zu Ende geht."

Der andere schnellt vor. Seine linke Hand umfasst die Gurgel des Burschen. „Das kann schneller gehen, als du glaubst".

Dem Burschen quellen die Augäpfel hervor, er röchelt. Mit seiner Linken versucht er den Würgegriff zu lockern, der ihm die Luft absperrt, die Rechte tappt über die Tischplatte. Aus dem Augenwinkel heraus erkennt der Eindringling, was er dort sucht. Er sieht die Klinge aufblitzen, schafft es aber noch, sie mit seiner freien Hand wegzuwischen. Endlich kann er in die Tasche greifen. Er weiß, dass er nicht sehr professionell vorgeht, er drückt fester zu, dem Burschen wandert die Zunge aus dem Mund, er gibt gutturale, halb erstickte Laute von sich. Der Eindringling hat endlich das Stofftuch herausholen können. Er lockert den Griff um den Hals und drückt es dem nach Luft schnappenden Burschen ins Gesicht.

Martin hatte seine Tasche gepackt. Anders als er es sich ausgemalt hatte, holte nicht er Anne ab, sondern Anne ihn. Er erinnerte sich zu gut an ihr Lachen (sie hatte ein leichtes Pferdegebiss, wenn sie den Mund zu sehr aufriss), als er sich auf die Autofahrt mit seinem alten Talbot-Matra gefreut hatte und sie nur meinte, dass es besser wäre, wenn sie mit ihrem Auto führen. „Dein alter Sportwagen in allen Ehren, aber wir wollen nicht auf einen Oldtimer-Corso, sondern immerhin fast hundert Kilometer fahren." Dann setzte ihr wieherndes Gelächter ein. Und Martin hatte es einen Stich gegeben. Wegen dieser Fremdbestimmung, der er plötzlich ausgesetzt war. Seit Annes Schwangerschaftstest und der offen gebliebenen Spannung wegen ihres Kinderwunsches, verfügte sie mehr als früher über Martin. Dabei war es seine Idee gewesen, sie zu der Theatervorführung nach Bad Blumenbach mitzunehmen.

Sein Telefon läutete. Nur zweimal, dann verstummte das Signal. Das vereinbarte Zeichen, dass Anne auf der Straße auf ihn wartete. Er machte einen letzten Blick in den Spiegel. Ein wenig eitel war er immer schon gewesen, aber seit er zuletzt einige Kilo abgespeckt hatte, machte ihm sein Ebenbild wieder Freude. So wie die neuen blassblauen Chinos von Lauren oder das fürs Wochenende zugelegte Sakko von Hackett in einem roten Pastellton. Er setzte die Sonnenbrille auf und legte sich das Jackett über den Arm. Der weiche Stoff schmiegte sich richtiggehend an seine Haut. Er versperrte die Eingangstüre.

Man soll seine Feinde immer im Auge behalten. Eine alte Weisheit, die man immer und zu jeder Zeit beachten sollte.

„Fahren S' leicht weg?"

Martin fuhr herum. Klar, die schrille Stimme konnte nur der Pribil gehören, seiner Lieblingsnachbarin. Er schob die Sonnenbrille hoch. Er sagte: „Nur übers Wochenende. Warum? Fürchten Sie sich leicht allein?"

„Na, aber woher denn. I wollt nur Ihr' Freundin auf an Kaffee einladen. Mir san unlängst ins Tratschen kommen und ich hab dann wegmüssen, so hamma uns für später verabredt."

Martin stand der Mund offen. „Sie meinen jetzt aber nicht Anne?"

„I waß ned, so a blonde, hübsche Frau. Also was die an Ihna findt?"

Martin reichte es wieder. Er packte die am Boden stehende Ledertasche und sagte: „Ich werd's ihr ausrichten. Guten Tag!"

Er hörte sie noch weiterreden. „Naja, wenigstens wird's ruhiger wenn Sie wegsan. Obwohl, der Strauch da bei Ihna gehört geschnitten. Jetzt hurcht er mir nimmer zua. Eh guat, wann so aner kane Kinder hat."

Martin hatte das Tor zur Wohnanlage hinter sich geschlossen und suchte Annes Auto. Vielleicht war sie doch noch gar nicht da. Er wartete auf dem Gehsteig und seufzte. Der Kontakt mit seiner Nachbarin hatte seine Stimmung getrübt. Das Thema Nachwuchs begann zu nerven. Jetzt war es nicht mehr Anne allein, die das Thema eigenmächtig über seinen Kopf entschieden zu haben schien, nein, sogar seine Nachbarin mischte sich damit in sein Leben ein, auch wenn ihr Standpunkt diametral zu dem von Anne war. Klar, wer wollte schon neben kleinen Kindern wohnen. Die schreien ständig, verwüsten den Garten oder quengeln herum. Für ihn selbst war die Auswahl seiner Wohnung damals danach erfolgt, ob es junge Familien mit kleinen Kindern in der Nachbarschaft gab. Mit der Pribil konnte er aber bei bester Selektion nicht rechnen. Er ...

Ein Hupen riss ihn aus seinen Gedanken. Gegenüber stand ein französischer Sportflitzer, weiß, mit einem Dach in Carbongrau, der Wagen war flach wie ein von Godzilla zertretener Riesenkäfer. Aus dem Fenster wanderte ein Arm in die Luft und eine Hand winkte ihm zu. Martin schnappte seine Tasche und lief zu dem Auto, dessen Motor ein metallisches Singen von sich gab.

„Anne? Was ist das für ein Auto?", Martin steckte den Kopf durch das geöffnete Fenster.

„Du stellst blöde Fragen. Meins. Also hopp, steig ein, wir wollen los." Sie grinste ihn mit ihren weißen Zahnreihen an, als Martin sich in den Schalensitz zwängte. Er fixierte den Sicherheitsgurt in seinem Schloss und wurde in dem Moment gegen die Lehne gedrückt, kaum dass Anne das Gaspedal angetippt hatte.

Links und rechts zogen die niedrigen Winzerhäuser des beschaulichen Heurigenorts an den Fenstern vorbei, über dem Panoramadach die weißen Wolken, die den blauen Himmel pigmentiert hatten.

„Du, da ist eine Vierzigerzone", sagte er.

„Ich weiß, deshalb beeil ich mich ja, damit wir schneller draußen sind."

„Wieso hast du jetzt so einen Flitzer? Wo ist dein Alfa?"

Anne setzte ein hintergründiges Lächeln auf. „Erstens war der Alfa ja auch keine lahme Ente und zweitens hab ich ja nicht so ein Faible für alte Dinge wie du. Es war Zeit für ein neues Auto und der hat mir halt am besten gefallen."

Martin erfuhr, dass es sich um einen Peugeot RCZ handelte. Ein Sportwagen, den sogar eine Schwulenzeitschrift zu ihrem Liebling gewählt hatte. Also war er sicher auch frauentauglich.

„Aber familientauglich ist der nicht", sagte Martin.

„Und wenn schon. Einiges in meinem Umfeld ist das nicht."

Martin schluckte den nächsten Satz, der ihm in den Sinn gekommen war, hinunter. Sie wollten reden, ja, sie sollten reden, aber Stimmung und Umfeld mussten passen, eine Autofahrt war da nicht das geeignete Ambiente. Wenn es Heikles auszusparen gilt, dann kann man über das Wetter reden oder über Autos. Oder über beides.

„Ein Glück haben wir mit dem Wetter, es soll das Wochenende über schön und heiß bleiben. Du wirst sehen, das wird sicher nett in Blumenbach. Das Stück dürfte ganz lustig sein, eine Beziehungskomödie hab ich gelesen."

Anne nickte und schaltete das Radio an.

„Ein schönes Auto und es läuft so ruhig. Ich wusste gar nichts davon. Du hast nichts erzählt."

„Es gibt einiges, mein Schatz, das du von mir nicht weißt und das ich dir nicht erzähle."

Martin betrachtete Anne von der Seite. Ihre wasserblauen Augen waren starr geradeaus auf die Straße gerichtet. An ihrem Ohr baumelte ein zarter Ohrring aus Gold, der eine kleine weiße Perle gefasst hatte. Warum tat sie nur so geheimnisvoll?

Martin wunderte sich auch, dass sie nicht über die Nordbrücke gefahren, sondern Richtung Klosterneuburg abgebogen war. Die Schnellstraße führte über eine Trasse, die entlang des Donaukanals oberhalb Nußdorfs vorbeiführte – man könnte sie auch als Fly-Way betiteln – und danach in die alte B14 einmündete. Zur Linken thronte der Kahlenberg, Wiens höchste Erhebung, in dessen Spitze die Sendeantenne wie eine Nadel steckte. Die Kirche mit dem einen grün gedeckten Turm war zu sehen. Die vor wenigen Jahren daneben errichtete Hotelanlage bildete einen hellen Flecken zwischen den bewaldeten Hängen und erschien Martin wie ein Schneefeld, das auch im Sommer der Sonnenstrahlung trotzte. Etwas abgesetzt dahinter lag die Burg samt Kirche am Leopoldsberg mit ihren drei grünen Türmen. Er betrachtete das Hinterteil des von Otto Wagner bei der Donauschleuse, wo sich Donaukanal und Hauptstrom trennten, errichteten Löwen. Er schwieg, bis sie die nächsten Türme des links der Straße sitzenden Stiftes Klosterneuburg erreichten. Rechts breitete sich die Au in saftigem Grün aus, verschwommen und weich wie von einem impressionistischen Maler auf Leinwand hingebreitet. Das Auto verfügte über ein Navi, doch der Bildschirm war schwarz.

„Wo fährst du eigentlich hin? Ich dachte, wir wollen nach Krems?"

„Du bist nicht der Einzige, der gern Auto fährt. Die Strecke über Greifenstein find ich viel netter, als blöd über die Autobahn zu brettern."

Aus den Lautsprechern tönte „Happy" von Pharell Williams, doch in Martin keimte die Befürchtung, dass sich dieses Wochenende anders als geplant entwickeln und vielleicht doch nicht so happy werden könnte.

Bei Tulln fuhren sie über die alte Metallbrücke, über die sowohl Zug- wie auch Autoverkehr die Donau übersetzen konnten. Durch die Auwälder ging es weiter auf der Schnellstraße. Durch die Seitenfenster strömte milde, feuchte Luft und es dauerte nicht lange, bis der Hafen von Krems auftauchte und dahinter die Stadt. Die Ebene wurde von ersten Hügeln abgelöst und dahinter erhoben sich die

Berge, zwischen die der Fluss vor Jahrmillionen sein Bett gegraben hatte.

Martin lehnte seinen Kopf gegen die Nackenstütze und schloss die Augen. Er dachte an die Verfolgungsjagd und den nachfolgenden Kampf gegen Czapek. Das hätte auch anders ausgehen können. Irgendwie fand er es jetzt plötzlich gar keine so gute Idee mehr, wieder nach Blumenbach zu kommen. Martin drückte es zur Seite. Er öffnete seine Augen. Anne hatte Stein hinter sich gelassen und war schwungvoll durch den Kreisverkehr auf die neben der Donau verlaufende Uferstraße gebraust. Rechts, wo auch eine Bahnlinie ihre Schienen hatte, baute sich Terrasse um Terrasse auf. Die einzelnen Terrassen, die mit Weinstöcken bepflanzt waren, wirkten wie die vom Dschungel überwucherten Stufen einer aztekischen Pyramide. Der bis dahin breite, wie eine Autobahn verlaufende Fluss begann stromaufwärts in Mäandern zu fließen. Das Wasser wurde grüner und unruhiger, einzelne Schnellen trieben ihr Spiel, rot lackierte Bojen warnten die Schiffe vor ihnen. Die Natur hatte hier gewaltet und eine der schönsten Gegenden des Landes zuwege gebracht. Kein Wunder, dass der Wachau der Status eines Weltkulturerbes verliehen worden war.

Anne schaltete das Radio aus.

„Wir sind gleich da." Ihre Laune schien nach der Fahrt ausgezeichnet zu sein. Sie strahlte eine gesunde Energie aus. „Ich hoffe, du hast reserviert."

Martin rieb seine Fingerspitzen gegen den Daumen. Er drückte Unter- gegen Oberkiefer und sagte:

„Aber sicher." Gerade, dass der Kellner oder mit wem immer er telefoniert hatte, nicht in schallendes Gelächter ausgebrochen war, als er vor zwei Tagen angerufen hatte, um zu reservieren. Martin blickte auf die Uhr. Es war kurz nach eins, das Wetter war schön und der Garten sicher voll. Aber er hoffte, dass eben alle draußen sitzen wollten und er drinnen in einem der Gewölbe einen Platz bekäme. Er druckste herum und sagte: „Wir könnten aber bei dem schönen Wetter auch zu einem Heurigen gehen, die haben da alle wunderschöne Gärten."

„Du hast ja wohl im Garten reserviert?"

Martins Kopfbewegung konnte als Nicken durchgehen. Anne parkte den Wagen zwischen den Weinkellern und die Wahrheit kam zu Tage, sobald sie den Loibnerhof der Familie Knoll betreten hatten. Drinnen wurde im Sommer nicht serviert, nur im Garten über der Straße.

Doch mit viel Verständnis für Martins Bredouille und ob der Tatsache, dass man immer mit einigen Glücksrittern rechnete, die den Weg aus Wien ohne Pränotation wagten, gab die Seniorchefin den beiden einen wunderbar romantischen Tisch im Garten, der erst ab drei Uhr nachmittags reserviert war. Sie saßen im Schatten eines Marillenbaums an einem Tisch, gedeckt mit blau-weiß kariertem Tischtuch, und die üppig wuchernden Kübelpflanzen verströmten ihren Duft. Nach einem Lammcarpaccio (mit Vogerlsalat) wählten beide einen in Kräutern und Knoblauch gebratenen frischen Wels aus der Donau. Klassisch mit Petersilerdäpfel und Blattsalat. Als der Sommelier kam, gab sich Martin weinkundig. Natürlich sollte es ein Wein von Emmerich Knoll, dem Winzer der Familie, sein. Martin sinnierte vor dem Mann, dass man zum Fisch einen leichten Steinfeder nehmen sollte, weil der sich duftig nicht mit dem Süßwasserfisch konkurriere. Der Kellner nickte nur, ohne wirklich Zustimmung zu signalisieren. Da mischte sich Anne, die eben einen Blick in die Weinkarte gemacht hatte, ein und sagte: „Kann es sein? Ich sehe, Sie haben hier einen Riesling Smaragd Kellerberg 2011 auf der Karte stehen. Das ist sicher ein Irrtum?"

Der Weinkellner machte eine Verbeugung und sagte: „Nein, das ist kein Irrtum. Wir haben noch Bestände auf Lager. Eine gute Wahl jedenfalls." Er notierte die Bestellung und zog ab. Ein Piccolo stellte eine Karaffe mit Wasser auf dem Tisch ab.

„Warum sollte das ein Irrtum sein, ich meine mit dem Wein?", fragte Martin.

„Weil der unter Kennern nicht nur beliebt, sondern auch sehr begehrt ist. Der war im Handel schon letztes Jahr ausverkauft."

„Ich wusste gar nicht, dass du dich für Wein interessierst."

Statt einer Antwort setzte Anne ein verschmitztes Lächeln auf. Sie sagte: „Lektion eins. Marco lernt Anne kennen."

Der Kellner kehrte an den Tisch zurück und zelebrierte das Öffnen der Flasche wie einen sakralen Akt und das war es auch, zumindest für den Vinophilen. Er schenkte eines der beiden Gläser nur einen Finger breit ein. Martin beugte sich vor, wollte nach dem Stiel greifen, doch der Sommelier schob das Glas zu Anne. Die bedankte sich und nippte daran. Dann faselte sie etwas von den Reflexen, drehte dabei das Glas im Licht, und von mineralischer Struktur und noch so manches für Martin unverständliche Zeugs.

„Na hoffentlich kann man den auch trinken und nicht nur den Quarzsand zwischen den Zähnen mahlen", sagte er patzig und nahm einen Schluck, nachdem der Kellner ihm nun endlich eingeschenkt hatte. Dieser machte einen Diener in Annes Richtung und zog ab.

„Jetzt sei doch nicht gar so ein Banause, das ist halt was anderes, als dein Neufrieder Genusszwergerl, der aus irgendeinem mir unerfindlichen Grund den Glykolskandal überlebt hat."

Martin ärgerte sich über den schulmeisterlichen Blick, mit dem ihn Anne bedacht hatte. Er nahm einen weiteren Schluck und überlegte, ob er etwas an dem Wein auszusetzen fand – leider nicht. Er schmeckte tatsächlich sehr, wie sagte man doch gleich? „Aber du hast recht, der Wein ist wirklich komplex."

„Verwechsle nicht Vielschichtigkeit mit Komplexität." Anne lächelte.

Da war er wieder dieser Blick. Martin hatte im Gymnasium eine Geographielehrerin gehabt, die hatte ebenfalls einen langen Hals gemacht und die Lippen zu einem arroganten Lächeln verzogen, bevor sie ihn zur Schnecke gemacht hatte. Wenigstens ersparte er sich hier das Gelächter seiner Klassenkameraden.

Eine Kellnerin servierte die Vorspeise.

„Hoffentlich ist die Hauptspeise mehr, denn ich habe wirklich Hunger", sagte Martin. Annes Augen funkelten als sie ihm antwortete: „Wenn dir das Lokal nicht zusagt, dann fahr ich nachher gern noch bei McDonalds vorbei, wenn das eher deinen Geschmack trifft."

Martin leerte sein Glas in einem Zug. Irgendwie lief das hier völlig verkehrt. Aber alles lief verkehrt, seit Anne begonnen hatte, über sein Leben zu bestimmen. Aus einer zwanglosen heiteren Beziehung war ein krampfhafter Beziehungskampf geworden. Sie bestimmte das Lokal, sie entschied, mit welchem Auto man fuhr, sie suchte den Wein aus, und ja, sie hatte auch schon über den Nachwuchs ihre Entscheidung getroffen.

„Woran denkst du mein Schatz?"

Plötzlich lächelte sie ihn an und ihre Stimme war samtig wie die eines Vertreters. „Ich dachte, du hast Hunger?", sie deutete auf den Teller, von dem Martin kaum etwas gegessen hatte.

Er versuchte auch zu lächeln. „Lamm ist doch nicht so meins", sagte er, ehe er sich ein weiteres Glas vom Wein einschenkte.

Zum Fisch schenkte er sich ein weiteres Glas ein.

„Gut, dass ich mit dem Auto fahre, oder?"

Martin spülte ein paar Petersilerdäpfel hinunter und nickte. Wo sie recht hatte, hatte sie recht, dachte er. Er war alles andere als fahrtüchtig. Die Fremdbestimmung hatte auch Vorteile, vielleicht einer der Gründe, warum die Leute auch heute noch heirateten. Er schenkte sich ein Glas Wasser ein. Er hatte schon einen ordentlichen sitzen. Daher lümmelte er auf seinem Sessel.

Zum Nachtisch bestellten sie gemeinsam eine Portion Topfenknödel. Nach einer guten Viertelstunde, die Martin sich mit einem weiteren Glas Wein vertrieb, während Anne durch den herrlichen Garten spazierte, kam die Süßspeise. Die Knödel waren ordentlich von Butterbrösel bedeckt und dazu reichte man den für die Gegend typischen Marillenröster. Die über dem Ganzen zerlassene Butter glänzte in der Sonne. Die Juniorchefin kam vorbei. Sie trug ein Dirndl mit gepunkteter Schürze. Martins Blick blieb zunächst am Dekolletee hängen. Annes Räuspern ließ ihn auf seinem Stuhl hochfahren und er bemühte sich um eine korrekte Haltung. Die Dame des Hauses fragte, ob alles in Ordnung sei oder ob sie noch etwas wünschten. „Vielleicht einen Schnaps zur Verdauung?"

Anne wollte dankend ablehnen, doch Martin nickte sofort und sagte, dass das Essen ausgezeichnet gewesen wäre, doch die Nachspeise wäre vielleicht etwas üppig gewesen.

„Ich empfehl euch einen Marillenen aus der Gegend."

Wenig später hielt Martin seine Nase in das bauchige, sich nach oben verjüngende Glas, er schloss seine Augen und sagte: „Ich rieche die Blüten und ich sehe rotbackige Marillen."

Jetzt war es Anne, die wenig Interesse zeigte. Sie trank selten Schnaps, und wenn, dann erst am Abend. Sie erhob sich, um sich eine der aufliegenden Zeitungen zu holen und begann darin zu blättern.

Martin nippte an der klaren Flüssigkeit. Auch hier breitete sich neben einem vollen Fruchtaroma vor allem eine wohlige Wärme in seinem Magen aus. „Herrlich mild, das ist der beste Marillenbrand, den ich je getrunken habe."

Die Juniorchefin lachte. „Des glaub ich Ihnen sogar. Die Schnattls ham scho immer an guten Schnaps brennt. Schon der Vater hat's verstanden, aber der Sohn ist wirklich ein echter Meister."

Martin ließ sich die Flasche zeigen und notierte den Namen des Erzeugers. Vielleicht war ja am Heimweg noch Zeit, dem Produzenten einen Besuch abzustatten.

Anne kannte ihn weit besser, als er es vermutet hatte, denn er musste diesen Gedanken gar nicht aussprechen. „Am

Rückweg will ich eh noch einen Wein vom Stierschneider mitnehmen, da können wir deinem Schnapsbrenner auch einen Besuch abstatten. Übrigens", sie deutete auf die Ausgabe der NÖN, „dein Bad Blumenbach ist berühmt."

„Wieso?", fragte Martin.

„Weil man dort gestern eine Moorleiche entdeckt hat."

3.

Sie erreichten Bad Blumenbach gegen vier Uhr nachmittags. Martin hatte die kurze Fahrt von Krems bis Egelsee über die Sandlstraße gedöst. Jetzt passierten sie die Engstelle, wo sich rechts der Ebenstein, ein bewaldeter Felsen, den Martin nur zu gut kannte, und rechts der schwarze Ebensee in den Taleinschnitt schoben. Martin sah die vielen Autos, die nahe des Ufers parkten. Die hellen Steine der Ruine Ebenwald gleißten in der prallen Sonne, Lichtfäden spannten sich ins Tal, und Anne sagte: „Sieht eigentlich ganz nett aus. Vielleicht war es ja doch eine gute Idee von dir, hierher zu kommen."

Doch daran zweifelte Martin immer mehr. Zumal ihm der Anblick des Burgfelsens einen Schauer über den Rücken gejagt hatte. Er musste die Todesgefahr, die ihm damals gedroht hatte, verdrängt haben. Jetzt erst wurde ihm bewusst, wie Czapek und seine Tante ihn hatten drängen wollen, einen suizidalen Sprung in die Tiefe des alten Turms zu machen, das Bild der auf ihn gerichteten Waffe kam ihm wieder in den Sinn, das Knallen des Schusses, als Czapek selbst Opfer seines Plans geworden und auf der Taubenscheiße ausgerutscht war.

„Was ist los mit Dir? Du blickst drein, als hättest du ein Gespenst gesehen?"

Es war tatsächlich ein Gespenst, das in seinem Hirn spukte, ein Schreckensgespenst, das ihn nun frösteln ließ, mit klappernden Knochen hängte es sich an seinen Hals und flüsterte ihm ins Ohr: Du hättest sterben können.

Gestorben waren aber die beiden, und es hatte ihn einige Zeit gekostet, die Polizei von seiner Version der Geschichte zu überzeugen. Die Fürsprache von Wipfinger, dessen Wort als Gemeindevorsteher doch einiges an Gewicht hatte und letztlich auch die kriminaltechnische Untersuchung hatten ihn entlastet. Der Schusswaffenexperte bestätigte, dass Martin keinen Schuss abgegeben hatte, denn an seinen Händen waren keine Schmauchspuren gefunden worden, und sprach aus, dass die Unfallvariante, wonach sich beim Sturz von Czapek ein solcher gelöst und die Tante getroffen hätte, jedenfalls im Bereich des Möglichen lag. Letztlich waren die beiden Toten doch des schweren Versicherungsbetrugs überführt, was letztlich den Ausschlag gab, Martins Unschuld zu bestätigen und ihm sogar eine saftige Prämie von der nun entlasteten Lebensversicherung der alten Hecher einbrachte.

Eine Reihe von knorrigen Obstbäumen mit bemoosten Stämmen zog an Martins Fensterseite vorüber, über dem Asphalt flirrte die Luft, zur Linken lagen einige Felder und auf einer gemähten Wiese lagen wiederum die Heuballen aufeinandergestapelt. Wie ein impressionistischer Pinselstrich lag ein länglicher Schuppen aus verwittertem Holz mitten in einem Baumhain, erste Bauernhäuser kamen links und rechts hinzu. Die Kirchturmspitze mit dem in der Sonne flammenden Messingdach kündete vom Ort, noch bevor sie die Ortstafel erreicht hatten. Die Häuser rückten näher an die Straße und sie passierten einen der neu angelegten Kreisverkehre, die allerorts wie die Schwammerl aus dem feuchtdunstigen Waldboden schossen. Der Sicherheitserkenntnis letzter Schrei oder ein mit öffentlichen Mitteln geförderter, zeitgeistiger Unsinn, dachte Martin. Doch jedes Dorf, das auf sich hielt, musste mindestens so einen haben, selbst wenn das Verkehrsaufkommen so gering war wie in der Wüste Gobi. Ob es dort auch welche gab?

„Ich fahr einfach immer weiter ins Zentrum", sagte Anne und Martin nickte nur gedankenverloren.

Sehr viel mehr gab es ja nicht, dachte er weiter, bis vor ihnen der Hauptplatz erstand, einen von bunt blühenden Blumentrögen gesäumten Brunnen in der Mitte. Dahinter war schon die Holzbühne mit den Zuschauertribünen zu erkennen. Der halbe Platz war gesperrt, der Rest war Halteverbotszone.

Martin deutete weiter vor, dorthin, wo die Straße den Platz in einer Kurve verließ. Dahinter lag geradeaus die Kirche mit dem üppig grünen Pfarrgarten. Sie folgten dem Verlauf der Straße, bis das Schild der Gaststätte zu sehen war.

Anne parkte ihren Flitzer auf dem geschotterten Parkplatz mit einer abrupten Bremsung. Eine Staubwolke kletterte über das Chassis des Wagens.

„Wollen wir uns jetzt das Wochenende lang anschweigen?" Sie nahm ihre Sonnenbrille ab.

„Nein, wieso. Verzeih, ich war in Gedanken. Komm, lass uns was trinken und auf unser Zimmer gehen", sagte Martin, der seine Gedanken ins Jetzt zurückholte, weg von einer Verfolgungsjagd, die er sich hier auf einem Waffenrad schwitzend mit dem Moped des Postlers geliefert hatte.

Oben in dem sogenannten Komfortzimmer des Gasthofs, das für den Ehrengast bereit gehallten wurde, warf Anne ihre

Reisetasche aufs Bett und trat an das kleine Fenster, das nach vorne zum Platz hinausging. Sie schob den karierten Vorhang zur Seite und öffnete es. „Wenigstens versäumen wir keine Messe", sagte sie. Sie deutete auf den Kirchturm, in dem sie zu Recht eine jeden Sonntagmorgen laut schlagende Glocke wähnte. Martin betrachtete den Raum, der von Kiefernholz mit den charakteristischen braunen Astlöchern erschlagen wurde.

„Ich weiß, das hier ist nicht dein gewohnter Standard, aber nimm es als Abwechslung zu den trockenen Designzimmern der üblichen fünf Sterne-Kategorie."

„Wieso, ich find es eh urgemütlich." Sie hüpfte aufs Bett. Die Matratze federte unter ihrem Gewicht. „Und was man hier so alles anstellen kann." Sie hatte wieder diesen neckischen Gesichtsausdruck: blitzende Augen und ein verschwörerisches Lächeln, das sich über ihre Backenknochen zog wie ein aus Schabernack gewebter Schleier.

„Jetzt gleich?", fragte Martin.

„Nicht nur ein Auto braucht Treibstoff, du wolltest doch was trinken. Der Gastgarten sieht gemütlich aus, außerdem betrachte ich mich als ab jetzt eingeladen."

Sie bestellten ein kleines Bier für Martin und einen Aperol Spritzer für Anne. In der Zwischenzeit kamen weitere Autos an, stiegen weitere Gäste aus, die ihr Gepäck zum Eingang trugen. Die wenigen Einheimischen, die an so etwas wie dem Stammtisch an der Hausmauer saßen, interessierten sich weder groß für das Paar einige Tische weiter noch für die Neuankömmlinge. Es war normal, dass in der Theatersaison Fremde kamen, sogar solche aus der Stadt.

Sie tranken aus und Martin schlug vor, dass sie zum Platz vor gingen. „Vielleicht treffen wir dort den Bürgermeister, dann kann ich mich gleich für die Einladung bedanken."

Anne war damit einverstanden und sie trotteten Hand in Hand vor zum Hauptplatz in Richtung Tribüne. Martin fiel auf ihrem Spazierweg das kaum vierzig Meter entfernt stehende schäbige Haus auf, vor dem ein ungepflegter kleiner Vorplatz lag, in dem ein ziemliches Durcheinander von Werkzeug, Schrott und Möbelresten herrschte. So ein Anblick war dem Geschäft sicher auch nicht zuträglich, dachte Martin, nachdem sie das windschiefe Gebäude hinter sich gelassen und den Stadtplatz erreicht hatten. Dort herrschte Geschäftigkeit. Requisiten wurden getragen, Absperrungen aufgebaut und hinter der Bühne ging ein Mann in schwarzem Anzug nervös auf und ab und schien mit sich selbst ins Gespräch vertieft. In einer Gruppe von diskutierenden Männern machte Martin Wipfinger aus. Er trug ein weißes Hemd und einen grauen Anzug mit Hirschknöpfen. Mit seiner Größe und seiner Körperfülle stach er aus der Gruppe heraus.

Martin steuerte auf ihn zu und tippte ihm auf die Schulter. Der Bürgermeister drehte sich um und kniff die Augen zusammen. Erst nachdem er Martins Gesicht in einer der sperrigen Laden seines Gehirns (die auch manchmal klemmten) hatte einordnen können, verbreiterte sich sein Mund zu einem Lächeln, bevor er Martins Hand ergriff und er sie schüttelte. Anne war der Mann, dessen fleischiger Hals aus dem Hemdkragen quoll wie gallertiger Zuckerschaum, auf Anhieb unsympathisch. Mehr als ein müdes Lächeln hatte sie jedoch seinem festen Händedruck nicht entgegen zu setzen.

„Herr Martin, schön dass Sie es geschafft haben." Er deutete nach oben, zum Himmel. „Und mit dem Wetter hamma auch a Glück. Darf ich Sie mit unseren Funktionären, die hinter unserem Spektakel stehen, bekannt machen? Ein paar kennen Sie ja schon von Ihrem letzten Einsatz."

Martin und Anne wurden durch die Runde gereicht und Anne bekam am Rande mit, dass es sich um Gemeinderäte, den Volkschullehrer, den hiesigen Direktor der Sparkasse, den Pfarrer und sonst einige andere handelte.

Einige Schulbuben, die ja jetzt in den Ferien waren, stürmten über den Hauptplatz und begruben diesen unter ihrem Radau, der es unmöglich machte, die Begrüßungsrunde fortzusetzen. Martin und Anne durchzuckte es, als hätte ein Donner die Erde zittern lassen.

Schweighuber, der Lehrer, löste sich aus der Gruppe. Mit aufgeblasenem Brustkörper brüllte der Pädagoge besonders pädagogisch agierend in Richtung der Kinder: „Jetz hoiz es amal zsamm, ihr Voitrottel!"

Zunächst erstarrten die Buben, doch einer mit dreckverschmierter Wange und wachen großen Augen, war der erste, der loslachte, die anderen stimmten ein. Der Lehrer hob drohend die Faust in die Höh', dann liefen die Schüler schreiend davon. Jetzt, da das Klassenbuch schwieg, waren auch keine Sanktionen zu befürchten.

Martin und Anne blickten sich mit gehobenen Augenbrauen an.

„Denen muss man manchmal zeigen, wo der Herrgott zhaus ist", erklärte der Lehrer, der sich wieder zur Runde gesellte.

Martin war klar, er war nicht bereit für Kinder, wahrscheinlich würde er nie bereit dafür sein. Diese Episode hatte wieder bewiesen, dass man sich solchen Monstern nicht ausliefern durfte. Er betrachtete Anne. Ihr Körper war noch so wunderbar, alles am rechten Fleck, die Haut schön straff, der Busen zwei herrliche Birnen. Nach einer Schwangerschaft würde das womöglich alles devastiert sein. Die Brust vom Stillen ausgezehrt, die Haut von der Schwangerschaft ausgedehnt, die Augen müde und faltig von den durchwachten Nächten, wenn diese kleinen Biester unter ihren Blähungen litten. Wipfinger riss ihn aus seinen Gedanken. „Unser Theater-Experte hier ist Direktor Eberl, dessen Institut auch wieder als Hauptsponsor auftritt." Wipfinger klopfte Eberl auf die Schulter, in jener Art, in der man am Biertisch sein Gefallen über einen gelungenen Witz ausdrückte. Eberl hatte eine hohe Stirn und war an den Schläfen grau. Sonderlich groß war er auch nicht, neben dem Bürgermeister wirkte er verschwindend. Bis auf seinen traurigen Gesichtsausdruck, der wahrscheinlich seinen hängenden Tränensäcken geschuldet war, wirkte auch er wie die anderen nervös, was sich bei ihm mit einem umherwandernden Blick manifestierte.

„Einen Großteil der Requisite verdanken wir unserer Schule." Wipfinger deutete auf das einstöckige, graue Gebäude, das von einem Stück Rasen zum Platz hin abgegrenzt war.

Lediglich ein an der Motorhaube zerbeultes Fahrzeug stand noch davor. Wipfinger wandte sich an Eberl. „Übrigens Herr Direktor, dein Auto muss weg. Auch als Hauptsponsor kann ich für dich keine Ausnahme machen."

Aus der sich entspinnenden Diskussion entnahm Martin, dass Eberl am Vortag einen Unfall mit einem verirrten Kleinlaster aus Tschechien gehabt hatte. Ein Malheur, das der ortsunkundige Lenker verursacht hatte. Doch die Lenkung am langen Citroën war gebrochen und der Wagen ließ sich nicht mehr manövrieren. Und der Abschleppdienst war säumig. Den Wagen mit einem Seil von einem Traktor wegschleppen zu lassen, war unmöglich, er musste aufgebockt werden.

„Na, dann holen mia halt die Feuerwehr“, sagte Wipfinger und entschuldigte sich bei Martin, dass er ihm nicht die gebührende Zeit zur Verfügung stellen könne. „Ihr sad's eh beim Seidl unterbracht, da trinken wir heut am Abend, wenn alles gut über die Bühne gangen is“, er lachte über diese Doppeldeutigkeit selbst am meisten, „noch auf ein Glaserl, gelt?“ Ein Reporter kam und schoss mehrere Fotos; vom Platz, der Gruppe, der Bühne.

„Gutes Marketing“, sagte Anne, doch der Bürgermeister winkte ab.

„Die san wegen dera Leich im Moor da. Unsere Aufführungen schaffen es sonst nur in die Lokalmedien.“ Sein Lächeln bekam einen bedauernden Ausdruck, sei es, dass die örtliche Kultur nicht genügend gewürdigt wurde oder man mit dem Toten aus dem Moorsee zusätzlich eine zweifelhafte Attraktion für Bad Blumenbach gewonnen hatte.

4.

„Wollen wir vor der Aufführung was essen oder nachher?“ Anne wälzte sich in Seidenhöschen und Top auf dem Bett, Martin rasierte sich im Bad. Er trat zu ihr ins Zimmer, trocknete seine Wangen ab und sagte: „Ich denke, nachher gibt es noch einen Empfang für alle Mitwirkenden und die Gemeindefuzzis, da sind wir auch eingeladen, wir sitzen an der

Ehrentafel." Er bedachte seine Freundin mit einem lüsternen Blick, als er sagte: „Aber wir könnten vorher noch was anderes machen?"

Anne sprang auf. Sie schüttelte lachend den Kopf, schob Martin mit ihrer Hand an seinem Bauch zur Seite und sagte:

„So schnell bekommst du mich nicht rum. Da muss noch mehr Romantik her."

Martin drehte sich mit ausgebreiteten Armen um die eigene Achse. „Aber hier ist doch Romantik pur, alles um uns ist romantisch."

Anne schlüpfte an ihm vorbei ins Bad. „Nein, das hier ist rustikal, nicht romantisch."

Bevor Martin ihr nach konnte, um etwas zu erwidern, hatte sie ihm die Tür vor der Nase zugeschlagen.

Wenig später schlenderten sie gemächlich vor zum Aufführungsort. Als sie aus der Einfahrt des Gasthofs traten, wurden sie von einem Geräuschpegel aus Fahrzeuglärm, Stöckelschritten und Stimmengewirr eingehüllt. Die untergehende Sonne warf feurige Schatten an die Hausfassaden. Ein paar Stände waren aufgebaut, die Getränke und kleine Imbisse verkauften. Vor dem Einlass hatte sich eine Menschentraube gebildet. Martin holte für Anne und sich ein Glas Sekt. Er betrachtete die Männer, die fast alle in einem dunklen Anzug mit langärmeligem Hemd steckten. Anne grinste süffisant. Der Punkt ging an sie, musste Martin sich eingestehen, wenn er an die vorige Diskussion dachte. Ob er das wirklich anziehen wolle, hatte sie ihn gefragt, als sie geschminkt aus dem Bad trat und ihn in schwarzem Polo von Ralf Lauren, einer in Khaki gehaltenen Leinenhose und seinem dunkelblauen Sakko von Giordano sah. Vielleicht hätte er doch nicht ohne Socken in die Mokassins schlüpfen sollen. Im Vergleich zu den anderen Besuchern wirkte er mehr als salopp gekleidet. Typisch Landeier, keine Grandezza in lockerer Kleidung, die mussten immer wie zur eigenen Hochzeit oder Beerdigung angezogen sein. Annes Blick wurde unerträglich.

„Entschuldigung, aber das hier ist Bad Blumenbach, das sind nicht die Salzburger Festspiele, woher hätte ich wissen sollen ... Außerdem sind das doch alles Bauern, die haben auch im Stresemann noch immer keinen Stil."

„Vorsicht, Herr Detektiv, keine Dünkel, du weißt, Hochmut kommt vor dem Fall. Außerdem bist du eh ein süßer Schlurf." Sie stieß ihre Sektflöte gegen Martins.

Sie drängten sich an den Wartenden vorbei, denn für die VIPs gab es einen gesonderten Eingang, über den die Bisinger als Vizebürgermeisterin wie ein Zerberus wachte, damit sich kein Zaungast hereinschummeln konnte. Martin zückte die Karten und wurde mit einem strengen Nicken durchgelassen.

Sie saßen auf der Tribüne, zweite Reihe, die erste war reserviert für die Gemeinderatsmitglieder, den Intendanten, den Regisseur und auch einige Parteifreunde der Bürgermeisterpartei, die extra aus St. Pölten angereist kamen. Martin kaufte sich ein Programm, in dem er blätterte. Das Vorwort war vom Bürgermeister verfasst, der die Seite weniger mit Text, als mit einem großen Portrait von sich gefüllt hatte.

Als er zu den Darstellern kam, blieb sein Blick an der weiblichen Hauptrolle hängen. Eine brünette, üppig ausgestattete Dame mit schulterlangen Locken, die einen sanften

Mund und spitze Backenknochen hatte, der verschmitzte Blick auf dem Foto hatte Martin sofort gefangen genommen. Sie spielte die Rolle der Dorothy Parker, der untreuen Ehefrau, die Martin ihr sofort abnahm, im wahren Leben hieß sie Samantha Dollina und war von Beruf Kindergärtnerin. Sie trug für die Rolle eine blonde Perücke, dabei fand Martin ihren Naturton weit verführerischer.

Martin überflog die Lebensläufe der anderen Darsteller. Die wenigsten waren professionelle Schauspieler. Sie kamen aus der Region und gingen, so wie die vollbusige Dorothy, respektive Samantha, einem bürgerlichen Beruf nach. Nur der gehörnte Ehemann, Robby, und der senile Graf namens Sherlock Sniders wiesen mehrere Engagements in diversen Stadttheatern auf. Langsam senkte sich die Dämmerung über den Ort und die Scheinwerfer gingen an. Martin kniff die Augen zusammen und hielt nach der Hauptdarstellerin Ausschau. Ihn interessierte, ob sie in Natura eben so viel hermachte wie in der Programmbroschüre. Doch der massige Körper von Wipfinger verbaute ihm die Sicht. Ein Raunen ging durch die Menge, als auf der Bühne zwei Arbeiter erschienen und einen Kasten wegschleppten, während vier andere Männer einen anderen brachten. Martin tippte dem Bürgermeister auf die Schulter. „Was ist denn los? Gibt's Probleme?"

Wipfinger stand der Schweiß auf der Stirn. Sein Kopf war rot angelaufen, was Martin dem dicken Lodenanzug zuschrieb.

„Nein, aber unser Theaterschreck hat wieder zugeschlagen. Gut, dass wir das noch entdeckt haben."

„Wer bitte?"

„Irgendein Spinner hat es sich in den Kopf gesetzt, unsere Aufführungen zu stören. Diesmal hat er das Kastenschloss verpickt."

Martin lächelte, denn so schlimm erschien ihm diese Attacke auch nicht. Er ging zurück zu seinem Platz. Er wurde das Gefühl nicht los, dass nicht nur er ein aufmerksamer Betrachter der Szenerie war, er selbst fühlte sich beobachtet. Er erhob sich nochmals, ließ seinen Blick über die hinteren Sesselreihen schweifen, doch niemand schien sich für ihn zu interessieren. Anne zog ihn an seinem Arm hinab. „Es geht gleich los, setz dich", forderte sie ihn auf. Erst jetzt entdeckte Martin am hinteren Ende des Stadtplatzes einen Balkon, auf dem ein Mann stand. Er stand da wie versteinert und hielt sich etwas vor die Augen. Martin konnte ein Fernglas erkennen, dann drehte er sich wieder um und ließ sich auf seinen Sitz sinken, was mit Applaus heftig akklamiert wurde. Der Applaus galt natürlich nicht ihm, sondern dem Bürgermeister, der mit wenigen Worten, die sich wesentlich nur um seine Person und den politischen Erfolg seiner Partei drehten, den Bad Blumenbacher Theatersommer eröffnete. „Ich wünsche Ihnen gute Unterhaltung bei der Komödie 'Einer flog über den Seitensprung'."

Wieder Applaus, während das Licht ausging. Der Bürgermeister stolperte im Halbdunkel von der Bühne und nahm vor Martin Platz. Das weiße Taschentuch, mit dem er sich die Stirn tupfte, stach hervor. Dann wurde es auf der Bühne licht und man hörte resolute Schritte über das Holz sich dem Publikum nähern. Dorothy Parker hatte einen ihrer Liebhaber aus dem Haus befördert und beklagte sich in einem kurzen Monolog darüber, dass sie doch nur deswegen so viele Liebhaber unterhalte, weil sie ihr eigener Mann nicht beachte. Sie fragte sich, ob er sie womöglich auch betrüge, vielleicht sogar schon länger. Sie ersann einen Plan, ihn des Seitensprungs zu überführen. „Fantastisch", sagte Martin, der jedoch nur das tiefe Dekolletee der Akteurin bewunderte.

„Platt!", giftete Anne von ihrem Platz, die der Hunger quälte, von dem sie die Handlung des Stücks nicht ablenken konnte. Das Publikum lachte bei den gesetzten Pointen wie die Beifallsklatscher, denen man im Fernsehstudio ein Taferl hinhält.

Als der Ehemann die Bühne betrat und mehr oder weniger dasselbe wie seine Angetraute, nur halt aus seiner Sicht von sich gab, gähnte Anne.

Dann trafen die Eheleute aufeinander und versicherten sich ihre Liebe. Lacher aus dem Publikum. „Platt" von Anne. „Fantastisch" von Martin, der zu gern das Fernglas des entfernten Zaungastes gehabt hätte.

Das Hickhack ging so hin und her, dazwischen gab es Szenen mit den jeweiligen Geliebten, der senile Graf war für einige Wuchteln gut, dann schien Dorothy in die erste von ihrem Mann gelegte Falle zu tappen. Robby, der Ehemann, bewegte sich, nachdem er seinen Verdacht offen ausgesprochen hatte, rasch auf seine Frau Dorothy zu. Vorne konnte man das Knarren der Holzdielen unter seinen Ledersohlen hören. Er hob seinen rechten Arm, ballte die Hand zur Faust, ließ sie aber dann sinken, als ob ihn die Kraft verlassen hätte. Er drehte sich weg und biss sich in die Hand. Die Frau sprach: „Und wenn du das glaubst, warum suchst du ihn dann nicht? Am besten im Kleiderschrank. Wir Frauen verstecken unsere Liebhaber darin seit Menschengedenken. Es hat sich leider noch kein besserer Platz dafür gefunden."

Lacher.

Dorothy alias Samantha, die schauspielernde Kindergärtnerin, machte es nun genau so, wie es der Regisseur vor zwei Tagen bei der Generalprobe angeschafft hatte. Sie riss die Tür auf und deutete triumphierend auf den geöffneten Kasten. Und der Inhalt fiel auch prompt hinaus, so als hätte er sich auch penibel an sein Drehbuch gehalten. Mit einem lauten Poltern fiel, allerdings nicht der weiche, leichte Polster, nein, es fiel der leblose Körper eines Mannes heraus und kam mit einem dumpfen Schlag, der Länge nach mit dem Gesicht nach unten, neben der weiblichen Hauptrolle zu liegen.

Lacher, zunächst vereinzelt von den entfernteren Plätzen, dann wurde es still, gespenstisch still, bis genau in diese Stille ein lauter Schrei hineinschnitt. Samantha Dollina war mit dem Herausfallen des Leichnams in eine Starre verfallen, hatte die Hände vor dem Mund gefaltet, sie dann kraftlos fallen lassen und gab jetzt einen Oscar-würdigen, schrillen Laut von sich, wie ihn ein Hitchcock nicht besser hätte setzen können. Unruhe machte sich im Publikum breit, vor allem bei jenen Zusehern, die den Verlauf des Stücks kannten und daher wussten, dass diese Einlage weder im Ablauf stand noch einem spontanen Einfall des Dramaturgen geschuldet sein konnte. Dollina löste sich von ihrem Platz und fiel ihrem Partner in die Arme.

„Vorhang!“, rief Alain Sylvester, der Regisseur, doch bei diesem besseren Bretterverschlag auf dem Dorfplatz von Bad Blumenbach gab es so etwas nicht. Wipfinger stürmte auf die Bühne und Martin folgte ihm. Aus Instinkt und Neugier, wie er Anne später im Zimmer erklärte.

Einige der anderen Gemeinderatsmitglieder stürmten

ebenfalls herbei und Bisinger unterwies zwei der Männer, ein Transparent aufzurollen und damit die Bühne ein wenig abzuschirmen. Die Aufschrift der Bürgermeisterpartei „Für eine lebenswerte Gemeinde" entbehrte nicht einer unfreiwilligen Komik, denn dass der Mann tot war, daran gab es, nachdem einer der Bühnentechniker ihn an der Schulter gerüttelt, und er ihn dann mit Hilfe eines Zweiten auf den Rücken gedreht hatte, keinen Zweifel. So einen Gesichtsausdruck hat man nicht als Alkohol- sondern nur als echte Leiche. Dennoch rief jemand nach einem Arzt und die nach dem Landesveranstaltungsgesetz verpflichtend anwesenden Sanitäter kamen zwar, aber auch nur um den Kopf zu schütteln.

„Das ist der Rotter Sepp", sagte Schremser, der Infrastrukturgemeinderat, um nachzusetzen: „Der is hin." Und zündete sich dann eine Zigarette an.

Wipfinger, der sich auch zu dem Toten hinabgebeugt hatte, hievte sich nun schwerfällig in die Höh' (er hatte es auch ein wenig mit den Knien) und sagte an die Adresse seines Gemeinderatsmitglieds: „Ah geh, des hätten wir jetzt nicht gewusst, wer das ist." Dann plusterte er sich auf wie ein Vogel auf der Balz und sagte zu allen: „Tot is er offiziell erst, wenn das ein Arzt bestätigt hat. Jemand muss vor das Publikum treten und die weitere Aufführung absagen." Er setzte eine staatsmännische Miene auf, bevor er vor die Sichtabsperrung trat und sich im Namen der Gemeinde bei den Zuschauern entschuldigte und erklärte, dass unter den gegebenen Umständen die Spielaufführung nicht weitergehen könne.

Ein Raunen ging durch die Menge, und es war nicht die Tragik, dass der eher leicht zu durchschauende Schwank nicht zu Ende gespielt werden konnte, denn die Neugier, was denn passiert sei, welches Ausmaß an menschlicher Tragik hinter dem eben beobachteten Vorfall steckte.

Keine zehn Minuten später hüllte das Signallicht von Polizei und Rettung den steinernen Platz in sein blau flimmerndes Spiel aus Lichtblitzen und Schatten. Ein Notarztwagen war gekommen und der Arzt, dessen Ringe unter den Augen eine länger dauernde Einsatzphase vermuten ließen, lieferte die vom Bürgermeister verlangte Bestätigung.

Sepp Rotter war tot, jetzt ganz offiziell. Und bevor er fragen konnte, warum er tot war, drängte sich Martin die Frage auf, wer dieser Sepp Rotter war.

„Ich bleibe keine Nacht in diesem Kaff!"

Anne war wütend. Sie schmiss ihre Kleider auf das Bett, neben die bereits zur Hälfte gepackte Tasche. „Ich dachte, wir nutzen das Wochenende, um uns klar zu werden, wie es mit uns weitergehen soll, und jetzt erklärst du mir, dass du noch ins Wirtshaus willst?"

Martin schabte seine Daumennägel aneinander. Er zog die Schultern hoch. Er war hier nicht Herr der Lage. Natürlich hatte Anne recht, und das machte die Situation für ihn noch schwieriger, der Zweck des Wochenendes war gedachtermaßen ein anderer gewesen. Eins zu null für sie. Doch nun war er genauso Wipfinger verpflichtet. Der hatte ihn gebeten, sich noch zu ihm und den anderen Gemeinderäten zu gesellen. Unten in der Stube. Um allfällige weitere Schritte zu durchdenken. Der Sommer hatte kaum begonnen und plötzlich hatte man zwei Leichen auf dem Hals. Das war Publicity, die kein Ort, der auf ein wenig Fremdenverkehr hoffte, brauchen konnte. Auch wenn die zwei Polizisten vom Wachposten in Gföhl es als so gut wie erwiesen betrachteten, dass der Sepp Rotter einem Unfall zum Opfer gefallen war. Er war in den Kasten geklettert, in der Hitze vielleicht ohnmächtig geworden und dann in dem engen Innenraum erstickt. Die Obduktion werde das aber klären. Aber Martin drängten sich unzählige Fragen auf. Die Neugier hatte ihn gepackt. Das war ein Punkt, der für die Einladung des Bürgermeisters sprach.

„Sag, hörst du mir überhaupt zu?", Anne zog ihre Bahnen durch das Gästezimmer, wobei sie ihre Wäsche zusammentrug und im Bad ihr Necessaire einräumte.

„Natürlich", sagte Martin, dessen Gedanken sich im Moment eher um die Toten aus dem Dorf, denn um Annes Befindlichkeit drehten. „Aber was machst du da?"

„Packen, ich fahre heute noch ab, hier halten mich keine zehn Pferde. Es sei denn, du widmest mir wieder deine Aufmerksamkeit. Aber hinunter in das Wirtshaus geh ich sicher nicht."

Martin ging zum Fenster. Ihm war heiß, er öffnete einen Flügel und lehnte sich ein wenig hinaus. Sofort bewegte sich ein Körper schnell wie ein fliegender Schatten aus seinem Blickfeld. Er wechselte einen Blick mit Anne. Die machte ein Gesicht wie drei Tage Regenwetter. Von unten drang Lärm aus der Gaststube. Annes Miene wurde fordernder.

Anne oder Wipfinger. Er war jetzt der Schiedsrichter, der bei Gleichstand einer Partei den Sieg zusprechen musste. Oder es diplomtisch versuchen musste.

„Hast du keinen Hunger?"

„Ist mir vergangen."

„Ich hab mir gedacht, wir gehen runter, essen eine Kleinigkeit, ich hör mich ein bissel um, red mit den Leuten und wir gehen dann bald zu Bett."

Hätte er ein einnehmendes Lächeln aufgesetzt, so wie ein Heizdeckenverkäufer, der den Mindestrentnern im Hochsommer Heizdecken verkauft, dann hätte dieser Versuch vielleicht sogar geklappt, aber die Unsicherheit in seiner Stimme hatte ihn entlarvt.

„Okay. Du willst dich hier wichtig machen und ich will nicht bleiben." Anne wuchtete ihre Tasche vom Bett und strebte dem Ausgang zu. „Du wirst dich entscheiden müssen." Sie nickte ihm mit schmalen Lippen zu und Martin ließ sie wortlos ziehen. Er stand da wie ein Debütant beim Maturaball, dem die Ballkönigin eben den ersten Tanz verweigert hatte.

Er betrat den Schankraum, wo einer der Kellner Bier zapfte, aber an den Tischen nur vereinzelt Menschen saßen. Er sah Seidl, den Wirt, der ein Tablett aus der Küche trug.

„Entschuldigung, aber wo ..."

Der Wirt drehte seinen Kopf zu Seite. „Extrazimmer, do san die Herrschaften, kumman S' mit."

In dem Gewölbe kletterten Rauch und Stimmengewirr die Wände hoch. Die einfachen Holztische waren mit einfärbigen Tischtüchern gedeckt, die Wände mit grüngestrichenem Holz getäfelt. Der Zigarettenqualm waberte um die Lampenschirme, die ein warmes, gedämpftes Licht spendeten. Martin machte Wipfinger aus, der ihn zu sich winkte.

„Do sans ja endlich. Ham S' kan Hunger? Und die Frau Gemahlin?"

Martin nahm neben dem Bürgermeister Platz und nickte in die Runde. „Die fühlt sich nicht wohl."

„Des tuat mia lad. Aber Sie essen scho no was?"

Der Detektiv nickte. Und wenig später stand eine ordentliche Portion Schweinsbraten mit karamelisiertem Kraut und Erdäpfelknödel, die mit reichlich Bratensaft übergossen waren, vor ihm. Er nippte am zweiten Krügel Bier.

Viel hatte er bislang nicht erfahren, denn die Leute redeten über einen spukenden Quirin, der nun endlich seine Ruhe finden werde. Auf Martins fragenden Blick erklärte der Pfarrer, dass er die Geschichte auch nur vom Hörensagen kenne, denn er sei auch erst seit wenigen Jahren hier oben gelandet. Angeblich wäre einer der älteren Männer, der auch ganz gerne einen über den Durst getrunken habe, nach irgendeinem Fest verschwunden, dafür habe man in dieser Gegend dann immer wieder ein Irrlicht gesehen. Alles natürlich Aberglaube. Dagegen habe schon sein Vorgänger, Hochwürden Tröscher, vergeblich angekämpft.

„Nein, Herr Pfarrer", mischte sich Angela Bisinger, eine der beiden Frauen in der Runde, ein, „diese Irrlichter hat man wirklich gesehen. Meine Mutter hat es auch einmal sehen können."

„Wann war das?", fragte Martin, nun neugierig geworden.

„Des kann i Ihna ganz genau sagen, vor über dreißig Jahren hat das begonnen", sagte Wipfinger.

„Aber die Piribauer hat das gestern auch wieder gesehen", sagte einer von den alten Männern, die am anderen Ende sitzend vor sich leere Schnapsgläser stehen hatten.

„Und Sie meinen, die Leiche im Moor …?"

„Na klar, wer denn sonst?“, sagte Zwettler, der an seiner Pfeife zog und kleine Wölkchen Richtung Decke paffte.

Martin hatte, während er den Gesprächen lauschte, seinen Braten verputzt und nun das dritte Bier vor sich stehen und ein mittelschweres Drücken im Magen.

„Vielleicht ein Schnapserl zur Verdauung?“, fragte Seidl, der die leeren Teller abräumte.

„Ja, mir bitte auch, aber nur einen kleinen“, übte sich der Pfarrer in christlicher Bescheidenheit.

„Geh, bring glei die Flasche“, übte sich der Bürgermeister in politischer Verschwendungssucht. Aber effizient war es allemal, denn Durst hatten alle und zu verdauen wohl auch. Oder war es der Wunsch nach Ablenkung, denn Alkohol desinfiziert ja bekanntlich nicht nur, er hilft auch beim Verdrängen – man kann sich damit die Welt vielleicht nicht schön, aber ein wenig schöner saufen. Ein benebelter Geist ist halt bescheiden.

Martin betrachtete die verschiedenen Gesichter, hager oder voll, die einander zugewandt sich angeregt unterhielten, die Münder, die lachten, in denen die Zähne auch unregelmäßig und von Kaffee oder Nikotin verfärbt zu sehen waren, die Falten im Gesicht, die sich dabei bildeten. Jemand öffnete das Fenster, Martin sah Annes Wagen noch draußen parken. Sie war also doch nicht gefahren. Wipfinger wirkte nun weit entspannter als noch vor der Premiere – dabei war der Abend nicht nur von dem Unglücksfall überschattet, sondern es war auch fraglich, ob man am nächsten Tag würde spielen können. Die Polizei hatte die Bühne noch keiner kriminaltechnischen Untersuchung unterzogen, wahrscheinlich würde eine weitere Aufführung Spuren vernichten. Er fragte Wipfinger:

„Glauben Sie, dass die Aufführung morgen überhaupt stattfinden kann?"

Wipfinger kaute an seiner Surstelze, stach die Gabel in den Krautsalat, den er für Martin sichtbar auf die halbzerkauten Fleischstücke in seinem Mund schaufelte und sprach, weiterhin den Kiefer mahlend: „Aber sicher, warum denn ned?"

„Womöglich werden Spuren zerstört, die Spurensicherung war ja noch gar nicht da."

„Die wird auch nimmer kommen."

„Wieso?"

„Weil es ein Unfall war, das hab ich mit den Kollegen vom LKA bereits geklärt, da gibt's nix zum untersuchen."

Wipfinger spülte diese Worte mit einem Schluck G'spritzten hinunter. Dann schnitt er sich wieder ein Stück Fleisch hinunter. Martin war noch nicht überzeugt, er fragte: „Was glauben Sie, was der Mann in dem Kasten gesucht hat? Warum soll er sich drinnen versteckt haben? Das ergibt doch keinen Sinn."

Wipfinger lachte laut auf, dabei öffnete er seinen Mund weit und Martin musste wieder die halbzerbissenen Essensstückerl sehen, was ihn leicht angeekelt zur Schnapsflasche greifen ließ. Die Situation erinnerte an einen Leichenschmaus, wenn mit dem Aufsuchen einer Gaststätte und den ersten alkoholischen Getränken der zunächst noch die Gesellschaft beutelnde Schmerz vorsichtig einer neuen Heiterkeit Platz machte, die dann aber bald um sich griff und alle erfasste – oder fast alle. Auch hier wirkte Eberl noch ein wenig blass und beteiligte sich kaum an der Unterhaltung. Dafür waren Schremser und Bisinger um so lauter. Letztere hatte Martins Frage gehört und gab sie nun lautstark an die Runde weiter. „Na Freunde, sollen wir dem Herrn Detektiv sagen, was der Rotter in dem Kasten wollen hat?"

Die Gespräche am Tisch verstummten langsam. Schulterzucken und leichtes Kopfnicken machte die Runde, doch Wipfinger hätte auch so zu erklären begonnen. „Wir haben's ihm nie beweisen können, aber jetzt ist unsere Vermutung bestätigt."

„Welche Vermutung?", fragte Martin.

„Na, dass der Sepp Rotter unser Theaterschreck ist, also war."

„Der was bitte?"

Vom Eingang her hatte sich eine Frauenstimme resolut zu Wort gemeldet. Martin drehte sich wie die Männer um ihn herum Richtung Tür um und begann zu strahlen. Diese Oberweite hatte er den ganzen Abend, also bis dieser vorzeitig zu Ende war, bewundert. Samantha Dollina war erschienen. Sie schien den ersten Schock gut überwunden zu haben, denn sie wirkte selbstsicher, als sie sich einen Sessel heranzog und breitbeinig darauf zu sitzen kam. Martin versuchte sie anzulächeln und ihr einen guten Abend zu wünschen, doch sie nahm von ihm keine Notiz, sondern drängte sich zwischen Pfarrer und Bisinger und wandte sich an den Bürgermeister, den sie erbost ins Verhör nahm. „Sie haben mir erklärt, dass das in den Jahren davor nur eine Verkettung von blöden Zufällen war, dass der Theaterschreck nur ein Gerücht sei, so wie der spukende Quirin, weil wir hier halt in einer Gegend leben, deren Bevölkerung leichter anfällig für Aberglauben oder, wie haben Sie gesagt, Mystik wäre."

Martin lehnte sich auf seinem Platz zurück. Der Abend

entwickelte nun eine interessante Dynamik.

„Geh Kinderl!“, sagte Wipfinger herablassend. „Der war vielleicht a Spinner, aber do ned gfährlich.“

„Und wenn er sich mit einem Messer auf mich gestürzt hätte?“, fragte die Dollina erregt.

„Aber geh, der hat doch immer nur so harmlose Streiche gspielt, hat irgendwas wegtragen oder zsammbunden, aber doch nie einen Menschen ernsthaft in Gefahr gebracht.“

„Stimmt, da muss ich dem Herrn Bürgermeister recht geben“, sagte der Pfarrer. „Der Rotter war kein schlechter Mensch.“

„Mag sein“, sagte Dollina. „Aber ich weiß nicht, ob ich nach all dem morgen spielen kann.“

„Aber geh, Kinderl“, sagte Wipfinger, der Samantha von klein auf kannte. Sie beugte sich zu ihm vor und er tätschelte ihr die Wange. Sein Blick verlor sich in ihrem Dekolletee, was ihm einen giftigen Blick von der Bisinger einbrachte. Martin hoffte auf weiteres Geplänkel, um etwas mehr über die Person von Rotter zu erfahren. Daher fragte er: „Und warum sollte Rotter solche Streiche gespielt haben?“

Schweighuber, der Lehrer, antwortete. „Er war gegen diese Aufführungen, wie er gegen alles war, was den Fremdenverkehr im Ort ein wenig angekurbelt hat. Für ihn war das schlecht, weil er nicht wollte, dass die Bevölkerung im Ort ihren Lebensraum für den Wohlstand einiger weniger opfern sollte.“

„Sie meinen, er war so was wie ein Umweltaktivist?“, wollte Martin wissen.

„Nein, eigentlich nicht“, beantwortete Schremser, der Mann mit der Stachelfrisur, diese Frage. „Er war schon viel draußen unterwegs. Er ist halt dem Fortschritt eher skeptisch gegenüber gestanden. Außerdem war er ein wenig … also beschönigend würde man sagen, er war ein bisserl weltfremd."

„Zurückblieben war er schon eher, aber das hat dich nicht gehindert, mit ihm gemeinsame Sache zu machen, wie es gegen das neue Sägewerk vom Pollroß gangen is", sagte Wipfinger dem Mann von der Opposition auf den Kopf zu.

Bisinger stieß Wipfinger in die Seite. Sie zischte: „Geh, das kannst so gar ned sagen. Er war schon manchmal komisch, aber er war sicher kein schlechter Mensch, auch wenn nicht alle mit ihm auskommen sind."

Martin lächelte verschmitzt über diese Diskussion. Anscheinend galt der Grundsatz „de mortuis nil nisi bene" am Land doch noch etwas. Während man sich, kaum, dass jemand eingebuddelt war, sofort das Maul über ihn zerfetzte, schienen die Dorfbewohner Rotter nun alle in Schutz zu nehmen, auch wenn ihn zu Lebzeiten wahrscheinlich keiner gut leiden mochte. Einzig der Bürgermeister war nicht bereit, den Verblichenen zu schonen. Sein Kopf wurde rot. Er herrschte Bisinger an: „Jetzt hört's mir doch alle auf, mit guter Mensch und so. Dem weint doch keiner eine Träne nach. Also ich sicher nicht."

Der Wirt kam wieder vorbei und servierte ab. Wipfinger packte ihn unsanft am Arm. „Du doch sicher auch nicht", sprach er ihn an, „jetzt kannst endlich den Zubau machen. Auf den Moment hast sicher lang gwartet, oder? Solltest eigentlich ein gutes Flascherl spendieren."

Seidl zog seinen Arm weg und blickte auf das Tablett, auf das er die leeren Gläser stellte. „Ist ja kein Geheimnis, dass mir der Rotter seine Bruchbude ned hat überlassen wollen. Aber nur weil er jetzt tot ist, bekomm ich sie deswegen noch lange nicht.“

Wipfinger grinste. „Bist sicher? Der Rotter hat keine Erben. Das Haus fällt also an die Gemeinde zurück. Wie ist das jetzt mit dem Flascherl?“

Wipfinger verschränkte die Hände vor seiner Wampe. Seidl nickte stumm und trug das Tablett mit ernster Miene hinaus.

„Wieso bist dir so sicher, dass der Sepp kane Erben hat?“

Wieder fuhren Blicke kollektiv zur Türe, als eine Frau Ende fünfzig auf der Bildfläche erschien. Sie trug ihre grauen Haare geknotet, ihre Lippen bebten und ihre Augen schimmerten. Sie hielt sich am Türstaffel an. Das blaue Kleid reichte fast bis zu den Knöcheln. Martin dachte sich, dass der Abend für so manche Überraschungen gut war, die beinahe wie ein vom Dramaturgen gut gesetzter deus ex machina auftauchten. Er fragte sich wer das jetzt wieder war.

Dollina fuhr von ihrem Platz auf. „Mir reicht's. Das ist mir zu pietätlos. Über das Erbe von jemandem zu streiten, der noch nicht einmal unter der Erde liegt, geht mir zu weit.“ Sie drängte sich an der Frau in der Tür vorbei, die sie mit einem kurzen Nicken begrüßte. Martin wollte ihr nach. Er erhob sich, eine Entschuldigung murmelnd, und eilte hinaus, wo Dollina mit vor der Brust verschränkten Armen schnell davon stapfte. In diesem Moment heulte ein Motor auf und Lichter wurden aufgeblendet. Martin machte einen Satz zur Seite, als Annes Sportcoupé an ihm vorbei- und davonbrauste.

Dollina verschwand um die Ecke und Martin schien es nun nicht mehr passend, ihr nachzueilen. Was sollte er ihr schon groß sagen? Dass er ein Bewunderer ihrer Kunst sei?

Welcher Kunst denn? Selbst wenn sie talentiert war, doch das zu beurteilen, war er zuvor zu abgelenkt, sie hätte heute Abend gar keine Möglichkeit gehabt, das Publikum von ihren schauspielerischen Qualitäten zu überzeugen. Zu groß war die Aufregung um den Todesfall gewesen.

Martin atmete tief durch, die frische Luft draußen war im Unterschied zum verrauchten Gastraum eine richtige Wohltat. Er spazierte ein paar Schritte vom Parkplatz weg, zurück Richtung Dorfplatz. Da fiel ihm das halb verfallene Gebäude ein, das ihm schon vorher aufgefallen war. Das musste das Haus des Toten sein. Zwischen dem Gasthof und dieser Bruchbude lag nur ein kleiner Garten, in dem der Wirt ein paar Klettergeräte und eine Schaukel für die Kinder seiner Gäste aufgestellt hatte. Das folgerte er aus dem darauf angebrachten Hinweisschild, das eine Haftung für die Benützung der Geräte ausschloss. Bei den eigenen Kindern konnte man gar nichts ausschließen. Martin dachte an Anne und ihren Wunsch, sich bald zu vermehren. Also das Wochenende war gründlich in die Hose gegangen. Sie hatten sich nicht ausgesprochen, nein, sie hatten sich getrennt. Hatten sie das wirklich? Martin spürte, dass er vielleicht doch ein kleines bisschen zu viel vom Schnaps intus hatte. Mit einem leichten Spitz neigte er zu Übertreibungen, da schlug sein Pessimismus voll durch und er wurde schnell zur Drama-Queen. Anne war gefahren, weil sie nicht bleiben wollte, und er war geblieben, weil er nicht fahren wollte. Das war o.k. Sie waren zwei erwachsene, selbständige Menschen. Doch es half nichts. Die logischen Argumente, die er sich selbst lieferte, versagten. Mit einem Mal wurde er sentimental. Er fühlte sich einsam. Er musste an Anja denken. Vielleicht sollte er seine Schwester anrufen. Ein Gespräch mit der großen Schwester half manchmal, sogar, wenn man bald auf die Vierzig zuging. Er schaute auf die Uhr. Es war kurz vor halb zwölf. Um diese Zeit konnte man nicht einmal die eigene Schwester, so sehr man ihr auch zugetan war und sie brauchte, anrufen. Er nahm das Handy aus seiner Sakkotasche, wischte über das Display, um es zu entsperren. Er suchte die Nummer von seinem Onkel Alfred im Speicher, tippte auf den Namen. Doch bevor die Verbindung zustande gekommen war, trennte er sie wieder. Der Onkel konnte ihm jetzt auch nicht helfen. Außerdem musste er zurück ins Wirtshaus, womöglich traten weitere interessante Details aus dem Leben und Sterben des Theaterschrecks zutage. Er warf der windschiefen Hütte noch einen letzten Blick zu und konnte in der Verwertung des Grundstücks, sei es als Zubau für den Wirt oder für einen Neubau, tatsächlich auch ein mögliches Motiv erkennen. Nicht schon wieder, ermahnte er sich. Eine Bauspekulationsblase in diesem Kaff am Übergang von der Wachau ins obere Waldviertel, schien ihm jetzt doch eher ein Produkt seiner vorbelasteten Fantasie zu sein.

Er betrat den Gasthof. Der Zigarettenrauch aus dem Extrazimmer hatte sich mittlerweile sogar im Eingangsbereich breit gemacht. In dem Gang, der von einigen Rundbögen an der Decke gestützt war und von dem hinten die Stufen in die Gästezimmer im oberen Stock führten, standen einige abgebeizte alte Bauernvitrinen, in denen regionale Produkte, von Honig bis Wein und von Naturkosmetik bis Handwerkskunst, ausgestellt waren. Die doppelflügelige Tür in den Schankraum stand offen und auch die hinten geführte Diskussion war hier zu hören. Der Wirt stand mit unverändert griesgrämiger Miene hinter der Budel und zapfte wieder einmal eine Runde Bier. Martin stellte sich zum Tresen. An der Wand hingen einige hingepinnte Fünfzig-Schilling-Noten.

„Sie können mir sicher sagen, wer die Frau vorhin war."

Der Wirt spendierte Martin auf seine Frage gerade einmal ein müdes Auge. „Unsere Nachwuchshoffnung für Hollywood?"

„Nein, die ältere Dame vorhin."

Der Wirt stellte ein paar Krügel auf sein Tablett und schnappte sich aus dem Kühlfach eine Doppelliterflasche, die er über ein paar Gläser kreisen ließ.

„Ah so, Sie manen die Kathi."

„Ja, die Frau, die als Letzte gekommen ist."

„Jetzt is sie aber scho weg." Seidl spritzte den Weißwein mit Soda auf. Martin wurde nervös. Am liebsten hätte er einen kräftigen Strahl aus dem Flexschlauch in das gelangweilte Gesicht des Wirts gespritzt, damit er ihm endlich seine Aufmerksamkeit schenkte. Martin blies ungehalten Luft aus. „Warten S'. I bring schnell die Trankeln eine, dann könna ma si besser unterhalten." Aus einem Weintemperierschrank holte er eine Bouteille, klemmte sie sich unter den Arm, nahm das Tablett auf und bog damit scheppernd zum Extrazimmer ab.

Martin betrachtete die Darstellung Raimunds auf dem alten Geldschein, an den er sich aus seiner Kindheit noch dunkel erinnern konnte. Wenn ihm der Onkel für ein gutes Zeugnis so einen Schein spendiert hatte, fühlte er sich im Spielzeuggeschäft wie der King. Martin rechnete um. Der heutige Gegenwert wäre um die drei Euro sechzig. Mit Glück konnte man in Wien dafür noch eine Melange ergattern, solange man nicht in eines der Ringstraßencafés ging.

Er spürte eine Hand auf seiner Schulter. „Die Katharina Walbusch war früher ned so verhärmt. Ein bildhübsches Mädel war die. Die Burschen aus dem Dorf und der Umgebung haben sich gerauft um die. Aber sie war vergeben, an den jungen Schnattl, für den hat sie die andern stehn lassen. Außerdem war's die Tochter vom Bürgermeister, also vom alten Walbusch, den was der Wipfinger dann politisch beerbt hat, auch wenn sich die beiden nie wirklich verstanden haben."

„Und wie stand die Frau Walbusch zum Sepp Rotter?"

Der Wirt verzog den Mundwinkel. „Keine Ahnung, woher soll ich des wissen? Ich mein, die Kathi woar weg. Die is erst wieder zruck, nachdem ihr Vater krank worden is."

„Wenn die Frau Walbusch in ihrer Jugend fix vergeben war, wieso heißt sie dann noch Walbusch? Früher hat man doch eher geheiratet als heute." Martin fiel dabei wieder Anne ein, und natürlich auch Anja, die hatte ja auch relativ schnell geheiratet.

„Ich hab doch eh gsagt, dass sie weggangen ist. Sie war von einem Tag auf den andern weg und der Schnattl ist dann auch wegzogen."

„Wann?"

„Na so vor ungefähr dreißig Jahren. Also der Schnattl ist erst weg, nachdem die Kathi verschwunden blieben ist. Anscheinend war sie es, die den Kontakt zu ihrem Bräutigam abgebrochen hat."

„Schnattl, Schnattl", sagte sich Martin laut vor, „woher kenn ich bloß diesen Namen?"

Der Wirt holte eine Flasche von einem Bord. „Wahrscheinli hams an Schnaps von eam trunken. Er macht die besten, auch wenn er jetzt in der Wachau daham is."

Martin nickte. Er bedankte sich für das Glas, das ihm Seidl hinschob. Derselbe volle Geschmack nach reifer Frucht wie heute Mittag.

„Sie werden recht haben", sagte er zu Seidl. Dann kreisten ihm wieder andere Gedanken durch den Kopf. Martin versuchte sich das Bild des toten jungen Mannes auf der Bühne in Erinnerung zu rufen. Er fragte: „Wissen Sie, wie alt der Sepp Rotter war?"

„Na so um die dreißig, aber eher ein bissel drüber."

Martin deutete auf die alten Geldscheine an der Wand. „Vor dreißig Jahren hätte man mit denen sogar noch zahlen können."

Der Wirt schmunzelte. „Bei mir hat der Sepp noch vor kurzem damit zahlen können."

„Was? Die sind vom Rotter?"

„Ja. Eigentlich komisch, wenn ich so drüber nachdenk." Von hinten rief eine Stimme gebieterisch den Namen des Wirts aus. Wipfinger. Doch Seidl blickte noch einen Moment der Welt abgewandt ins Leere.

Martin fragte sich, wieso Rotter mit einem Geldschein zahlte, der seit ungefähr zwanzig Jahren nicht mehr im Umlauf war.

Bevor Martin seine Frage gestellt hatte, sprach der Wirt von sich aus. „Er hat behauptet, der Quirin hat ihm einen Schatz geschenkt. Naja, ein bissel komisch woar er schon, der Sepp. Aber er war so stolz darauf, dass ich ihm das Geld abgenommen hab. Er ist ja eh ned oft kommen und trunken hat er meist nur an Tee. Da hab ich ihm halt die Freud gmacht. Die andern ham ihn natürlich aufgezogen mit dera Gschicht."

Martin war nun schon soweit über das Dorf im Bilde, dass ihm klar war, dass mit dem Quirin der spukende Geist gemeint sein musste. „Und dieser Quirin ist die Leiche, die der See erst vor wenigen Tagen freigegeben hat. Woher will man das wissen? Es wird ja sicher noch kein DNA-Abgleich gemacht worden sein."

Wieder lächelte der Wirt. Er lehnte seinen Brustkorb an die Schank. „Ganz sicher, da brauchen wir keine DNA."

„Warum nicht?"

„Weil die Leiche zwar nimmer guat ausgschaut hat, aber ein Teil der Haut war so gut erhalten, dass man die Tätowierung erkennen hat können. Hab i zumindest ghört." Er hob die Hände, als wollte er das Gerücht damit bekräftigen oder zur Wahrheit werden lassen.

„Eine Tätowierung?"

„Der Quirin war ein alter Nazi, aber er war auch schon als a Junger mit Begeisterung dabei. Den Totenkopf auf der Haut hat er seit damals, wenn S' verstehen ..."

Martin verstand und nickte. „Und wann ist dieser Quirin verschwunden?"

Der Wirt, den Martin auf an die Sechzig schätzte, fuhr sich mit seiner Rechten durch die fetten, in Strähnen nach hinten gekämmten Haare und hob die Schultern. „I waß ned, fragen S' vielleicht die andern drinnen. I waß nur, dass an dem Tag vü los war." Er kratzte sich am Kopf. „Irgendwas anders is da a no passiert, aber mir kummt's jetzt ned, was ..."

Die vom Mond beschienen Wolken zogen über den Himmel wie die Schäfchen beim Einschlafen. Martin hatte wieder an die Luft wollen. Der Rauch kratzte in seinem Hals und der Schnaps, von dem Seidl ihm noch ein weiteres Glas offeriert hatte, ließ ihn schwindeln. Von den knieweichen Beinen ganz zu schweigen. Martin surrte der Kopf. Vom Destillat eines Blumenbacher Edelbrandherstellers, der einmal mit der für Rotter Partei ergreifenden Walbusch liiert war, die sich von ihm getrennt hatte, weil sie – keiner weiß wohin – weggegangen war und der jetzt in der Wachau, in Weißenkirchen, lebte. Martin stieß es vom Magen auf. Zu viele Eindrücke schlugen sich ihm darauf. Der alte Mann, der aus dem Moor auftaucht, der junge Mann, der tot auf die Bühne plumpst, wie ein nasser Sack, die Neidgenossenschaft im Dorf, wo jeder jedem was anhängen will, die üppigen Brüste der Dollina. Martins Kopf drohte zu platzen. Er war einfach losgegangen, hatte im Gehen sinniert. Jetzt stand er vor dem schäbigen Haus, das wie eine schlecht verheilte Narbe aus der properen Dorfidylle herausstach. Er drückte die Türschnalle und die Eingangstüre ließ sich öffnen. Wenn der Verstorbene keine Erben hatte, würde es ohnehin niemanden geben, der sich daran stoßen könnte, wenn er sich in Rotters Behausung ein wenig umsah.

Von der Straßenbeleuchtung fiel nur ein schwacher Lichtschein durch die halb geöffnete Tür. Martin tastete an der Wand nach dem Lichtschalter, zog aber seinen Arm schnell wieder zurück, als er im Halbdunkel die offenen Drähte oberhalb des Türstaffels ausmachte. Wenn das Haus elektrisches Licht hatte, dann war es vielleicht lebensgefährlich, es anzuschalten. Martin holte sein Smartphone hervor und knipste die virtuelle Taschenlampe an. Die Luft roch abgestanden und nach den getrockneten Kräutern und Pflanzen, die Rotter überall von der Decke hängen hatte. In der Küche fand er ein Gaslicht wie er es von früheren Campingurlauben her kannte.

Er schaltete es ein und blickte sich um. Das Fenster war so schmutzig, dass man kaum hindurchsehen konnte. Ihm war das nur recht, denn dann würde ihn keiner bemerken. In der alten Spüle türmte sich Geschirr. In der Mitte gab es einen alten schweren Holztisch, neben dem Herd eine Kredenz und eine Stellage aus Metall, wo Rotter seine Vorräte eingeschlichtet hatte. In Gläsern waren allerlei getrocknete Dinge wie Pilze, Blätter oder alle Arten von Beeren. Martin wollte gar nicht so genau wissen, was sich da alles fand. Er öffnete eine der Laden. Sie klemmte leicht. Er zog fester an und scheppernd ging sie mit einem Ruck auf. Das darin verstaute Besteck wirbelte durcheinander. Martin zog an der Lade daneben. Die ging leichter auf. Martin staunte, als er die vielen Geldscheine sah. Er wühlte in dem Papiergeld. Braune, violette, grüne und sogar blaue Scheine lagen völlig durcheinander drinnen. Er nahm den grünen Hunderter mit dem Bildnis der Angelika Kaufmann heraus, dann führte er die Tausend-Schilling-Note näher an sein Auge und betrachtete das strenge Gesicht der Berta von Suttner. Woher hatte Rotter das Geld, war die erste Frage, die sich Martin aufdrängte. Die Scheine stammten aus den 1960ern und den 1970ern. Es war nicht auszuschließen, dass es von seinen Eltern stammte, die ihm wohl auch das Haus hinterlassen hatten. Das würde er jedenfalls fragen müssen, wenn er wieder zu der Runde um Wipfinger stieß – wenn die sich nicht unter den Tisch gesoffen hatten. Er schob die Lade zurück in den Korpus und ging in ein kleines Zimmer neben der Küche, in dem er den Wohnraum vermutete. Hier herrschte ein ebenso großes Durcheinander wie auch sonst im Haus. Ein großes Sofa diente wohl als Schlafplatz, wie das darauf zerwühlte Bettzeug vermuten ließ. Gewand lag überall verteilt umher. Und dazwischen stapelten sich Kisten und Pappkartons, die bis oben hin angeräumt waren. Martin drehte die Lampe im Halbkreis und der Schein des glühenden Brenndrahts streifte über Rotters Habseligkeiten. Oberhalb des Sofas hing ein großes Ölbild an der Wand. Es mochte gut 150 mal 110 Zentimeter groß sein. Es zeigte einen Blick auf die Ruine Dürnstein mit den Häusern im Ort und dem blauen Kirchturm in der typischen Darstellung des klassischen Biedermeiers.

Martin griff in eine der Bananenschachteln. Er zog einen Packen Zeitungen heraus und Martin betrachtete das Datum der alten Ausgaben von NÖN und Kurier. Rotter war ein Messie, der alles gesammelt und alles aufgehoben hatte. Martin drehte sich um. Ein kleiner Tisch stand unter dem Fenster, das mit einer dicken, dunkelroten Wolldecke verhangen war. Auf dem Tisch standen einige Kartonordner. Martin betrachtete den Inhalt. Da waren Zeitungsausschnitte die Gemeinde betreffend. Da war ein Bild vom damals neu bestellten Bürgermeister Wipfinger aus 2001, da waren weitere Zettel, Wipfinger betreffend, Daten, Namen standen darauf. Martin nahm einen weiteren Ordner zur Hand und durchsuchte dessen Inhalt. Mehr oder weniger dasselbe, nur diesmal über den Wirten. Da sah man ausgeschnittene Artikel von irgendeinem Fest, das Seidl ausgerichtet hatte, da war ein Händeschütteln mit dem Landeshauptmann, da war ein Bild mit dem Bürgermeister, Seidl vor dem renovierten Trakt mit den Gästezimmern. Rotter war also so etwas wie der Chronist des Ortes, der alles darüber gesammelt hatte oder über seine

Einwohner. Der nächste Ordner betraf die erst seit wenigen Jahren von der Gemeinde organisierten Kulturveranstaltungen, vor allem die Theateraufführungen im Sommer. Rotter hatte aus den Medien alles dazu ausgeschnitten, was sich mit den Sabotageanschlägen beschäftigte. Ob das seine Trophäen waren?

Martin ließ sich vorsichtig auf den wackeligen Holzstuhl, dessen gebrochene Lehne mit Klebeband geflickt war, nieder. Unter dem Tisch war eine Holzkiste auf Rädern unter die Platte geschoben. Martin zog sie vor. Die Kiste war voll von Briefen, bunt gemischt, mit Rotter als Absender und Rotter als Empfänger. Sie kamen oder gingen an meist politische Funktionsträger, allen voran natürlich die der Gemeinde: Wipfinger, Bisinger oder etwa Schweighuber, der Lehrer, fanden sich darauf. Aber auch Landesorganisationen, wie der Jagdverband, die Niederösterreich-Werbung, das Landeskulturamt, nämliches -forstamt waren darunter. Rotter muss den Gutteil seines nicht allzu langen Lebens mit dem Verfassen dieser Korrespondenz zugebracht haben. Dem Detektiv fielen einige gebündelte Briefe auf. Sie waren alle an Pollroß gerichtet, einer kam von ihm. Der Poststempel datierte vom Februar, also war der Brief relativ aktuell. Martins Handy bimmelte in seiner Tasche. Er zuckte zusammen. Es war Anne, die ihm vom Display entgegen lächelte. Es war zwar unwahrscheinlich, dass ihn hier jemand hörte oder irgendwer sich um dieses Haus Gedanken machte, hatte doch schon der Besitzer keinen daran verschwendet, doch er drückte den Anruf weg. Hier hatte er keine Ruhe, um seine Beziehung am Telefon zu kitten und er musste zurück zu den anderen. Martin ließ das Handy wieder in seine Tasche fallen. Das Bündel mit den Briefen steckte er ebenfalls ein. Plötzlich machte sein Blick weiter hinten, auf der Stellage etwas aus, das ihn sofort in seinen Bann schlug. Konnte es sein, dass es hier tatsächlich so einen Schatz gab? Er beugte sich vor und griff nach der kleinen Plastikfigur. Ein Musikus-Schlumpf in der seltenen Ausführung mit gelb übermalter Flöte aus rotem Kunststoff. Rotter hatte zur Abwechslung auch etwas Besonderes aufgehoben. Also für einen echten Sammler von Überraschungseierfiguren, die vor allem nach Sonder- und Probeexemplaren suchten. Für einen Moment plagte ihn ein schlechtes Gewissen. Aber es war nicht einmal ein Gewissensbisschen, schließlich nutzte die Figur hier niemandem, womöglich würde sie bei der Hausräumung auf dem Müll entsorgt werden. Auch die Figur verschwand in der Jackentasche.

Das Zufallen der Tür ließ ihn abermals hochschrecken. Er löschte die Lampe, verbrannte sich den Finger am heißen Metall über der Flamme und eilte zum Ausgang. Er hatte die Tür nur angelehnt. Wahrscheinlich hatte ein Windstoß sie nun zugeschlagen. Er schob seinen Kopf durch die Tür und lugte auf die leere Straße. Draußen war es ruhig und windstill. Die Wolken am Himmel hatten sich verzogen und der Mond spannte sein blasses Leichentuch über das windschiefe Dach. Martin bekam es mit der Angst zu tun. Schnell verließ er diesen schaurigen Ort.

Als er den Gasthof betrat, kam ihm der Pfarrer entgegen. Er ging gebückt und schien in Gedanken verloren. Trotzdem sprach er Martin an.

„Was ist denn mit Ihnen passiert? Sie sind ja ganz bleich und sehen aus, als wäre Ihnen ein Gespenst begegnet."

„Wäre das hier ein Wunder? Nein, mir war übel. Der Rauch, Sie verstehen?"

„Das ist schon eine Plage mit diesem Laster, aber so ist der Mensch. Wir sehen uns morgen, gute Nacht."

„Gute Nacht", sagte Martin und kehrte zurück zum Quell, von dem sich Lärm, Rauch und Alkohol verbreiteten, zwar nicht in die Welt hinaus, aber doch in den Mikrokosmos des Gasthaus Seidl in Bad Blumenbach.

5.

Martin hatte Kopfweh und er war unendlich müde. Er saß wieder an der Tafelrunde, wie er die Gesellschaft bei sich nannte. Hier war er niemandem sonderlich abgegangen. Er hätte ruhig länger wegbleiben oder, was auch sein Gedanke war, sich gleich nach seiner Rückkehr zu Bett begeben können. In der Aufregung zuvor hatte er auch nicht mehr daran gedacht, Anne zurückzurufen. Er blickte auf die Uhr. Es war weit nach eins. Sie würde schlafen. Und hier konnte er ohnehin nicht telefonieren, auch wenn der Lärmpegel bereits stark abgesunken war. Es waren doch einige Leute gegangen, nur Wipfinger und sein engster Vertrautenkreis hielt noch aus. Der Bürgermeister hatte zwar sicher schon die zweite Flasche Wein intus, nebst sonstigem, was er im Laufe des Tages und des Abends konsumiert hatte, aber er wirkte noch einigermaßen frisch und nüchtern. Martin hatte noch eine Frage, die er beantwortet haben wollte. Er tippte Wipfinger auf die Schulter.

„Was mich noch interessiert: Wissen Sie, wann dieser Quirin verschwunden ist? Das konnte mir hier noch keiner sagen."

„Er is ja jetzt eh wieder da", sagte Wipfinger und brüllte vor Lachen los. Doch nicht mehr so nüchtern, war Martins Resümee. Einer der älteren Männer, die den Abend über nicht viel gesprochen hatten, beugte sich vor und ergriff Martins Unterarm. Er sagte, dass er das genau wisse, weil das am Tag des Marillenfests 1983 passiert sei. Das wisse er deswegen so genau, weil ein Blitz seine Scheune getroffen und zerstört hätte. Die Feuerwehrburschen wären alle so betrunken gewesen, dass keiner mehr zu einem Einsatz fähig gewesen sei, so sei sie lichterloh abgebrannt. Aber der Bürgermeister hätte ihm dann großzügig unter die Arme gegriffen.

„Sie meinen jetzt nicht den Wipfinger?"

„Nein", sagte der Alte mit dem grauen Flaum am Haupt, „des woar natürlich noch der Walbusch."

In Martins Hirn klingelte es. Der Namen war heute mehrmals gefallen. Und irgendwie drängte sich ihm das Gefühl auf, dass vor gut dreißig Jahren irgendein Ereignis das Gleichgewicht im Dorf durcheinandergebracht haben musste, etwas, dessen zerstörerische Kraft noch heute wirkte. Eine zerstörerische Kraft wirkte auch in seinem Magen. Kohlensäure und Hochprozentiges spielten darin Springflut und er musste aufpassen, dass seinen verstohlenen Rülpsern kein Springbrunnen folgte.

Mit Grausen trank er das Bier, das vor ihm zu stehen gekommen war (er hatte es nicht bestellt) und kippte den letzten Schnaps, mit dem er von einer der Runden zuvor im Rückstand war, dann trat er den Weg in sein Bett an, wobei die wenigen Stufen, die in den oberen Stock führten, für seine bleischweren Beine eine echte Herausforderung waren.

Verdammt!

Herrgott nochmal – verdammt!

Herrgott ...

Der Herrgott rief. Er rief seine Schäfchen zu sich. Für Martin klang es wie die apokalyptischen Reiter, die durch sein Hirn galoppierten. Anne hatte recht behalten, der Kirchturm war nahe und die Glocke war laut, wobei Martin das Gefühl hatte, der Klöppel wurde gegen seinen Kopf geschlagen.

Ding-dong!

Wie spät war es? Wann feierten die ihre blöde Messe? Wann war er ins Bett gekommen? Und wie?

Wo war Anne? Der Detektiv hatte die Spur verloren, nein, er hatte den ganzen Abend verloren, er hatte keine Ahnung mehr. Von nichts.

Er raufte sich die Haare, dann massierte er seine Kopfhaut. Abwechselnd. Haare raufen, Kopfhaut massieren. Ein wenig Nachdenken. Bruchstückhaft setzte sich ein Bild vor das andere. Annes beleidigte Miene, der Tote, der aus dem Schrank purzelt, Wipfinger lachend, Wipfinger trinkend, der volle Busen von der Schauspielerin, die anderen aus dem Dorf, diese andere Frau und das schäbige Haus, das selbst eine Grabesstimmung verbreitete ...

Er kniff die Augen zusammen. Mit ein wenig blinzeln erkannte er das Tischchen im Eck, die karierten Vorhänge, die im Wind vom offenen Fenster zu ihm winkten, das Bett vor ihm.

Das Bett?

Er richtete sich auf. Seine Hände tasteten über den rauen Stoffbezug. Er fuhr sich über die Wange, wo sich das Muster der Stoffbahnen eingedrückt hatte. Er lag auf dem Sofa. Komplett angezogen. Trotz der hämmernden Kopfschmerzen schoss ihm ein, dass sein Jackett jetzt wohl völlig zerknittert war. Offenbar war er volltrunken einfach auf das nächste

Möbelstück mit Liegefläche gefallen. Und das war die kleine Couch neben der Tür.

Er setzte sich auf. Ihm war schwindlig, seinen Kreislauf hatte er vielleicht im Stiegenhaus vergessen. Erst jetzt fiel ihm das Durcheinander in dem Gästezimmer auf. Der Kleiderkasten war halb offen, seine Shirts hingen zum Teil nachlässig aus den Regalen, das Bett schien auch zerwühlt. Ob Anne nochmals zurückgekommen war? Oder hatte er gar mit der ...

Er schüttelte den Kopf. Anne zu betrügen, dazu wäre er heute Nacht nicht in der Lage gewesen. Also schon physisch nicht mehr.

Ding-dong!

Nicht schon wieder!

Er rappelte sich hoch und zog eine unsichere Bahn zum Fenster, um es zu schließen. Die hereinströmende Luft tat zwar gut, doch der Lärm von dem Gebimmel war unerträglich. Und die Sonne schickte sich auch an, ihn mit ihrem grellen Licht wie eine Lawine zu verschlucken.

Sein Handy fiepte zweimal kurz. Eine SMS.

Martin musste eins nach dem anderen erledigen. Zuerst das Fenster zu, dann das Handy suchen.

Anne hatte eine SMS geschickt: „Na mein Sturschädel? Gut geschlafen? Wie wäre es mit Frühstück? Ich bin im Steigenberger in Krems."

Auch im angeschlagenen Zustand erkannte Martin, dass das ein Versöhnungsangebot war. Und er wollte Anne so gern sehen, am besten gleich. Nur an Frühstück durfte er nicht denken, sonst ...

Er dachte daran sie anzurufen. Zuerst wollte er das Bett machen. Sein langes Singledasein hatte ihn so geprägt, dass er auch in Hotelzimmern die Decke und den Polster richtete. Er schlug die Decke auf und schüttelte die Tuchent in der Luft. Dabei fiel ihm ein kleines sandfarbenes Etwas an die Brust. Aus einem Reflex heraus strich er sich über die Stelle und das Ding fiel zu Boden. Vor seine Füße. Auf einmal krabbelte es mit aufgerichtetem Stachel auf ihn zu. Martin fiel nichts anderes ein, als mit der Ledersohle und seinen 80 Kilo, die darüber lasteten, auf das Ding zu steigen. Ein leises Knacken drang an sein Ohr. Der Fuß rutschte ein wenig wie auf einem Eidotter vor.

Und es war soweit. Es gab kein Halten mehr. Sein Magen hatte genug. Was raus musste, musste raus.

„Odonthobuthus odonturus", dozierte Schweighuber seinem Beruf entsprechend mit lehrerhafter Art. „Sie können von Glück reden, dass Sie sich nicht ins Bett gelegt haben. Diese Art ist hochgiftig. Ein Stich kann sogar tödlich sein. Stellen Sie sich vor, sie hätten sich im Bett auf das Ding gelegt."

Martin wollte es sich nicht vorstellen. Mit Ekel betrachtete er das zerquetschte Spinnentier, das er mit Bartwisch und Schaufel in ein aus der Küche geborgtes Einmachglas befördert hatte. Zur Sicherheit hatte er den Deckel zugeschraubt. Man konnte nie wissen.

„Diese Art ist sonst eher in Wüsten heimisch. Kein Wunder, dass er unter die Decke wollte."

„Keine Witze bitte, aber haben Sie vielleicht eine Erklärung, wie das Tier in mein Zimmer kommt?"

„Keine Ahnung." Schweighuber schüttelte den Kopf und biss genüsslich in seine Marmeladesemmel, während er den Skorpion in seinem Klarsichtsarg vor seinen Augen in der

Luft drehte. Obwohl der Lehrer gestern auch lange am Tisch gesessen hatte, wirkte er relativ frisch und unverbraucht. Das kam sicher vom regelmäßigen Sport, von dem er gestern berichtet hatte. „Aber fragen Sie am besten den Wirten."

„Was? Sie sammeln exotische Tiere, wie Spinnen und Schlangen?", empörte sich Martin. „Sie sollten sich nach einem anderen Namen umsehen. Gasthof des Grauens, zum Beispiel."

Seidl zuckte mit den Schultern, doch das schüchterne Nicken war Bestätigung genug.

„Und die lassen Sie durch die Zimmer Ihrer Gäste spazieren? Wollen Sie sich damit das Gassi gehen ersparen?"

„Aber natürlich nicht. Die sind in ihren Terrarien in meiner Wohnung. Ich weiß nicht, wie Clarence in Ihr Zimmer gekommen ist."

„Clarence?"

„Geben Sie Ihren Tieren keinen Namen?"

„Ich hab keine Tiere, und schon gar nicht solche." Martin konnte die Begeisterung für so etwas, das ihm nur wie Ungeziefer vorkam, beim besten Willen nicht teilen.

„Ich weiß nicht, wie ich das gutmachen kann", sagte der Wirt.

„Das kann man nicht gutmachen, verstehen Sie."

Seidl nahm Martin bei der Schulter. „Kommen Sie, jetzt kriegen S' einen Schnaps auf den Schrecken und dann mach ich Ihnen ein Frühstück."

„Danke, mir ist der Appetit vergangen und Schnaps brauch ich auch keinen. Ich reise ab. Bestellen Sie mir ein Taxi."

„Natürlich, wie Sie möchten", kam es kleinlaut vom Wirt. Es war ihm anzusehen, dass die Sache peinlich für ihn war. Vor allem aber dauerte ihn der Verlust des seltenen Tiers.

„Wer weiß aller von diesem ... Hobby?"

„Eigentlich jeder im Dorf, aber warum fragen Sie?"

„Nur so eine Idee."

Martin hatte für einen Moment sogar an eine Racheaktion von Anne gedacht. Seine Begeisterung für die Schauspielerin hatte er vielleicht zu offenkundig zur Schau gestellt. Eine eifersüchtige Frau hätte dem Liebesspiel womöglich auf diese Art einen Riegel vorgeschoben. Hätte er Samantha in sein Bett bekommen, wäre beim Anblick des aufgestellten Stachels sein eigener Stachel sicher im Nu dahin gewesen. Aber nein, sagte er sich. Das war nicht Anne. Das war überhaupt nicht ihr Stil. Er wusste nicht einmal, ob sie eifersüchtig auf ihn war. Er musste Anja anrufen. Seine Schwester musste ihm ihren Rat als Frau erteilen. Kein Wunder, wenn seine Beziehungen bislang nie lang gehalten hatten. Da war nicht nur Anja als die Überfrau, die bislang sein Leben dominiert hatte, ihm mangelte es auch am Einfühlungsvermögen für das weibliche Geschlecht.

Er wollte noch einen letzten Rundgang durch das Haus machen.

Die Fenster in der Stube waren alle weit geöffnet. Der Durchzug sollte den Mief der letzten Nacht vertreiben. Für die Gespenster dieser Nacht wäre aber ein Orkan nötig. Im von der Sonne beschienen Eingangsbereich flirrte der Staub wie ein Ascheregen durch die Luft und es dunstete bereits. Martin blickte auf die Uhr. Mit dem Taxi brauchte er keine zwanzig Minuten bis nach Krems. Er würde Anne auf ihre

SMS antworten und sie ihn dann hoffentlich bald in ihre Arme schließen.

Als er das Taxi bestieg, hatte er tatsächlich wieder Appetit. Die Luft hier oben war vielleicht gesund, aber der Aufenthalt selbst schien lebensgefährlich, wenn er an die Anzahl der gefundenen Toten in den letzten Tagen dachte, zu denen er nun mit viel Glück nicht selbst zählte. So ein ordentlicher Rausch kann manchmal sogar lebensverlängernd wirken. Nicht auszudenken, wenn er sich ins Bett gelegt hätte und nicht trunken am Sofa eingeschlafen wäre. Was für eine Ironie!

„Wie siehst denn du aus?"

Anne saß auf der Terrasse. Sie hob ihre Sonnenbrille an und musterte Martin aus ihren wasserblauen, klaren Augen. Martin trug seine Brille mit abgedunkelten Gläsern, aber selbst mit dieser war ihm die letzte Nacht anzusehen. Das zerknitterte Sakko tat ein Übriges dazu.

„Frag nicht, du würdest es nicht glauben."

„Wollen Sie vielleicht mit mir frühstücken, Mister Columbo?", Anne lächelte ihr mädchenhaftes Grinsen. So neckisch wie sie ihn fragte, konnte sie ihm nicht zürnen, war er sich sicher und schämte sich, dass er sie wegen des Gifttieres doch tatsächlich für einen Augenblick in Verdacht gehabt hatte.

Ein Ober kam und legte ein zweites Gedeck hin. Aus einer Silberkanne wurde ihm Kaffee eingeschenkt und Anne nickte, als der Kellner fragte, ob Martin im Hotel frühstücken wollte.

Nachdem Anne eine halbe Stunde später ausgecheckt hatte, spazierten die beiden noch kurz durch die Kunstmeile in Krems, vorbei an einem einladenden Gasthof, dem Karikaturmuseum und dem Literaturhaus bis zum Kloster Und, als Martins Handy läutete.

Anja.

Martin erzählte ihr im Gehen am Telefon die ganze Story: der wegen des Toten verpatzten Premiere bis hin zu seinem Rausch, der ihn davor bewahrt hatte, als jüngste Krönung der Evolution zum Beutetier einer seit gut 325 Millionen Jahren existierenden Form von Arachniden zu werden.

Anne lauschte mit offenem Mund. Nachdem Martin sein Gespräch beendet hatte, baute sie sich vor ihm auf und fragte:

„Weißt du, was komisch ist?“

„Wie dieses Tier in mein Zimmer kam?“

„Nein. Dein Verhältnis zu deiner Schwester. Wann immer du mit ihr telefonierst, gerätst du in eine schwärmerische Art wie ein verliebter Teenager.“

„Geh, Blödsinn.“

„Nein, so was entgeht einer Frau nicht.“

Martin errötete, was er hinsichtlich der glühenden Wangen auf den Alkohol vom Vortag hätte schieben können, hätten nicht auch seine Ohrläppchen zu leuchten begonnen.

„Komm, lass uns aus der Sonne gehen. Mir ist heiß.“

„Ich glaub schon, dass dir heiß ist, aber das hat nichts mit der Sonne zu tun.“ Anne lachte laut auf. Es war ein Lachen, das Verständnis signalisierte, und damit schien die Diskussion auch wieder beendet. Sie schlenderten zurück zum Wagen.

„So, jetzt machen wir noch die Einkaufstour durch den Districtus Vinea Wachau Nobilis“, erklärte Anne, während sie Richtung Spitz fuhr, doch noch vor Weißenkirchen war Martin eingeschlummert. Die Schönheiten der Landschaft streiften nicht einmal seine Träume, die vom Druck des Sicherheitsgurtes wie von einem Alp auf dem Magen beflügelt wurden.

6.

Martin war wieder wohlbehalten in Wien gelandet. Von Annes Shoppingtour hatte er nicht viel mitbekommen, außer zwei Flaschen Riesling vom Nikolaihof aus Mautern zum Abschied. Der einzige österreichische Winzer, der es bislang geschafft hatte, 100 Punkte vom Weinpapst Robert Parker zu erhalten, erklärte sie ihm, bevor sie Martin aussteigen ließ und im Anschluss in ihre Wohnung fuhr. Sie hatten nicht geredet und Martin war sich nicht sicher, ob es überhaupt noch etwas zu bereden gab. In der Post hatte er einen Brief des wegen seiner Investitionen in Übersee in die Schlagzeilen geratenen Politikers erhalten, der ihm das Mandat entzog – mangels Ermittlungserfolgs. Den hatten wahrscheinlich die Finanzbehörden zu verzeichnen und sein Klient hatte die Ausweglosigkeit seiner Situation erkannt. Obwohl – man war in Österreich. Martin fiel der deutsche Witz über seine Heimat ein, wo man angeblich sagte, die Lage sei hoffnungslos, aber nicht ernst.

Endlich war er auch ausgeruht, denn er hatte seine Tasche und den Wein genommen und war, diesmal nach einer ausgiebigen Dusche und einem kleinen Imbiss, doch bald zu Bett gegangen. Jetzt war Sonntag. Die Sonne lachte durch die nur halb zugezogenen Gardinen und entfernt waren auch hier in Neufried Kirchenglocken zu hören. Martin blickte auf die Uhr auf seinem Nachtkästchen. Kein Wunder. Es war erst sieben Uhr morgens, normalerweise büselte er bis in den Vormittag hinein. Das war sonst nicht seine Zeit, doch heute hatte er genug davon, untätig im Bett zu liegen.

Nach einem kurzen Spaziergang setzte er sich mit einem Kaffee auf die Terrasse und breitete die „Presse am Sonntag" auf. Bis auf diesen seltsamen Detektiv, der seine Fälle mehr mit Intuition löste, liebte er vor allem die Rätselkrimis im Unterhaltungsteil. Er konnte Anja anrufen. Vielleicht wollte sie ihn mit den Kindern besuchen. Doch sie würde sicher Niklas, ihren Mann mitnehmen. Das hatte er nun davon, dass er ihn rausgeboxt und ihn vom Mordverdacht reingewaschen hatte. Er hatte seine eigene Konkurrenz wieder eingesetzt. Nein, also nicht Anne mit Anhang. Den Onkel würde er gern sehen. Er rief ihn an und bestellte ihn für drei Uhr in den Frostbachl-Fadinger, seinen Lieblingsheurigen. Martin lehnte sich über die Brüstung. Die wenigen Wolken hatten sich nun auch verzogen, ein azurblauer Himmel spannte sich über die Weinberge, optimal für eine Radtour, für die ihm gut vier Stunden blieben.

„Und des woar echt a giftiger Skorpion unter deina Decken? Na Bruader ums Eck!" Der Onkel pfiff anerkennend durch die Schneidezähne. Martin hatte den unspektakulären Kampf mit dem einen oder anderen Detail ausgeschmückt, die Wahrheit, dass das Wüstentier unter seinem Gewicht zermanscht wurde, war zu banal, wie er befand.

„Und i hab mi scho gwundert wie du angrufen hast. Wolltest du ned bis zum Sonntag bleiben?"

Martin schilderte die verpatzte Premiere, der er als Ehrengast beiwohnte, die jedoch nach dem ungeplanten Auftritt der Leiche schnell beendet war.

Der Onkel pfiff abermals durch die Zähne.

„Und am Tag davor ist dort auch schon eine Leiche im Moorsee gefunden worden."

Noch ein Pfiff.

Martin schilderte dann noch den Abend, wie die Leute über den Toten fast alle gelästert hätten. Bis auf die zwei Frauen. Von der Älteren lieferte er keine Beschreibung, dafür schilderte er gewisse Attribute der kindergärtnernden Schauspielerin sehr genau.

Wieder ein Pfiff, lange, wie von einem Bauarbeiter, der einem Kittel nacheiferte.

„Und was ist mit Anne? Habt ihr euch ausgesprochen?"

„Aber woher."

Martin erzählte und erzählte, der Wein floss dazu. Sie saßen im Schatten eines Baums unmittelbar vor den wie kleine Straßen bergan laufenden Reihen aus Weinstöcken, deren sattes Grün Zuversicht spendete. Kein Wunder, dass die Leute den Heurigen besonders im Sommer liebten. Hier war es kühl und frisch.

„Und ich hatte so einen seltsamen Traum, auf der Autofahrt zurück nach Wien. Göttweig und so hab ich total verschlafen."

Martin schilderte wie er ein Haus betrat. Es war leer, die Böden waren aus Stein und spiegelten. Die Räume waren hoch wie in einem Schloss, die Wände kahl. Auch sonst war alles schmucklos, zwar imposant, aber kalt und leer. Nur eine Uhr, eine große Standuhr, übermannshoch mit riesigem Ziffernblatt und ebensolchen Zeigern war darin. Es gab eine Tür, die zu einem anderen Raum führte. Martin wusste, dass er die Räume zu durchschreiten hatte, weil er den Ausgang suchte. Er hatte es eilig, denn er hatte einen Termin. Durch eine weiße Flügeltür hetzte er in den nächsten Raum. Auch hier alles leer, nur eine Uhr. Es war eine Stunde später. Er rannte weiter in den nächsten Raum. Wieder eine Uhr, wieder hatte er eine Stunde verloren, und so ging es weiter, bis er in einen dunklen Raum kam, dessen Uhr keine Zeiger hatte, dahinter war es schwarz, ein schwarzes Nichts.

„Dann hat Anne mir die Weinflaschen auf den Bauch gedrückt und ich bin aufgewacht. Da waren wir schon wieder zu Hause. Komisch, nicht?"

Onkel Alfred kratzte sich über das unrasierte Kinn. Er sah heute schlecht aus, die Wangen waren ein wenig eingefallen und die wenigen weißen Haare auf der Seite des sonst kahlen Schädels standen unfrisiert durcheinander. Die Haut am Hals hing schlaff herab und seine Augen ließen den üblichen Glanz vermissen. Er zuckte die Schulter und schüttelte den Kopf, als er sagte: „Also wennst mich fragst, ist der Traum relativ kloa. Du kriagst a mit, dass die biologische Uhr tickt. Irgendwann isses z'spät."

„Zu spät für was?"

„Na fia alles, aber bei uns Männern vor allem für Kinder. Lass dir von die Klatschseiten nix einreden. Siebzig- oder Achtzigjährige die noch Vater werdn, aber woher, des gibt's nur in der Bibel, aber kaum in da Wirklichkeit."

„Ich versteh trotzdem nicht, was ..."

„Weilst a bleda Bua bist, immer noch", unterbrach ihn sein Onkel. „Du solltest dich mit deiner Anne zsammsetzen und dich mit ihr versöhnen. Die Frau is guat für di. Und wann du ned bald Kinder hast, kanns vorbei sein, dann geht's nimmer. Versteht? Mutter Natur schiebt dann an dicken Rigel vor und dein Prügel wird nimma dick."

Martin grinste. „Geh bitte, für so was gibt's doch Viagra."

Der Onkel drehte sich beleidigt weg. Sein Gesicht war rot angelaufen. Vom Ärger oder der Hitze oder vom Wein. Martin nahm einen Schluck. Auch ihm war warm vom Alkohol. Der musste dann auch seine Zunge gelockert haben.

„Du Onkel, ich hab ein anderes Problem. Also mit Frauen. Es ist wegen ..." Er kam ins Stocken. „Also wegen Anja ..." Der Onkel wandte sich ihm zu. „I waß, du bist in dei Schwester verliebt."

Jetzt lief Martins Gesicht rot an wie ein Hummer im Siedewasser. „Was, das weißt du?"

„Jeder waß des, nur ned du und Anja. Sogar deine Eltern hams gwusst."

Martin breitete die Arme wie Pontius Pilatus aus. „Ja, deswegen war ja auch unser Verhältnis gestört. Aber wahrscheinlich bin ich es, der gestört ist. Ich gehör zum Psychiater oder am besten gleich in die Klapse."

Der Onkel klopfte ihm auf die Schulter. „Mach dir kane Sorgen, du bist ganz normal."

„Wenn ein Mann auf seine Schwester steht, das findest du normal?"

Alfred führte den Zeigefinger an seine Lippen. „Psscht, mach dir keine Gedanken."

Martin nahm zur Kenntnis, dass sein Onkel auch einen Klamsch oder zumindest einen gehörigen sitzen hatte, obwohl das Meiste vom getrunkenen Wein auf seine Kappe ging. Alfred sprach weiter. „Was mi mehr interessieren tat, is, was jetzt mit dein Skorpion-Wirtn und den Leichen da oben los ist. Was hast du vor?"

„Na nichts. Was soll ich vorhaben? Der Wirt sieht mich nie wieder als Gast, der Tote aus dem Moor ist wahrscheinlich selber reingefallen in seinem Dusel und beim Rotter muss die Obduktion klären, ob das nicht ein Unfall war."

Der Onkel pfiff schon wieder. Diesmal klang es verächtlich. „Also du bist mir a schena Detektiv. Da kugeln die Leichen umadum und er will warten. Du hättest Totengraber bleiben solln, die Hinichen rennen dir wenigstens nimmer davon, so wie deine Mörder."

Wenn Martin meinte, dass ihn der Gasthof Seidl nie wieder sehen sollte, dann muss man sagen, hätte er es besser mit James Bond gehalten: Sag niemals nie!

Und wieder war es eine Frau, die ihm den Auftrag erteilte. Keine Woche nach seinem vermurksten Wochenende kam der Anruf.

„Können Sie bitte nach Bad Blumenbach kommen?"

„Wer spricht da?" Martin konnte die dunkle, weibliche Stimme nicht zuordnen. Es war eine reifere Stimme, sicher nicht die der Schauspielerin oder eine aus dem Umfeld von Wipfinger.

„Sie kennen mich nicht, aber ich brauche Ihre Hilfe. Sie sind doch Detektiv."

„Aber Sie wissen schon, dass ich nicht billig bin."

„Geld spielt hier keine Rolle."

Das war das Zauberwort, das ihn zusagen ließ.

„Ich habe ein Zimmer für Sie im Gasthaus Seidl reserviert. Sie kennen es bereits."

„Wer sind Sie?"

„Das erfahren Sie, wenn Sie da sind. Wir treffen uns morgen um neun."

„In der Gaststube?"

„Nein, ich rufe Sie an und sage Ihnen den Treffpunkt."

7.

Der Wirt lächelte huldvoll, als Martin sich durch den Eingang auf die Rezeption zubewegte.

„Was für eine Freude", meinte er. „Und Sie haben Glück, wir sind fast völlig ausgebucht, aber für unseren Ehrengast hab ich immer was frei."

Martin nahm stumm seinen Schlüssel entgegen. Erst auf der Treppe hielt er inne und fragte. „Der Zoo ist gefüttert und weggesperrt?"

Er schritt die ihm bekannte Treppe empor und erreichte sein Zimmer über den Gang im oberen Stock. Die Leibung um die Fenster war aus Holz und auch die Heizkörper waren mit heller Buche ummantelt. Darauf standen Grünpflanzen. Der Dielenboden war in der Mitte des Ganges mit Fleckerlteppichen ausgelegt. Ein Zimmermädchen kam aus einem der Gästezimmer. In der Hand trug sie Handtücher und Bettwäsche, die sie in einen auf einem Wagen befindlichen Sack fallen ließ. Sie grüßte Martin freundlich, ohne ihn näher anzusehen. Martin steuerte seine Zimmernummer an und schloss die Tür hinter sich. Der Raum war kleiner und etwas dunkler eingerichtet als jener, der ihm letzte Woche mit Anne zugewiesen worden war. Dafür ging er nach hinten hinaus, auf einen Vorplatz, auf dem sich Kisten stapelten, von wo es nach einer Wiese direkt zum Wald ging. Die Glocken würden hier weniger laut schlagen.

Das Bad war kleiner und Porzellanwaschbecken wie Fliesen in Bahamabeige ließen auf eine letzte Gestaltung dieser Sanitäranlage in den 1980ern schließen.

Martin hatte Lust auf einen Kaffee. Das bisschen Wäsche konnte er später ausräumen. Am Dorfplatz gab es ein Kaffeehaus, das einen netten Schanigarten hatte. Man saß neben dem Brunnen, von dem der Wind eine kühle Brise zu den Tischen trieb, und konnte ungestört das Treiben auf dem Platz beobachten.

Als Martin den Gasthof verließ, lief er direkt Wipfinger in die Arme.

„Ja, wos machen denn Sie wieder da?“, Wipfinger steckte stilsicher wie immer in Tracht. Betrachtete man den Bürgermeister, konnte man den Eindruck gewinnen, in einer entlegenen Bergbauerngemeinde gelandet zu sein, deren verschneiter Gebirgspass einen Austausch mit der Außenwelt nur in den wenigen Monaten im Sommer zuließ.

„Mir hat Ihr Stück so gefallen, ich würde gern den Schluss sehen“, antwortete Martin.

„Sie san jo es letzte Mal früher abgereist, sonst hätten S' ja eh den Schluss am nächsten Abend gsehen. Des war a saubere Aufführung, sog i eana.“

„Ich konnte leider nicht bleiben.“

„Is scho guat, aber i waß ned, ob i eana no a Koartn besorgen kann. Ich glaub wir san ausverkauft. Des Stück rennt super. Oder brauchen S' gar zwei?“

Martin konnte sich den Andrang des Publikums durchaus erklären. Der Nervenkitzel, dass vielleicht wieder ein Toter über die Bretterbühne kullerte, hielt sicher die ganze Vorstellung über an, auch wenn ein solcher Zwischenfall jetzt eher auszuschließen war. Ihm war ja die Komödie egal, doch über seinen weiteren Auftrag hier wollte er nichts verraten. Er winkte dankend ab. „Lassen Sie das nur meine Sorge sein, ich kümmere mich drum."

Martin kam am Haus des toten Rotter vorbei, das unverändert aussah und weiter vor sich hin morschte. Da fiel ihm ein, wie er einige Briefe an sich genommen hatte. Von der Schlumpffigur ganz zu schweigen. Die hatte er in Wien sofort seiner Sammlung einverleibt. In seinem späteren Rausch und in der Aufregung um den Skorpion am nächsten Morgen hatte er jedoch ganz auf die Briefe vergessen, jetzt hatte er den Stapel blöderweise daheim in Neufried gelassen, ohne ihn genauer zu sichten. Er wanderte am smaragdgrün wuchernden Pfarrgarten vorbei, hinter dem die Kirche wie eine gefasste Perle lag, ein paar Passanten grüßten ihn freundlich und auch eine alte Frau fuhr auf ihrem in der Sonne schwarz glänzenden Waffenrad vorbei und grüßte ihn. Martin kannte das Rad mit den gleißenden Chromteilen. Und auch die Frau Piribauer war ihm bereits ein Begriff. Autos fuhren hier so gut wie keine. Erst auf der breiten Straße, die in einem Bogen um den Hauptplatz verlief, folgten ein paar Vehikel gemächlich dem geschwungenen Straßenverlauf Richtung Sandlstraße. Die Häuser am Hauptplatz trugen zum Teil barocke Fassaden, die meisten jedoch waren schmucklos, dafür aber in kräftigen Farben gestrichen, die jetzt in dem grellen Sommerlicht noch stärker gleißten.

Martin setzte sich in die Sonne und seine Sonnenbrille auf und bestellte bei der jungen Kellnerin einen Kaffee sowie ein Mineralwasser.

„Einen frischen Marillenkuchen hätten wir heute auch", sagte sie und Martin nickte. Mit ihrem strohgelben Pagenkopf erinnerte sie ihn mit ihrer zierlichen Erscheinung ein wenig an Anne.

Er rief Anne an. Das Freizeichen ertönte. Erst nach einer Weile hob sie ab. Ihre Stimme war unterkühlt. Ein stimmlicher Eisberg, der Martins Titanic versenkte.

„Was willst du?"

„Fragen, wie es dir geht."

„Wie soll's mir schon gehen. Du hast dich ja ziemlich verausgabt letzten Freitag. Du hast die ganze Heimreise über gepennt."

„Ich weiß nicht, was du glaubst, ich hab recherchiert."

„Recherchiert? Was denn? Darf ich dich erinnern, wir wollten das Wochenende für uns haben."

„Aber das können wir ja noch."

„Wann?"

„Ich weiß nicht. Jetzt habe ich wirklich einen neuen Auftrag."

„Wo?"

„In Bad Blumenbach."

„Siehst du", Annes Stimme war lauter geworden, „es ist doch wegen einer Frau und jetzt willst du mir was vormachen."

Die Kellnerin brachte den Kaffee und das Wasser auf einem Tablett und fragte Martin, ob sie den Sonnenschirm aufspannen soll.

„Ist sie bei dir?"

Annes Eifersucht war neu für Martin und er tat sich schwer, damit umzugehen. „Nein, das ist die Kellnerin von dem Café am Dorfplatz. Ich weiß noch nicht einmal, wer meine Auftraggeberin ist. Sie meldet sich erst bei mir, dann treffe ich sie hier und sie erklärt mir, worum es geht."

„Also doch eine Frau."

Jetzt war es Martin, der lauter wurde. „Ja, eine Frau, aber nicht so wie du denkst."

„Was ist an einer Frau nicht so, wie ich es mir denke?"

Martin wurde der Diskussion überdrüssig, zumal er wusste, dass er nicht mehr auf die Gewinnerstraße kommen würde.

„Vertrau mir doch einfach", sagte Martin.

„Aber natürlich, entschuldige, vielleicht bin ich einem Klischee aufgesessen. Der coole Detektiv und das gerissene Weibsstück."

Martin hatte also den Joker gezogen, jetzt war er in der richtigen Spur. Und wenn der Sieg schon greifbar nahe schien, wurde man oft unvernünftig. Er setzte noch eins drauf.

„Du weißt doch, du bist meine Femme fatale."

„Ich weiß nicht, ob ich mich dadurch geschmeichelt fühlen soll, wenn du mich für deinen Untergang verantwortlich machst."

„Aber du weißt doch, wie ich es gemeint habe, ich ..." Er hielt das Handy weit von sich weg, in Richtung des Traktors, der eben an der Caféteria vorbei tuckerte. Aus der Distanz brüllte er hinein: „Leider furchtbar schlechter Empfang hier."

Er ließ das Mobiltelefon nochmals durch die Luft kreisen, danach trennte er die Verbindung. Er blickte um sich, ob irgendjemand Zeuge seines Gesprächs geworden war. Die meisten Leute um ihn schienen wie er nicht aus dem Ort zu stammen. Es waren vorwiegend ältere Paare darunter und auch eine Gruppe von vier Frauen, die nahe am oder über dem Pensionsalter waren. Klar, es waren Ferien, die Schüler ersparten sich somit diese Art der kulturellen Bereicherung in der Provinz und die jungen Leute gaben sich lieber dem Discovergnügen auf Ibiza oder anderswo hin. Die Damen trugen allerdings jugendlich bunte Blusen, deren geblümte Muster an die Jahre des Flower-Power erinnerten. Ein Seniorenheim auf Reisen, am LSD-Trip sozusagen.

Martin wurde von zwei gebündelten Strahlen irritiert, die ihn im Gesicht gestreift und trotz der abgedunkelten Gläser geblendet hatten. Unweigerlich zwinkerte er und suchte die Stelle, von wo die Lichtquelle ausgegangen war. Er entdeckte den Balkon, wo letzte Woche der Kiebitz gestanden hatte. Jetzt stand er wieder da, das Fernglas in der Hand. Damit hatte er die Sonne reflektiert und gebündelt zu Martin geschickt. Aber was betrachtete der Typ? Es gab um diese Zeit kein Theater. Martins Kopf drehte sich hin und her. Auch sonst war kein besonderes Ereignis auszumachen. Offenbar beobachtete der Mann ständig den Platz. Was er betrieb, machte die Polizei sonst nur auf kriminalistisch neuralgischen Punkten. Observation nannte man das. Er versuchte sich ein Bild von dem Mann zu machen, der in grauen Hosen und einem altvaterischen Hemd steckte, doch das Gesicht konnte er nicht erkennen, denn dazu hätte er seinerseits ein Fernglas benötigt. Er nahm sein Handy und zoomte die Figur auf dem Balkon heran, aber mehr als ein paar grobkörnige, verpixelte Schatten brachte er damit nicht zustande. Den dunklen Fleck am Kinn deutete er als markantes Grübchen.
An sonderbare Gestalten in dieser Gegend musste er sich erst gewöhnen. Dabei waren viele Wiener auch nicht das, was

man als normal bezeichnen würde. Da musste er nicht einmal an die Pribil, seine Nachbarin, als Extrem denken. Und die sah in ihm wohl auch einen Freak. Und hatte gar nicht mal unrecht, wenn er an seine Obsessionen dachte. Angefangen vom Sammeln von Überraschungseierfiguren bis hin zum vermurksten Verhältnis zu seiner Schwester. Wieso der Onkel ihm das letzte Mal gesagt hatte, da solle er sich keine Sorgen machen? Dass er ganz normal sei? Vielleicht hatte er ihn nur beruhigen wollen.

Er trank aus und bezahlte. Er schlenderte zurück in Richtung Kirche und fragte sich, wann die Frau sich melden würde. Er hatte keinen blassen Dunst, warum sie so geheimnisvoll tat oder worum es überhaupt ging. Er kam zum Friedhof. Unweigerlich dachte er an Rotter und ob er schon unter der Erde lag. Die Gräber hier wären für weitere Recherchen sicher aufschlussreich. Immerhin konnte man herausfinden, wer noch so aller in den letzten drei Jahrzehnten das Zeitliche gesegnet hatte.

Er betrachtete ein Metallkreuz, das über ein mit Stiefmütterchen bepflanztes Grab wachte. Auf dem Kreuz war ein Spitzdach errichtet, das den Regen abhalten sollte, und darunter die Tafel mit der Inschrift. Martin las den Namen Rotter, sein Herz beschleunigte. Hier lag die Antwort auf seine Frage, Rotter war bei seinen Eltern. Erstaunlich schnell, dafür dass doch noch gar nicht geklärt sein konnte, ob nicht ein Verbrechen vorlag. Die Eltern, Rudolf und Henriette, waren schon vor Jahren gestorben, der Vater 1993 und die Mutter einige Jahre danach, nämlich 2003. Rotter war 1984 geboren worden, war also nicht einmal 20 Jahre alt, als er Vollwaise wurde.

Martins Handy klingelte in seinem Sakko. Die Frau:

„Sind Sie schon angekommen?"

„Wissen Sie das noch nicht?"

„Wo sind Sie?"

„Am Friedhof."

„Ist das der passende Ort für Sie?"

„Sagen wir, ich fühle mich bei den Toten oft wohler als unter den Lebenden."

„Da sind wir schon zwei. Wissen Sie, wo der Moorsee ist?"

„Ja, ich kann in zehn Minuten dort sein."

„Nein, Sie müssen vorher eine kleine Straße einbiegen. Sie führt zu meinem Haus. Sie können es kaum verfehlen. Es ist das einzige dort."

„Verraten Sie mir jetzt Ihren Namen?"

„Walbusch, Katharina Walbusch. Mein Vater war hier Bürgermeister. Vor Wipfinger."

„Ich seh's." Der Detektiv las die Inschrift auf dem polierten Grabstein aus dunklem Marmor drei Reihen vor ihm.

Martin verließ die Ruhestätte der ehemaligen Dorfhonoratioren in dem Wissen, hier eine umfangreiche Bibliothek, quasi eine Nekrothek zu haben, die er statt darin nachzuschlagen, bei Bedarf aufsuchen konnte. Er ging die wenigen Gassen zu seinem Wagen auf dem Parkplatz vor dem Gasthof zurück. Natürlich war er mit dem eigenen Wagen ohne Probleme hierher gelangt. Ein paar Jugendliche scharten sich darum. Einer in kurzen Jeans mit Lederbändchen um den Hals und zerzausten Haaren und abstehenden Ohren, die ihn wie einen Elf aus „Herr der Ringe" erscheinen ließen, fragte:

„Wozu der dritte Sitz? Für die Schwiegermutter?“ Die Gruppe um ihn lachte, doch Martin wich der Provokation aus und die jungen Buschen ihm, als er sich in den Schalensitz klemmte und den Motor aufheulen ließ. Das kleine Loch im Auspuff verlieh dem Wagen sogar einen bedrohlichen Klang. Was das doch für Plempel waren, dachte er sich, als er das Gaspedal drückte und den Jungs eine Staubwolke schickte. Im Rückspiegel sah er, wie sie sich mit den Händen vor ihrem Gesicht wachelten und ihm wahrscheinlich den ein oder anderen Fluch nachschickten. Der alte Talbot mit seinen drei Sitzen war eben ein Youngtimer und wahrlich ein Exot. In jeder anderen Stadt hätte er damit Furore gemacht, doch hier in der Provinz stand man halt nur auf Golf GTI und andere Proloschüsseln. Er musste dabei auch an Annes Worte denken, wie sie sein Auto für die letzte gemeinsame Anreise hierher abgelehnt hatte und überheblich meinte, sie wollten doch keine Sternfahrt machen.

Die Sonne zwängte sich zwischen die Hügel und blinzelte wie ein schlecht versteckter Voyeur hinter dem Ebenstein durch die Baumreihen hervor. Man merkte, wie die Tage knapp einen Monat nach der Sonnenwende wieder kürzer wurden. Martin klappte die Sonnenblende herunter. Durch das offene Fenster roch es nach frischem Heu. In der Nacht würde es kühl werden. Er dachte daran, wie die Zuschauer am Dorfplatz frieren würden. Karte für das Theater hatte er noch keine, aber vielleicht würde er einfach nur als Zaungast hinter den Kulissen anwesend sein. Das müsste doch möglich sein. Zur Not würde er sich auf Wipfinger berufen.

Wo die Wiese neben der Straße schmaler und deren Verlauf kurviger wurde, lag bald hinter dem Burgfelsen der

Moorsee. Martin steuerte den Wagen auf den kleinen Parkplatz. Von dort ging tatsächlich eine schmale Straße weg, die nach gut dreihundert Metern im Wald in eine Schotterstraße überging. Martins alter Sportwagen schaukelte über den unebenen Boden und er fürchtete um den letzte Woche auf Hochglanz polierten dunkelgrünen Lack, weil er wusste, dass jeder Kratzer darauf herausleuchtete wie eine Neonreklame in der Dunkelheit.

Er war sich nicht sicher, ob er auf der richtigen Straße war. Wenig später kam er zu einer Lichtung und die Straße kreuzte einen breiten Güterweg. Sicher, hier die richtige Zufahrt gefunden zu haben, bog er ein und beschleunigte. Ein Stein rumpelte gegen die Bodenplatte. Martin biss die Zähne zusammen. Es dauerte keine zwei Minuten, da stand er vor einem Eisengitter, das die weitere Zufahrt versperrte. Ein Schild verbot betriebsfremden Personen den Zutritt zu dem Grundstück hinter dem Zaun. Der Bach, der links von ihm durch den Wald rauschte, das musste die Wipf sein, die bis Blumenbach weiterfloss. Er klammerte sich an das Einfahrtstor und spähte in die Ferne. Er las „Pollroß" auf dem Schild, das über dem Eingang zu einem mutmaßlichen Bürogebäude angebracht war, dahinter lag ein Industriebetrieb, der auf seinem Lagerplatz mehrere hundert oder gar tausend Baumstämme aufgetürmt hatte. Martin kletterte vom Zaun hinab und ging zum Auto zurück.

Er rief Katharina Walbusch an und fragte diese, ob sie ihm nicht eine genauere Wegbeschreibung geben könne. Er sei bei einem Sägewerk oder so etwas gelandet.

„Da müssen Sie umdrehen, da sind Sie der Straße nach Osten gefolgt. Sie müssen weiter Richtung Westen." Martin dachte an seine Pfadfinderzeit zurück. Da war es für die Buben das Größte gewesen, einen echten Kompass ihr Eigen zu nennen, auch wenn keiner von ihnen etwas damit anfangen hatte können. Das hatte sich bis heute nicht geändert. Konnte die Frau nicht einfach sagen „fahren Sie nach links oder nach rechts"?

„Sie müssen vom Parkplatz beim See einfach nach links einbiegen."

Martin schickte ein Stoßgebet zum Himmel. Er ließ den Motor an und fuhr die Ruckelstrecke zurück. Der Motor lief ein wenig unrund, konstatierte er, beinah so, als wäre er, vergliche man seinen Klang mit einer Stimme, etwas belegt.

Die richtige Straße führte zwar ebenfalls wieder durch einen Wald, war aber asphaltiert. Dafür ruckelte jetzt der Wagen immer wieder. Martin kam trotz des kühlen Fahrtwindes ins Schwitzen. Anne und ihre negativen Schwingungen, wenn sie den Wagen schlecht machte, dachte er. Zum Glück hatte er das Haus der Walbuschs nach wenigen Minuten erreicht. Beim letzten Anstieg hatte sogar eine der Kontrollleuchten kurz ihre rote Warnung von sich gegeben.

Das Haus war – war man auf der richtigen Straße – tatsächlich nicht zu verfehlen. Ein Riesenklotz in Weiß, der typisch 1970er mit Eternitschindeln auf der Wetterseite verschandelt war. Ansonsten dominierte dunkles Holz den Bau. Fensterläden, Türen, Balkone und Dachumplankung waren in dunkelbraunem Xyladecor gehalten. Ein auch damit gestrichener Holzzaun aus groben Brettern grenzte das Grundstück zur Straße hin ab.

Seine Auftraggeberin stand in der offenen Eingangstür. Über dem schlichten grauen Leinenkleid trug sie eine

Wollweste und versuchte, die von den hohen Nadelbäumen einbrechende Kälte mit verschränkten Armen abzuwehren. Jetzt erkannte Martin die Frau. Sie war diejenige, die neben der Schauspielerin am Tag von Rotters Todesfall für diesen Partei ergriffen hatte. Martin lenkte den Wagen auf den mit rotgeäderten Steinen ausgelegten Vorplatz und bremste, wobei der Motor nach einigen Rucklern erstarb. Egal, er war ja da.

Er schwang sich aus dem Wagen und ging auf die Frau zu, die unverändert im Eingang stand und ihn aus ihren dunklen Augen anstarrte, bis er bei ihr war und ihr die Hand entgegenstreckte. Sie ergriff sie und zog ihn daran ins Haus, wo es nach Tannennadeln roch. Martin schloss auf ein Aromaöl oder es war die helle Fichtenholzkommode, die mit einer danach duftenden Pflege eingelassen worden war.

„Danke, dass Sie gekommen sind, gehen wir in die Küche", sagte sie und ging voraus. Martin empfand ihre dunkle Stimme als angenehm.

Der mit dunkelbraunen Fliesen ausgelegte Vorraum schluckte das bisschen Licht, das durch die straßenseitigen, kleinen Fenster durchgelassen wurde. An den mit grauer Stofftapete verkleideten Wänden hingen Fotos. Martin vermutete eine Art Ahnengalerie.

Die Hausherrin wies ihm einen Platz an der Eckbank, die an einem wuchtigen, von Kerben und Schrammen übersäten Eichentisch stand. In der Mauernische ein Kreuz und darunter eine brennende Grabkerze. Der Platz erinnerte Martin an die Küche in Rotters Haus, auch wenn es hier aufgeräumter und sauberer war. Aber offenbar hielten die Leute hier zur Tradition. Auch wenn die meisten Geräte auch hier ihre

Funktion mittels Diodenlämpchen darstellten, durften ein alter Ecktisch, die Bauernkommode und natürlich der alte Holzofen nicht fehlen – ungeachtet der Mikrowelle oder des Ceranfelds in der Küche.

Martin schob sich in die Ecke und richtete den beim Hineinklettern verrutschten Sitzpolster unter seinem Hintern. Auch die gehäkelte Decke, auf der ein paar Wiesenblumen in einem Emailkrug steckten, rückte er wieder zurecht.

„Was darf ich Ihnen anbieten? Ein Bier? Oder trinken Sie mit mir einen Tee?"

Unter den Augen hatten sich tiefe Ringe in die Wangen gegraben. Von Stimme und Figur her, schätzte er die Frau auf Mitte fünfzig, doch ihr Gesicht sah nach einigen Jahresringen mehr aus. Auch die kleinen Fältchen um die Oberlippe machten sie älter.

„Ich trinke gern eine Tasse Tee mit Ihnen", sagte Martin. „Haben Sie vielleicht braunen Zucker?" Martin wollte ein wenig den Vollwerttypen heraushängen lassen, schlug damit aber in die falsche Kerbe.

„Nein, aber vor Ihnen steht Honig, Sie können sich gern bedienen", sagte Frau Walbusch. Ihre Haare waren glatt und von grauen Strähnen durchzogen. Sie hatte sie zu einem einmal geschwungenen Zopf zusammengebunden. Ihre Augenbrauen waren tiefschwarz und für eine Frau ein wenig zu buschig. Sie schenkte Tee aus einem auf dem Holzherd stehenden Kessel in zwei Häferl, von denen sie eines Martin hinschob, dann setzte sie sich auf den Sessel ihm gegenüber.

Martin rührte den Honig in den Tee ein und fragte: „Was kann ich für Sie tun?"

„Finden Sie den Mörder von Sepp Rotter."

„Wieso glauben Sie, dass er ermordet wurde?"

„Glauben Sie das nicht?"

Martin blickte für einen Moment auf die von Schrammen übersäte, abgegriffene Tischplatte, zu lange, um noch zu leugnen. „Das ist wohl Sache der Polizei, das festzustellen. Was ich glaube, hat keine Bedeutung." Tatsächlich hatte er Zweifel, dass Rotter von sich aus in diese Lage gekommen war.

Walbusch drehte ihren Kopf weg. „Die Polizei." Verächtlich blies sie die Luft durch ihre Schneidezähne. „Die macht sich ka Arbeit mit dem Sepp."

„Frau Walbusch", insistierte Martin, „haben Sie konkrete Gründe für diese Annahme?"

„Aber sicher, er war doch jedem im Weg." Und sie zählte die Konflikte auf, die Rotter mit fast jedem im Dorf geführt hatte. „Sie ham sich ja zerst verfahren, da waren S' bei dem Pollroß seine Latifundien. Mit Sägewerk und Bach. Mit dem is der Sepp zuletzt auch ganz schön g'hängt."

Martin hob die Augenbrauen. „Ah, ja? Wieso?"

„Keine Ahnung, aber der Sepp war mehr oder weniger der Einzige, der bei uns da auf die Natur gschaut hat. Die is ja unseren Kommunalzampanos wurscht. Hauptsach', irgendwer kann was verdienen."

Martin hatte letzte Woche im Extrazimmer des Wirtshauses auch den Eindruck gehabt, dass Rotter, so sonderbar er vielleicht gewesen sein mag, so etwas wie das Gewissen des Dorfes war.

„Er war so was wie des Gwissen von unsern Dorf. Und was macht ma mit an schlechten Gwissen?"

„Man hört nicht drauf."

Die Walbusch bekam einen irren Blick, als sie wild ihren Kopf schüttelte, dass einzelne Haare sich aus dem Zopf lösten. „Na, des is so laut, des geht ned, des kann ma nur umbringa."

Martin rutschte ein Stück gegen die Bank. Doch die Frau hatte sich wieder im Griff. Sie strich sich mit der Hand die Haare aus dem Gesicht und sagte. „Helfen Sie mir, bitte."

Martin räusperte sich. Jetzt kam der geschäftliche Teil. Er sagte ihr seinen Tagessatz und womit sie an Spesen rechnen musste.

„Danke, das heißt, Sie nehmen den Auftrag an?"

„Ich werde mich zunächst weiter umhören. Vielleicht haben Sie mit Ihrem Verdacht recht und da steckt tatsächlich mehr als ein in die Hose gegangener Schabernack dahinter."

Walbusch führte Martin zur Haustüre. Als er ins Freie trat, fröstelte ihn, daher stellte er den Kragen seines Sakkos auf. Er rieb sich die Hände. „Hier kühlt es ganz schön ab."

Walbusch nickte und blickte in die säuselnden Tannenwipfel, die wie eine drohende Bergkette hinter dem Haus in den Himmel wuchsen. „Hier ist es immer kalt."

Martin startete den Motor, also er drehte den Schlüssel um. Der Motor schunkelte unter Jammern auch zwei-, dreimal hin und her, doch dann war Feierabend. Die Lämpchen leuchteten in Rot und in Gelb und der Starter jeierte vergeblich. Martin schlug gegen das Lenkrad. Walbusch trat zu Martin ans offene Autofenster und sagte: „Sind halt nicht sehr zuverlässig die Franzosen."

Keine echte Hilfe, doch Martin bemühte sich um Freundlichkeit. „Würden Sie mir bitte ein Taxi rufen?", bat er. Walbusch nickte, doch wenig später kam sie zurück. „Es tut mir Leid, aber die haben heute eine Vorstellung im Dorf und die Taxis sind alle bestellt. Für nach der Vorstellung."

Martin blickte auf die Uhr. Es war Viertel nach Neun. Das Stück hatte eben erst begonnen. „Das geht sich doch vorher locker aus."

„Ja, aber die Lenker sind essen oder wirken selbst bei der Aufführung mit."

Martin seufzte. „Haben Sie eine Taschenlampe?"

Martin rechnete überschlagsmäßig aus, wie lange er zu Fuß für den Rückweg brauchen würde.

„Natürlich", Walbusch lächelte. Es war das erste Mal, dass Martin sie lächeln sah. Und es wirkte Wunder. Sie sah damit gleich zehn Jahre jünger aus. „Aber ich habe auch ein Gästezimmer, mehrere sogar, wenn es Sie interessiert." Sie öffnete die Autotür. „Und mit etwas Glück finden wir sogar im Fundus meines Vaters noch etwas, das Ihnen zum Schlafen passt."

Wenig später saß Martin in einer nicht einmal ungemütlichen Kammer, die in etwa die Größe seines Hotelzimmers hatte, dafür weniger auf ländlich getrimmt war. Die weißen Wände waren um die Gaube mit Holz verkleidet und die dunkelgrauen Vorhänge vor dem Fenster passten sich dem Farbton des Teppichbodens an. Das Bett hatte man in die Dachschräge geschoben, wodurch es wie eine Höhle wirkte, die Geborgenheit ausstrahlte. Martin wandte sich vom Fenster ab. Das Himmelstuch war in schwarze Farbe getunkt und glänzte wie poliertes Ebenholz, lediglich ein paar vom Mond beschienene Wolkenfetzchen bildeten darauf verstreute Fusseln.

Er setzte sich aufs Bett, die durchgelegene Matratze sank unter seinem Gewicht ein. Mit den Händen fuhr er über den auf der Decke liegenden Flanellpyjama. Das Nachtgewand war dunkelblau mit roten Bändchen am Hals und an den Armen, wo der Stoff auch ein wenig abgestoßen war. Martin überlegte, ob er nicht besser in Hemd und Unterhose nächtigen sollte, denn in dem Relikt des alten Herrn. Er dachte über den Auftrag nach, über die Bestimmtheit, mit der Walbusch von einem Mord ausging. Gut, er selbst hatte in der ersten Nacht auch so gedacht und danach gehandelt, hatte sich umgehört, war sogar in das Haus des Toten eingedrungen. Aber welches Motiv verfolgte die Walbusch damit, wenn sie ihn Nachforschungen anstellen ließ?

Das Telefon brummte aus dem Sakko, das er an einem Kleiderbügel an den Kasten, der mit den paar Kleidungsstücken von Walbuschs Vater bestückt war, gehängte hatte. Es war Anne. Martin überlegte, ob er den Anruf entgegennehmen sollte, ehe er es seiner Bedenken zum Trotz dann tat.

„Bist noch in Blumenbach?“

Keine Frage nach einem Wiegehtsdir? Oder so was in der Art.

„Ja, warum?“

„Weil ich es schade finde, wie es in letzter Zeit zwischen uns abgelaufen ist. Wahrscheinlich habe ich dir mit meiner Eifersucht Unrecht getan.“

Martin stellte sich den Kloß vor, den Anne im Hals gehabt haben musste, als sie dieses Eingeständnis herausgewürgt hatte, wie einen steckengebliebenen Bissen. Er lächelte und sagte in dem Tonfall, mit dem man zu kleinen Kindern spricht, die sich eben wehgetan hatten: „Aber du weißt doch, dass du keinen Grund dazu hast. Ich bin nur am Arbeiten und wie du weißt, werde ich oft von Frauen engagiert."

„Ich weiß. Wie geht es dir?"

„Ich bin durcheinander."

„Wieso?"

Wahrscheinlich hatte Anne erwartet, dass er jetzt von seinen Gefühlen ihr gegenüber sprach, doch er erzählte nur über den Fall und dass er die Beweggründe der Walbusch noch nicht einschätzen konnte. Ihr Tonfall wurde reservierter, als sie ihn fragte: „Bist du auf deinem Zimmer?"

„Ja, also eigentlich bin ich ..."

„Ja?"

„Mein Wagen streikt leider, er ließ sich nicht starten und wegen des Theaters war auch kein Taxi aufzutreiben und da hat mir Frau Walbusch angeboten ..."

„Was, du schläfst unter demselben Dach wie diese Walbusch?"

Martin konnte sich vorstellen, wie die Zornfalten sich auf Annes Stirn gelegt hatten. Er war der Diskussion aber überdrüssig, also konterte er: „Ja, aber doch nicht im selben Bett!"

Er hörte ein Schnaufen, dann das schnelle Tuten der getrennten Verbindung. Martin warf das Handy auf die Wolldecke am Fußende des Betts und ließ sich darauf zurücksinken. Es hätte wohl keinen Sinn, Anne zurückzurufen und ihr zu erklären, dass sein Interesse an der Frau rein geschäftlich war und es sich bei ihr um eine Dame Ende fünfzig handelte. Außerdem gab es auch attraktive Endfünfziger und Katharina Walbusch war die Schönheit ihrer Jugend anzusehen, auch wenn sich mittlerweile Kummerfalten darübergelegt hatten.

Er betrachtete die Kinderzeichnung an der Wand. Die war ihm zuvor noch gar nicht aufgefallen. Eine Strichzeichnung mit Ölkreide, es zeigte den Ort. Der hohe Quader mit dem spitz zulaufenden Dach und dem Kreuz darauf sollte wohl die Kirche in Bad Blumenbach stilisieren. Detailgetreu waren einige Gräber zu erkennen, auf einer der Inschriften an den Grabsteinen prangte ein krakeliges M. Einige Häuser waren auch zu sehen, und wenn er sich nicht täuschte, sollte das eine Haus mit dem schiefen Dach die Behausung von Rotter darstellen. Die Zeichnung hatte wohl das Kind von der Walbusch angefertigt. Aber er wusste gar nicht, ob sie welche hatte. Wahrscheinlich, denn wer sonst hätte dieses Werk angefertigt? Er wollte sie morgen danach fragen.

Er schloss die Augen und dachte an Anja, seine Schwester. Natürlich hatte Anne recht, wenn sie in ihr eine Rivalin sah. Er war sich sicher, dass er sich mit ihr fruchtbar hätte austauschen können. Sie hatte diese weibliche Intuition, die einem die Augen öffnen konnte, wenn man verbohrt ein Problem zu einseitig betrachtete. Nach dem letzten Fall hatte er sich tatsächlich wieder Hoffnung gemacht, er könnte mit ihr zusammenkommen. Doch obwohl sie nach wie vor getrennt von ihrem Mann Niklas lebte, schienen seine Chancen auf Bonsaigröße geschrumpft zu sein. Die Wochenenden verbrachten sie wegen der Kinder gemeinsam. Außerdem war sie ihm gegenüber weit reservierter als früher. Unlängst, als es spät geworden war und sogar zu regnen begonnen hatte, hatte sie ihn trotzdem gedrängt, mit dem Taxi zu sich nach Hause zu fahren.

„Wir sollten besser nicht im selben Raum nächtigen", hatte sie augenzwinkernd gesagt.

„Ich schlaf auch auf der Couch", hatte er entgegnet.

„Du weißt genau, was ich meine", hatte sie gesagt und ihn sanft zur Tür geschoben.

Er würde sie jetzt besser nicht anrufen. Blieb noch der Onkel, aber den wollte er nicht wieder mit seinen Beziehungsgeschichten drangsalieren. Die gute Seele hatte ohnehin oft genug herhalten müssen, wenn Martin sich mit seinen Partnerproblemen wie ein pubertierender Teenager gerierte. Außerdem hatte Alfred das letzte Mal selbst einen angeschlagenen Eindruck gemacht.

Sein Magen meldete sich. Martin hatte Hunger. Das war jetzt vielleicht nicht so gewichtig wie seine anderen Sorgen. Aber Hunger konnte einem wie eine unglückliche Liebe den Schlaf rauben. Er hätte das Angebot seiner Gastgeberin auf eine Jause vorhin nicht ausschlagen sollen. Bis auf das Stück Marillenkuchen zum Kaffee hatte er heute noch nichts Richtiges zu sich genommen.

Er schlüpfte wieder in sein Sakko und schlich auf den Gang hinaus. Auch wenn es unhöflich war, jetzt noch etwas einzufordern, wollte er die Hausherrin aufsuchen. Sie um Essen zu bitten, würde sie verzeihen. Wenn sie nicht schon schlief, immerhin ging es auf zehn Uhr zu und die Landeier hier gingen sicher früh zu Bett.

Er schlich vor zum Treppenhaus. Von unten kletterte Licht die Steinstufen empor. Außerdem war sich Martin sicher, Stimmen zu hören. Er tastete sich zum Halbstock vor. In der Ecke stand ein Philodendron, dessen löchrige Blätter nach jedem Passanten zu greifen schienen. Auch Martin streifte an den von der Pflanze wie Schilde aufgestellten

Blättern an. Die Stimmen wurden lauter. Zwei Frauen, die sich unterhielten. Die eine gehörte Walbusch, doch auch die andere kam ihm bekannt vor. Martin lokalisierte sie in der Küche. Er klopfte an die angelehnte Tür, schritt über die knarrende Schwelle und sah sich einer ihn aus vollen Lippen anlächelnden Samantha Dollina gegenüber.

„Was machen denn Sie hier?", rutschte es ihm heraus. Bevor Dollina, die Martin immer noch mit einem freundlichen Blick bedachte, darauf etwas sagen konnte, sagte Walbusch:

„Ich wollte Sie nicht mehr stören, weil Sie vorher gesagt haben, Sie würden sich gerne zurückziehen, aber ich habe ganz vergessen, dass mich heute noch eine Freundin besuchen kommt, die Sie dann wieder ins Dorf hätte mitnehmen können. Aber wie es scheint, kennt ihr euch eh."

„Er ist ein Fan von mir", sagte Dollina und Martin hüstelte.

„Eben, daher wunderte ich mich, dass Sie ... heute ist doch Vorstellung?"

„Schon, aber nicht mit mir. Haben Sie es nicht gehört?"

„Was?"

„Die Zweitbesetzung spielt diese Woche. Nach der Sache mit dem armen Sepp hab ich am nächsten Tag bei der bewussten Stelle kein Wort hervorgebracht. Der Intendant hat dann die Vorstellung unterbrochen und meinen Part von der Zweitbesetzung spielen lassen. Ich dachte, es wird vielleicht diese Woche wieder gehen, doch der Intendant hat gemeint, ich soll mir noch Zeit nehmen, alles zu verarbeiten. Das hat natürlich die Servek sehr gefreut, jetzt hat sie die Chance, auf die sie gehofft hat."

Martin betrachtete die großen dunklen Augen seiner Gesprächspartnerin. Der Schein der Lampen über dem Tisch spiegelte sich darin.

„Die Servek ist Ihre …?"

„Zweitbesetzung. Ja. Ein ehrgeiziges Mädel aus Eggenburg."

Dollina stemmte ihr Kinn in die Rechte und seufzte. „Ist alles ein bissel viel im Moment."

„Die arme Samantha ist vor vier Wochen von ihrem Verlobten verlassen worden und ich steh ihr in der schweren Zeit bei, so gut ich halt kann", erklärte Walbusch, die den immer noch in der Tür stehenden Martin einlud, bei ihnen Platz zu nehmen und ihm sofort eine Tasse mit Tee hinschob. Martin schielte nach dem Teller, auf dem Käse, Wurst und harte Eier angerichtet waren, und auch das verstand die Walbusch. Sie schob ihm sogleich das Brotkörbchen hin, holte einen Teller und Besteck und Martin langte zu.

„Ich hab mir gleich denkt, dass Sie an Hunger haben müssen, aber die Leute aus der Stadt tun sich manchmal schwer, sich über ihre Bedürfnisse im Klaren zu sein."

Der Detektiv wollte vorbringen, dass er als spontaner Gast nicht zur Last hatte fallen wollen, doch sein voller Mund ließ ihn kaum ein verständliches Wort hervorbringen, also schluckte er nicht nur das kalte Bratl, sondern auch seine Rechtfertigung herunter.

„Aber Sie können nachher wirklich mit mir fahren. Ich bringe Sie gern zu Ihrem Quartier."

Martins Augen wanderten von Dollina zu Walbusch. Er kaute immer noch, doch Walbusch las ihm sein Begehr auch diesmal von den Augen ab: „Kein Problem, Sie können gern mit Samantha mitfahren. Ich versteh ganz gut, wenn Sie zu

Ihren Sachen in Ihrem Zimmer wollen. Ich würde mich in einem fremden Schlafanzug auch nicht pudelwohl fühlen."

Martin hatte endlich den letzten Bissen heruntergeschluckt und sagte: „Vielen Dank für Ihre Gastfreundschaft, aber ich glaube, ich nehme das Angebot an. Ich muss mich im Dorf ohnehin nach einem Mechaniker umsehen. Der soll morgen gleich meinen Wagen holen."

Irgendetwas hatte er die Walbusch noch schnell fragen wollen, doch im Moment war er wieder abgelenkt. Samantha (man hatte sich während des Abends zwanglos mit dem Vornamen angesprochen, nur zur Walbusch hatte er eine berufliche Distanz bewahrt) trug ein weißes, enganliegendes Top, dessen Ausschnitt ihren Busen voll zur Geltung brachte. Man konnte schwer daran vorbeischauen: ein Blickfang wie eine dekorierte Auslage. Martin hatte sogar die verstohlenen Blinzler der Walbusch, mit der sie Samantha bedacht hatte, bemerkt. Bei dieser Oberweite war alles, was enger war als eine Burka, das Eine: enganliegend.

Obwohl Samantha noch fahren musste, holte die Walbusch noch eine klare Flasche.

„Das hilft gegen die Irrlichter."

Martin prostete den beiden Damen zu und kippte den Obstbrand in einem Zug hinunter. „Ah ein Marillener", sagte Martin, der sich nun als Kenner hervortun wollte, indem er weiter erklärte: „Das muss an der Gegend liegen, aber die Marillenbrände scheinen eine Spezialität aus der Gegend zu sein." Es war als Höflichkeit gedacht, dieses Lob, doch die Walbusch spannte ihren Körper an, wie eine Raubkatze vor dem Sprung. „Ich hab da unlängst auch so einen exzellenten Marillenbrand getrunken, ich glaub, von einem Schnapper oder so."

„Schnattl", half Samantha Martins Erinnerung auf die Sprünge.

Der Walbusch war das saure Lächeln endgültig gefroren. „Ich glaub, es ist besser, wenn ihr jetzt fahrt."

Martin holte sein Jackett und schaute sich nochmal in der Kammer um, die ihm als Gästezimmer gedient hatte, und wenn nur für eine halbe Stunde. Das Bild – natürlich. Als er sich von der Walbusch verabschiedete, fragte er: „Sagen Sie, das Bild in meinem Zimmer, ich habe es betrachtet, eine schöne Zeichnung von Bad Blumenbach. Hat es eines Ihrer Kinder gezeichnet?"

„Ich habe keine Kinder", sagte die Walbusch so frostig, dass man den halben Atlantik zu Fischstäbchen hätte einfrieren können. Nach einer Pause: „Die Zeichnung ist von mir. Die habe ich als Kind gemacht."

Martin nickte. Er wusste, dass es jetzt besser war zu schweigen, auch wenn es das Zuviel an bereits Gesagtem nicht mehr aufwiegen würde.

Draußen legte sich die kalte Luft auf seine Schultern wie eine eisige Hand. Der dunkle Wald dahinter schien das kaum von künstlichem Licht erhellte Haus zu verschlucken wie ein Wellenbrecher einen Schiffkutter bei wildem Seegang. Martin schloss den Knopf seines Sakkos.

„A wengerl frisch haben wir's schon da heraußen. Aber des hoit uns auch frisch", sagte die Dollina, während sie mit der Fernbedienung ihren Wagen öffnete. Mit einem gedämpften Seufzen reagierte die Zentralverriegelung des dunkel lackierten Golfs älteren Baujahres.

Walbusch schloss die Tür ohne eine Geste des Grußes und löschte die Lampe neben der Haustür. Dollina startete. Martin gurtete sich an und blickte durch die Seitenscheibe. Wie Hexenschwadronen in der Walpurgisnacht zogen die dunklen Baumreihen am Auto vorbei.

„Mach dir nichts draus", sagte Dollina, „die Kathi kann manchmal ganz schön hantig sein, aber das geht nicht gegen dich."

Marco Martin betrachtete Samantha. Sie schien die Strecke gut zu kennen. Sie lenkte das Auto durch den Parcours an Bodenwellen und Kurven zwar mit konzentriertem Blick, die Hände aber locker am Volant.

„Ich muss etwas Falsches gesagt haben, ich weiß nicht, warum sie so reagiert hat."

Samanthas Martin zugewandter Mundwinkel hob sich. „Du hast zwei Volltreffer gelandet. Gar nicht schlecht für einen Fremden."

„Du meinst wegen der Kinder?"

„Und wegen Schnattl."

Der Wagen verließ den unbefestigten Güterweg und Dollina bog beim See auf die Gemeindestraße Richtung Bad Blumenbach ein.

Martin tat einen Blick zurück, da blitzte zwischen den Nadeln der schlummernden Tannen ein Licht auf und hüpfte hin und her. Martin belächelte sich und seine Naivität, dass er im ersten Moment an ein Irrlicht gedacht hatte. Er widmete sich wieder der Unterhaltung. „Das versteh ich jetzt nicht, was hat das miteinander zu tun?"

„Dass die Kathi sicher auch gern Kinder gehabt und mit dem Schnattl sicher auch den optimalen Partner gehabt hätte. Die waren ja in ihrer Jugend fix zusammen." Und sie erzählte die Geschichte, wie man sie im Dorf erzählte, wenn man über die alte Jungfer ein wenig spöttisch zu sprechen kam. „Guat, der Vater, der alte Bürgermeister war angeblich dagegen."

„Du meinst, er hat ihnen die Hochzeit wie bei Romeo und Julia verboten?"

„So was in der Art wird erzählt."

Dollina beschleunigte den Wagen auf der geraden Straße, vor ihnen tauchte hinter den Feldern die schwach erhellte Silhouette des Orts auf.

„Aber wir leben doch nicht mehr im Mittelalter", sagte Martin, der zugleich an den Steinbalkon im Innenhof des alten Hauses in Verona dachte, der bis heute von Tausenden Verliebten oder Liebesuchenden aus aller Welt aufgesucht wird. „Und volljährig hätte sie die Einwilligung ihres Vaters nicht gebraucht."

„Also meine Tante hat mir erzählt, dass die Kathi von ihrem Vater weggeschickt worden war. Sie war über ein Jahr weg. Als sie zurückgekommen ist, hat der junge Schnattl, also des is der Schnapsbrenner, den du zerst erwähnt hast, zwar weiter um sie geworben, aber die Kathi hat ihn zurückgewiesen. Immer und immer wieder, bis es ihm mit der Zeit zu blöd worden ist. Dann ist er weggangen, nach Weissenkirchen, wo er jetzt seine Destillerie hat."

Sie hatten die ersten Häuser passiert und kamen jetzt am Café am Hauptplatz vorbei, wo der Kellner die Alusessel aufeinander stapelte und Mühe hatte, eine Gruppe von Besuchern, vielleicht ein paar hängengebliebene Theaterbesucher, zum Aufbruch zu bewegen.

Samantha ließ den Wagen langsam bis zur Einfahrt zum Gasthof rollen, da fragte Martin.

„Und du? Hast du eigentlich Kinder?"

„Ich? Nein, bewahre. Also versteh mich nicht falsch, ich mag Kinder und in an Alter, wo man bei uns Familie hat, wär ich mit meinen bald dreißig Jahren auch schon, fast schon überstandig, wie man so sagt, aber mir reichen die Kleinen in meinem Job." Und nach einer Pause, in der das Auto zum Stillstand gekommen war: „Oder mir ist einfach noch nicht der Richtige über den Weg grennt." Sie betrachtete, gemessen an dieser Aussage, Martin einen Moment zu lange und auch eine Nuance zu intensiv. Martin wollte das Gespräch in eine andere Richtung lenken. Er fragte: „Sag, hast du den Sepp Rotter eigentlich näher gekannt?"

Samantha grinste. Sie hatte ein Netz ausgeworfen, jetzt galt es den Fang einzuholen.

„Also, wenn du noch nicht zu müde bist, komm doch noch mit zu mir. Ich wohne gleich ums Eck, da kann ich dir einiges erzählen."

8.

Als Martin am nächsten Morgen auf dem Rückweg zu seinem Quartier im Gasthof war, kamen ihm einige Kirchgänger entgegen – aus der Messe. Die Männer schlugen dieselbe Richtung ein wie er, der Frühschoppen fand jeden Sonntag und jeden Kirchenfeiertag beim Gasthof Seidl statt.

Die Mauern hatten noch ein wenig Kühle der Nacht in sich gespeichert, doch die Sonne begann mit ihren Strahlen die ersten Flecken zu punktieren.

Große Brüste waren ein Klischee, dachte Martin. Je größer, desto weniger bekam man zu greifen. Wenigstens hatte er einiges über Rotter erfahren. Er hätte gehen sollen, nachdem er diese Informationen hatte, doch er war an Samanthas

Busen kleben geblieben wie ein Falter an Nexalotte, unfähig in die Nacht zu entschwirren. Sie hatte eine kleine Wohnung gegenüber vom Gemeindeamt, also an dessen Rückseite. Sie hatte ihm frech grinsend den kleinen Balkon gezeigt, der nach vorne hinausführte, und ihm erzählt, dass sie sich nach einer Dusche, so heiß, dass man darin Tee aufbrühen könnte, im Sommer wie im Winter zum Ausdampfen nackt auf den Balkon stelle und den Gedanken genieße, dass einige der alten Geilspechte nur auf diesen einen Moment am Tag warteten, der ihrem Leben ein wenig Abwechslung oder Wonne spendierte.

Martin konnte sich Wipfingers sabbernden Blick vorstellen, wenn er aus seinem Büro auf den Balkon schielte. Oder vielleicht war der Typ mit dem Fernglas so ein Spanner, der nach jungem Fleisch Ausschau hielt.

Jemand grüßte ihn und Martin schaffte eine zaghafte Erwiderung. Die Müdigkeit hing schwer an seinen Gliedern.

Er hatte auf den Kaffee verzichtet und war froh, dass er sich unter dem Vorwand, sich auf die Suche nach einem Mechaniker begeben zu müssen, aus dem Staub hatte machen können. Samantha war ja ein liebes Mädchen, doch offenbar erwartete sie sich mehr und war nicht auf einen One-Night-Stand aus. Sie konnte richtiggehend anstrengend werden, wenn sie schon von einem gemeinsamen Leben fabulierte, wenn es doch nicht einmal zu richtigem Sex gekommen war. Sie wollte nur kuscheln. Martin hatte versucht, sie zu verführen, weil er doch ans Höschen wollte, doch mehr als Petting wie bei Teenagern war daraus nicht geworden. Ein wenig schmusen, ein wenig den Busen streicheln – mehr nicht. Dann war er irgendwann eingeschlafen. Vor ihr. Sie hatte ihn mit ihrem Gerede eingelullt und irgendwann war er wegetreten. Aufgewacht war er dafür auch vor ihr, kurz vor sieben, die Sonne schien durch den dünnen Vorhangstoff ins Zimmer hinein und hatte ihn in der Nase gekitzelt. Samantha lag halb auf ihm, ihr massiger Busen hatte das Blut in seinem linken Oberarm abgesperrt und er musste sich unter ihr herauswinden, um wieder Gefühl in diesen Gliedmaßen zu bekommen. Dafür war genug Blut in einem anderen Körperteil, doch auch der zweite Versuch Martins scheiterte. So neckisch Samantha sich gegeben hatte, so hartnäckig verweigerte sie sich ihm.

Martin knurrte der Magen. Das gemeinsame Frühstück musste ausfallen. Er überlegte, ob er in der Vormittagssonne am Hauptplatz sitzend sein Frühstück in seinem üblichen Kaffeehaus (konnte man nach einem oder zwei Besuchen schon von einem Stammcafé sprechen?) genießen sollte. Er wechselte die Richtung, hielt nach einigen Schritten inne. Nein, sagte er sich. Er wollte an Informationen. Und das Getratsche beim Seidl, dem hier die Rolle des Kirchenwirts zukam, würde sicher fruchtbarer sein, als das Geplauder der paar Theatergäste oder Sommerfrischler, die hier übernachteten.

Als er sich im Entree seiner Herberge orientierte, wohin er sich wegen eines Frühstücks wenden sollte, kam ihm der Wirt, geschäftig mit dem Tragen eines Tabletts voll mit Krügeln, am Weg zum Extrazimmer entgegen und fragte: „Ham S' Ihna vor meine Tierchen so gfurchten, dass Sie nimmer bei mir im Haus schlafen wollten?", er grinste hämisch. „Da ist übrigens eine Dame für Sie gekommen."

Der Schreck fuhr Martin in die Knochen, die Ansage des Gastwirts traf ihn wie ein Faustschlag. Ein verbotener Tiefschlag, gesetzt von der Schadenfreude des Wirtsmannes. Und das Dorf lachte mit. Wahrscheinlich hatte es sofort die Runde gemacht, wo und mit wem er die Nacht verbracht hatte. Und gerade jetzt war Anne gekommen. Sie würde ihm die Leviten lesen, sobald sie bemerkte, dass er nicht in seinem Zimmer geschlafen hatte.

Er stürmte auf die Toilette. Er musste sein zerknautschtes Gesicht unbedingt ein wenig aufpolieren, mit etwas kaltem Wasser zumindest die verräterischsten Spuren beseitigen. Martin wollte sich an Seidl vorbeidrängen, da sagte der Gastronom: „Des is der falsche Weg. Die Dame sitzt vorn im Wintergarten, bei die Nichtraucher."

Martin nickte wie ein ertappter Langfinger, der sich keine Mühe mehr machte, die Beute zu verstecken. Er drehte um und ging langsam in Richtung der vorderen Gasträume. Seidl flitzte wieder an ihm vorbei, der Geräuschpegel aus der hinteren Stube schwappte vorbei wie eine Flutwelle. Er tippte Martin auf die Schulter. „Übrigens, i hab ghört, Sie haben Probleme mit Ihnern Wagen?"

Erschreckend, wie schnell solche Dinge im Dorf die Runde machten! Martin zuckte mit den Schultern. „Sagt zumindest die Kathi. Also die hat bei mir angrufen, ob i wen wüssert. Ich glaub, des sollt sich der Maxl anschauen. Der was die Traktoren im Lagerhaus reparieren tut. Ich hab Ihna sei Nummer in Ihr Postfachl glegt."

Martin bedankte sich und ging weiter seinen Canossagang.

Anne würde ihm den Kopf abreißen, wenn er ihr so unter die Augen trat. Daher schob er diesen besonders vorsichtig in die Tür zum Wintergarten.

„Markus! Endlich!"

Sofort legten sich zwei starke Arme um seinen Hals und ein Kuss wurde ihm links und rechts auf die Wange gedrückt.

„Anja, was machst du denn da?"

„Ich konnte dich am Handy nicht erreichen."

Martin löste sich aus ihrer Umarmung und holte sein Handy. Das Display war schwarz. Logisch, die hintere Abdeckung war offen und der Akku verrutscht, weil er es am Vorabend weggepfeffert hatte.

Anja sprach aufgeregt weiter: „Dann hab ich es bei Anne probiert und die hat mir gesagt, dass du in Bad Blumenbach bist. Sie hat mir sogar die Nummer von diesem Gasthof gegeben, doch da hat man mir am späten Abend erklärt, dass du noch unterwegs seist."

Martin zog sie zu einem der Bambustische inmitten der paar Pflanzen, die dem verglasten Raum einen exotischen Charakter verleihen sollten. Händchenhaltend setzten sie sich. Martin fragte: „Was ist denn los, wieso diese Aufregung?"

Keine fünf Minuten später hing er bleich in seinem Sessel. „Das ist ja furchtbar, ich muss sofort nach Wien. Kann ich bei dir mitfahren? Mein Auto streikt."

Anja fuhr mit weit überhöhter Geschwindigkeit über die Schnellstraße Richtung Stockerau. Martin hatte keinen Blick für die draußen vorbeiziehende Landschaft. Über dem Panoramaglas im Dach des Renault Espace spannte sich ein azurblauer Himmel, in den Flugzeuge mit ihren Kondensstreifen ein oder zwei Linien geschnitten hatten, darunter bildete ein

Vogelschwarm seine Formation. Martin schaute, doch er hatte keine Augen für die wunderbare Natur. Sein Kopf war mit anderen Gedanken voll. Er hatte beide Eltern früh verloren, zuerst den Vater, dann bald darauf die Mutter. Seine Familie war zerbröselt wie ein Sandkuchen in den Wellen der einsetzenden Flut. Gerade einmal die Kindersitze hinten lenkten für einen Moment ab. Er fragte: „Wo sind deine Kinder eigentlich?"

Anja blickte konzentriert auf die Straße. Mittlerweile hatten sie die Autobahn erreicht, die Tankstelle bei Korneuburg flog an ihnen vorbei, während Anja in der linken Spur hinter einem Skoda hing, der offenbar nicht bereit war, Platz zu machen.

„Noch bei meinen Eltern. In einer Stunde werden sie von Niklas abgeholt."

Sie zog rechts an dem Kleinwagen vorbei. Der Lenker schickte ihnen ein paar wütende Signale mit der Lichthupe nach. Mehr sprachen sie bis zur Nordbrücke nicht. „Weißt du, wo er liegt?"

Anja nickte. „Ja, ich war noch in der Nacht bei ihm, aber da war er nicht ansprechbar."

Nachdem sie die Donau über die Nordbrücke übersetzt hatten, fuhr Anja auf den Gürtel auf. Vor der bunt gestalteten, mit Kacheln und Bäumen geschmückten Müllverbrennung Spittelau bog Anja die Auffahrt rechts ab. Der von Friedensreich Hundertwasser wie die gesamte Anlage gestaltete Zwiebelturm des Schlots leuchtete golden in der Sonne.

* * *

Er streckte sich im Bett aus, alles tat ihm weh. Wieder eine ergebnislose Nacht, die er durchgebracht hatte. Aber wenn Rotter es gefunden hatte, musste es zu finden sein. Er rappelte sich auf, streckte seinen Rücken durch. Alles was nicht weh tat, konnte nicht von ihm sein. Seit einiger Zeit ging er sogar zu einem Masseur. Der wunderte sich über seine Verspannungen und führte das auf die sitzende Tätigkeit zurück. Aber was konnte der Trottel schon wissen.

Mit der Schaufel bewaffnet hatte er sich letzte Nacht wieder in den Wald aufgemacht. Die Tage wurden wieder merklich kürzer und die Stirnlampe gab nicht immer genügend Licht. Wenigstens konnte er sich jetzt schon besser orientieren. Zu Anfang war es ihm sogar ein-, zweimal passiert, dass er sich verlaufen hatte. Und einmal war er morgens sogar einem Spaziergänger begegnet. Doch das war ein Fremder gewesen, der ihn zum Glück nicht kannte. Der wollte Schwammerl suchen, hatte auch schon ein paar Pilze in seinem Korb, und sah in ihm offenbar einen Gleichgesinnten.

Er ging ins Bad und wusch sich das Gesicht. Zum Glück war Sonntag, da hatte er etwas Zeit für sich. Mit der hohlen Hand schaufelte er Wasser, benetzte den Nacken damit und atmete durch. Sein Spiegelbild betrachtete ihn mit müden Augen. Er verharrte kurz davor, bewegte den Kopf nach links, folgte seinen Bewegungen mit verdrehten Augen, als warte er, dass sein Ebenbild abweichende Bewegungen vollzog wie in einer Komödie, wenn die Reflexionen ein Eigenleben entwickelten. Nichts passierte. Gut, zumindest war er noch nicht ganz gaga.

Er blickte aus dem Fenster. Schön. Ein neuer Sommertag brach an. Ein wenig Regen wäre ihm besser zupass gekommen. Der Boden war trocken und hart. Gestern hatte er sich deshalb wieder vergeblich abgemüht, dabei dachte er zunächst, er hätte die richtige Stelle gefunden, fing an zu graben und tatsächlich konnte er fast bis auf einen halben Meter tief graben, doch dann wieder das metallische Kratzen der Schaufelspitze auf dem Steinboden. Dieser Scheißfelsen, der hier überall war.

Auf dem Tisch im Wohnzimmer lag die Karte. Er betrachtete den mit Textmarker schraffierten Sektor, der ihn auch nicht weitergebracht hatte. Diesen Teil konnte er nun streichen, hier war nichts zu finden.

Anja hatte den Wagen in der Garage abgestellt, jetzt hetzten sie und Martin durch die Eingangshalle, wo sich eine Schlange vor dem Bäcker (nicht nur die Patienten schätzten frisches Gebäck am Sonntag) und der Trafik (die Werbung für den Mehrfachjackpot im Lotto war eigentlich gar nicht nötig) gebildet hatte. Menschen mit Blumen in der Hand, manche mit gehetztem, andere mit nachdenklichem oder traurigem Blick, strebten mit ihnen durch den Bau.

„Rotes Bettenhaus, Station 13 H", sagte Anja und zeigte auf die Galerie der Aufzüge.

Nachdem sie sich bei der Stationsschwester angemeldet, ihre Verwandtschaft bekundet, sich die Hände desinfiziert und den Mund mit dem Mundschutz bedeckt hatten, durften sie hinein in das Reich der Intensivmedizin, wo Ärzte danach trachten, dass Gevatter Tod seine Sense nicht zu erfolgreich schwingen kann.

Martin stand auf wackeligen Beinen, als er sich vor dem Bett seines Onkels postierte. Eine Legion von Gerätschaften überwachte den Zustand des mit Schläuchen und Drähten mit ihnen verbundenen Patienten. Anja fasste nach Martins Hand. Er drückte die ihre zurück.

Onkel Alfred atmete schwer, sein Brustkorb hob und senkte sich. Der Kampf um sein Leben war ihm anzusehen, das Gesicht war bleich und die Wangen waren eingefallen. Man konnte darin die Anstrengung, die der Onkel damit hatte, unter den Seinen zu bleiben, ablesen, dachte Martin in einem Anfall von Pathos und Selbstmitleid, sah er sich doch gleich selbst dort liegen, verkabelt, verdrahtet und am Abkratzen.

„Er sieht schon viel besser aus", flüsterte ihm Anja ins Ohr. „Der Arzt hat gesagt, die kritische Phase war gestern Abend, als sie ihn eingeliefert haben. Wenn er die Nacht übersteht, dann wäre er über den Berg."

Martin nickte, er spürte, dass er gegen die Tränen ankämpfen musste. Mit dem Handrücken wischte er sich verstohlen über die Wange. Wer würde ihm nun bei seinen Fällen helfen? Mit wem würde er am Sonntagabend beim Heurigen sitzen und über Gott und die Welt sinnieren können? Wer würde ihm beistehen, wenn er wieder in einer Beziehungskrise steckte – so wie jetzt?

„Weinst du?", fragte Anne.

Martin schüttelte den Kopf. Er drehte sich zu seiner Schwester. Als sich ihre feuchten Blicke trafen, fielen sie einander in die Arme und beide schluchzten los.

„Hern S', Ihrem Onkel geht's eh scho besser, der wird wieder", sagte die Krankenschwester, die sich von hinten näherte. „Aber Sie müssen leise sein, meinen andern Patienten geht's ned so gut."

Martin ließ seinen Blick durch den Raum schweifen. Die Betten waren nur durch kleine Verschläge voneinander getrennt. Jede Störung verbreitete sich im gesamten Raum. Nur die ganz schweren Fälle hatte man offenbar in eine Art Käfig geschoben, damit sie von den anderen getrennt dahinsiechen konnten. Oder sterben, wenn es soweit war.

„Wenn Sie sich beeilen", setzte die Schwester fort, „der Professor Weninger ist grad draußen auf der Station, der hat bald Dienstschluss und macht seine Runde, dann können S' ihn fragen, wie lang Ihr Onkel noch da liegen muss und wann S' ihn auf der normalen Station besuchen können."

Die Geschwister lösten sich voneinander und trotteten Hand in Hand zum Ausgang.

Die Krankenschwester blickte ihnen nach und fragte sich, ob dieses Ehepaar nur jetzt in der Krise so zu einer Einheit zusammengeschmolzen war oder ob sich hier wirklich die Richtigen gefunden hatten.

„Ich würde sagen, Ihr Onkel hatte großes Glück. Wenn der Bademeister nicht sofort die Rettung gerufen und bis zum Eintreffen des Notarztes die Herzmassage gemacht hätte, dann könnten Sie ihn nur mehr am Zentral besuchen und nicht hier."

Der Arzt hatte schon ein Poloshirt an und steckte in Jeans. Auch ohne weißen Kittel wirkte er wie ein Souverän in seinem Reich. Die Ausstrahlung eines echten Professors machte das. Einer, der die Krankheiten kennt und weiß, wie man sie wieder aus den Körpern der Todgeweihten vertreiben kann. Wie es in den letzten Jahren im Gesundheitswesen üblich geworden war, schlurfte er über den mit unauffälligen

Bildern verschönerten Gang in solchen Plastikschuhen, die hier fast alle trugen.

Sie erreichten eine kleine Sitzlandschaft in einer Nische. Der Arzt setzte sich, Anja und Martin folgten seinem Beispiel. Durch das Fenster fiel Sonnenlicht. Es zeichnete einen hellen Kegel in den Raum, in dessen Schein der Staub schwebte wie Plankton in einem Meerbecken.

Der Arzt schlug die Beine übereinander. Marco Martin und Anja hielten Händchen und starrten gebannt auf den Mund des Mediziners, der nach einem Nachtdienst von einer bläulichen Zeichnung der Bartstoppel eingefasst war. Noch einer, der nicht viel geschlafen hat, dachte Martin.

„Anscheinend ist das Herz Ihres Onkels vorbelastet, also die Gefäße sind sehr in Mitleidenschaft gezogen. Die Herzkranzarterien sind durch Kalkablagerungen verengt. Mit Lysetherapie konnten wir die Verstopfung zwar lindern, aber ohne Operation wird es auf Dauer nicht gehen. Natürlich erst, wenn es ihm wieder besser geht."

„Operation? Wie meinen Sie das, Herr Doktor?", fragte Anja.

Der Arzt gab ein Achselzucken von sich.

„So wie ich es sagte. Ihr Onkel hatte einen schweren Infarkt, weil ein Gerinnsel eine Arterie verstopft hat. Das Blut braucht Platz zum Fließen. Wir werden mindestens zwei Stents setzen müssen. Heutzutage Routine, keine Sorge. Ihr Onkel wird zwar keinen Marathon mehr laufen können, aber sonst wird er wieder fit sein."

Das waren zumindest nach dem ersten Schock, den Martin heute in der Früh hatte, gute Nachrichten.

„Wessen Onkel ist Herr Martinec denn?"

„Meiner!“, gaben Anja und Martin unisono von sich, der Detektiv erläuterte dann: „Er ist der Bruder unseres Vaters. Wir sind Nichte und Neffe.“

Professor Weninger hob eine Augenbraue. „Ich hielt Sie beide für verheiratet.“ Er musterte Martin. „Sie wirken mir auch ein wenig abgespannt. Haben Sie manchmal ein Ziehen im linken Arm?“

Martin schüttelte den Kopf. Zugleich wurde ihm heiß. Der Blick des Arztes lastete auf ihm wie der des Habichts auf seiner Beute.

„Schon leichtes Übergewicht ist ein Risikofaktor, wenn die Blutfettwerte zu hoch sind. Von Bluthochdruck ganz zu schweigen. Hatte vielleicht sonst jemand aus Ihrer Familie mit dem Herzen Probleme?“

Martin zuckte mit den Achseln, Anne gab Auskunft.

„Wie man es nimmt, unser Vater ist zwar an Krebs gestorben, aber ich denke, sein Herz war auch nie das beste.“

Der Arzt hob seinen Zeigefinger. „Sehen Sie? Sie sollten sich auch untersuchen lassen, so etwas kann erblich bedingt sein.“

„Ich bin in Behandlung“, sagte Martin und wusste, dass das nur die halbe Wahrheit war. Zuletzt hatte er einen Arzt aufgesucht, das war fast ein Jahr her, da hatten ihn nächtliche Panikattacken geritten. Mit dem Sport war es im Moment auch nicht weit her. Das Fahrrad blieb immer öfter zu Hause, dafür gönnte er sich mit Anne mindestens einmal in der Woche ein ausgiebiges Dinner beim Italiener. Pasta und Wein hatten sich wieder um seine Taille gelegt. Das Alter eines Baumes konnte man an dessen Jahresringen ablesen, die Kalorien seiner Mahlzeiten an Martins Schwimmringen. Derzeit hatte er wieder drei. Wenn er sich vorbeugte, bildeten sich um seine Mitte drei Wulste.

„Dann ist es ja gut. Was Ihren Onkel betrifft, da müssen Sie sich wirklich keine Sorgen machen, vertrauen Sie mir, der ist über den Berg."

Der Arzt erhob sich und reichte Martin die Hand.

„Danke, das beruhigt mich jetzt ein wenig."

Wenig später gingen sie durch die Garage. Die Luft war von den Abgasen stickig und der Boden dreckig, dafür war die Autokatakombe nicht besonders gut ausgeleuchtet – was den Vorteil hatte, dass der Schmutz nicht sofort ins Auge stach. Da war er doch.

Anja steuerte auf den Wagen zu, die Zentralverriegelung sprang auf, während gleichzeitig die Blinker zweimal aufleuchteten und das Licht im Innenraum anging.

„Du hast mir gar nicht gesagt, wie das passiert ist", sagte Martin, während ihre Schritte von den Betonwänden hallten.

„Wir haben nicht viel geredet auf der Fahrt hierher."

Sie stiegen ins Auto und Anja parkte aus.

„Stimmt. Also?"

„Der Stessi hat angerufen, ich weiß nicht, woher er meine Nummer hatte, aber du warst ja nicht erreichbar."

Dieser Stessi war einer der Kumpane, mit denen sich der Onkel leider viel zu oft abgab. Meist mit anderen Saufkumpanen, die mit Alfred durch die Lokale oder im Sommer die Heurigen zogen. Martin wollte zu seiner Rechtfertigung ansetzen, aber Anja sprach weiter: „Du weißt ja, gestern war es sehr heiß. Die Runde kühlt sich also zunächst innerlich mit einigen Spritzern ab. Soweit ich den Stessi verstanden hab, waren sie beim Feuerwehr-Wagner in Grinzing. Und dann kommt irgendeiner auf die Idee, weil doch alle so erhitzt waren, sie könnten auf die Hohe Warte, ins Freibad. Verstehst du?"

Martin nickte, während der Schranken sie ins Freie entließ.

„Die waren sicher nimmer nüchtern und du kennst ja den Onkel, der gern einen auf agil und fit macht. Jedenfalls soll er direkt von der Umkleide ins Sportbecken gesprungen sein, und ..."

„Das war zu viel für sein Herz", vollendete Martin den Bericht. Und jetzt mussten seine Verwandten um ihn zittern. Viele hatte er ja nicht. Martin dachte, dass bei ihm, wenn er überhaupt so alt wie der Onkel wurde, der war ja auch schon über siebzig, wahrscheinlich niemand ans Krankenbett kommen würde. Er betrachtete Anja. Sie hatte Kinder. Vielleicht nahmen die einem wirklich ein bisschen die Angst vor dem endgültigen Aus. In Kindern lebte man weiter, irgendwie halt. Er war ja auch nicht seine Eltern, aber doch lebte etwas von ihnen in ihm fort, auch wenn er es nicht beschreiben konnte, was. Das war zu wenig griffig, zu esoterisch. Vielleicht war das von Christen erhoffte ewige Leben nur das Fortleben in der Nachkommenschaft. Plötzlich fühlte er sich nicht nur einsam, sondern er erkannte auch, dass er unlängst eine Tür zugeschlagen hatte. Es schien ihm eindeutig. Anne wollte ein Kind von ihm, sie hätte gern einen Bengel mit ihm zusammen, mit ihm als Vater, nicht nur biologisch, sondern auch einer, der für das Zwutschkerl dann da wäre, und er hatte sie weggeschickt, hatte sich nicht reif dafür gefühlt.

Er drückte Anjas Unterarm, sie lächelte, den Blick weiter auf die Straße gerichtet. Er fragte. „Macht es dir was aus, wenn du mich in Glanzing absetzt?"
„Willst du gar nicht nach Hause?"
Er sagte: „Eben, jetzt will ich nach Hause."

Er würde aber heute nicht mehr ankommen, in diesem neuen, in wenigen Gedanken zusammengezimmerten, nur eingebildeten neuen Zuhause, denn dazu gehörten nach seiner Vorstellung eben beide, Anne und Martin, und die eine von ihnen war nicht da. Martin läutete vergeblich an der Gegensprechanlage. Einen Schlüssel zu ihrer Wohnung, die auf dem Areal einer ehemaligen Kinderklinik errichtet worden war (Kinder mussten ja nicht unbedingt in bester Lage krank und deswegen dort behandelt werden), hatte er nicht. Wie sie auch keinen zu seinem Reihenhaus. So weit war man sich nicht wirklich nahe gekommen. Jeder hatte seine eigene Wohnung behalten und damit auch seine Freiheit. Keiner hatte den Schlüssel des anderen, konnte ihn also auch nicht in seiner Freiheit stören. So ähnlich bog sich Martin auf dem Heimweg, hinab zur Busstation, seine kleine Welt mit einem kleinen Weltbild gerade, wenn er versuchte, das Stelldichein mit Samantha in der letzten Nacht nur als harmloses Techtelmechtel zu betrachten. Doch es meldete sich etwas, das man schlechtes Gewissen nennt, und es war bei Martin sehr schlecht. Nicht nur, dass er seine Freundin betrogen hatte, was für sich allein schon diskussionswürdig war, so hatte er sich auch im Recht gefühlt, weil sie ja abgefahren war und ihn allein gelassen hatte. Sie hatte also Mitschuld, auch wenn sie das nicht so sehen würde. Er hatte das jetzt am Fußweg immer wieder durchgekaut. Was ihn dazu noch wurmte, war die Tatsache, und ja, er musste sich einer solchen stellen, dass Anne mit ihrer Eifersucht durchaus recht gehabt hatte.

Jetzt konnte er ihr nicht mehr in die Parade fahren und sagen, dass da kein Grund dazu wäre, dass er keinen geliefert hätte. Zumindest nicht reinen Herzens, aber das war ja nun befleckt, wie er erkannt hatte.

Aber vielleicht sollten sie heiraten. Der Gedanke fing an, ihm zu gefallen. Er stellte sich vor, wie er das dem Onkel am Krankenbett eröffnen würde – also wenn dessen Herz dafür stark genug war. Aber guten Nachrichten schrieb man ja durchaus Heilkraft zu. Für den Onkel war es definitiv eine gute Botschaft, wenn er endlich die Sorge um Martin an einen anderen Menschen abgeben konnte.

Endlich kam der Bus heran und schlug einen zügigen Haken in die Bucht bei der Haltestelle. Manche Buschauffeure hatten das Zeug zum Rennfahrer.

Martin sah sich in einem klassischen dunklen Anzug mit angestecktem Blumenbukettchen am Kragen. Ob Anne in Weiß heiraten wollte? Er würde Krasberger einladen. Der Onkel hatte sich so gut mit ihm verstanden, was hatten die beiden gelacht und wie gut sich unterhalten! Krasberger war zwar verheiratet, aber zumindest beruflich kam er ihm manchmal vor wie ein einsamer Wolf, was bei polizeilichen Ermittlern aber nicht ungewöhnlich zu sein schien.

Seine Schwester natürlich auch. Mit ein wenig Glück war dann die Sache mit Niklas ausgestanden und er konnte ihn mit guter Begründung aussparen. Wer lädt schon den Ex seiner Schwester ein? Und die Michi natürlich. Die Michi Bogensberger war ihm eine gute Freundin geworden, seit er die Umstände des Tods von ihrem Großvater untersucht und die Wahrheit ans Licht gebracht hatte. Und wer weiß, ob sie sonst den Heurigen vom alten Fadinger geerbt hätte.

Er unterdrückte sein Bedürfnis, wie er es oft tat, beim Frostbachl-Fadinger auszusteigen. Er wollte heim. Er musste sich um sein Auto kümmern, das am Vorabend bei der Walbusch hängen geblieben war und immer noch im Waldviertel stand. Und es gab auch noch diesen neuen Fall, der seltsam war. Wenn er doch nur eine Ahnung hätte, wo er anfangen sollte. Samantha hatte ihm Rotter als zwar zurückgezogenen, aber sonst engagierten jungen Mann beschrieben, der vor allem gegen jede Art von Machination aufgetreten sei. Und sonderbar mag er gewesen sein, aber nicht blöd. Wann immer gemauschelt worden war, hatte er es herausgefunden und war vehement dagegen aufgetreten. So gesehen, konnte jeder im Dorf ein Motiv haben.

Ihm fielen die Briefe ein, die er noch in seiner Obhut hatte, da würde sicher etwas zu finden sein.

Auf den Stufen zu seinem Eingang pfiff er den Hochzeitsmarsch vor sich hin, der Duft des Oleanders aus dem Vorgarten stieg in seine Nase. Der Onkel war jetzt gar nicht mehr im Focus. Er zählte im Geiste weiter, wie viele Leute sie zu ihrer Hochzeit einladen sollten. Ja, zu einer Hochzeit gehörten eine Menge Leute, zumindest aber zwei. Und diese zweite Person war jetzt da, Anne stand vor seiner Tür.

Martin bewegte sich auf sie zu, wollte sie umarmen, doch sie entwand sich seinem Griff; sie zog auch die Wange weg, als er sie darauf küssen wollte. Immer noch frohgemut fragte er: „Wie ich mich freue, dich zu sehen, ich will dich nämlich heiraten, ja, du hast richtig gehört, ich war grad bei dir, um es dir zu sagen, aber du warst ja nicht zu Hause. Was machst du eigentlich hier?“

Annes Tonfall war kühl, sie ging nicht nur körperlich auf Distanz, ihre Miene verriet so gut wie keine Emotion. Einzig ihre Ohrläppchen begannen zu leuchten. Martin kannte das sonst nur vom Sex. Andere bekamen leuchtende Wangen, Anne blieb nordisch unterkühlt, außer, dass ihre Ohren glühten.

„Ich bin eigentlich gekommen, um ein paar Sachen zu holen, die ich bei dir habe.“

So völlig durchgängig war die Trennung der beiden Haushalte nun auch wieder nicht. Anne hatte ein paar Kleidungsstücke bei Martin deponiert, damit sie, wenn sie bei ihm übernachtete, am nächsten Morgen gleich zu einem Termin fahren konnte. Nicht anders verhielt es sich bei Martin. Auch er hatte Unterwäsche, ein frisches Hemd und ein Sakko bei Anne im Schrank. Und es war nicht nur Gewand, das die beiden in die jeweils andere Wohnung getragen hatten. Dazu noch ein paar andere Dinge, wie ein Buch, Schlapfen, ein Handtuch oder sogar Stücke, an denen man besonders hängt, wie eine Lieblingskaffeetasse, egal ob sie von daheim mitgebracht oder extra für den Haushalt des anderen besorgt wurde. Die Grenzen waren demzufolge auch bei getrennter Wohnstatt durchaus fließend. Irgendwann vermischte sich der Hausrat nach und nach, es war alles nur eine Frage der Zeit.

Martin war von der Antwort, die seine gefühlten Geigen am Himmel jäh zum schrillen Quietschen brachten, vor den Kopf gestoßen. Verständnislos stammelte er: „Jetzt, wo ich endlich so weit bin, du weißt schon für eine Bindung, mit Heirat und allem, was dazugehört, gerade jetzt willst du Schluss machen?"

Anne hatte Mühe, ihre Leichenmiene beizubehalten, doch nicht nur ihre Ohrläppchen waren feige, verräterische Komplizen, auch die Mundwinkel zuckten, da konnte sie den Kiefer noch so fest zusammen beißen, wie sie wollte. Dennoch schaffte sie es, den Anschein noch kurz aufrecht zu erhalten.

„Von Hochzeit war nie die Rede, das musst du dir zusammenreimen. Ein Kind wollte ich, ja, das war es wovon wir reden wollten, bevor du dich im Dekolletee dieser Laienschauspielerin verkrochen hast."

„Und deswegen verlässt du mich?", Martin fühlte sich ertappt, machte nicht einmal mehr für sich Anstalten irgendetwas von seinem Seitensprung beschönigen zu wollen, sondern nahm es als Tatsache, dass Anne die Wahrheit wusste. Umso erstaunter war er, als sie nun in ein Lachen ausbrach, das wieder diese wunderhübschen Grübchen auf ihr blasses, zartes Gesicht zauberte. Samantha war im Vergleich dazu von ihrer Physiognomie her ein Postross, alles an ihr sehr groß und grob dimensioniert, nicht nur die Brust.

„Du bist ein Dolm", sagte sie prustend, „ich muss morgen zu einer Konferenz nach Malaga. Dort hat es fast vierzig Grad im Schatten, ich will das dünne Leinenkostüm holen, das ich bei dir habe."

Martin war, als ob jemand die Obelisken von seinen Schultern, von jeder nämlich einen, genommen hätte. Er sperrte auf. „Na, dann komm doch rein. Magst du nicht noch einen Kaffee trinken?"

„Gern."

Nachdem Anne das grobstrukturierte Kostüm aus hellblauem Stoff geholt hatte, saßen sie, abgeschattet von der Mittagssonne unter der aufgespannten Markise, auf Martins Terrasse.

„Du hattest Glück, dass ich in Wien bin“, sagte Martin.

„Ich weiß, du hast dein Herz an Bad Blumenbach verloren.“ Die Ironie dahinter war sogar für Martin hörbar, dennoch gab es ihm einen Stich und er versenkte seinen Blick in seiner Kaffeetasse, um ihn nicht mit dem Annes messen zu müssen. Kein Buchmacher hätte darauf gewettet, dass er dem ihren länger als zwei Sekunden hätte standhalten können, ohne sein schlechtes Gewissen zu verraten.

„Ich hab's eh bei dir probiert, aber du warst ja nicht erreichbar“, setzte sie nach. „Also hab ich in deinem Hotel angerufen und dort hat man mir gesagt, du wärst schon am Vormittag nach Wien aufgebrochen. Den ganzen Vormittag hab ich es dann noch probiert.“

„Wann hast du denn angerufen?“, spielte Martin den Ahnungslosen.

„Gegen elf.“

Martin holte sein Handy, das er unten auf das Tischchen beim Eingang gelegt hatte. Eh klar, er hatte es in der Intensivstation abgedreht und bei all der Aufregung nicht wieder eingeschaltet.

Er kam kopfnickend auf die Terrasse zurück. Er hatte eine kalte Flasche Perrier mit und zwei Gläser. Anne betrachtete ihn beim einschenken der Gläser. Kleine Perlen von Kohlensäure sprudelten über den Rand wie aus dem Wasser hüpfende Flöhe. Sie sagte: „Man hat mir auch gesagt, dass du mit einer Frau nach Wien wärst ...“

„Anja hat mich abgeholt."

„Anja, natürlich, wie konnte ich vergessen. Der kleine Bruder, der in die große Schwester verliebt ist."

Sie trank aus dem mit zittriger Hand gereichten Glas.

„Nein, es ist nicht so, es ist ... der Onkel liegt im Spital, er hatte einen Herzinfarkt."

Anne setzte das Glas mit lauten Knall am Tisch ab.

„Was? Und das erzählst du mir erst jetzt?"

Endlich berichtete Martin alles: Über das Spital, die Unvernunft des Onkels, die Zuversicht der Ärzte. Den bitteren Beigeschmack seiner eigenen Befragung schenkte er sich bei der Schilderung, es reichte, dass ihm der Arzt die Lust auf gutes Essen oder ein Glas Wein verdorben hatte, wozu also Anne da mit hineinziehen? Keine zwei Minuten später fand er sich mit dem Kopf in Annes Schoß, die ihm durch die Haare streichelte und ihm ins Ohr flüsterte, dass sie bei ihm übernachten könne. Sie müsse nur früh raus.

Martin nickte. Jetzt war Blumenbach weit weg, der Onkel in guter Obhut und er mehr denn je durcheinander. Denn Anne hatte auf seinen Heiratsantrag bislang in keiner Weise reagiert.

Martin dämmerte auf dem Sofa ein, Anne war kurz in ihre Wohnung gefahren, um fertig zu packen und wollte am frühen Abend wieder kommen, da riss ihn das Klingeln seines Mobiltelefons, das endlich ausreichend aufgeladen und nicht auf stumm gestellt war sowie den Akku eingesetzt hatte, aus den einsetzenden schläfrigen Gedanken. Er hoffte, dass es nicht das Spital war, die Nummer war zwar am Display zu lesen, ihm jedoch unbekannt.

„Wer spricht da?“, fragte Martin nun zum zweiten Mal, da der Hintergrundlärm beim Anrufer so laut war, dass es fast unmöglich war, diesen zu verstehen. Ein Mann war am Apparat, soviel hatte Martin mitbekommen.

„Warten S’ ich geh ausse.“

Nach wenigen Sekunden wurde das Hintergrundgeräusch leiser und der Anrufer stellte sich vor. „Max Beranek. Mich hat der Seidl Fritz angrufen, dass Ihr Wagen bei der Walbusch Kathi liegen blieben is’.“

Interessant, dachte Martin, wie schnell sich seine Panne im halben Dorf herumgesprochen hatte. Das gab ihm Zuversicht, in der Sache Rotter doch bald Fortschritte zu machen, denn wenn jemand etwas gedreht hatte, wusste mit Sicherheit jemand anderer etwas davon.

„Und?“, fragte der Detektiv.

„I hab den Wagen heut geholt und auf meiner Hebebühne. Also, dass der Motor verreckt ist, des is a Kleinigkeit, des kriag i hin, da ist a Kabel bei der Zündung im Eimer. Aber …“

„Aber was?“

„Die Bremsleitung ist auch hin.“ Maxl machte wieder eine Pause.

„Und?“, Martin wurde ungeduldig.

„Die is nicht so leicht zu kriegen, da muss i erst im Internet schauen, ob ich was Passendes find. Des kann a bissl dauern.“ Maxl schnaufte.

„Das ist nicht erfreulich, aber da kann man nix machen. Noch was?“

„Für mich schaut des aus, als ob die Leitung manipuliert worden is.“

9.

„Also morgen fährst du wieder?"

Anne schob einen Bissen des knusprigen Teigs in ihren Mund. Sie hatten sich zum Essen verabredet, und weil beide Lust auf Pizza hatten, waren sie in eine Pizzeria in der Krim gefahren. Nicht auf die Halbinsel, um die die Ukraine mit Moskau zankte, sondern in einen Teil Döblings, der ehemals Arbeiterquartier für die dort ansässigen Firmen war. Gräf und Stift hatten dort Autos und zuletzt noch Nutzfahrzeuge gebaut, aber das war längst Geschichte, ebenso wie auch der Duft der Schokolade der Bensdorp-Fabrik schon lange verflogen war. Der Name selbst ging auf ein Gasthaus zurück, das aber bereits seit Anfang des neunzehnten Jahrhunderts nicht mehr existierte. Dafür gab es eben die Pizzeria Dante, die Pizza auf neapolitanische Art im Steinofen buk.

Sie saßen am Gehsteig, an einem der Tische, die dort als Schanigarten herhielten.

„Ich frag mich, was es da so Interessantes gibt, dass du schon wieder hin willst. Willst du hinter das Geheimnis der Moorleiche kommen?"

Sicher, dachte er, die hat vielleicht auch was mit dem Toten aus dem Kleiderkasten zu tun. Auch wenn viele Jahre dazwischen lagen. Aber was sollte er ihr sagen. Bis auf ein kleines Techtelmechtel und sich den Unmut einiger Leute zuzuziehen hatte er nichts zustande gebracht. Irgendwer wollte ihn nicht dort haben, soviel war ihm mittlerweile bewusst. Martin erzählte natürlich nichts von allfälligen Manipulationen an seinem Wagen, auch die Geschichte mit dem Skorpion in seinem Bett, die er nun in anderem Licht sah, verschwieg er. Er schenkte Anne vom Rotwein nach und nickte. Es entging ihm nicht, dass Annes Blick jedesmal gefror, wenn er von Bad Blumenbach berichtete oder er auf das Thema der Schrankleiche zu sprechen kam.

„Ich weiß nur noch nicht, wie ich dorthin komme. Ich wollte dich fragen, ob ich allenfalls dein ..."

Anne schob ihren Teller von sich, auf einer Seite hatte sie die vom Rand weggeschnittenen Teigstücke angehäuft. Martin schielte auf die von dunklen Bläschen überzogenen Teile und fragte sich, wieso sie die gschmackigsten Stückerl überließ.

„Nein, mein Auto kannst du nicht haben, das brauch ich morgen selbst, aber meine Reste geb ich dir gern." Sie schob ihm den Teller hin und er griff mit den Fingern nach der erkalteten Pizza.

„Du wirkst heute so verändert", sagte er schließlich, nachdem sie beide eine Zeit lang Löcher in die Luft gestarrt hatten.

Annes Blick erschien ihm nun traurig, daher tat er das, was Männer in solchen Situationen besser nicht tun sollten: Er versuchte auf verständnisvoll zu machen, doch kaum einer ist als Frauenversteher geboren, und wenn er nicht die Gabe dazu hat oder von anderen Dingen zu sehr abgelenkt ist, dann sollte er gar nicht so tun, als wollte er zuhören. Oder als wollte er über ein Problem reden, wenn er noch nicht einmal wusste, dass es eines gab oder wie man ihm beikommen könnte. „Ich weiß", sagte er, „dass ich in letzter Zeit ein wenig zu sehr an mich gedacht habe, also du weißt schon, damals im Gasthof, aber mich hat halt das Gerede der Leute interessiert, und so hat eins das andere ergeben."

„Was?"

„Was, was?"

„Was hat was ergeben?"

Martin trank einen Schluck Wein, und dann noch einen nach. Er räusperte sich. „Na, dass ich halt dann hängen geblieben bin und dich allein hab ziehen lassen."

Anne lachte auf. „Aber dafür warst du mir am nächsten Tag eine wunderbare Gesellschaft bei unserem Ausflug." Sie deutete ein Schnarchen an. Endlich gab es wieder dieses schelmische Blitzen in ihren Augen. Martin fühlte sich auf dem richtigen Weg, und jetzt noch eins draufsetzen und sie war soweit, dass sie heute die Nacht mit ihm verbringen würde.

„Aber ich habe erkannt, wie sehr ich an dir hänge, wie sehr mich deine Gesellschaft bereichert. Ich hab das mit der Hochzeit heute ernst gemeint." Martin versuchte sie mit Dackelblick, aus dunklen, glasigen Augen milde zu stimmen.

Sie setzte eine verständnisvolle Miene auf, aber eher so in der Art, wie man einem kleinen Kind etwas von der Welt erklärt. Sie sagte: „Vielleicht ist aber Sympathie zu wenig, um sich zu so einem Schritt zu entschließen. Da gehört Liebe dazu, bedingungslose Liebe, nicht einfach Wertschätzung oder", sie bedachte Martins Schritt mit einem ironischen Blick, „Bequemlichkeit oder Gewohnheit."

„Außerdem ..."

Sie wurde nachdenklich, winkte dann dem Ober und bestellte zwei große Grappa und wartete, bis die Gläser vor ihnen auf dem Tisch standen.

„Du musst etwas wissen ..."

Am nächsten Morgen beschloss Martin zunächst, seine Abreise um einen Tag zu verschieben. Dann wiederum packte er hektisch seine Sachen, weil er so schnell wie möglich Wien verlassen wollte, wie früher ein Bankrotteur, den die Schande oder die Wut seiner Gläubiger zu so einem Schritt drängten.

Anne hatte die Nacht nicht mit ihm verbracht. Sie brauche etwas Zeit für sich.

Er überlegte, ob er den Onkel besuchen sollte. Der würde sich über Ansprache sicher freuen. Dann aber wieder hatte er Bedenken. Was, wenn er sich nach Anne erkundigte. Er konnte ihm schwer sagen, dass Anne noch verheiratet war. In Deutschland. Sie lebte zwar seit Jahren von ihrem Ehemann getrennt, aber er hatte einer Scheidung noch nicht eingewilligt und jetzt hatte sie Angst, dass er ihr Vermögen beanspruchen könnte. Ein heruntergekommener Musiker, für den es noch nicht einmal ein Abstellgleis gab, weil er einen Durchbruch nie geschafft hatte, man ihn also nicht einmal ausrangieren musste, und der nun auf seine Chance wartete, zu Geld zu kommen. Jetzt, da Annes Agentur ordentlich lief.

Im besten Fall, wenn er wieder zu Kräften gekommen war, würde der Onkel mit Häme darauf reagieren, dass Martin eben ein Händchen dafür habe, sich an vergebene Frauen zu werfen. Wenn er aber er noch geschwächt war und sich darüber aufregen würde, wäre das ganz schlecht im Hinblick auf die bevorstehende Operation.

Daher entschied sich Martin, wenigstens auf Anjas Anruf zu warten, die ihm versprochen hatte, am Vormittag noch nach dem Onkel zu sehen, bevor sie den Sonntag mit den Kindern in einem Bad verbringen wollte. Sie hatte ihm das Krapfenwaldl vorgeschlagen und Martin eingeladen, sich zu ihnen zu gesellen. Aber auf Anja im Bikini oder vielleicht gar oben ohne hatte er keine Lust. Verständlich bei seinem vermurksten Liebesleben, da musste er nicht noch weitere Komplikationen heraufbeschwören.

Er packte ein paar Sachen in eine Reisetasche, dann suchte er im Internet nach der passenden Verbindung nach Krems. Er wollte den Zug am späten Nachmittag nehmen, also hatte er noch etwas Zeit. Zeit, die er für sich brauchen konnte, weil er darüber nachdenken wollte, warum Anne Zeit für sich brauchte. Doch kaum wollte er sich endlich auf seine Beziehung konzentrieren, drängte sich der Fall in den Vordergrund seiner Überlegungen. Er ging in sein Arbeitszimmer, nahm ein paar Blätter aus dem Drucker und begann seine Diagramme zu zeichnen. Er versuchte, so weit er das bisher herausgefunden hatte, die Beziehungsebenen darzustellen. Hatte er etwa parat, wann wer wo gewesen war? Nur dann konnte er auch beginnen, ein Bewegungsprofil zu erstellen. Er fing an, indem er Namen notierte, die ihm spontan in den Sinn kamen, wenn er an Bad Blumenbach dachte, und die er nun irgendwie in Relation zu Rotter setzen musste. Mitten in einer Linie verharrte er. Es ließ sich kein Bezug zwischen Rotter und Walbusch herstellen. Er brauchte mehr Informationen, wusste, bis auf die Sache mit der unglücklichen Liebe vor vielen Jahren, eigentlich wenig bis nichts über sie. Sie lebte zurückgezogen, hatte wenig Kontakt zu den anderen, von Samantha einmal abgesehen, wurde aber offenbar doch respektiert, auch wenn manche der Tischgenossen an dem Abend, wo sie als Furie den armen Rotter verteidigt hatte, belustigt ihre Köpfe zusammengesteckt hatten. Aber die waren ziemlich sicher schon besoffen und hätten auch den Auftritt des Bundespräsidenten erheiternd gefunden.

Krasberger! Wieso war ihm sein Kontakt zur Polizei nicht sofort eingefallen. Bei den Hochzeitsplanungen (die er getrost auf Eis legen konnte) hätte er ihn berücksichtigt, dabei war es naheliegend, dass er ihn jetzt, für den Fall, dringender benötigte.

Es war Sonntag, aber das war ihm sicher egal. Wenn der Gruppeninspektor Dienst hatte, war er sicher froh, ein wenig Ablenkung zum langweiligen Dienstplan zu haben, und Martin konnte ja ein wenig privat plaudern und erst nach und nach auf sein wahres Begehr kommen. Hatte er aber frei, würde er entweder nicht rangehen oder auch wieder Zeit für einen Tratsch haben.

Er holte sein Handy und wählte Krasbergers Nummer. Es dauerte lange, bis sich der bärbeißige Polizist endlich meldete. Er klang gehetzt. Zu mehr als einem „Ja?“ reichte es nicht.

„Marco Martin hier, wie geht es dir?“

„Danke, muass gehen, seit wann sprichst du in Reimen?“

„Zufall. Was macht deine neue Ferienwohnung in, wo seid's ihr gelandet?“

„Rust.“

„Das Hausboot, wirklich, ist es das geworden?“

„Na, doch a klane Wohnung in der Stadt. Aber i kann a reimen: Frust in Rust. Lass ma des besser, weil ständig is was hin, aber Hauptsach mei Frau is glücklich. Du, was willst du, du ruafst sicher ned an, weil du mit mir übers Wetter reden willst, was brauchst?“

Martin war also schnell durchschaut. „Wo du es ansprichst, also ich hab da so eine Sache ...“

Er erklärte das, was es auf die Schnelle zu erklären gab.

Krasberger sagte: „Heut kann i dir ned helfen, weil i hab frei, bin ned in der Dienststelle. Frühestens Mittwoch, wir san für a paar Tage weg."

Martin nickte mit dem Telefon am Ohr. Er fragte: „Ihr seid in eurer Wohnung am Neusiedlersee?"

„Na, heut samma im Theater und dann no zwa Tag weg. Mittwoch hab i wieder Dienst." Martin hörte im Hintergrund eine mahnende Stimme. Wohl die von Krasbergers Frau Irene. „Du, ich muass dann weitermachen, gell, ruaf mi am Mittwoch z'Mittag an."

„In Ordnung", sagte Martin und trennte die Verbindung.

So kam er im Moment auch nicht weiter. Aber da war noch etwas, etwas, das er bislang nicht in seine Überlegungen einbezogen hatte – aber was? Während des Gesprächs war ihm eingefallen, dass es da noch etwas gab, das er noch prüfen müsse. Natürlich, er klopfte sich mit der flachen Hand gegen die Stirn, die Briefe! Er überlegte, wo er sie abgelegt hatte. Er musste einfach das verpatzte Wochenende mit Anne rekapitulieren. Station für Station. Das war aber schwer möglich, weil er ja im Auto geschlafen hatte. Damit schien klar, dass er die Briefe noch in dem Sakko eingesteckt hatte, das er damals fürs Theater übergezogen hatte. Das war das blaue. Er eilte hinab ins Schlafzimmer und riss den Kasten auf. Der quoll über mit Gewand, doch keine Spur von einem blauen Jackett. Er versuchte sich zu erinnern, wie er aus Annes Auto ausgestiegen war, seine Tasche über die Straße getragen, dann das Eingangstor zur Hausanlage aufgesperrt hatte. In ihm keimte ein Verdacht: Was, wenn er das blöde Sakko im Auto ausgezogen und es dann dort vergessen hatte? Mit ziemlicher Sicherheit hatte er es ausgezogen, damit es in den engen

Schalensitzen nicht zerknitterte. Also war es noch in Annes Auto. Er musste sie anrufen.

Anne hob nicht ab, die Mailbox lud monoton dazu ein, eine Nachricht zu hinterlassen, aber Martin wollte Anne sein Anliegen lieber persönlich mitteilen. Er machte sich einen Kaffee und probierte es etwas später nochmals. Wieder ging sie nicht ran. Fühlte sie sich von ihm bedrängt? Ging sie ihm sogar am Telefon aus dem Weg? So weit war es also schon gekommen. Wenn er zu ihr hinführe und sie in ihrer Wohnung aufsuchte, fühlte sie sich vielleicht sogar gestalkt?

Er könnte zum Frostbachl-Fadinger gehen und der Michi sein Herz ausschütten. Der Gedanke, sie könnte aber aus Frauensolidarität zu Anne halten oder zumindest Verständnis für ihre Situation aufbringen, hielt ihn davon ab. Oder er ging zu ihr nur, um eine Kleinigkeit essen und wartete ab, in welche Richtung sich ihr Gespräch entwickelte.

In diese taktischen Erwägungen platzte Anne mit ihrem Anruf.

„Ich war kurz laufen und nun habe ich gesehen, dass du mich erreichen wolltest?" Anne klang gut gelaunt und nicht mehr so distanziert wie bei ihrer letzten Verabschiedung. Martin fragte nach seinem Sakko.

„Natürlich weiß ich, wo das ist. Du hast es bei mir im Auto vergessen und ich hab es dir gestern mitgebracht. Ich hab's in einen Plastiksack gesteckt und bei dir im Vorraum an die Garderobe gehängt. Hab ich dir das gar nicht gesagt?"

Hatte sie nicht, aber es war müßig darüber ein Wort zu verlieren.

Das Sakko war da und in der Innentasche die Briefe.

„Marco?"

„Ja?"

„Wie fährst du jetzt nach Bad Blumendings?"

„Mit dem Zug. Warum fragst du? Willst du mich doch hinausbringen?"

„Nein, das nicht, aber zum Bahnhof könnte ich dich fahren."

Martin strahlte. Das war doch wieder eine leichte Annäherung.

Vielleicht sind Menschen ja Planeten, die ihre Bahnen brauchen, jeder seine eigene. Wehe, wenn sie zu nahe kommen und dann abgelenkt werden und in den Weiten des Alls verloren gehen oder zusammenprallen. Er sagte: „Das wäre nett, aber stört es dich, wenn wir einen kurzen Umweg machen?"

Der Umweg hatte Martin zum AKH gebracht. Er hatte sich vor dem Haupteingang von Anne verabschiedet. Sie hatte seinen Kuss auf eine ehrliche, innige Art, wie jemand erwidert, der in dem Augenblick ihrer Umschlungenheit signalisieren will: Ich bin dir nicht nur verbunden, sondern ich bin für dich da, auch wenn wir jetzt die nächste Zeit voneinander getrennt sind. Martin verstaute seine Reisetasche in einer der Mietboxen nach dem Eingang und fuhr den bekannten Weg auf die Station. Er hätte Anne mitnehmen wollen, aber sie hatte eingewendet, dass sie keine Verwandte wäre und daher gar keinen Einlass bekäme. Martin fragte sich, ob er das als Ausrede ansehen sollte, da holte ihn das „Bing" des Aufzugs zurück in die Gegenwart der blanken, mit buntem Linoleum ausgelegten Gänge.

Der Onkel schlief. Aber er strahlte Ruhe aus. Er wirkte, als ob er einen erholsamen Schlaf genoss, nicht so wie beim letzten Mal, da er einfach in einem erschöpfenden Kampf um sein Überleben gelegen war und mit dem Atmen gekämpft hatte. Jetzt schnarchte er. Wüsste er es nicht besser, hätte Martin vermutet, dass er nach drei Vierterl seinen leichten Dusel ausschlief.

Die Schwester teilte Martin mit, dass der Patient am nächsten Tag auf die normale Bettenstation verlegt würde und man dann warten müsse, bis der Herr Primar einen Termin für die Operation finde.

Wie gern hätte er mit seinem Onkel geredet, unter normalen Umständen hätte er ihn wie so oft um seine Meinung zu den Geschehnissen gefragt und sich dann geärgert, dass Alfred seine, Martins Theorien, ins Lächerliche gezogen und ihm dafür die abstrusesten Verflechtungen aufgetischt hätte, von denen dann aber mindestens eine ins Schwarze getroffen hätte.

Zum Abschied drückte er dem Onkel den Unterarm, der drehte seinen Kopf mit einem Lächeln zu Seite, der Schweiß stand ihm auf der Stirn und Martin suchte nach einem Tuch, um sie abzutupfen.

„Lassen Sie ihn am besten schlafen“, riet ihm eine der Schwestern. „Wir waschen ihn dann schon.“

Es war heiß, auch wenn durch die herabgelassenen Jalousien die Sonne mit ihrer brütenden Kraft ein wenig ausgesperrt war. Und es war spät. Martin winkte der Stationsschwester zum Abschied zu und strebte flotten Schrittes zum Ausgang. So praktisch es im Internet ausgehen hatte, direkt vom AKH bei der Station Michelbeuern in die U6 zu steigen und anschließend bei der Spittelau nur in den Regionalexpress nach Krems, so verfänglich war es, etwas knapp dran zu sein. Denn zunächst hatte er, weil ja Sonntag war, eine längere Wartezeit auf den nächsten U-Bahnzug in Kauf nehmen müssen und dann ging es auch noch ums Kaufen. Und zwar ein Ticket, und das war bei den aufgestellten ÖBB Automaten nicht unbedingt etwas, was leicht und flott von der Hand ging. Im Endergebnis schaffte Martin es, den Zug mit einer gültigen Fahrkarte zu besteigen, doch weder hatte er sich einen Kaffee mitnehmen können noch einen Imbiss.

Martin betrat den Großraumwaggon. Der Zug war beinah leer und würde in knapp einer Stunde in Krems sein. Er stellte seine Reisetasche unter seinen Sitz und streckte sich in dem Sessel durch. Die Lok hatte wieder Fahrt aufgenommen und passierte den nostalgisch renovierten Bahnsteig in Heiligenstadt und später fuhr der Zug durch Nussdorf. Obwohl es ihm damals als Umweg erschien, war Anne bei ihrem gemeinsamen Ausflug auch über den Norden Wiens Richtung Greifenstein und Tulln gefahren, jetzt erinnerte er sich gern daran.

Ein älterer Herr betrat den leeren Waggon, blickte sich um und nahm eine Reihe weiter, das Gesicht gegen die Fahrtrichtung und damit zu Martin gerichtet, Platz. Er schälte sich aus seinem dünnen Blouson, das sich von Farbe und Schnitt her erfolgreich gegen jede Modeströmung der letzten Jahre gestemmt hatte. Martin erwiderte dessen Nicken, ärgerte sich aber zugleich, dass der Zugestiegene einen Platz in unmittelbarer Nähe zum Detektiv ausgewählt hatte, denn er hatte eine ungestörte Fahrt erhofft, um seine Gedanken frei schweben zu lassen.

Nach Klosterneuburg-Kierling führte die Trasse wie durch ein Tal, die Berge zur Linken schirmten die Sonne ab, das

Grün der Natur wurde dunkler und satter. Der Mitreisende hatte nun seinen Kopf in eines dieser dünnen Heftchen mit Kreuzworträtseln versenkt. Martin holte die Briefe aus seiner Tasche und begann sie zu lesen. Er versuchte sie chronologisch zu ordnen. Rotter hatte fast akribisch wie ein Buchhalter die Briefe selbst geschlichtet, indem er sein Anschreiben mit Pollroß' Rückantwort zusammengeheftet hatte. So war es leicht, den Gang der schriftlichen Unterhaltung nachzuverfolgen.

Manche der Schreiben waren einige Jahre alt. Es ging um Vorhaltungen von Rotter, wie Pollroß bei einigen abgeholzten Arealen absichtlich die Wiederaufforstung hinausgezögert hatte, Rotter hatte auf den mangelnden Wildschutz und fehlende Futterreserven in den angestammten Revieren von Rot- und Niederwild hingewiesen, und der Öko-Freak hatte auch das Naturschutzreferat eingeschaltet – ein Durchschlag dieses Briefwechsels war an die zuständige Forstabteilung im Landwirtschaftsministerium ergangen, während Pollroß auf Hinhaltetaktik gesetzt hatte. Martins Bild über den Toten festigte sich: der war vielleicht ein Sonderling gewesen, hatte sich aus der Dorfgemeinschaft bewusst rausgehalten, verfolgte aber, zumindest wenn man diesen Teil von ihm erforschte, hehre Ziele. Außerdem hatte er offenbar ein waches Auge. So was konnte aber auch in genau dieses Auge gehen; zum Beispiel, wenn man etwas sah, das ein anderer bewusst den Blicken entzogen hatte oder zu viele Querverbindungen aus scheinbar belanglosen Nebensächlichkeiten zu einem verräterischen Gesamtbild zusammensetzte. Aber noch wusste er ja nicht einmal, ob das Ganze nicht ein Unfall war, wie Wipfinger sofort gemeint hatte. Der Dorfdepp spielt wieder den

Theaterschreck, klettert an einem schwülen Sommertag in den Kasten, der als Requisite herhält, wird in der Hitze drinnen ohnmächtig und erstickt in weiter Folge. Gegen einen geplanten Mord sprach auch, dass der Aufbewahrungsort für eine Leiche mitten auf der Bühne, mitten auf dem Dorfplatz, denkbar ungeeignet schien. Es sei denn, jemand wollte ein Exempel statuieren. Aber zu welchem Zweck? Wem soll so etwas als Warnung dienen?

„Darf ich bitte Ihre Fahrkarte sehen?"

Martin blickte die Uniform an. Er zückte den Fahrschein und der Schaffner drückte mit der Zange seinen Stempel darauf. Unspektakulär und ohne Pathos. Kein Vergleich mit früheren Zeiten, an die Martin zurückdachte, als er einmal mit der Mutter allein mit dem Zug unterwegs gewesen war. Der Mann in der blauen Uniform war damals eine imposante Erscheinung gewesene. Er trug einen dicken Schnauzbart, der, wenn er die Lochzange in die Fahrkarte, die damals noch diesen Namen verdiente, gedrückt hatte, wackelte. Martin machte einen Sprung zurück in die Gegenwart. Er war noch zu jung, um über die „gute alte Zeit" zu sinnieren. Der Schaffner wandte sich eine Reihe weiter an den Pensionisten, der ihm einen Ausweis hinhielt. Bevor der ÖBBler sich ganz empfehlen konnte, fragte ihn Martin.

„Entschuldigung, aber kann ich hier einen Kaffee bekommen?" Der Schaffner drehte sich um und sagte: „Speisewagen gibt's da nicht. Aber ich kann Ihnen einen bringen, wenn S' wollen, des dauert aber ein wenig."

Martin erheischte von seinem Zugkompagnon einen mitleidigen Blick, in dem wohl ausreichend Erfahrung wohnte, bestellte aber dennoch eine Melange.

Martin lehnte sich zurück und zog die Sonnenblende auf der gegenüberliegenden Seite zu, um sich wieder seiner Lektüre zuzuwenden, ohne geblendet zu werden.

„Sie fahren nicht oft mit dem Zug, hab ich recht?", drang es mit leiser, dünner Stimme an Martins Ohr.

„Nein."

Martin hoffte mit dieser schroffen Antwort die Gefahr eines weiteren Gesprächs gebannt zu haben. Er holte die nächsten Schriftstücke aus dem Kassiber. Diesmal drehte sich Rotters Brief um geplante Änderungen der Sägeanlage. Pollroß hatte sein Betriebsgrundstück anscheinend vergrößert und Rotter sorgte sich um die Fauna der Wipf, die an dem Holzwerk vorbeiführte. Er forderte eine unabhängige Untersuchung und wollte eine Umweltkommission einrichten, die die Wasserqualität laufend prüfen sollte, was von Pollroß abgelehnt sowie vom Bürgermeister, an den sich Rotter ebenfalls gewandt hatte, abgeschmettert wurde. Auch die Umweltabteilung des Landes verwies darauf, dass dies in die alleinige Kompetenz der Gemeinde falle.

Der Schaffner brachte den Kaffee. Martin trank aus dem Becher. Er verbrannte sich die Lippen an dem Getränk, das in der Gastronomie nicht ohne Grund Heißgetränk bezeichnet wird. Dafür war das Gebräu so schwach, dass selbst mit einem staatlichen Hilflosenzuschuss kein Staat damit zu machen war.

Der Pensionist schenkte sich mit überlegenem Lächeln einen Becher Kaffee aus einer Thermoskanne in einen mitgebrachten Becher ein. Dessen Duft wanderte bis zu Martin und stieg ihm verführerisch in die Nase. Martins Auge wanderte über das Papier und betrachtete neidisch den Alten, wie er genüsslich seinen Kaffee schlürfte. Der andere hob den Kopf, während der Zug über die Schwellen holperte, und vor dem Fenster tauchten die Felder um Tulln auf, die im späten Nachmittagslicht gelb leuchteten. Martin wandte sich dem Brief zu. Der letzte, den er jetzt vor sich hatte, war sonderbar, die Buchstaben waren wie bei einem Erpresserbrief herausgeschnitten. Martin blätterte, suchte ein Kuvert, denn Rotter hatte seine Durchschläge mit einem Kuvert versehen, auf das er das Absendedatum notiert hatte. Hier, bei diesem letzten, der auch sonst nicht datiert war, fehlte so etwas. Konnte es sein, dass ...

„Wollen Sie vielleicht ein gscheiten Kaffee? Als unerfahrener Bahnkunde glaubt man ja noch an so Ammenmärchen wie Zugservice, manche meinen überhaupt, sie werden wie im Orient-Express vor hundert Jahren von vorn bis hinten bedient."

Martin blickte gedankenverloren auf. „Bitte?"

„Schütten S' des Gschlader weg, kommen Sie, ich geb Ihnen was von mir ab. Na kommen Sie schon her!" Windschiefes Grinsen aus einem alten, verwitterten Gesicht.

Martin kippte den Rest hinab, er erhob sich und wanderte eine Reihe vor, nahm gegenüber dem Alten Platz. Er betrachtete ihn verstohlen mit gesenktem Kopf. So alt war er vielleicht gar nicht. Keine siebzig – wenn überhaupt. Er hatte ein langes schmales Gesicht und die schütteren Haare waren strähnig nach hinten gekämmt. Der Mann schenkte in Martins Becher ein. Die Augen waren geweitet und auf Martin gerichtet, weil er wohl erwartete, dass Martin sofort kostete, was er auch tat.

„Und?"

„Kein Vergleich mit dem inferioren Gesöff von der Bahn."

„Eben. Wohin fahren Sie? Verzeihen Sie, ich habe mich noch nicht vorgestellt. Etlinger, mein Name."

„Angenehm, Marco Martin."

Die beiden Männer schüttelten die Hände.

„Italiener?"

„Nein, das ist so was wie ein Künstlername."

„Ach, Sie sind Künstler?"

„Nein, Privatdetektiv."

Etlinger schmunzelte und taxierte Martin.

„Ich muss zunächst nach Krems."

„Das ist aber nicht Ihr endgültiges Ziel, oder?"

Irgendwie hatte der ältere Mann eine gelungene Verhörtechnik, denn er kitzelte aus Martin einige Details heraus, die dieser sonst nicht so schnell preisgegeben hätte, aber was tat man nicht alles für einen ordentlichen Kaffee.

Martin leerte den Becher und Etlinger schenkte nach. „Ich muss danach weiter nach Bad Blumenbach."

Etlinger ließ sich in seinen Sitz fallen, er wirkte, als hätte ihn der Blitz getroffen. „Bad Blumenbach", stammelte er. „Wie oft bin ich dort gewesen, wie lange schon nicht mehr. Haben Sie dort geschäftlich zu tun?" Etlingers Blick wanderte wieder an Martin hinab.

„Wie man's nimmt. Kennen Sie den Ort?"

„Was heißt kennen. Der Ort kennt mich, die meisten seiner Bewohner kennen und fürchten mich, also zumindest die, die in etwa so alt sind wie Sie."

„Wieso, waren Sie der Scharfrichter?", fragte Martin.

„Schlimmer, ich war der Lehrer."

Martin verbiss sich einen Kommentar, auf die Lehrer haute im Moment eh jeder hin. Etlinger sprach weiter: „Ich habe zuletzt sogar die Volksschule geleitet, aber unter dem neuen Bürgermeister musste ich gehen, ich wurde pensioniert, mit nicht einmal achtundfünfzig."

„Das heißt, Sie kannten den alten Walbusch?"

„Natürlich, das war der Vorgänger von dem Wipfinger. Der war zwar auch in derselben Partei, aber der hat die Politik nicht in die Schule getragen, ganz anders als der Wipfinger. Ich war ja nie Parteigänger, ich dachte die Qualifikation als Pädagoge wäre entscheidend, nicht das Parteibuch, aber da hatte ich mich leider getäuscht."

Diese Aussage bestätigte das Bild, das Martin von Wipfinger gewonnen hatte. Ein absoluter Machtmensch, der sich am liebsten wie der nordkoreanische Diktator feiern ließ. Etlinger schaute traurig drein, die Sache schien er auch nach all den Jahren nicht überwunden zu haben. Martin wollte das Thema nicht ausreizen, aber eine Frage drängte sich dazu passend auf: „Kannten Sie auch die Tochter vom Walbusch?"

„Die Kathi? Sicher, eine gute Frau, wenn auch ein wenig verhärmt, das hat sicher mit ihrer unglücklichen Liebe zu dem jungen Schnattl zu tun gehabt."

Martin kannte diese Geschichte ansatzweise von Samantha. Aber eben nur zum Teil. Etlinger war für ihn ein Füllhorn, das es weiter zu schütteln galt. Er fragte: „Was war mit dieser Beziehung zu Schnattl?"

„Ihr Vater hätte sich den jungen Pollroß, das war der Sohn vom Großgrundbesitzer, eigentlich der reichste Mann in der Umgebung, für seine Tochter zum Mann gewünscht, da kam ihm eine Liebesbeziehung gar nicht gelegen."

„Und Sie meinen, der Vater hat quer getrieben?"

„So genau weiß man das nicht, denn plötzlich war die Kathi verschwunden und Walbusch hat allen, die danach gefragt haben, nur erklärt, sie wäre im Ausland, weil sie sich dort ausbilden lasse."

„Und dann?"

„Irgendwann war sie dann da, aber da war sie gebrochen, hat den Schnattl abgewiesen und alle andern, die danach kamen auch."

Martin faltete die Hände, in seinem Hirn ratterten die Gedanken.

„Warum fragen Sie?"

Martin schüttelte den Kopf. „Das kann ich Ihnen leider nicht sagen."

Die Männer schwiegen, als der Zug vorbei an den Ortschaften des Kamp brauste. Die entfernt auszumachenden Namen der Dörfer lasen sich wie eine Weißweinkarte.

Martin beugte sich vor. „Und haben Sie vielleicht auch den Sepp Rotter gekannt?"

Etlinger lachte. „Den Sepp? Aber sicher. Den hab ich sogar zwei Jahre bei mir in der Klasse gehabt." Sein Blick verdunkelte sich. „Ich hab gelesen, was ihm passiert ist. Ich kann das immer noch nicht glauben, was passiert ist."

„Wie war er so?"

„Schon als Kind ein verschrobener Bursche, aber nicht blöd. Daher kann ich es nicht fassen, dass er in den Kasten geklettert sein soll und dann ..."

Etlinger begann zu erzählen. Über seine Jugendstreiche, die Probleme, die er mit den andern im Dorf gehabt hatte, das ärmliche Elternhaus, das ihm kaum das Nötigste an Ausstattung mitgeben konnte.

„Aber immerhin hatten die ein Haus mitten im Ort“, warf Martin ein.

„Ja, aber nur weil ihnen das der alte Walbusch besorgt hatte, das gehörte der Gemeinde und er hat es ihnen leihweise überlassen.“

Martin runzelte die Stirn, denn wenn das Grundstück nicht Rotter gehörte, dann konnte er auch niemandem im Wege gestanden sein, der es sich unter den Nagel hatte reißen wollen.

Etlinger musste diesen Gedanken erraten haben, denn er sagte: „Der Sepp hatte ein Wohnrecht auf Lebenszeit, er, nicht seine Eltern.“

Das war nun doch wieder ein Motiv, dachte Martin zufrieden.

„Und die Kathi hat sich regelmäßig um den Buben gekümmert, weil die Mutter vom Sepp war ja oft krank.“ Er deutete mit der Rechten mit zwei schnellen Kippbewegungen Trinken an.

„Was wissen Sie noch über ihn?“

Der Zug hatte sein Ziel erreicht, da hatte Etlinger einige wundersame Geschichten über den Sonderling, der so gar nicht sonderlich, sondern durchaus streitbar und dabei auch recht wacker war, berichtet. Martin hätte gern noch mehr über Rotter erfahren, doch Etlinger streckte die Hand zum Abschied aus, packte seine Sachen in den Rucksack, den er bei sich führte und erhob sich, um auszusteigen.

„Kann ich Sie irgendwo erreichen?“

Etlinger schüttelte den Kopf. Mit schmalen Lippen sagte er: „Nein, tut mir leid, ich will an das alles nicht mehr erinnert werden, außerdem muss ich jetzt wieder ins Spital, zur Therapie, ich hatte nur heute Ausgang, weil meine Enkelin, die in Wien wohnt, ihren zehnten Geburtstag feierte, wahrscheinlich der letzte, den ich noch erleben durfte."

Martin suchte vergeblich nach den passenden Worten, schwieg dann aber. Er drückte Etlinger freundschaftlich am Oberarm und stieg vor diesem aus dem Zug aus. Auf dem Bahnsteig drehte er sich nochmals zu ihm um. Der alte Mann schenkte ihm ein trübes Lächeln, matt wie geschwärztes Silber. Martin hob die Hand zum Abschied, da fragte Etlinger: „Wie kommen Sie jetzt nach Bad Blumenbach? Da geht kein Zug oder Bus hin."

Martin fasste den Griff seiner Tasche und schwang sie sich über die Schulter. Er sagte: „Ich nehme ein Taxi. Mein Auto ist dort."

Etlinger schüttelte nur verwundert den Kopf. „Das hier ist nicht Wien, ich wünsche Ihnen viel Glück, heute am Sonntagabend, aber es gibt ja auch gute Hotels in Krems. Probieren Sie es besser beim Riel, der vermietet manchmal auch Fahrzeuge."

Martin bedankte sich und verließ das Bahnhofsgebäude, wo er, draußen angekommen, vergeblich nach einem Taxi Ausschau hielt. Er fragte einen Busfahrer, der vor seinem Bus eine Zigarette rauchte, erntete jedoch auch von diesem nur ein müdes Lächeln. „Keine Ahnung", sagte der Mann, „ich hab noch eine Tour nach Zwettl, dann ist Feierabend."

Martin holte sein Smartphone aus dem Sakko und googelte die Firma Riel. Die Abfrage lieferte bald ein Ergebnis und Google Maps die Karte dazu. Das Fuhrunternehmen war zu Fuß in etwa zehn Minuten vom Bahnhof zu erreichen.

Martin machte sich auf den Weg, der Richtung Donaustraße zurückführte und stand nach einer guten Viertelstunde vor dem Betriebsgelände, das an einem Sonntag natürlich verwaist war. Einige Kleinbusse und Transporter parkten auf dem Parkplatz vor dem Bürogebäude, ein schlichtes Haus mit glatter Fassade, schmucklosen Fenstern und Flachdach. Er fand eine Klingel neben dem Firmenschild und drückte sie. Nichts. Er drückte nochmals, diesmal länger.

Irgendwann schob ein Mann im Ruderleiberl seinen Kopf aus einem der oberen Fenster, hinter denen sich Vorhänge spannten, was Martin vermuten ließen, dass es sich um eine Wohnung handelte. „Was läuten S' denn so deppert?" Der Mann hatte eine Glatze, dafür sprossen die Haare auf Brust und Rückenpartie.

„Ich brauch eine Fahrt nach Bad Blumenbach, wenn's recht ist."

„Ist es nicht, es ist grad die WM im Fernsehen und außerdem haben wir heute keinen Betrieb."

„Dann will ich bei Ihnen ein Auto mieten, ich hab gehört, dass das geht."

Der Mann dachte sichtlich nach, denn seine Replik kam verzögert.

„So? Ham S' das? Warten S', 's ist grad Halbzeit, ich komm schnell zu Ihnen."

„Das ist jetzt aber nicht wahr!", sagte Martin.

„Doch, das ist das einzige Fahrzeug, das ich Ihnen auf die Schnelle geben kann."

Wie ein Kaufmann, der die Ware prüft, fuhr Martin mit der Hand über den Lenker des gelben Retro-Rollers, der wirkte, als hätte Don Camillo damit schon seine Runden durch das kleine Dorf in der Po-Ebene gezogen. Sogar der Postler in Bad Blumenbach hatte ein moderneres Gefährt.

„Unmöglich", sagte Martin.

„Dann eben nicht", sagte der Mann beleidigt und komplimentierte Martin schleunig von seinem Grundstück.

Martin stand mit seiner Tasche auf der Straße und blickte den Autos nach, die an ihm vorbei fuhren. Für einen Moment dachte er daran, eines als Autostopper anzuhalten, als sein Handy klingelte. Eine unbekannte Nummer. Er meldete sich förmlich mit „Marco Martin."

„Das will ich doch hoffen", gluckste die Frauenstimme am anderen Ende der Leitung. Sie kam ihm bekannt vor, aber er konnte sie nicht sofort zuordnen.

„Wer spricht bitte?"

„Na, du bist gut, so schnell ist man also bei dir vergessen."

Jetzt dämmerte es ihm: Samantha, wie auch immer sie zu seiner Nummer gekommen war.

„Hallo! Was gibt es denn?"

„Ah, jetzt ist der Groschen gefallen. Hör mal, wo bist du eigentlich? Man vermisst dich."

Das fehlte ihm nach den ganzen Querelen mit Anne jetzt noch, dass ihm die Dorfschönheit nachrannte. „Wie meinst du das?"

„Es geht um die Kathi. Du warst so plötzlich weg und sie hat jetzt das Gefühl, dass du sie im Stich lässt."

„Wie kommt sie auf diese Idee?"

„Ich weiß nicht, aber sie ist verunsichert, weil du dich nicht mehr gemeldet hast. Du, die ist ganz arg drauf, also seit das mit dem Sepp passiert ist. Manchmal denk ich mir sogar, die könnt sich was antun. Jedenfalls streitet sie nur mehr mit allen. Und jetzt hat auch noch jemand ..."

„Wirklich?", Martin konnte gar nicht glauben, was er eben gehört hatte. Jemand hatte ihr Haus mit schmutzigen Schimpfwörtern beschmiert?

Was verschmähte Liebe alles zu bewirken vermag, war Martins erster Gedanke, den er aber für sich behielt.

„Und was soll ich jetzt in dieser Situation tun?", fragte er.

„Schnell herkommen."

„Würde ich gerne", sagte er, während ihm die rettende Idee kam. „Du könntest mich nicht vielleicht aus Krems abholen?"

Nach einer längeren Pause kam wieder ein Lachen. „Nein, besser nicht, ich hab heut schon einiges getrunken, am Nachmittag, mit den Theaterleuten, vor allem mit meiner zweiten Besetzung, bin gespannt wie viel sie jetzt noch von ihrem Text kennt." Samantha kuderte los und Martin wusste, dass er wieder einmal auf sich allein gestellt war.

Er versprach sein möglichstes zu tun und wollte sich gegen späten Abend noch bei Katharina Walbusch melden. „Woher hast du eigentlich die Nummer?", fragte er zum Abschluss.

„Na aus dem Internet, du Detektiv."

Also nochmals läuten und nochmals verhandeln mit dem kahlköpfigen Pavian, der noch dazu schrecklich roch, so als ob er selbst über den grünen Rasen bei der WM liefe.

Fünf Minuten später und dreihundert Euro Kaution ärmer – so viel war das Ding wahrscheinlich nicht mehr wert – saß Martin auf der Plastiksitzbank, die die beiden Räder miteinander verband und wahrscheinlich auch zusammenhielt, und fuhr in den Sonnenuntergang, auf die sich hinter

Krems aufbauenden Hügel zu. Das Ding hatte nichts mit den aufgemotzten Rollern aus Martins Jugend gemein, die jeden Mittelklassewagen an der Kreuzung hatten stehen lassen, sondern es galt Vollgas zu geben und zu warten und zu hoffen, dass man bergauf nicht zur Seite kippte. Der Helm, den ihm der Fuhrwerksunternehmer mitgegeben hatte, sollte Martin wahrscheinlich davon abhalten, sich die Haare zu raufen oder auszureißen. Egal, wenn er endlich angekommen wäre, würden sie vorschnell ergraut sein.

10.

Noch eine Nacht, eine kurze Spanne, die ihm zur Verfügung blieb, bevor er wieder zurück musste, zurück in seine Existenz, die an ihm klebte wie ein falscher Bart. Er trug diese Tarnung nun schon so lange, dass er gar nicht mehr wusste, was jetzt sein echtes Ich war und welches nur das verstellte. Manchmal kam ihm vor, dass er sich mit diesem Leben abgefunden hatte, dass er sich aufgegeben hatte, wie vor Jahren schon. Er hätte das Spiel weitergespielt, bis zu seinem Tod, hätte es nicht mehr ändern wollen, wäre der geblieben, den alle in ihm sahen oder in ihm sehen wollten. Wenn ... , ja wenn das alles nicht passiert wäre. Jetzt war es zu spät, jetzt musste er wieder handeln, musste sich bewusst machen, dass er nur eine Larve trug, eine Maske, die er hatte über sein Ego stülpen müssen und die mit den Jahren mit ihm, seinem wahren Selbst, verwachsen war.

Er faltete die Karte, steckte sie behutsam ein, als wiese sie ihm einen Schatz – und das tat sie ja auch. Es war nicht Rotters Schatz, auch wenn der ihn gefunden hatte. Es war seiner! Jetzt konnte er zwar nichts mehr anfangen damit, aber kein anderer durfte ihn haben, ihn vor ihm finden, das würde sein Lügenwerk zusammenfallen lassen wie ein Kartenhaus. Aber noch war es nicht so weit. Niemand wusste, dass es überhaupt etwas zu finden gab. Der, der es wusste, von dem ging keine Gefahr aus. Und der andere, das war wirklich Schnee von gestern.

Wenn nur nicht der Boden so unnachgiebig hart wäre in dieser Gegend hier. Umgekehrt, das war vielleicht der Grund, dass er so lange hatte unbehelligt vor sich hinleben können.

Der Stollen musste doch zu finden sein. Der alte Quirin hat ihn natürlich gekannt, der verdammte Nazi. Haben ja auch die braunen Brüder angelegt. Den in Krems kennt man, aber den hier in der Gegend kannte fast niemand, außer dem alten Saufkopf, aber das war klar, der war ein Ewiggestriger gewesen. Einer, der sich noch nach Stechschritt und dem braunen Pack gesehnt hatte, wie das alles schon ewig vorbei war.

Wahrscheinlich hatte er zu lange gewartet, schalt er sich. Niemals hätte er sich so unendlich viel Zeit lassen dürfen. Aber wahrscheinlich hatte er sich dieser Vergangenheit nicht stellen wollen. Es war klar, dass ihn nicht nur Angenehmes erwartete. Er hatte einen Kameraden, einen Freund zurückgelassen, nicht im Stich gelassen, aber zurückgelassen, so wie einer, der sich mit letzter Kraft in das Boot rettet und den anderen dem Ertrinkungstod preisgibt. Er hätte ihm ja helfen wollen, für das Wetter konnte er nichts, das war höhere Gewalt, die Natur war nicht zu beherrschen, deswegen konnte er sich keinen Vorwurf machen. Und dann war es schon egal, der andere tot, also wozu noch viel Staub aufwirbeln. Er band sich die festen Schnürschuhe. Damit hatte er den nötigen Halt, wenn es nun galt, wieder Maulwurf zu spielen, sich in die Eingeweide der Gegend zu graben. Wenn er nur endlich den Eingang fände.

Er warf die dunkle Wachsjacke über, denn die Nächte konnten hier auch im Sommer bitterkalt werden, packte den Spaten und startete seine nächtliche Expedition. Solange überall Dorffeiern, Weinfeste und Theateraufführungen stattfanden, würde er Ruhe haben und ungestört die Suche nach dem Gral, nach seinem Gral, fortsetzen können.

Martin fröstelte im Fahrtwind. Er war die Seitenstraßen durch die Wälder gefahren, weil er sonst als rollendes Hindernis auf der Bundesstraße unterwegs gewesen wäre. Anne hatte zuletzt diese Verbindung, die sich steil durch die mit Weinstöcken bepflanzten Terrassen in den Berg fraß, entdeckt. In den Kurven hatte er manchmal das Gefühl antauchen zu müssen. Wie Fred Feuerstein, der bei seinem Steinzeitgefährt mit den Füßen mittrippeln musste.

Mittlerweile senkte sich die Dunkelheit über die Landschaft, in den bewaldeten Abschnitten verschmolz die Straße mit dem farblosen Teppich der Umgebung, er konnte nur hoffen, dass bald der Ebenstein auftauchte, denn dann war diese Reise geschafft. Er war einfach für solche Aufträge nicht gemacht. Kleine Beschattungen oder auch einmal ein Mord, solange er sich in der Stadt abspielte, das war sein Metier, er war eben ein urbaner Ermittler und seine betuchte Klientel war im Normalfall durchaus gesprächig. Vielleicht aus einem Geltungsdrang heraus: Wer sich für wichtig hielt, erwartete auch, für wichtig genommen zu werden, und sei es nur, dass er diese Rolle mit entsprechenden Bonmots untermauerte, aus denen er als Ermittler dann seine Erkenntnisse extrahieren konnte. Denn das, was die Leute zwischen den Zeilen sagten oder das, was sie nicht sagten, das brachte ihm die nötigen Details – verräterische Auslassungen, waren das, worauf er seine Erkenntnis bauen konnte.

Er wusste, dass in Bad Blumenbach auch keiner ein gutes Haar am anderen ließ, aber bei ihm als Städter würden sich diese verschlagenen Dörfler lieber die Zunge abbeißen, als ihm etwas zu erzählen. Die Ränke, die geschmiedet worden waren, womöglich schon vor Generationen, die Mauscheleien, die es unter den Landwirten gab, all das beließ man unter sich, wollte es unter sich austragen. Man brauchte keinen Richter, auch keinen Schiedsrichter und schon gar keinen „Zugereisten", der sich da plötzlich wichtig machte.

Jetzt war es finster, die Umgebung war zu einem Schemen zerflossen. Der Scheinwerfer brachte in etwa so viel Leistung wie der Motor, der zwar laut brummte und seinen Körper auf der harten Sitzbank in einen Zustand des ständigen Vibrierens versetzte, doch vorwärts kam er nur schlecht und sehen tat er dabei auch nicht mehr viel. Aber eine Kollision mit Wild war nicht zu befürchten, dafür war er zu langsam und dafür war der Scheinwerfer zu schwach. Er hätte schauen wollen, ob da vielleicht nur eine Wachskerze brannte, wie bei den alten Kutschen, doch er fürchtete, dass das Gefährt endgültig seinen Dienst versagte, wenn er es anhielt. Er war sich sicher, dass dieses Ding schon seit Jahren sein Ausgedinge in der Werkstatt gefristet hatte und jetzt mit einer Leistung gefordert war, die es die letzten Jahre zusammen nicht hatte bringen müssen. Niemand würde so verrückt sein, sich länger als zehn Minuten damit fortbewegen zu wollen. Gut, er tat es. Aus einer Zwangslage heraus. Er versuchte sich auf die Fahrt zu konzentrieren, doch seine Gedanken waren vor ihm in Bad Blumenbach angekommen.

Und damit auch wieder bei seinem Auftrag. Er hatte nichts, keinen Verdacht, nicht einmal eine Begründung, warum er in dieser Sache Nachforschungen anstellen sollte. Er sollte sich vielleicht weniger mit der Person von Rotter beschäftigen, sondern zunächst einmal mit seiner Auftraggeberin. Was hatte die für eine Geschichte hinter ihrer verknöcherten Fassade? Vor allem, warum hatte sie ihn engagiert? Wer beschäftigte einen Privatdetektiv, um einen Todesfall zu untersuchen? Doch nur jemand, der persönlich involviert war, jemand, der nach so einem Unglück nicht zur Tagesordnung übergehen wollte, nicht dazu übergehen konnte.

Was war das?

Martin bremste und machte ein gewagtes Ausweichmanöver, das die Tasche am Rücken schlenkern ließ. Irgendetwas hatte schnellen Fußes die Straße überquert, ein Igel vielleicht, denn für einen Hasen war das Tier zu klein gewesen und auch zu sehr am Boden geklebt. An eine Schlange wollte er nicht denken, denn Reptilien bereiteten ihm Unbehagen. Martin dachte an den Wirt vom Gasthof mit seinem exotischen Hobby. Hoffentlich hatte der keine Schlangen oder wenigstens deren Terrarium fest verschlossen.

Noch ein Waldstück. Obwohl er die Augen fest auf den dünnen Strahl des Lichts gerichtet hatte, schienen von der Seite die Äste der Bäume nach ihm bedrohlich zu greifen. Warum einem in solchen Situationen immer Horrorfilme einfallen mussten? Poltergeist, da gab es einen teuflischen Baum, der sich den Buben der Familie, die in dieses verfluchte Haus gezogen war, holen wollte. Oder Sleepy Hollow, wo der kopflose Reiter in einem verhexten Baum wohnte. Martin sah sich von enthaupteten Häschern umringt. Kein Wunder, dass es in dieser Gegend von Ammenmärchen nur so strotzte: Irrlichter, Waldgeister und was auch immer.

Und er fühlte sich mit einem Mal verwundbar, angreifbar, wie er so auf dem Roller saß, nicht umgeben von der stählernen Karosserie eines Autos, wie ja auch Ritter, die sich dem Kampf mit Drachen oder Fabelwesen stellten, in einer blechernen Rüstung in diesen ungewissen Kampf gezogen waren.

Das Kreischen eines Vogels, den er aufgeschreckt hatte, drang durch den Helm an sein Ohr und steigerte sein Unwohlsein, als er endlich ins Freie kam und die Felder im Mond sah, der sich jetzt aus den Wolken geschoben hatte, und wusste, dass er es bald geschafft hatte. Entfernt ruhte der Kirchturm, der dem Pilger zeigte: du bist bald in Sicherheit.

Das Dröhnen des Mopeds nahm an Intensität zu, als es von den Hauswänden zurückgeworfen wurde. Er knatterte über den Dorfplatz, und es entging ihm nicht, wie sich einige der Besucher der Theateraufführung in seine Richtung umdrehten, um ihm einen empörten Blick zu schenken.

Er langte wohlbehalten am Parkplatz vom Gasthof Seidl an, und ihm war tatsächlich erstmals danach, in die Kirche hinüberzueilen, ein Kerzerl zu stiften und ein Vaterunser zu beten. Aber er war zu müde, um sich diesem Aberglauben des Glaubens zu ergeben. Statt dessen ging er breitbeinig wie ein Cowboy, der es geschafft hatte die Wüste zu durchreiten, in den Gasthof und klingelte am Empfang den Wirt herbei.

Seidl kam etwas enerviert – er bereitete sich wohl auf den Ansturm der Gäste nach Ende der Aufführung vor – und starrte Martin an, als hätte er tatsächlich Clint Eastwood in seinem staubigen Poncho vor sich.

„Sie?", zu mehr reichte es zur Begrüßung nicht.

„Ich möchte meinen Zimmerschlüssel."

Seidl drehte sich zum Schlüsselbrett um und suchte etwas irritiert die Reihen mit den Zimmernummern ab.

„Ja, die dreiundzwanzig kann ich Ihnen geben. Es bringt Ihnen dann wer Ihre Sachen rüber, die hamma inzwischen eingestellt ghabt."

„Seh ich das richtig? Sie haben mein Zimmer vergeben und meine Sachen daraus entfernt?"

Der Wirt hob die Hände zu einer beschwichtigenden Geste und stammelte: „Naja, wenn Sie jedes Mal abfahren wie ein Schas ... woher sollt ich denn wissen, dass Sie ... Sie haben ja nix gsagt, also ..."

„Geben S' schon her und schauen S', dass mir bald wer meine Sachen bringt, ich will endlich unter die Dusche und dann ins Bett. Also, wenn Sie Ihre Viecherln gut versperrt haben."

„Haha, sehr witzig der Herr. Wissen Sie schon, wie lang Sie diesmal bleiben wollen?"

„Länger. Reicht das?"

Der Wirt nickte und schob Martin den Schlüssel hin. Der nahm ihn und stapfte mit schweren Schritten die Stiegen hinauf.

Das Zimmer lag unter dem Dach und ging nach hinten hinaus. Wenig später brachte ihm ein junger Bursche vom Service seinen Koffer. Nachdem er sich vergewissert hatte, dass nichts fehlte und auch jemand sein Waschzeug eingepackt hatte, begab er sich unter die Dusche, um den Staub der Landstraße abzuwaschen, der in seinem Fall aus unzähligen kleinen Mücken bestand, die sich überall an seinem Körper, allen voran in den Haaren verfangen hatten, und zwar da, wo der Helm eine Ausnehmung hatte.

Erfrischt stieg er aus der Dusche, nahm sein Handy, da er sich bei Katharina Walbusch zurückmelden wollte, und sah, dass Anne ihm eine Nachricht hatte zukommen lassen. Sie sei gut gelandet, schrieb sie und wünschte ihm viel Erfolg. Irgendwie war ihre Beziehung abgekühlt, das ließ sich nicht leugnen, das Feuer früherer Botschaften hatte einer erschlafften Leidenschaft Platz gemacht. Martin antwortete mit einem Smiley, zu mehr wollte er sich nicht festlegen, im Moment zumindest nicht, obwohl er während der Fahrt doch immer wieder auch an Anne hatte denken müssen und sie an seiner Seite wünschte. Er verschob den Anruf bei Walbusch auf den nächsten Morgen. Nur ganz entfernt vernahm er den Rummel, den die Festspielgäste machten, als sie nach dem Ende der Vorstellung in den Gasthof einfielen.

Der nächste Morgen startete mit Regen. Martin öffnete das Fenster und eine kühle Brise strömte sofort herein. Er hoffte, dass sich das Wetter wenigstens im Laufe des Tages besserte, denn Regenschutz für das Zweirad führte er keinen mit sich. Zuerst war ein ausgiebiges Frühstück angesagt. Er schaute auf seine Uhr: kurz nach acht. Er malte sich aus, wie er sich mit einer Zeitung und seinem Kaffee in einen der hinteren Winkel in dem leeren Gastraum zurückziehen würde, wurde aber eines besseren belehrt, als er die überfüllte

Stube betrat. Schon auf den Stiegen war ihm das Stimmengewirr entgegengeschlagen, jetzt hatte er Gewissheit: der Frühstücksraum war voll, übervoll sogar, von einem ruhigen Winkel ganz zu schweigen. Martin kollidierte fast mit einer der Serviererinnen, die unablässig Kaffeekännchen aus der Küche brachte und auf den Tischen servierte. Es war Montag und die Hütte zum Bersten voll. Den Erfolg des Sommertheaters konnte Martin nicht mehr leugnen. Offenbar zog es die Gäste gleich scharenweise an. Und das in einem Kaff, das man nicht einmal auf Google Earth finden würde, weil niemand auf die Idee käme, es zu suchen.

Mit Glück ergatterte er einen kleinen Tisch, von dem sich ein älteres Ehepaar, in Trekking-Gewand gekleidet, eben erhoben hatte. Wahrscheinlich gingen die zwei eine Runde Nordic-Walking oder was auch immer. Letztlich egal, dachte Martin, Hauptsache ich habe einen Platz. Einen Platz jedoch, der noch angeräumt war mit schmutzigem Geschirr und den sonstigen Resten des Frühstücks. Er griff zur Selbsthilfe, stapelte Tassen und Teller aufeinander und stellte alles auf einer Kommode ab. Dann passte er die Kellnerin ab und ergatterte eine Kanne Kaffee, den Rest holte er sich vom Buffet.

Nachdem er endlich versorgt war, drehte er mit den Augen eine Runde durch den Saal und musterte die Hausgäste. Es hätte sich auch um eine Werbeverkaufsfahrt oder um das Kaffeekränzchen eines Pensionistenheims handeln können, die meisten waren 60 plus.

Da drang eine ihm bekannte Stimme an sein Ohr, donnernd in ein Handy gesprochen, man hätte das Gespräch kaum überhören können, auch wenn der Geräuschpegel in etwa so laut war wie in einem Bienenstock. Martin erhob sich, um das Gesicht zur Stimme zu sehen, tatsächlich.

„Ernstl?"

Der breite Rücken, bislang Martin zugewandt und in einem vielleicht zwei Nummern zu kleinen Hemd steckend, setzte sich in Bewegung und Krasberger drehte sich zu dem Detektiv, dessen Wege sich bei Martins Fällen schon mehrmals gekreuzt hatten, um. „Du? Was machst denn du da?"

„Dasselbe könnte ich dich fragen", sagte Martin und begrüßte die Frau des Polizisten mit einem Nicken, das sie huldvoll erwiderte und damit Martin einlud, bei ihnen Platz zu nehmen. Krasberger begann zu erzählen: „Ich hab dir doch gesagt, dass wir Karten für so ein Theaterfestival haben, also eigentlich war das Irenes Idee ..." Krasberger machte kein Hehl daraus, wer an seiner Anwesenheit die Verantwortung trug und Martin konnte aus diesen Untertönen heraushören, dass Krasberger davon nicht sonderlich angetan war. Martin fragte: „War es so schlimm?"

Noch wollte er sich die Details seiner Premiere ersparen, denn den Focus gleich auf den Toten zu lenken und damit in seinen Fall einzusteigen, bei dem er sich durch Krasbergers Indiskretion ein paar Hinweise aus dem Polizeicomputer erhoffte, schien ihm verfrüht. Es war Krasbergers Frau, die antwortete: „Schlimm ist kein Ausdruck. Die Hauptdarstellerin hat ihre Rolle als heitere Lebefrau wohl zu ernst genommen oder es war das Lampenfieber, aber die hat nicht nur einen argen Zungenschlag gehabt, sondern ist ständig mit dem Text gehangen oder hat ihn gleich ganz vergessen, was den Trampel aber nicht gestört hat, zumindest fand sie das auch noch lustig und hat ständig gekichert."

„Naja, angeblich war sie nur die zweite Besetzung", sagte Krasberger und legte seiner Frau zur Beruhigung die Hand auf die ihre. Zu Martin sagte er: „Da hat's angeblich bei der Premiere einen Unglücksfall gegeben, der die eigentliche Darstellerin so mitgenommen hat, dass sie bis auf Weiteres nicht spielen will, hab ich zumindest gehört."

„Du hast richtig gehört", sagte Martin, „bei der Premiere ist ein Toter aus dem Schrank auf die Bühne gepurzelt. Hast du gar nichts darüber gelesen?"

„Geh, leck, des gibt's ned", donnerte Krasberger, was ihm ein scharfes „Ernstl, geh bitte, benimm dich", von seiner Frau eintrug.

Martin erzählte, wieso er eingeladen worden war, wie er mit Anne hierhergefahren war und wie ihr geplanter Honeymoon durch diesen Vorfall vernichtet worden war. Krasberger hatte eins und eins schnell zusammengezählt. Er sagte: „Ah so, deshalb hast du mich angerufen, du bist goar ned zur Erholung da, du hast da an Fall."

„Pst!" Auch Martin bat sich nun Diskretion aus, zumindest musste man das nicht an die große Glocke hängen, auch wenn es wahrscheinlich schon ein offenes Geheimnis war.

Krasbergers zerknautschtes Gesicht zeigte nun Enttäuschung. „Und ich hab gmeint, wir gengan mitanand noch a bissl spazieren und trinken dann was, bevor wir zwei Hübschen wieder nach Wien müssen."

„Aber das können wir doch gern tun, ich bin hier nicht unter Zeitdruck. Heut ist es eh nicht so heiß, da finden wir im Wald vielleicht ein paar Pilze."

Irene Krasberger deutete über die Schulter ihres Mannes in die Mitte des Raums, wo sich Wipfinger aufgebaut hatte. Mit lauter Stimme begrüßte der Bürgermeister seine Gäste und machte Werbung für den Ort, wobei er nicht nur die vielen Erholungsmöglichkeiten und Freitzeitaktivitäten anpries, sondern die Gäste einlud, heute an einer geführten Besichtigung der Burg-ruine teilzunehmen. Er zeigte auf Schweighuber, den Lehrer, der auch das Zeug zum Dorfhistoriker und sicher genügend Anekdoten zu berichten habe. „Sie werden sehen, mit dem Hiasl werden S' a Riesenhetz und a was für die Kultur gmacht ham."

Die Gäste applaudierten, wie sie jedem applaudiert hätten, um ihn zum Schweigen zu bringen und in Ruhe weiter frühstücken zu können.

„Du, das könnten wir doch machen", warf Irene Krasberger in die Runde, „Sie kommen doch auch mit?", fragte sie Martin, doch der winkte ab, seine „Anekdote", die er auf der Ruine erlebt hatte, reichte ihm. Freiwillig würde er dorthin keinen Fuß mehr setzen.

Wipfinger entdeckte Martin im Saal. Er bedachte ihn mit einem irritierten Blick. Offenbar wunderte er sich, dass der Detektiv wieder da war, und auch, dass er Anschluss an andere Urlauber gefunden hatte. Er bewegte sich auf Krasbergers Tisch zu.

„Ah, der Herr Martin ist auch wieder unser Gast?" Er zog einen Stuhl heran, auf den er sein Gesäß drückte.

Martin schüttelte die ihm gereichte fleischige, am Rücken behaarte Hand des Dorfcapos, der einen seiner üblichen Trachtenanzüge trug, diesmal in einem satten Braun.

„Warum nicht? Sie haben es ja schön hier", sagte Martin. Wipfinger taxierte mit seinem Blick zunächst Krasbergers Frau, dann diesen und sagte beiläufig: „Oder Sie kommen nicht weg, weil Ihr Oldtimer streikt?"

Woher wusste Wipfinger das mit seinem Auto? Martin kam ein Verdacht auf, doch er behielt sein Pokerface bei. Nachdem ihm nicht entgangen war, dass Wipfinger sich im Moment mehr für die Krasbergers interessierte als für ihn oder seine Gegenwart, stellte er das Ehepaar vor. „Übrigens darf ich Sie mit der Familie Krasberger bekannt machen, gute Bekannte aus Wien."

Wipfingers Lächeln kam süffisant. „Angenehm, freut mich, ich hoffe Sie haben einen angenehmen Aufenthalt bei uns."

Krasberger hatte das Spiel durchschaut, daher blieb er unverbindlich und nickte nur und schaffte es auch seine Frau, die sich wohl wieder über die Aufführung vom Vorabend beschwert hätte, an die Kandare zu nehmen.

„Der Herr Krasberger ist Gruppeninspektor bei der Wiener Polizei", erläuterte Martin und spielte damit seinen ersten Trumpf aus. Und Stich!

Wipfinger begann zu stammeln: „Polizei? Wozu an Polizisten ..., wir brauchen da kan Polizisten aus der Stadt."

„Es geht um den Tod des jungen Rotter", pokerte Martin weiter.

„Aber das war ein Unfall, das hat die Polizei doch schon festgestellt." Wipfinger hatte nun seine Stimme erhoben und die ersten Gäste verließen mit betretener Miene den Saal. „Der Aktendeckel ist zu und er bleibt auch zu. Der is erstickt, weil er so blöd war, in den Kasten zu klettern und dort ka Luft kriagt hat, des war doch eh von Anfang an kloar!"

„Und die Leiche im Moor?" Martin ließ nicht locker. Wipfinger zog seinen Kopf wie eine Schildkröte ein, über den Hemdkragen legten sich einige Speckfalten. Mit rotem Kopf brüllte er noch lauter, unbeeindruckt von der Anwesenheit einiger verbliebener Gäste, die wohl in Gedanken ihren Ausflug zur Burg eben wieder für sich absagten.

„Was wollen S' denn mit dera Gschicht und mit dem alten Bsuff? Der is im Rausch in See einegfallen und dersoffen. Vor über dreißig Jahr. A des hat die Obduktion geklärt. Wir haben da kan Ötzi aus dem Moor. Mir ham da nix zum ermitteln, deshalb frag ich mich, was Sie da no zum Suachn haben? Des san doch alles Hirngespinste von aner alten Jungfer!"

Krasberger hatte Wipfingers Wutausbruch in Ruhe beigewohnt. Normalerweise waren cholerische Anfälle sein Metier, aber der Bürgermeister war darin auch nicht schlecht, sagte er sich, weiterhin schweigend.

Wipfinger sprang auf, sein Sessel kippte um und krachte zu Boden. Er brüllte: „Wirtshaus! Ich brauch jetzt an Schnaps."

Wenig später war Krasberger mit Martin hinausgegangen. Er sagte: „Des is schon komisch, wie der Angst hat, dass da jemand hinter sei' heile Fassade blickt, oder?"

„Ich seh das auch so, ich hab zwar noch nichts in der Hand, aber irgendwie glaub ich, dass da einige ganz schön Dreck am Stecken haben." Dass er selbst widerrechtlich an den Briefwechsel zwischen Pollroß und Rotter gekommen war, behielt er im Moment noch für sich. Aber wenn das Haus jetzt wieder an die Gemeinde fiel, würden die letzten Indizien verschwunden sein.

Krasbergers Handy läutete. Martin deutete zuerst nach oben und dann nach unten, womit er meinte, dass er kurz auf sein Zimmer wollte und sie sich wieder hier treffen wollten. Krasberger nickte verständig.

Auf dem Zimmer erreichte Martin der Anruf von Maxl vom Lagerhaus. Martin hatte sich schnell umziehen wollen, raus aus Hose und Jacket und rein in die Dockers und die Sneakers und darüber, weil es im Wald sicher frisch war, noch einen Sweater. Was für eine herrliche Zeit, als es nur Festnetzanschlüsse gab, die man nicht mit sich herumschleppen konnte. Er meldete sich dennoch und der Mechaniker begann von sich aus zu sprudeln:

„Hern S', des is ned so anfoch, ich kann die Leitungen besorgen, über eBay, aber der Typ will Vorauskasse, und bülich is er a ned, aber was bleibt uns scho über? Flicken tat i des alte Zeug nimmer, aber des müssen Se wissen, der wü siebenhundert Euro, und dann waratn da no a einige Teile die gmacht gheraten, also alles in allem wird Sie des wahrscheinlich um die anahalbtausend kosten. Und dann no mei Zeit."

Martin schnaufte, was blieb ihm anderes übrig, hier hatte er keinen Herrn Brenner wie daheim in Neufried, der sich darauf spezialisiert hatte, die alten Autos der Nachbarschaft in Schuss zu halten. „Was bleibt mir anderes übrig, machen Sie, was zu machen ist, ich bring Ihnen nachher das Geld vorbei."
„Na, Sie müssen des überweisen, und zwar bald. Ham S' was zum schreiben?"

Martin holte sich einen Stift und notierte sich die Daten des Verkäufers. Er fragte: „Gibt es im Ort eine Bank?"

Natürlich gab es eine Bank, fiel ihm im gleichen Moment ein; der Bürgermeister war ja nicht müde geworden, die Rolle des Direktors als Sponsor des Theaterfestivals zu betonen.

„Na die Sparkasse, is eh glei hinterm Hauptplatz."

Martin versprach, sofort die Überweisung in Auftrag zu geben und Maxl Bescheid zu geben, damit er den Verkäufer nochmals kontaktieren konnte. Zugleich wusste er, dass er sich an den Sitz seines Mopeds würde gewöhnen müssen, denn mit Versanddauer und Reparaturzeit würde sein Auto diese Woche wohl nicht einmal mit Glück fertig werden. Er konnte nur hoffen, dass sich der Zustand des Onkels nicht verschlechterte und er nicht schnell nach Wien zu fahren hatte. Aber angeblich war er ja auf dem Weg der Besserung.

Endlich war er umgezogen und kehrte zum vereinbarten Treffpunkt zurück. Krasberger machte ein angespeistes Gesicht und diskutierte mit seiner Frau, die nun Knickerbocker trug. Er schnappte Fetzen der Diskussion auf, in der Krasberger seiner Frau vorwarf, dass das alles nur ihre Idee gewesen wäre und er jetzt den ganzen „Scheiß“ ausbaden könnte. Marin traute sich kaum zu fragen, ob ihm die zwei noch eine Viertelstunde für seine anstehende Erledigung gewähren wollten, sich vielleicht auf einen Kaffee setzen oder einfach auf einem Bankerl auf ihn warten wollten, da machte ihn Krasberger aus und sagte: „Herst, es tuat ma echt lad, aber des wird nix aus unserm Spaziergang.“

Martin hob die Augenbrauen und fragte: „Ja, aber warum denn das?“

„Diese depperte Wohnung. Ich hab dir gestern noch im Scherz g'sagt, dass da ständig was hin wird, na und heut' ruaft mi der Nachbar an, dass bei eam es Wasser steht, vielleicht a Rohrbruch. Mir miassen jetzt glei hin und nach dem Rechten schaun, i hoff, du verstehst des.“

Martin nickte.

„Aber, jetzt wo ma ned zum Redn kommen: Bleib an dera Sach dran, die stinkt. Meld di am Mittwoch bei mir, ich schau amal, ob ich was find für dich." Und an seine Frau gerichtet sagte er: „Na guat, Schatzl, des woar unser Kurzurlaub, ab gehts, ins schöne Rust, zur schönen Bescherung in unserer schönen Wohnung." Irene Krasberger drehte sich mit bebenden Wangen zur Seite. Krasberger streckte seine Hand aus. Sie schüttelten sich die Hände, dann zog das Ehepaar ab.

Martin setzte sich in Gang, strebte dem Dorfplatz zu. Die Wolken hatten ein wenig Platz gemacht und die Sonne blinzelte dazwischen durch. Von den Feldern wehte der feuchte Dunst und der Geruch von Stroh herüber.

Er kam am Café vorbei, wo die ersten Gäste schon bei einem Seidel oder Spritzer den Tag erwarteten und hatte danach sofort den klotzigen Bau hinter dem Platz entdeckt. Ein klobiger Zweckbau mit weiß verputzter Fassade, dunklen Holzfenstern und einem Flachdach, eingedeckt mit schiefergrauen Eternitplatten.

Er betrat die Sparkasse und eine junge Frau, die einzige Angestellte, die im Hallenbereich gegenwärtig war, unterhielt sich am Schalter mit einer älteren, dicklichen Frau, die ein ausgeblichenes geblümtes Hauskleid trug, die weißen Haare hatte sie zu einem Knödel zusammengebunden. Martin grüßte und stellte sich an.

Die Kundin schien ihre Bankgeschäfte beendet zu haben, machte allerdings keine Anstalten, den Schalter freizugeben. Stattdessen beschwerte sie sich bei ihrem Gegenüber wegen der niedrigen Zinsen, die gestiegenen Kosten für Lebensmittel, Müllabfuhr und vieles mehr. Dann kam sie auf die Irrlichter zu sprechen. Martin lächelte. Es sei keineswegs vorbei, sie habe erst gestern wieder eines gesehen. Verschwörerisch schob sie ihren Kopf zum Gesicht der jungen Frau und sagte beschwörend: „Des hat gar nix mit dem Quirin zu tun ghabt, sag i Ihna. Da ist was im Argen, in unsern Dorf. Glauben S' mir's."

Martin begann, mit der Zehenspitze auf den Boden zu klopfen. Die Frau drehte sich um, schenkte Martin kurz einen abfälligen Blick und setzte ungestört ihren Monolog fort. Die Alte kam Martin bekannt vor, sein Interesse galt aber eher der anderen Frau. Die junge hatte schwarze, halblange Haare und ein weißes, rundes Gesicht wie diese Porzellanpuppen. Sie bedachte Martin mit einem bedauernden Lächeln und nickte zu den Worten der Kundin, die ohne Unterlass auf sie einredete. Martins Finger krampften sich ein. Er zerknitterte das Papier, auf dem er die Kontodaten des Veräußerers notiert hatte. Jetzt beschwerte sie sich über die Wege, die sie hatte.

„... und was glauben S' wie beschwerlich das ist, mit dem Radl schaff i des nimmer, da muss ich mit'n Bus fahren, aber man hat ja den um elfe eingestellt, also muss ich den um acht nehmen, wenn auch alle andern drin sitzen. Mit Glück krieg ich da noch einen Sitzplatz. Steht ja keiner auf, von de jungen Leut."

Martin räusperte sich. Die Frau vor ihm fuhr herum und ihn an: „Was is, junger Mann? Sie werden S' noch derwarten können."

Die junge Bankerin nickte Martin zu und sagte: „Geh, seien Sie so nett und gengan S' zum Direktor ins Büro, der hilft Ihnen a gern weiter." Sie deutete auf eine Tür am hinteren Ende des Raums.

Martin schritt auf die braune Holztüre zu und hörte, wie die alte Frau zur jungen, flüsterte: „Ich glaub, ich hab den Herrn scho amal g'sehn."

„Aber geh, Frau Piribauer, des glaub i ned, der ist fremd da."

Beim Namen Piribauer klingelte es bei Martin. Natürlich, das alte Fahrrad, die Verfolgungsjagd. Er verharrte vor der Tür, um zu klopfen, da fiel sein Blick auf die gerahmte Fotografie an der Wand. Es zeigte eine Bühne, darauf zwei Schauspieler in dramatischer Pose. Er machte einen Schritt darauf zu und betrachtete es näher. Der eine musste Eberl in jungen Jahren sein, der andere kam ihm auch bekannt vor, aber er konnte das geschminkte Gesicht nicht zuordnen.

Endlich klopfte er und wurde sofort hereingebeten.

Er grüßte. „Grüß Gott, mein Name ist Martin und ich komme ..."

„Wegen dem Rotter, nicht?"

Hier wusste offenbar jeder, wer er war und warum er hier war. Martin nutzte die Chance, die Eberl ihm soeben eröffnet hatte und bejahte. Wäre das Leben ein Fußballspiel, würde man sagen, Eberl hatte einen Fehlpass gemacht und es lag an Martin, nun etwas daraus zu machen. Für einen Schuss aufs Tor war die Distanz noch zu weit, also dribbelte er vor. Er steckte den Zettel mit den Kontodaten in seine Brusttasche und fragte: „Darf ich Sie fragen, in welcher Beziehung Sie zu Rotter standen?"

Der Direktor wies dem Detektiv den Stuhl vor seinem Schreibtisch, der zu einem Gutteil von einem alten Röhrenmonitor eingenommen wurde. Sonst gab es auf der dunkel furnierten Holzplatte die üblichen Schreibutensilien, einen Notizblock und eine Lampe mit einem ovalen Schirm aus moosgrünem Glas. Das Büro war nicht sonderlich groß, an der Wand ein Kunstdruck, der eine Kellergasse mit Feldern zeigte, durch das breite Fenster flutete Licht, das nur ein wenig durch die Lamellenjalousie gebrochen wurde. Eberl setzte ein Lächeln auf, was wohl seine Profession war: lächeln, am besten zu allem, denn der Kunde war König und die Bank Hauptsponsor der Gemeinde, wenn es um das Festival ging und Eberl wohl der „Zerrissene", wenn es wiederum darum ging, beide zufriedenzustellen. Martin dachte an die Zwickmühle, in die der Direktor, der bestenfalls Leiter dieser Sparkassenfiliale war, bei diesem Zwiespalt geraten konnte. Er dachte an ein anderes Stück: „Der Diener zweier Herren" von Goldoni war wohl die bessere Wahl, wenn es um einen Vergleich zur Bühnenwelt ging.

Eberl sagte: „Ich weiß nicht, was Sie meinen? Meinen Sie damit, ob er unser Kunde war?" Er stockte, dann schob er schnell nach: „Privat hab ich eigentlich so gut wie nix mit dem Rotter zu tun gehabt."

Doch Martin hatte die Flanke übernommen und stürmte los. „Das heißt, Sie hatten mit ihm geschäftlich zu tun?"

„Nein, das nicht." Eberl blickte an Martin vorbei auf einen Punkt an der Wand.

„Das glaube ich Ihnen nicht." Das war der Schuss. Und er kam flach.

„Naja, nicht so richtig." Abpraller von der Latte. „Er wollte Geld haben, er hat ja nichts gearbeitet, sah sich in der Art eines Hüters oder Wächters für die Gegend hier, dazu brauchte er auch Geld. Als Sicherheit hat er aber nur sein Haus anbieten können."

„Aber das gehörte doch der Gemeinde?"

„Das wissen Sie bereits?" Nachschuss.

„Das heißt, Sie haben ihm nichts geborgt? Oder doch?"

Er suchte den Kontakt mit Eberls Augen, in denen die Antwort bereits zu lesen war.

„Doch, aber eher privat." Tor!

„Wie geht das? Eher privat? Noch dazu wenn Sie privat keinen Kontakt hatten."

„Es war schon das Geld der Bank, aber ich habe für ihn gebürgt, er war ja ein ganz netter Kerl, verschroben, aber das Herz am rechten Fleck."

„Und jetzt? Also was passiert jetzt? Wer zahlt den Kredit zurück?"

Eberl zuckte mit den Schultern. „Was weiß ich? Ich wahrscheinlich, wenn es niemanden gibt, der seine Schulden übernimmt."

Martin hatte mehr erfahren, als er gehofft hatte, auch wenn Eberl wohl das schlechteste Motiv für einen Mord hatte. Geld war sonst ein Motor für Verbrechen, wenn es darum ging, mit Gaunerei an welches zu gelangen. In seinem Fall hatte das Ableben von Rotter dagegen eine finanzielle Einbuße zu bedeuten.

„Kann ich sonst noch was für Sie tun?", fragte Eberl.
Martin zog den Zettel hervor. „Ja, es ginge um eine Eilüberweisung."

Nachdem diese erledigt war, erhob sich Eberl von seinem Platz und begleitete Martin zur Tür. Er öffnete sie ihm und postierte sich daneben, die Hand zur Verabschiedung ausgestreckt.

Martin spielte ein wenig „Columbo", dem im Gehen auch noch regelmäßig eine Frage einfiel: „Noch etwas, das Bild hier am Gang ..."

Eberl hob die Mundwinkel, doch sein Lächeln kam aus

melancholischen Augen, als er sagte: „Ja, der junge Bursch, das war ich, wir spielten Raimund „Der Bauer als Millionär."

Es war schon sonderbar, dachte sich Martin, Raimund hing allerorts an den Wänden Bad Blumenbachs, im Gasthaus als Banknote, hier als Szenenausschnitt einer Theateraufführung. Er fragte:

„Und der Herr hier?"

„Sie haben schon richtig gesehen, das ist der Kammerschauspieler Bionischek, der seit zwei Jahren den Jedermann mimt."

Martin pfiff durch die Schneidezähne. Das war wohl keine reine Laiengruppe gewesen. „Ah, deshalb hat der Herr Bürgermeister Sie als Experten in diesem Fach bezeichnet."

Eberl wandte sich von der Fotografie ab. „Das ist lang her. Auf Wiedersehen."

Martin kamen noch weitere Fragen in den Sinn, aber er wusste, dass man sein Glück nicht strapazieren sollte. Er verließ die Bank. Als er sich nochmals nach dem Gebäude umdrehte, dachte er sich, dass es weit größer war, als der für die Kunden zugängliche Bereich. Aber vielleicht waren die Bauern hier so reich, dass die Sparkasse einen großen Safe oder viele Schließfächer bereitstellen musste. Als er den Dorfplatz erreichte, hatten sich die Wolken verzogen und er ließ sich an einem der freien Tische nieder. Die Serviererin kam und wischte über die noch nasse Tischplatte, während er einen Kaffee bestellte.

Sein Handy summte. Martins Herz schlug freudig, als er sah, dass es der Onkel war. Dessen Stimme klang noch ein wenig schwach, aber sonst schon ganz munter: „Wo bist denn?" Martin erläuterte, warum er in Bad Blumenbach gelandet war.

Er hoffte, dass sich der Onkel nicht zu sehr darüber aufregte, er wusste aber, dass ihn seine Fälle, noch dazu, wenn es einen Toten gab, interessierten, weil er es liebte, Querverbindungen herzustellen und Mutmaßungen zu äußern. Doch diesmal kam von ihm wenig Schützenhilfe: „Die Bankdirektoren san per se verdächtig, des san doch alles Gauner. I sag dir, den Burschen muasst dir kaufen, da steckt sicher was dahinter."

„Aber Onkel, das hier ist doch nicht die Hypo, hier wird mit kleiner Flamme gekocht."

„Auch a kleine Flamme bringt es Benzin zum Brennen."

„Ich weiß", sagte Martin, der wusste, dass jetzt wieder eine Litanei aus des Onkels Erfahrungsschatz als Versicherungsangestellter kommen würde; die vielen verdächtigen Brandschäden, die ihm in seiner Karriere untergekommen waren.

So war es auch. Letztlich verabschiedete sich Martin von seinem Onkel, ohne dass er die Chance gehabt hatte, ihn nach seinem Befinden zu fragen. Er lag zwar auf der normalen Station (soviel hatte er erfahren) und hatte daher das Handy bei sich, doch wie es weiterging, das hatte er nicht erzählt.

Martin betrachtete das Display seines Handys. Er dachte daran, dass er seit der gestrigen SMS noch keine neue Nachricht von Anne erhalten hatte. In ihm keimte erstmals auch ein Verdacht auf. Was, wenn die Geschichte mit diesem Ehemann, der sich gegen die Scheidung querlegte, nicht nur nicht ganz der Wahrheit entsprach, was, wenn Anne mit diesem Mann eine normale Ehe auf Distanz führte? Vielleicht hatte er beruflich auswärts zu tun und sie hatten daher keine gemeinsame Wohnung. In Martins Fantasie sah er Anne, wie sie sich diesem Kerl mit seinen grobschlächtigen Händen und seinem üblen Atem hingab. Jetzt war sie bei ihm, deshalb war sie auch bei ihrer gestrigen Nachricht so kurz und unverbindlich geblieben. Weil er in ihrer Nähe war und von Martin nichts wissen durfte.

Er wählte ihre Nummer, die Mobilbox sprang sofort an. Na klar, sie wollte nicht gestört werden und hatte ihr Telefon ausgeschaltet. Die Eifersucht trieb ihm die Hitze in den Körper. Er fing die Kellnerin ab und bestellte bei ihr einen G'spritzten. Sobald das Getränk vor ihm stand, kippte er es in einem Zug hinab.

Am Nebentisch saß ein Mann, der Martin die ganze Zeit über beobachtet hatte. Er sagte: „Keine gute Entscheidung, bei Beziehungsproblemen zum Alkohol zu greifen."

Martin schenkte dem ungebetenen Ratgeber einen ungläubigen Blick. Was bitte, ging das einen Fremden in einem schrecklich altmodischen Pepitahemd aus dem Altkleidercontainer an? Was mischte der sich ein? Er schüttelte den Kopf. Von jemandem, der so einen schlechten Geschmack in puncto Kleidung zeigte, musste er sich nicht belehren lassen. Auch die graue Wollhose hatte schon bessere Tage erlebt, auf der Höhe der Zeit war sie schon lange nicht mehr. Irgendwie kam ihm dieses Grübchen am Kinn zwar bekannt vor, er konnte aber das restliche Gesicht nicht richtig einordnen. Das mochte auch daran liegen, dass der Mann im Ort nicht der einzige in den sogenannten besten Jahren war, an solchen Herren gab es wahrlich einen Überschuss. Er nickte Martin zu und erhob sich von seinem Sitz. Er verließ das Café und verschwand in einem der unteren Häuser, die den Dorfplatz wie eine Mauer umstellten.

Martin blickte ihm nach, ehe er Geld auf den Tisch legte und das Lokal verließ. Er musste endlich zur Walbusch.

Zum Glück hatte der Sommer nun endgültig wieder das Heft in der Hand. Martin saß auf dem Roller und erreichte das Haus seiner Auftraggeberin nach einer knappen halben Stunde. Er war sich sicher, dass man zu Fuß über das Stück Weg durch den Wald nicht länger benötigte. Als er den Bau, der von Tannenbäumen flankiert war, sah, erschrak er ein wenig. Das Bild erinnerte ihn an das archaische Dorf aus „Alexis Sorbas", wo man auch schnell den Stab über eine Frau, die den Regeln der Gemeinschaft nicht folgte, gebrochen hatte. „HURE" hatte jemand an die Wand neben dem Eingang geschmiert. Hier, fast in der Einöde, sah das zwar kaum jemand, aber die, die es betraf, sehr wohl.

Er läutete und sah, sobald die Tür sich öffnete, in die verheulten Augen der Walbusch. Sie trug ihr graues Haar offen. Sie hatte es nicht gekämmt, die Mähne hatte eine vergleichbare Erscheinung wie naturbelassener Filz.

Sie bat ihn in die Küche. Martin kam nicht umhin, sie nach dem möglichen Grund der Schmiererei zu fragen.

Sie schüttelte den Kopf, den Blick auf die Tischplatte gesenkt. „Keine Ahnung", sagte sie. „Aber mir ham da genug gemeine Leut', die mich in die Sippenhaftung für meinen Vater nehmen."

„Wieso, ich dachte, die Leute waren mit Ihrem Vater als Bürgermeister sehr zufrieden?"

„Und deswegen gibt's die andern, die ihn dafür gehasst haben."

„Aber", er räusperte sich, „er und Wipfinger waren doch in derselben Partei?"

„Eben, die sogenannten Parteifreunde können oft schlimmer sein, als der ärgste Feind."

„Und dass die Sache mit dem Rotter zu tun hat?"

„Was weiß ich? Bei uns hat alles und nix mitanand zu tun." Sie hatte ein Häferl mit Tee vor sich stehen, um das sich nun ihre Hände schlossen.

„Warum wollen Sie eigentlich, dass ich in dieser Sache Nachforschungen anstelle?"

Sie hob ihren Kopf, die Augen waren schwarz gerändert, das weiß der Iris von roten Äderchen durchzogen. „Weil die Polizei nix macht."

„Und wenn es nichts zu machen gibt? Haben Sie darüber schon nachgedacht? Immerhin kosten meine Bemühungen auch einiges an Geld, von Spesen und so ganz zu schweigen."

Wortlos erhob sich die Frau, von deren Kraft im Moment nicht viel verblieben war. Sie schritt zu einer Kredenz aus hellem Holz und entnahm dem Vitrinenteil ein Kuvert, aus dem sie wiederum ein Bündel Geldscheine hervorzog. Sie warf es Martin hin wie einem Hund die Fleischreste und sagte: „Das wird für's Erste wohl reichen."

Martin nahm das Bündel an sich und ohne nachzuzählen steckte er es ein. Es würde reichen. Für's Erste. Er erhob sich und ging zum Ausgang, die Walbusch ihm hintendrein. An der Tür drehte sich Martin zu ihr um und fragte: „Ist es etwas Privates?"

„Das kann ich Ihnen nicht sagen. Tun Sie bitte nur Ihre Arbeit."

11.

Diese Arbeit brachte ihn nach Weißenkirchen, einem kleinen Städtchen an der Donau, mitten in der Wachau. Die wohl heißere Spur führte zu Pollroß, schon allein wegen des seltsamen Briefes, den Rotter ihm geschrieben hatte, aber die Geheimniskrämerei von Katharina Walbusch fesselte ihn im Moment mehr. Irgendetwas steckte da dahinter und er spürte es: die Lösung dieses Falles hatte damit zu tun oder würde damit eingeleitet werden, sobald er dieses Geheimnis gelüftet hatte. Es schwang sich auf sein Moped und schlängelte sich wieder durch die Terrassen bis zur Donau hinab. Er hatte entdeckt, dass er bergab dann Fahrt machen konnte, wenn er das Ding im Leerlauf rollen ließ, ohne Motorbremse.

Unten angekommen, folgte er der Straße den Strom entlang, der zu beiden Seiten von Baumreihen gesäumt war.

Martin kam geschüttelt und nicht gerührt dort an, fuhr über die von Steinmauern gestützte Straße an einigen Weingütern vorbei und hatte unweit der Eisenbahnschienen sein Ziel ausgemacht. Ein grünes Metallschild wies auf die Edelbrände hin, die Schnattl jun. hier feilbot. Die Destillerie bestand straßenseitig aus einer alten umgebauten Scheune mit breiten, halbrunden Holztoren. Unter dem Dach konnte man noch gut den alten Speicher ausmachen, der über eine Luke, hoch über dem Boden und damit geschützt vor Hochwasser und Ratten, zu erreichen war. Er betrat den Hof. Ein Mann, älter als er, dies aber nur erkennbar an den etwas ausgedünnten, ergrauten Haaren, das Gesicht jugendlich frisch und ohne Falten, stellte sich ihm in den Weg und sagte: „Kann ich Ihnen helfen? Der Shop wäre über die Straße."

„Ich suche den Herrn Schnattl junior."

Der Mann verzog die Mundwinkel leicht nach oben, sagte dann aber wieder mit ernster Miene: „Mit dem Senior werden Sie sich auch nimmer unterhalten können." Er deutete mit dem Zeigefinger nach oben. „Was wollen Sie von ihm?"

„Es geht um die Katharina Walbusch, aber das würde ich gern mit ihm persönlich besprechen."

„Wer sind Sie?", fragte der Mann, der mit einem Mal aussah wie sein Alter es vorgab. Martin wusste nun, dass er den Richtigen angesprochen hatte. Also erzählte er von sich aus, was er gehört hatte und was er sich dazu dachte. Er erklärte nicht in welcher Relation er zu seiner Auftraggeberin stand, stattdessen sagte er: „Ich mache mir Sorgen um die Kathi, ich kann es schwer in Worte fassen, aber auf mich wirkt sie, als hätte sie etwas verloren, was für sie von großem Wert war. Und nachdem ich gehört habe, dass Sie und die Kathi vor vielen Jahren ... also Sie wissen schon."

Schnattl nickte. „Kommen Sie am besten herein, so was bespricht man nicht zwischen Tür und Angel."

Er führte Martin in einen Raum, an dessen Rückwand ein langes, dunkles, mit Flaschen befülltes Regal lehnte und vor der eine lange Tafel mit Holzsesseln stand.

„Nehmen Sie bitte Platz", sagte Schnattl, der eine Flasche holte und ein Tablett mit einigen bauchigen Gläsern zu Martin schob.

Er schenkte zwei Gläser mit klarer Flüssigkeit einen Finger breit ein. Schweigend sahen die Männer einander in die Augen, dann tranken Sie, und wie Martin es erwarten konnte, nämlich hier etwas Spezielles vorgesetzt zu erhalten, genoss er den Wundertrank, der nach vollreifem Beerenobst schmeckte, ohne dass der Alkohol oder ein künstliches Aroma den authentischen Geschmack zudeckte.

„Die Kathi", hob Schnattl an, zu erzählen, „ich weiß nicht, was das für eine G'schicht war damals, wir waren ja sowas wie verlobt. Ich weiß schon, der alte Walbusch war dagegen, der hat sich eine bessere Partie vorgestellt, für seine Tochter, aber die Kathi hat immer schon an eigenen Willen g'habt."

„Hat sich doch der alte Bürgermeister mit seinem Auserwählten durchgesetzt?"

„Aber woher denn! Weder der noch ein anderer. Von einem Tag am anderen hat sie mir mehr oder weniger den Laufpass gegeben."

„Und das haben Sie sich so bieten lassen?", Martin dachte an die Schilderungen, wonach Schnattl sich nicht so schnell in die Parade habe fahren lassen, weder von seinem Vater noch von sonst irgendjemandem.

„Na, eh ned, aber dann war die Kathi verschwunden, fast a ganzes Jahr, und das war die Zeit, wo ich den Entschluss gefasst hab, ganz in die Wachau zu gehen. Ich hab mir denkt, die will wirklich nix mehr von mir wissen, und des hab ich akzeptieren müssen. Was hätt ich tun sollen?"

Martin kratzte sich am Kinn, Schnattl schenkte aus einer anderen Flasche ein. Auf dem Etikett war ein Gewächs zu erkennen, doch Martins botanische Kenntnisse reichten für eine Spezifizierung nicht aus. Martin trank, holte tief Luft, während der Kopf im Nacken schwer wurde. Irgendwann fragte er: „Wie weg? Was soll man sich darunter vorstellen?"

Schnattl bewegte die Flasche in kreisenden Bewegungen auf dem Tisch. „Na das, was es heißt. Sie war nicht da, hat niemandem gesagt wohin sie geht. Ich bin ur oft zu ihrem Haus hin, aber der Vater hat auch nix verraten. Weg ist sie, hat er nur gsagt. Ja, und dann war ich weg. Ich hab nur gehört, dass sie dann wieder zurück ist, aber da war ich dann zu stolz, dann wollt ich nix mehr wissen. Also probiert hab ich's danach schon noch, aber irgendwann gibt man halt auf, wenn's keinen Sinn hat."

„Seltsam, nicht?"

„Sie sagen es, aber das ist jetzt über dreißig Jahr her, warum wollen Sie das wissen?"

„Weil ich vermute, dass damals etwas passiert ist, das das Leben der Frau Walbusch aus der Bahn geworfen hat."

„Das sicher, aber ich kann Ihnen da nicht helfen, ich hab aufgehört, mir darüber den Kopf zu zerbrechen. Und die Kathi ist immer noch allein?"

Martin nickte. „Soviel ich weiß, ja. Und Sie?"

Schnattl schüttelte seinen Kopf.

„Man glaubt immer, dass es im Leben nur den einen Menschen gibt, der für einen bestimmt ist. Nur den einen geben kann." Schnattl sprach wie in einem Roman und kam auch auf einen solchen zu sprechen: „Und in den Romanen, sie wissen schon, diese Herz-Schmerz Gattung, da bleibt man dann, wenn einem diese einzigartige Bestimmung versagt bleibt, verbittert zurück. In meinem Fall aber, da hab ich ein Riesenglück gehabt und schon nach einer kurzen Zeit hier herunten meine Frau kennen und lieben gelernt. Nicht, dass Sie mich falsch verstehen, meine Gefühle für die Kathi waren aufrichtig, aber was hätt ich denn noch tun sollen? Und wie lange hätte ich noch warten sollen, auf eine Erfüllung, die sich vielleicht nie einstellt?"

„Sie müssen sich vor mir nicht rechtfertigen", sagte Martin, dem der Schnaps ein Feuer im Magen schürte und auch die Zunge bremste. Er wusste nicht, was er weiter hätte fragen oder sagen sollen, außer vielleicht noch einen Wunsch zu äußern: „Sagen Sie, wäre es vielleicht möglich, dass ich einen Kaffee …?"

Schnattl verzog seinen Mund. „Richtig, Sie müssen sicher noch fahren. Aber tut mir leid, die Maschine is mir eingangen." Er hatte aber sofort die Lösung parat: „Aber gemma zum Korner, da können Sie sich bei einem Kaffee frisch machen und mir tät einer auch nicht schaden, ich muss noch was arbeiten."

Sie gingen über die enge Straße, die im Sommer vor allem von Touristen auf ihren Drahteseln frequentiert wurde, vorbei an alten Steinmauern und verwinkelten Gebäuden aus dem Barock, deren schiefe Giebel von der Last der Jahrhunderte erzählten, bis sie bei einem Platzl das alte Gasthaus erreichten. Die Fassade war mit Ornamenten geschmückt, wobei der Zahn der Zeit wohl nicht nur am alten Mörtel genagt hatte. Ein Bild wie eine Kulisse für einen Film über die Zeit der Depression, als die einzige Aufgabe der Arbeitslosen darin bestand, sich in ihrer staubigen Kleidung vor irgendwelchen Gasthöfen abbilden zu lassen.

Sie betraten die Gaststube und die Wirtin grüßte Schnattl höflich, sie wusste wohl, wen sie vor sich hatte, warf aber ein kritisches Auge auf Martin.

Ganz klar, er war der Fremdkörper, der sich hier breit machte. Eine Aura musste ihn umgeben, die ihn als Außerirdischen oder zumindest Fremden enttarnte. Die Region lebte im Sommer auch vom Fremdenverkehr, aber kaum ein Tourist verirrte sich in das alte Wirtshaus, das keinen Garten unter Obstbäumen, ja nicht einmal eine gezimmerte Terrasse zur Straße hin hatte. Und Fremde im Gefolge eines, der selbst als Zugereister galt, waren per se suspekt.

Sie brachte die über die Budel bestellten Kaffees und Martin war doch noch eine Frage in den Sinn gekommen:

„Kannten Sie den Rotter Sepp?"

Schnattl griff nach dem Zuckerstreuer und kippte davon ordentlich in seine Tasse. Während er mit dem Löffel umrührte, sagte er: „Nein, also ich hab die Gschicht in der Zeitung gelesen. Das schon. Der Bursch, der sich in einem Kasten eingesperrt hat und dort drinnen erstickt ist."

„Und dessen Eltern?"

Schnattl nahm einen Schluck aus der Tasse, wischte sich über den Mund und starrte kurz auf die über dem Tisch hängende Lampe. „Arme Leute, ich hab auch gar nicht gewusst, dass die ein Kind hatten. Der Rotter war so was wie ein Tagelöhner, hat mal für den einen, dann für den anderen Bauern gearbeitet. Die Frau hat sich als Wäschebüglerin durchgeschlagen, aber Sie wissen ja, die Bauern sind geizig, da war nicht viel Geschäft zu machen. Manchmal hat's auch bei meinem Vater bei der Ernte ausgeholfen."

Martin nickte und starrte auf die Blumenbordüre an der Wand. Jetzt fiel ihm wirklich nichts mehr ein. Er lud Schnattl auf den Kaffee ein und sie verließen das Gasthaus.

Zum Abschied meinte Schnattl nur: „Manche Geschichten sollte man ruhen lassen."

Martin nickte und schwang sich auf die Plastikbank seines Rollers. Als er unten in die Hauptstraße einbog, wunderte er sich über die überdimensionale Nase, die ihm seine Berauschung am anderen Ufer wohl vorgegaukelt hatte, konnte er doch nicht wissen, dass es sich um eine Kunstinstallation handelte und er keiner Vision aufgesessen war.

Zurück nach Bad Blumenbach ging es steil bergauf. Das Gefährt knatterte und spotzte und Martin bereute es zwischenzeitig, doch nicht mit dem Fahrrad unterwegs zu sein.

Die zusätzliche Kraft des Elektromotors würde hier sicher bessere Figur machen, als der ausgediente Benziner, der womöglich auch nur mehr mit einem halben Zylinder unterwegs war. Fehlte noch, dass ein Dauerläufer – die Wachau war ja auch für ihre Marathons bekannt – ihn überholte. Aber er war allein, niemand wurde Zeuge dieser Peinlichkeit. Ein erwachsener Mann mit Sakko und Stecktuch, der wie ein Rotzbub mit dem Moped durch die Gegend fuhr – fahren musste.

Langsam erklomm er derart das Hochplateau, das sich bald vor ihm erstreckte. Das Koffein hatte das Seine getan, damit er seine Fahrtüchtigkeit erlangte und anders als die nächtliche Anreise, zeichnete sich die Fahrt bis knapp vor Bad Blumenbach durch keine besonderen Vorkommnisse aus. Es war auch kaum jemand unterwegs (außer ein verirrter Wagen, der eine Zeit lang hinter ihm gefahren war), die Autos benutzten alle das bessere Straßennetz und ...

... es kam gar nicht so schlimm.

Immer wenn man sagt, es hätte schlimmer kommen können, bringt das nichts anderes zum Ausdruck, als dass man sich dem Selbstbetrug hingibt. „Es hätte schlimmer kommen können" ist der Ausdruck für eine Auswahlpalette an apokalyptischen Alternativen, die einen darüber hinwegtäuschen sollen, dass es schlimm gekommen war. „Scheiße, da ist was passiert!" ist da die ehrlichere Variante, aber in Martins Fall, der ein kapitaler Sturz war, hätte es tatsächlich schlimmer kommen können. Wenn nämlich der Lastwagen, der plötzlich um die Kurve kam, nicht nur über das Moped, sondern auch über seinen Körper gefahren wäre. Tatsächlich war das Gefährt unter Martins Hintern weg- und er auf selbigem dahingerutscht, bis er über die Böschung geschlittert und dort zum Liegen gekommen war. Es war eine der letzten Kurven vor dem Ort, Martin fand sich in Gedanken bereits unter einer erfrischenden Dusche in seinem Hotel und vielleicht war das der Grund für eine Unachtsamkeit oder ein unsauberes Lenkmanöver auf einem fahrbaren Untersatz, der derlei nicht verzieh und schon gar nicht tolerierte, was ihn zu Fall brachte.

„Na, waren wir ein wengl zu schnell in der Kurvn?"

Das Gesicht, das sich über den zerschrammten Martin beugte, kam ihm bekannt vor. Auch das Fahrzeug, das sein wuchtiges Vorderrad auf Martins Moped gelegt hatte, wie eine Hand, die einen Kreisel fixieren wollte, hatte er schon gesehen, wobei Feuerwehrautos ja an sich nur wenig Unterscheidungskraft besaßen. Rot waren sie alle und ein Blaulicht war auch auf das Dach montiert, sonst gab es schon Unterschiede, aber nicht für den Laien.

Der Kommandant half Martin auf, dieser beutelte sich den Staub und Grasbüschel von seinem Gewand, dann schritt der Feuerwehrmann vor zur Unfallstelle, beugte sich sachkundig über den Asphalt und fuhr mit der Hand über diesen, so wie man seinen Finger durch einen Schmalztopf führt, um davon zu kosten.

„Schmierfett", konstatierte er zu Martin gewandt.

„Sie meinen, da hätte ein Auto Öl verloren?"

Der Kommandant roch an seinem Finger und sagte: „Dieses Fett finden S' eher in der Kuchl, als in an Motor."

Der Fahrer schob langsam zurück, mit einem Knirschen sprang das Moped unter dem Schwerfahrzeug hervor.

„Es Moperl is im Oasch. Des miassen S' abholen lassen. Soin mir Sie in Ort einebringen?"

Langsam, so nach und nach, als würde sich sein Körper aus einer Schicht nach der anderen schälen, fühlte Martin seine Glieder und die Schmerzen, die auszustrahlen begannen wie ein Reaktor knapp vor der Kernschmelze. Im Schritt sackte er ein, suchte Halt an der Uniform des Kommandanten.

„Geh, Petz, Code 70!", rief der Kommandant dem Fahrer zu, worauf der einen Flachmann hervorholte und diesen, mit einer Geste der Aufforderung zu trinken, zum Verunfallten brachte.

Der Schnaps brachte Martins Lungen zum Brennen, er schnappte nach Luft, kein Wunder bei siebzigprozentigem Obstler, den die Bauern hier für ihre Freunde und Helfer schwarz brannten.

Die zwei Feuerwehrmänner, die auf dem Heimweg von einer Übung waren, sicherten die Unfallstelle mit Sand ab, ließen ein Gefahrenwarnschild vor der Kurve zurück und packten den immer noch verdatterten Martin in ihr Auto. Der Kommandant setzte plötzlich einen fixierenden Blick auf wie ein Adler, der seine Beute erspäht, ging nochmals zurück zu der Stelle, wo Martin über die Böschung gerutscht war, bückte sich und wedelte mit einem kleinen, quadratischen schwarzen Stück in der Luft. Er schwang sich in die Kabine und warf Martin sein Handy hin.

„Des is Ihna wohl ausse grutscht."

Martin nahm sein Telefon entgegen und legte es auf die Ablage über dem Handschuhfach.

„Vielleicht sollt ma den doch ins Spital bringen", meinte der Fahrer namens Petz zu seinem Kommandanten, so als wäre Martin ein Stück taubes Holz, das nichts davon mitbekam, wenn man über es sprach – und wer weiß, vielleicht ist

Holz doch gar nicht so gehörlos wie man meinen mag, wer kann das schon wissen?

Martin jedenfalls, der unfallbedingt tatsächlich steif dasaß, verneinte, er bat darum, in sein Quartier gebracht zu werden.

„Ganz, wie Sie meinen, aber auf Ihre Verantwortung", sagte der Fahrer und legte den ersten Gang ein, schwerfällig, als würde er eine dieser alten Lokomotiven in Gang setzen. Noch einmal kreiste der Flachmann und Martin hatte eine Erklärung dafür, warum man für die Mitglieder der freiwilligen Feuerwehren beim Alkohollimit am Steuer eine Ausnahme im Gesetz belassen hatte.

Seidl, der Wirt, der es sich wohl zur Gewohnheit gemacht hatte, immer dann in der Nähe des Empfangs anwesend zu sein, wenn Martin in fragwürdiger Verfassung einkehrte, schüttelte diesmal nur den Kopf, wie der Ermittler mit zerschlissener Kleidung in den Gasthof humpelte und betrachtete ihn schweigend, ebenso wie er wortlos dem Einsatzfahrzeug, das eben über den Kies davonbrauste, durch das Fenster nachsah.

Es war Martin, der den Wirten ansprach: „Sagen Sie, wo finde ich wen, der mir was über früher erzählen kann?"

„Na der Schweighuber ist doch unser Chronist, der kann Ihnen sicher helfen."

„Ich mein' eher wen, der mir das aus eigener Wahrnehmung schildern kann."

Seidl kratzte sich am Hinterkopf und blickte drein, als hätte man einem spanischen Inquisitor die moderne Ökumene erläutern wollen. Martin versuchte sich klarer auszudrücken: „Na einen von den Alten, die selber dabei waren."

„Wobei dabei? Ich verstehe …"

Nichts! Das war klar, wenn Städter sich mit der Landbevölkerung auszutauschen versuchten. Sie redeten die gleichen Worte, doch die Bedeutung zwischen den Zeilen, die den Sinn jeder menschlichen Kommunikation ergab, war eine verschiedene. Noch ein Versuch Martins:

„Na früher halt, so vor dreißig, vierzig Jahren, wann immer das passiert ist."

„Bei uns passiert nie was."

„Na, es gibt doch irgendwelche Gleichenfeiern, Taufen, Hochzeiten, Todesfälle, Naturkatastrophen, was weiß ich?"

„Na, wenn Sie es nicht wissen." Seidl grinste lackiert, wobei es nur ein matter Glanz war.

„Sie wollen mich nicht verstehen", sagte Martin mit resignierender Miene.

Doch bei Seidl war der Groschen gefallen. „Aber da waren wir doch Kinder, da kümmert man sich ums Zeugnis, um Streiche, um das erste Fahrrad, Fußball oder so was."

„Daher meinte ich …"

„Schon klar, Sie suchen einen von denen, die damals in unserem Alter waren." Das konnte man aus Martins Warte durchaus als Beleidigung auffassen, im besten Fall als unbedachte Äußerung, hatte der Wirt doch gut zehn Jahre mehr auf dem Buckel als Martin. Als mildernder Umstand konnte gelten, dass hier in einem Jahrzehnt sicherlich weniger passierte, als in einem Jahr von Martins verworrenem Leben. Jeder halt wie er konnte oder es brauchte. Vielleicht ließ Langeweile und Gleichklang der vorbeiziehenden Tage aber auch die Zeit mühsamer vergehen und im Resultat den Alterungsprozess schneller voranschreiten.

„Der alte Pfarrer, könnt' Ihnen da sicher einiges erzählen."

„Sehr gut!", Martins Augen waren erwartungsvoll geweitet. „Wo finde ich Hochwürden?"

„In Göttweig, dahin hat er sich zurückgezogen. Also er wurde zurückbeordert."

Martin dachte an die Schlüpfrigkeit der oftmals unter der Hand erzählten Versuchungen mancher Ordensmänner, die zuletzt, nicht mehr unter der Hand verbreitet, Zeitungsseiten gefüllt hatten.

„Der Vater Severin is leider an Alzheimer erkrankt, der hat seine Predigt am Schluss immer vergessen", sagte der Wirt. Aber dafür habe er auf der Kanzel die vielen kleinen Sünden, die ihm im Beichtstuhl unter der Sicherheit des Beichtgeheimnisses anvertraut wurden, in der Messe vor den Anwesenden ausgebreitet. „So was geht ned, verstehen S'?"

Martin verstand, auch, dass diese Quelle wohl versiegt war.

„Na gut, einen Versuch war es wert", sagte er und setzte an, sich auf sein Zimmer zurückzuziehen, als der Wirt sagte: „Aber warum fragen S' ned mein Vater?"

Martin hätte dem Wirt jetzt eine Retourkutsche für vorhin geben können, sich darüber erstaunt zeigen, dass Seidls Erzeuger noch lebte und damit auch dessen Alter in die Höh schrauben, aber er verkniff sich diese Bissigkeit und fragte: „Wo kann ich den Herrn Papa antreffen?"

„Jetzt hat er sich schon hingelegt. Aber morgen sollten S' ihn hinten im Extrazimmer antreffen. Da liest er die Zeitung. Jeden Tag liest er die Zeitung bis Punkt zwölf, dann geht er spazieren."

12.

Martins Nacht war eine unruhige, der Schlaf zerfetzt von wirren Träumen. Skurrile Ideen sprossen in Martins Gedankenwelt wie die Pickel auf der Haut eines Teenagers. Er wanderte über einen Steg, von dem sich nach und nach die Bretter lösten. Martin musste mühsam über die Querbalken balancieren, ständig der Gefahr ausgesetzt, abzustürzen, hinab in ein undefiniertes Graubraun, das am ehesten der Konsistenz überstandiger Schokolade entsprach, ohne dass er wusste, warum er diese Brücke überqueren sollte. Vielleicht war es das leise Rufen, eine zarte Stimme, die nur wie ein Lufthauch an sein Ohr drang oder es war der Zwang, der sich immer nur in Träumen ergibt, eine Aufgabe, die einem der eigene Geist vorgibt, weil er sich dafür rächen will, dass die unangenehmen Dinge untertags, bei wachem Verstand, davongeschoben werden wie frischer Schnee von einem Pflug. Eine Schneeschaufel der Verdrängung, die unser Leben bestimmt und die nun zurückschlägt, einem mit voller Wucht ins Gesicht fährt, gnadenlos wie der Faustschlag eines Profis beim Preisboxen.

Martin hörte seinen Namen rufen. Leise und zart. Eine Stimme wie silbriges Stanniolpapier. Es war Anne. Sie erschien am Ende der Brücke in einem Häuschen, das an ein Wartehäuschen für den öffentlichen Bus erinnerte. Martin konnte keinen Schritt vorwärts machen, sein Fuß klebte an der schmalen Latte fest. Unter ihm begann sich die Masse in Bewegung zu setzen, zu blubbern und zu spotzen. In der Mitte teilte sich dieses Etwas. Wie aus einem Trichter schob sich ein zartes Rosa hervor, wodurch das ganze an Roast-Beef erinnerte. Martin wusste in dem Moment, wo dieses fleischige, schleimige Knubbelding auftauchte, worum es sich hier handelte, wie man eigentlich über die unmöglichsten Dinge im Traum weiß, was sie darstellen sollen, auch wenn das jeweilige Fantasiekonstrukt, das einem da in den Sinn kommt, in der realen Welt und auch in keiner Parallelwelt existiert. Es war Anjas Vagina.

Martin beugte sich vor, doch plötzlich rempelte ihn jemand von hinten an, drängte sich an ihm vorbei und sprang in die Möse seiner Schwester. Er war in dem Moment von Eifersucht erfüllt, die in ihm loderte, wie eine vergessene Wunderkerze an einem vertrockneten Christbaum. Er wollte hinein, dem anderen nach, doch er klebte an dem Holzstück wie der Mann in der Superkleberreklame an der Decke.

Der andere, der bereits an den überdimensionalen Schamlippen angelangt war, drehte sich zu Martin um und winkte ihm. Es war der Onkel. Er war nackt und auf seiner Brust prangte eine lange Narbe, die von links nach rechts über den gesamten Oberkörper reichte. Er rief Martin zu: „Spring, es ist in Ordnung, du darfst."

13.

Krasberger saß in seinem Büro im Wachzimmer unweit der Quellenstraße. Er hatte seinen Urlaub früher abgebrochen, die Sache mit dem Rohrbruch in der Wohnung hatte ihn förmlich in die Arme seines Arbeitgebers gespült, konnte er in der Polizeiwachstube doch sicher sein, weiteren Diskussionen mit seiner Frau zu entgehen. Ungern erinnerte er sich an den Montagvormittag zurück, nachdem der Haupthahn gesperrt und der Nachbar ob des von seinem Plafond tropfenden Quells außer sich war, als der Installateur gekommen war, sich den Schaden besah und nur sagte: „A schener Schaden!"

Da verfluchte er den Moment, wo er sich in einem Anfall von Schwäche zu dieser Zweitwohnung hatte überreden lassen. Da wäre sogar das Hausboot, das einmal als Option durch den ehelichen Disput über ein mögliches Feriendomizil gekreuzt war, die bessere Wahl gewesen: Ein Boot lag im See am Wasser, ergo gab es keine Nachbarn, die man mit einer undichten Leitung durchnässen konnte.

Sobald daher das Schlimmste von dem Professionisten unter Kontrolle gebracht worden war, hatte er seiner Frau erklärt, dass damit der Urlaub endgültig ins Wasser gefallen sei und war unter Irenes Protest nach Wien gefahren, wo er am nächsten Tag sehr zeitig seine Dienststelle aufsuchte.

Er saß vor dem Computer und begann diverse Abfragen zu machen, zu denen er als Polizist zwar berechtigt, ohne Ermittlungsauftrag allerdings nicht befugt war. Ein Amtsmissbrauch unter Freunden sozusagen, tat er das doch nur, um Martins Untersuchung voranzutreiben.

Er fand tatsächlich etwas über die beiden Toten, die man vor kurzem in Bad Blumenbach gefunden hatte: Den Mann aus dem Moor, einen alten Säufer, der damals, als er verschwunden war, nicht einmal als abgängig gemeldet wurde, ein verschrobener Einzelgänger, dem niemand eine Träne nachweinte und der Mann, der tot aus dem Kasten gepurzelt war, ebenfalls ein asozialer Sonderling. Irgendwie eine Parallele und vielleicht ein Zusammenhang, wobei zwischen diesen Unfällen einige Jährchen lagen, über dreißig, wenn man die Aussagen verglich. Der eine nach einem Brauchtumsfest verschwunden, der andere zweiunddreißig Jahre danach, während einer Vorstellung des Sommertheaters theatralisch coram publico aufgetaucht. Als Leiche, und zwar unfreiwillig.

Krasberger studierte im Internet die Zeitungen der Region. Die meisten hatten sich auf den Ötzi aus dem Wachauerland geschmissen, für den Boulevardjournalismus war diese Leiche in den Sommermonaten, die nicht ohne Grund als „Saure-Gurken-Zeit“ galten, ein gefundenes Fressen. Die wildesten Spekulationen über den Mann aus dem Moor wurden zunächst angestellt, man bezichtigte ihn keltischen Ursprungs zu sein, baute als Alternative eine Verbindung zu Richard Löwenherz, hoffte man doch zunächst auf einen historisch ebenso bedeutenden Fund, wie ihn die Wanderer in den Ötztaler-Alpen zutage gefördert hatten. Es war nicht das Interesse an den eigenen Vorfahren, an der Frage, wie sehr wir unsere Altvorderen genetisch widerspiegelten, ob wir gar in der Entwicklung stehen geblieben sind oder doch einen Schritt nach vorne gemacht haben (wobei auch ein Schritt nach vorne ein Fehltritt, verbunden mit der Gefahr eines kapitalen Absturzes, sein kann), es war einfach das Interesse an dem Abstoßenden, an dem Bizarren, wenn man einen Leichnam vor sich hatte, der es, welchen Umständen auch immer zu verdanken, geschafft hatte, den Jahrzehnten oder Jahrtausenden zu trotzen, ohne in dieser Zeit zu Staub zerfallen zu sein.

Mit dem Einsetzen echter Recherche, mit der medizinischen Untersuchung, bei der das Nazi-Tattoo schnell entdeckt war, in Verbindung mit den paar brauchbaren Aussagen aus Bad Blumenbach, die zusammen eine relativ eindeutige Datierung dieses Todesfalls zuließen, waren diese Mutmaßungen im Gegensatz zur Leiche schnell zu einem Nichts zerbröselt.

Krasberger erweiterte den Suchradius, weniger örtlich, als zeitlich. So verstockt wie die da oben waren und so abweisend wie der Bürgermeister ihm gegenüber aufgetreten war, hatten die irgendwas zu verbergen, da musste ein Komplott im Spiel sein, dachte Krasberger und fühlte, wie sich der erste Tropfen langsam von seinem Gedankenstalaktit löste (denn in seinem Alter begann der Kalk zu rieseln, wenn er sich länger konzentrierte und bildete dabei die wundersamsten Formationen). Er durchstöberte die polizeilichen Vermerke und Einträge.

Doch der Ort war unbeschrieben. Ja, es hatte irgendwann einen Brand in dem Sägewerk gegeben, der Besitzer hatte jedoch auf eine Anzeige verzichtet und das Ganze als Unfall dargestellt. Wirtshausraufereien mag es wohl ebenfalls gegeben haben, bei diversen Anlässen, wo auch das zu einer Art Brauchtumspflege gehört. Kirtag, Erntedank oder nach einer Hochzeit. Krasberger ging noch weiter zurück. Endlich ein Treffer: In der näheren Umgebung ein Bankraub, der niemals geklärt wurde. Und als nie geklärt zu den Akten gewandert war. Die Beute verschwunden, kein Hinweis auf die Täter. Krasberger holte sich eine Tasse Kaffee, es war Zeit, mit dem üblichen Prozedere zu beginnen. Und das bestand am späten Vormittag zunächst in einer Tasse Kaffee. Der Gruppeninspektor, der nun seinen Ehrgeiz auf eine Beförderung begraben hatte, so wie Eltern den toten Hamster ihres Sprösslings verscharren, überlegte und kam zu dem Schluss, dass dies das Werk von Profis gewesen sein musste. Vielleicht Italiener, die tauchten damals schnell über die Grenze ab und wurden auch nie gefasst. Obwohl die eher unweit des Brenners zuschlugen. Vielleicht eine Bande aus dem Osten, die Grenze zur damaligen Tschechoslowakei lag ganz in der Nähe.

Er suchte weiter nach Rotter, vielleicht gab es da etwas. Sepp Rotter schien nirgends auf. Er suchte nur nach Rotter.

Krasbergers Augen wanderten näher an den Bildschirm, das musste er unbedingt Martin erzählen, das warf sicher ein neues Licht auf die bisherigen Vorkommnisse.

Er griff nach seinem Telefon und wählte Martins Nummer. Die Mobilbox sprang an. Krasberger legte mit dem Vorhaben, es später noch einmal zu versuchen, auf, denn eine Nachricht wollte er nicht hinterlassen.

... du darfst!

Martin erwachte, den aus der Werbung für Diätprodukte bekannten Spruch in den Ohren. Er schlug die Decke zur Seite. Autsch! Jede Bewegung schmerzte so, als wäre sein Körper in einem Schraubstock gefangen. Er blickte sich im Zimmer um, registrierte langsam, dass er nicht zu Hause war und rekapitulierte seinen Sturz, die Heimfahrt, das Abendessen und jetzt die Nacht, die er in diesem Gasthof zugebracht hatte. Er drehte sich nochmals um, zog die Decke wieder über seinen Körper, doch der Geist war bereits aufgestanden und gab keinen Frieden mehr.

Er war noch in seinem Traum gefangen, verdattert über die Worte, die Onkel Alfred ihm zugerufen hatte. Die Narbe auf seiner Brust war hässlich gewesen, richtiggehend erschreckend. Zum Glück war es nur ein Produkt seiner Einbildung gewesen, sagte er sich zur Beruhigung, da fiel ihm ein, dass er in einem Roman gelesen hatte, dass die vor der Zeit abberufenen Toten sich in die Träume der Lebenden schlichen – zu seiner Beunruhigung.

Jetzt war es endgültig mit der Ruhe vorbei. Er fegte die Decke von seinem Körper. Er wollte den Onkel anrufen oder Anja, sofort. Die Hand wanderte über das Nachtkästchen, wo sonst sein Telefon abgelegt war; sie griff ins Leere. Er stand auf, durchsuchte Hose und Sakko, beide Stücke jeweils an der linken Seite vom Sturz aufgerissen, mit dem Ergebnis, dass er sein Telefon nicht finden konnte, als ihm endlich einfiel, wo es sein musste: im Feuerwehrauto, wo er es noch betäubt vom Sturz abgelegt und dann vergessen hatte.

Humpelnd brachte er die Stufen hinter sich. An der Rezeption musste es jemanden geben, der ihm die Nummer der Feuerwehr heraussuchen und dort anrufen konnte. Doch die Ankunftshalle war verwaist. Wie immer, wenn er hier wen suchte.

Martin blickte durch die Glastür beim Eingang hinaus, wo die Sonne durch die Bäume Scherenschnitte auf den Kiesboden warf. Was er dann entdeckte, brachte ihn dazu, die Sorge um sein Handy und den Onkel für einen Moment des Staunens zu vergessen. Er sah dieses grünliche Schimmern, es war wie die spiegelnde glatte Oberfläche eines Lochs in den schottischen Highlands. Er näherte sich verhaltenen Schrittes wie ein Eingeborener einer Götzenstatue. Als hätte er die Grenze zwischen Traum und Wirklichkeit noch nicht endgültig überschritten, legte er seine Hand auf das kühle Blech, um sich durch diesen haptischen Eindruck seines Wachseins zu versichern.

„Is schön worden, ned?“

Martin drehte sich um und blickte dem grinsenden Mechaniker in das bleiche Gesicht, das durch den Spitzbart am Kinn noch stärker in die Länge gezogen wurde. Die Ringe unter den Augen legten die Vermutung nahe, dass Maxl eine Extraschicht eingelegt hatte, nicht umsonst, so wie der funkelnde Talbot nun vor Martin stand.

„I bin am Abend noch selber zum Verkäufer hingfahren, weil i mir denkt hab, Sie brauchen des Auto heut wieder, ich hab von Ihrem Malheur ghört."

Was gab es eigentlich, das sich hier nicht mit der Geschwindigkeit einer Feuerwalze ausbreitete?

„Haben Sie keinen Hunger? Ich lade Sie zu einem Frühstück ein."

Maxl grinste und meinte, er habe noch nicht einmal zu Abend gegessen.

Martin war darüber, dass er sein Auto wieder hatte, so glücklich, dass er nicht einmal auf die Idee kam, mit Maxl über den Preis verhandeln zu wollen. Er holte das Geld, das ihm die Walbusch hingeworfen hatte, wie man einem streunenden Hund einen Knochen hinwirft, und bezahlte den Mann, der sich mit einem großen Gulasch und einem Bier stärkte. Maxl verabschiedete sich, meinte, er müsse jetzt zur Arbeit, schließlich sei Dienstag, das Wochenende, wo er sich ausschlafen könne, leider noch fern.

Trotz der Unbilden, die ihn hier ereilt hatten, fühlte Martin sich in seinem geschundenen Körper jetzt wohl. Was die Unabhängigkeit, die einem ein fahrbarer Untersatz in dieser Gegend hier bescheren konnte, alles bewirkte. Martin trank seinen Kaffee aus und überlegte, noch eine Buttersemmel und eine Melange zu ordern. Er würde, jetzt wieder mobil, im Anschluss sofort zu Pollroß fahren und ihm auf den Zahn fühlen. Rotter hatte ihm sicher nicht ohne Grund eine zwischen den Zeilen steckende Anklage geschickt. Zur Not würde er ihm den Brief unter die Nase reiben.

Sein Blick wanderte durch die Gaststube. Die dunkle Wandtäfelung vermittelte am Abend ein heimeliges Gefühl, jetzt aber, wo draußen ein heller Tag wie die beruhigende Hand der Mutter über die Landschaft strich, drückte das Eichenholz auf das Gemüt. Martin hörte ein Rascheln. Hinten, wo das Dunkel wie der Eingang in die Unterwelt erschien, las jemand in der Zeitung. Der Altchef. Martin räusperte sich, bevor er den Weg zum Hades antrat.

Mit seinem Namen angesprochen, ließ der Mann die Zeitung sinken. Martin blickte in ein braungebranntes Gesicht, das weit weniger zerfurcht war als das seines Sohnes. Er hatte ein altes verhutzeltes Männlein, das gramgebeugt seine verbleibende Lebenszeit im Ausgedinge fristete, erwartet, doch dieser Senior, Seidl senior, großgewachsen und breite Schultern, wäre das optimale Testimonial für diese deutsche Rente gewesen, die Werbung mit rüstigen und aktiven Pensionisten machte. Der von seinem Sohn erwähnte Spaziergang war wohl eher eine tägliche Wanderung zu einem Jungbrunnen.

Martin stellte sich vor und erklärte ohne Umschweife was ihn interessierte.

„Ich hab mich, ehrlich gesagt, gewundert, dass Sie mit mir noch nicht gesprochen haben."

Der nächste also!

Seidl sen. gehörte zu jener Sorte Mensch, die mit ihrem gefestigten Auftreten, das mit den Ziegelsteinen eines langen Lebens gemauert war, den Eindruck vermittelten, den Tod nicht zu fürchten und darob auch nicht das Leben.

Und noch weniger fürchtete er die Lebenden. Frei von der Leber weg erzählte er von den seit jeher vorhandenen Intrigen, den wechselnden Allianzen, wenn es darum ging, eine brauchbare Seilschaft für ein eigenes Ziel zu erwirken.

Walbusch als Vorgänger von Wipfinger dürfte ein wahrer Meister der Packelei gewesen sein. Und immer wieder fiel der Name Pollroß, der zog sich wie der berühmte Faden durch den Stoff der Schilderung, Vater wie Sohn, die reichsten Männer in der Gegend, die so manches Zugeständnis der Gemeinde erpressten, wenn sie damit drohten „dicht zu machen" oder mit ihrem Betrieb abzuwandern. Das Unternehmen quasi der Nestlé-Konzern von Bad Blumenbach, die Gemeindevertreter die bestochenen Diktatoren einer Bananenrepublik.

Man habe sich diesen Großgrundbesitzern gegenüber gefällig zeigen wollen, es sei um die Sicherung der zwanzig bis dreißig Arbeitsplätze gegangen. Aber nicht nur: Wie in der Welt der großen Wirtschaft, der globalen und der globalisierten, fiel auch hier im Kleinen (man könnte von lokalisierter Wirtschaft sprechen) ein wenig für die ab, die seitlich dieser Wirtschaft standen, wie auch die Zuschauer einer Rallye am Rand der Straße zwar nicht um den Sieg fahren, aber mit demselben Staub bedeckt werden wie die Piloten, die am Siegerpodest landen.

„Compliance" ein Fremdwort, nicht nur des Wortursprungs wegen.

„Und wer beherrscht dieses Spiel besser? Der Vater oder der Sohn?"

„Der Vater hat ausgespielt, vor zehn Jahren, Jagdunfall, hat sich selbst in der Fetten den Schädel wegblasen, aber sein Sohn ist um keinen Deut besser."

Martin hob und senkte langsam den Kopf. Es war schon seltsam, dachte er, die meisten der Altvorderen hier waren entweder verblödet oder tot, so viel also zur gesunden Landluft.

Der alte Mann gab zwar keinen konkreten Hinweis auf irgendein herausragendes Ereignis, lieferte aber ein Stimmungsbild dessen, was in den letzten vierzig Jahren hier so abgelaufen war. Sicher habe es immer etwas gegeben, das den Tratsch der Tratschtanten, die ja nicht selten Tratschonkel sind, angekurbelt hatte. Etwa das kurzfristige Abtauchen der Tochter des Bürgermeisters, ja darüber habe man so seine Theorien gesponnen. Auch über das Verschwinden eines jungen Mannes, der aus der Gegend stammte. Aber das sei nun auch nicht so ungewöhnlich gewesen, meinte Seidl sen., schließlich gingen die Jungen halt weg.

„Sie glauben also nicht, dass den jungen Mann vielleicht dasselbe Schicksal ereilt hat, wie diesem Menschen, den man vor kurzem aus dem See gefischt hat?"

Dem alten Seidl stand der Mund offen. Zwei weiße, ebenmäßige Zahnreihen kamen zum Vorschein, zu gleichförmig für ein natürliches oder perfekt an die Natur angelehntes künstliches Gebiss, eher billige Keramik aus Ungarn. Seidl schüttelte den Kopf. Je länger er erzählt hatte, desto stärker war er in einen Dialekt verfallen. Er sagte:

„Na, a alter Säufer dersteßt sich in sein' Suff, aber a Junger, der was no Pläne für sein Leben hat, der geht furt."

„Was für Pläne?", fragte Martin.

„Zum Theater wollt er, des war sein Traum."

„Sie meinen, er war mit Eberl, dem jetzigen Sparkassendirektor, befreundet?"

„Befreundet? Na, ich glaub nicht dass die befreundet waren, ja, ich glaub ned amal, dass die sich kennt haben. I waß es net."

Martin erahnte, dass er schön langsam die Teile eines Puzzles vor sich liegen hatte, er konnte aber nicht sagen, ob es aus zwanzig oder zweitausend Teilen bestand. Einige Ausstanzungen meinte er schon entdeckt zu haben, wo er nur mehr das passende Gegenstück einzusetzen hatte. Ein Haus im Ortszentrum in begehrter Lage, belastet mit einem Wohnrecht für einen, der wiederum die Gemeinschaft belastet hatte, mit seinem Querdenken und seiner Opposition den Mächtigen gegenüber. Und die Liebe zum Theater, natürlich! Ein Sparkassendirektor als verhinderter Schauspieler, ein verschwundener Schauspieler, ein Theatersommer, der keinen Erfolg, aber eine Leiche produziert, und ein ertrunkener alter Nazi. Vielleicht gehörten diese Teile gar nicht zum selben Puzzle, vielleicht waren das verschiedene Motive, zufällig durcheinander gemischt, obwohl Zufälle gab es nicht, nur schlechte Regieanweisungen. Das Leben musste nur dann improvisieren, wenn der Regisseur versagte.

Martins Schädel war voll von diesen Schilderungen und er gedachte, diese ein wenig setzen zu lassen, sie zu verdauen, wie einen fetten Schweinsbraten. Er bedankte sich bei Seidl für das Gespräch. Der griff sodann wieder zu seiner Zeitung, schlug raschelnd das Papier auf und erteilte Martin den folgenden Rat: „Lesen Sie Zeitung, junger Mann, lesen Sie Zeitung."

Martin nickte und fühlte sich an den Ausspruch des legendären, aber im Alter stark grantelnden Bundeskanzlers erinnert, als dieser einem Journalisten, übrigens einem gar nicht so ungebildeten wie man meinen mag, das Studium der Geschichte anempfohlen hatte.

Am Zimmer angelangt, offenbarte sich Martin folgendes Problem: Hose und Sakko vom Vortag waren zerschlissen, seine andere Hose passte nicht zu seinem zweiten Sakko. Weniger farblich als vom Stil her. Die legere Hose mit weiten Bundfalten zu einem taillierten Sakko vermittelte ein Bild, als trüge er Pluderhosen. Er überlegte, ob es in Bad Blumenbach ein Modehaus gab, belächelte sich aber selbst ob seiner Naivität. Die nächste Einkaufsgelegenheit für seine Ansprüche bot bestenfalls Krems und diese Reise wollte er sich gern ersparen, also würde er Pollroß zwanglos nur in Polo und Hose entgegentreten.

Er sperrte ab und hatte Glück: Am Empfang fand sich nun eine Angestellte. Er fragte nach der Nummer der Feuerwehr und die junge Frau mit Akzent (wir wissen: Tschechien war nicht weit) deutete auf die an der Wand hängende Karte von Bad Blumenbach, wo neben einigen Sponsoren auch die wichtigsten Telefonnummern aufgedruckt waren. Martin verlangte nach einem Telefon und erwischte mit Glück jemanden am Posten, der ihm nachsehen konnte, ob sein Handy noch im Einsatzwagen läge. Bis vier sei er am Posten, erklärte der Mann in der Einsatzzentrale, ansonsten würde er es dem Kommandanten mitgeben, der jeden Dienstag im Gasthof Seidl eine Kartenrunde besuche. So wurde es auch vereinbart.

Am Weg zum Holzwerk machte Martin einen Zwischenstopp bei seiner Auftraggeberin. Bog man die richtige Abzweigung ein, lagen die Häuser von Pollroß und Walbusch gar nicht weit voneinander entfernt.

„Und Sie wollen mir weismachen, dass Sie damals nicht mit dem jungen Mann durchgebrannt sind?“

Martin hatte inzwischen den Namen des Aussiedlers ausfindig gemacht. Florian Schiggl, der Flo, ein gutaussehender Bursche, wie man ihm bestätigte. Er hatte eins und eins zusammengezählt und erntete jetzt für diese Mutmaßung einen arroganten Blick von der Walbusch. Wobei sie dieses Gesicht machte, das Kinder oft ziehen, wenn man sie einer Tat beschuldigt, die sie zwar nicht begangen, dafür aber etwas anderes angestellt haben.

„Für Spekulationen bezahle ich Sie nicht, ich will Ergebnisse, und zwar bald.“

„Und wie soll es ein Ergebnis geben, wenn Sie mir nicht helfen?“

„Ich kann Ihnen bei Ihrem Job nicht helfen.“

Das Gespräch war beendet und Martin steuerte sein nächstes Ziel an.

14.

„Was wollen Sie?“, fragte Pollroß, der Martin in seiner Bibliothek empfangen hatte. Der Raum war hoch, mit Büchern fast bis an die Decke zu beiden Längsseiten, und die dicken Mauern spendeten Kühle.

Natürlich wusste auch der Sägewerksbesitzer, dass der Detektiv von Katharina Walbusch engagiert worden war, die näheren Todesumstände von Sepp Rotter zu untersuchen. Sein Blick ruhte auf Martin, dies im Sinne einer augenfälligen Musterung von dessen lockerem Auftreten im Kurzarmpolo, während er, der Herr Großgrundbesitzer mit Fischteich, Fabrik und Eigenjagd, trotz der sommerlichen Temperaturen in einem grauen Anzug steckte, Krawatte und Stecktuch in einem Grün, das sich wahrscheinlich sogar mit Martins Autolackierung ganz gut vertragen hätte.

„Ich denke, Sie kennen den Grund meines Besuchs", sagte Martin. Sie saßen in zwei ledernen Fauteuils, englischer Landhausstil, eine Angestellte brachte eine Karaffe mit Wasser und zwei Gläser, die sie auf den niedrigen, mit Intarsien geschmückten Holztisch abstellte. Pollroß nickte großmütig und die Frau entfernte sich wieder so unauffällig und leise, als hätte nur ein Windstoß die Vorhänge berührt.

„Verschwenden Sie Ihre Zeit nicht, der junge Mann ist in dem Kasten erstickt, sagt zumindest der Obduktionsbericht."

Martin drückte seinen Rücken gegen das kühle Leder der Sessellehne, seine Hände schlossen sich um die Lehne. „Woher kennen Sie den Obduktionsbericht?"

„Es gibt wohl wenig, was ich, wenn ich will, nicht in Erfahrung bringen kann." Sein Lächeln hatte die Überheblichkeit einer Fliegenklatsche, die dem Insekt zu verstehen gab: Ich kann dich jederzeit töten. „Aber es stand auch in der Zeitung", setzte er nach. Martin dachte an Seidl und seinen Ratschlag.

„Ich will ohne Umschweife meine Karten offenlegen", sagte Martin. „Ich weiß, dass Rotter mit Ihnen in Verbindung stand. Es gab einen Briefwechsel, darin hat er Sie beschuldigt."

Pollroß trank einen Schluck aus dem Wasserglas. Vielleicht eine Geste der Verlegenheit oder um Zeit zu gewinnen. Allerdings erschien er Martin zu gefasst, eine Nervosität war weder im Gesicht noch an der Haltung abzulesen. Er stellte das Glas ab und faltete die Hände.

„Ein Fantast, ein verirrter Idealist, der hinter allem und jedem etwas Böses vermutet hat. Warten Sie einen Augenblick."

Er erhob sich und schritt ohne Eile durch den Raum, verließ diesen durch eine kleine Tür in der dunklen Tapete, die Jagdmotive zeigte. Martin hörte eine Lade auf- und wieder zugeschoben werden. Er blickte durch die Stores in den Garten, wo gestutzte Buchsbaumhecken geometrische Muster in den zartgrünen Rasen zeichneten. Er schreckte auf, als ihm Pollroß ein Bündel Briefe vor die Nase hielt.

„Ich nehme an, Sie meinen die hier?"

Martin nahm die Briefe und betrachtete sie. Den Inhalt kannte er bereits. Er nickte. Er fragte: „Und? Ist da etwas Wahres dran?"

„Wahr ist, dass mir der junge Mann ständig Schwierigkeiten bereitet hat. Es gibt keinen Betrieb hier in der Gegend, der öfter Besuch vom Umweltinspektor erhalten hat, als meiner."

„Weswegen?"

„Bei einem Holzwerk fallen immer Schadstoffe an, das lässt sich kaum vermeiden."

Martin dachte daran, wie er das Anwesen zuerst, bevor er zum Gutshof gefahren war, beobachtet hatte. Einige Angestellte waren an den Ufern der Wipf damit beschäftigt etwas aus dem Wasser zu fischen. „Sie meinen das Fischsterben im Fluss?"

Pollroß setzte ein diabolisches Lächeln auf.

„Ich kann mir schon denken, dass ein kleiner Schnüffler wie Sie meint, er brauche nur zwei und zwei zusammenzuzählen und, patsch, da ist er der Übeltäter. Aber ich kann Ihnen versichern, auch hier irren Sie. Der Bach wird vor dem Werk umgeleitet, unsere Abwässer werden mehrfach gefiltert. Es kommt nur ab und zu vor, etwa wenn stärkerer Regen gefallen ist und der Bach anschwillt, dass ein paar Fische in unser Becken gespült werden. Da kann es mitunter vorkommen, dass einige Tiere tatsächlich eine Dosis der Schwermetalle abbekommen, aber das sind Ausreißer. Nach unserem Klärbecken hat das Wasser fast wieder Trinkqualität. Der kontaminierte Schlamm wird herausgebaggert und in Fässern zwischengelagert."

„Und wenn ich Sie jetzt darum bitten würde, mir die Rechnungen für die Entsorgung des Giftmülls zu zeigen?"

Pollroß' Miene verfinsterte sich, seine Augen wanderten näher zusammen. Er erhob sich erneut und ging zum Fenster, den Blick nach draußen gerichtet. Martin drehte er den Rücken zu und sagte: „Ich würde Ihnen antworten, dass Sie das einen feuchten Dreck angeht. Dass Sie davon keine Ahnung haben, wie Sie sich sicher auch nicht vorstellen können, welche Verantwortung es bedeutet, so ein Unternehmen aufzubauen oder weiterzuführen. Die Neidgesellschaft glaubt die Berechtigung zu besitzen, Jagd auf die Leute zu machen, die sich ihren Wohlstand redlich durch harte Arbeit verdient haben."

Martin musste schmunzeln. Angesichts des ihm zugewandten Rückens in dem Fall eine sanktionslose Unhöflichkeit. Aufgebaut hatten das eher die Vorfahren seines Gesprächspartners. Dieser musste Gedanken lesen können. Er sagte: „Das muss man einmal alles beisammen halten können, in Zeiten wie diesen, wo einige versuchen, Vermögen als Diebstahl zu verteufeln."

„Aber dieses Vermögen ist doch sicher nicht unbeträchtlich, wenn ich mir das Anwesen so ansehe. Außerdem habe ich gehört, dass Sie der Einzige hier sind, der eine Eigenjagd besitzt."

Pollroß fuhr zu Martin herum. Er richtete den ausgestreckten Zeigefinger auf den Detektiv.

„Genau das meine ich. Die Jagd. Da gibt es einen Irren, der Nachts durch die Wälder rennt und mir das ganze Wild scheu macht. Die alte Piribauer und einige von den alten Saufköpfen in der Ortschaft fantasieren gleich wieder davon, dass der Quirin herumspuken soll. Das ist aber kein Irrlicht, das da durch den Wald flackert, sondern ein Wilderer, der überall seine Löcher hinterlässt. Einer meiner Wildhüter hätte ihn fast geschnappt, aber wie ein Siebenender muss er ihn gewittert haben und hat sich rechtzeitig aus dem Staub gemacht."

Martin rieb sich mit Daumen und Zeigefinger über sein Kinn und dachte darüber nach, was der Grundbesitzer eben erzählt hatte. Entweder er war hier wirklich in einem falschen Jahrhundert gelandet und Briganten, Wilderer und Gaukler trieben hier ihr Unwesen oder es musste eine logische Erklärung für all das geben.

„Ich brauch jetzt was Stärkeres", sagte Pollroß. „Sie auch?" fragte er und wanderte in eine andere Ecke des Raums, wo auf einem Rollwagen Gläser und Flaschen standen.

Martin schüttelte gedankenverloren den Kopf. „Ich möchte Sie nicht länger aufhalten", sagte er und verabschiedete sich eilig, den Hausherrn zurücklassend.

Er schritt über den Vorplatz hinaus, peilte das breite Gittertor an, neben dem die Türe war, durch die er das Grundstück betreten hatte. Vögel zogen ihre Formationen am Himmel. Die Wipf gluckerte im Hintergrund.

Er hatte den Wagen im Schatten eines Baums neben der zum Werksgelände führenden Straße geparkt. Die Feldwege hatten ihre Spuren auf dem Lack hinterlassen. Sein Blick fiel auf die staubige Windschutzscheibe, auf die jemand etwas geschrieben hatte. MÖRDER! Hier musste ein Irrtum vorliegen. Er war keiner, sondern jagte einen.

Er stieg ins Auto, betätigte den Scheibenwischer und dachte daran, dass die Walbusch in ihrer Verblendung seinen Wagen für den von Pollroß gehalten haben musste. Und Pollroß damit für den Mörder.

Er dachte über das Gespräch nach. Selbst wenn Rotter tatsächlich Beweise hatte, dass Pollroß den Fluss vergiftete, weil es billiger war, das belastete Abwasser einfach abzuleiten, schien er ihm nicht der Mann, der das nicht anders regeln konnte. Hätte es überhaupt eine Anzeige gegeben, er hätte die Strafe aus der Portokasse bezahlt. Viel eher schien es, dass man die Beamten ja zur Jagd einladen konnte, und einen Gefallen konnte man sich leicht mit dem sicher vorhandenen Schwarzgeld erkaufen.

Martin fuhr los, hielt aber bald bei einer Gedenksäule an. Er betrachtete den verwitterten Stein, der einen Heiligen darstellte, der seine Hand über ein Feld legte. Pollroß hielt sich wahrscheinlich auch für so einen Beschützer.

Er war ebenso ein verwitterter Stein aus vergangenen Tagen.

Dafür schien ihm die Sache mit dem Wilderer sonderbar. Wer würde Löcher graben, wenn er nicht nach etwas suchte, aber wonach? Martin spürte, dass er drauf und dran war, sich auf die Spur eines weiteren Geheimnisses zu begeben, wenn er doch nur wüsste, welches. Wie immer hatte er keine Ahnung und keinen Onkel an seiner Seite, den er fragen konnte – oder wenigstens Krasberger.

Er kam gegen Ende des Tages nach Bad Blumenbach zurück. Das Leben zeigte dort seinen üblichen Gang. Einen sehr gemächlichen und reduzierten Gang. Während es in der Stadt wirkte, als seien die Leute auf der Flucht, in ihrem Streben die zwischen zwei Terminen liegenden Distanzen zu überwinden, so behäbig lief das hier ab. Eine alte Frau geigelte auf dem Fahrrad an ihm vorüber, zwei Wanderer hatten sich auf einer Bank niedergelassen, öffneten ihre Schuhe, der Postbus machte am Dorfplatz Halt und wenige Leute stiegen aus, trotteten langsam davon und verstreuten sich in den Gässchen, wo das Geräusch fahrender Autos Seltenheitswert hatte.

Martin parkte sein Auto vor dem Brunnen, zu seiner Linken baute sich die Holztribüne des Theaters auf. Er machte Schweighuber, den Lehrer aus, der geschäftig durch die Kulissen für die nächste Aufführung wuselte, so als plane er die Neugestaltung des Bühnenbilds. Im Schlepptau hatte er Eberl. Um diese Zeit war die Sparkasse sicher geschlossen. Er gesellte sich zu den zwei Männern. Eberl trug kotige Wanderschuhe. Die beiden diskutierten. Martin sprach Schweighuber an.

„Haben Sie kurz Zeit für mich?“, fragte er diesen.

„Wir diskutieren gerade über die Wirkung der Tiefe auf der Bühne, ich meine, man müsste den Kasten hierhin verschieben, hier stört er das Ensemble.“

Was für ein Ensemble?, fragte sich Martin. Immerhin ging es da wohl kaum um eine von Mortier oder einem sonstigen Kapazunder geleitete Inszenierung. Er ging gar nicht darauf ein. Er sagte: „Ich hätte einige Fragen an Sie, also wenn Sie kurz Zeit haben. Ich lade Sie drüben auf einen Kaffee ein."

Schweighuber nickte Eberl zu. „Denk drüber nach." Er folgte Martin ins Café. Eberl sandte den beiden einen Blick nach, der eine unterschiedliche Deutung zuließ; entweder war er froh, dass Martin ihn aus den Fängen des Lehrers befreit hatte oder er gehörte auch zu jenen, die dem Ermittler misstrauten.

Sie setzten sich an einen der runden Bistrotische und bestellten beide anstelle des offerierten Kaffees einen Spritzer. Schweighuber fragte: „Was kann ich für Sie tun?"

„Sie sind ja der Historiker des Orts, hab ich mir sagen lassen."

Die Brust des Lehrers schwellte, er lächelte. Es war kein verlegenes Lächeln, sondern der Gesichtsausdruck dessen, der sich seiner Meriten verdient sah. „Wenn Sie es so nennen wollen. Aber es stimmt. Bad Blumenbach wurde als Markt erstmalig urkundlich im Jahre ..."

„Ich habe eine ganz konkrete Frage", unterbrach ihn Martin.

„Ah so", kam es jetzt ein wenig eingeschnappt, nachdem Martin den drohenden Redefluss gestoppt hatte.

„Gibt es in dieser Gegend ein Bergwerk, eine Höhle oder sonst einen Stollen?"

Schweighuber sah Martin an, als hätte er ihn nach dem Eingang in die Hölle gefragt. „Ich verstehe nicht ..." Er kratzte sich am Ohr. „Also nicht, dass ich wüsste. Es gab bei der Burg ein Verließ, aber das wurde schon vor zweihundert Jahren verschüttet."

„Vielleicht ein Erdbeben?"

„Haben wir hier eigentlich nicht, ich glaub das ist tektonisch gar nicht möglich, aber ich bin kein Spezialist auf diesem Gebiet. Es dürfte ein Erdrutsch gewesen sein. Es findet sich darüber tatsächlich ein Eintrag in einer Chronik. Es hatte tagelang geregnet, anscheinend ein Katastrophensommer, der Chronist schrieb etwas davon, dass die Weiden verfaulten und das Tier im Schlamm verendete, aber so genau kann ich mich auch nicht erinnern, wenn es Sie interessiert, müssen Sie es nachlesen."

„Aha, und wo ist diese Chronik?"

„In der Bibliothek in Melk, ich kenne den Archivar, ich könnte ihn verständigen."

Martin trank einen Schluck. „Hm, ich denke, das ist nicht, wonach ich suche."

„Wonach suchen Sie?"

„Wenn ich das wüsste."

„Dann, so fürchte ich, kann ich Ihnen auch nicht weiterhelfen." Schweighuber trank aus und erhob sich.

„Es tut mir leid, aber ich will noch ein wenig Laufen gehen."

„Laufen Sie im Wald?"

„Auch."

„Ist Ihnen da in letzter Zeit etwas aufgefallen?"

„Nein ...", er dachte nach. „Außer, ja, das vielleicht. Unlängst habe ich eine Stelle entdeckt, da hat jemand umgegraben. Zunächst dachte ich an ein Grab, also so mit der frischen Erde, die darüber angehäufelt war." Er umfasste die Sessellehne, stützte sich daran ab. „Bei den Vorkommnissen in der letzten Zeit kommt man ja auf so einen Gedanken."

„Und was haben Sie getan?"

„Na ich hab's dem Wipfinger gemeldet und der ist dann nachschauen gegangen, aber Fehlalarm."

„Weil?"

„Weil nichts war. Eine umgegrabene Stelle halt."

„Könnte das noch vom Rotter stammen?"

Schweighuber schüttelte den Kopf. „Nein, weil ich war am Tag davor, wo der Rotter schon tot war, an derselben Stelle, da war aber noch nichts."

Martin blickte auf. Er blies Luft aus. Selten fühlte er sich bei einer Untersuchung so ohne Anhaltspunkt wie jetzt. Aus dem Augenwinkel sah er das Fernglas aufblitzen. Er deutete über den Platz.

„Wer ist eigentlich der Herr? Ein Mitarbeiter der NSA oder warum beobachtet er ständig den Platz?"

Schweighuber drehte sich um. Er grinste.

„Ah, Sie haben unseren Spion schon entdeckt? Das ist der Petrak Lois. Noch ein Sonderling."

Zum Glück hatte Schweighuber, ein Einheimischer, das ausgesprochen, was Martin dachte. Noch einer also.

„Und was bezweckt er mit dem Fernglas?"

„Der Lois lebt seit Ewigkeiten in der Angst, dass die Kommunisten aus dem Osten einmarschieren. Deshalb hat er auch seinen Job in der Sparkasse hingeschmissen. Jetzt steht er da und glotzt den ganzen Tag auf den Platz."

„Was, der hat in der Bank gearbeitet?"

Der Lehrer nickte. „Aber wie der Eberl gekommen ist, da hätt er eh gehen müssen, der hat ja zwischenzeitig studiert ghabt und war besser qualifiziert.

„Sie meinen, er hat gewusst, dass er den Job nur auf Zeit

hat. Und jetzt hat er alle Zeit der Welt und hält sich an seinem Fernglas fest?"

Schweighuber hob belehrend den Zeigefinger und sagte. „Aber manchmal ist er nützlich. Er hat schon ein-, zweimal ein drohendes Verbrechen beobachtet und verhindert. Einmal, wie jemand ein Auto aufbrechen wollte und das andere Mal, wie zwei Typen in ein Haus einzusteigen versuchten."

Martin wurde mulmig bei dem Gedanken, dass das Haus von Rotter, zu dem er sich Zutritt verschafft hat, in Petraks Blickradius lag, wenn auch sehr eingeschränkt. Der Mann hatte bei seinem beherzten Einschreiten sicher eine Bande aus dem Osten vermutet. Er fragte: „Kriminaltouristen?"

„Ja", sagte Schweighuber nickend, seine Beine trippelten am Fleck, es war ihm anzusehen, dass er endlich weiter wollte, für den nächsten Marathon trainieren.

„Aus dem Osten?"

„Nein, aus dem Norden, aus Gföhl", Schweighuber grinste.

Martin hob die Schultern und deutete Schweighuber, dass er nun nichts mehr zu fragen hatte. „Danke für Ihre Hilfe", sagte er zum Abschied.

Schweighuber beugte sich nochmals zu dem Sitzenden hinunter. Mit sanfter Stimme sagte er: „Wenn Sie wissen, wonach Sie suchen, werden wir es bestimmt finden."

Er sprach wie ein Lehrer zu seinem Schüler, der eben sein Lineal im Schulranzen verlegt hatte. Und genau so fühlte sich Martin in diesem Moment. Er sah Schweighuber nach, wie er sich mit federndem Gang über den Platz entfernte.

Martin zahlte und sprang nun auch auf und eilte zu dem Haus, auf dessen Balkon dieser Petrak sein Unwesen trieb. Er baute sich darunter auf und rief hinauf: „Können wir uns unterhalten?“ Er dehnte sich und streckte sein Kreuz durch, um besser hinaufsehen können. Petrak ließ das Fernglas sinken und entschwand. Martin hörte, wie die Balkontür geschlossen wurde.

Er wartete noch ein, zwei Minuten, doch Petrak erschien nicht vor dem Haus, wie er es gehofft hatte. Na gut, dann eben nicht, dachte Martin und zog ab.

15.

Als Martin zum Gasthof Seidl zurückkehrte, hörte er aus der Gaststube Männerstimmen, die sich lautstark unterhielten. Natürlich, schoss es ihm ein. Die Kartenrunde, der Feuerwehrkommandant und sein Handy!

Er betrat den Raum und sah die Runde am Stammtisch unter dem Rundbogen sitzen. Er trat an den Tisch heran. Sein Begehr musste er aber gar nicht nennen, denn der Kommandant schob ihm, den Blick auf die Karten in seiner Hand gerichtet, kommentarlos das Telefon über den Tisch.

„Das ham Sie gestern vergessen, der Akku is leer“, sagte der Florianijünger und spielte eine Karte aus.

Martin nahm sein Telefon in Empfang und richtete sich an die Kellnerin, die eben auf einem Tablett eine weitere Runde Bier herbeitrug. „Diese Runde geht auf mich, setzen Sie das bitte auf meine Rechnung.“

Ein zustimmendes Raunen kam von den Kartenspielern, während die Kellnerin, die jedem sein Glas vor die Nase stellte, einen Blick aufsetzte, als wäre ihr Slip zwei Nummern zu klein. „I müssert's bar kassieren."

Auch Martins Unterhose konnte zwicken, wenn es um einen verkniffenen Blick ging. Martin holte einen 20-Euro-Schein aus seiner Börse und drückte ihn ihr in die Hand.

„Passt schon", sagte er.

Beider Unterwäsche wurde wieder weiter und sie lächelten sich an.

Eigentlich war die Kellnerin ganz hübsch, dachte sich Martin, auch wenn sie sicher um ein paar Jahre älter als Samantha war. Aber jetzt musste er Wichtigeres erledigen. Handy aufladen, Anja anrufen, fragen, wie es dem Onkel ging, Anne anrufen, fragen, wie es ihr ging.

Er ging in sein Zimmer, suchte das Ladegerät und steckte das Kabel in die schmale Buchse des Telefons. Es dauerte einen Moment, dann brummte das Telefon auf dem Holztisch und ein „Bing" signalisierte, dass die Batterie Energie aufnahm.

Er wartete einen Moment, dann gab er den Pin ein und starrte auf das Display. Die gewohnte Oberfläche erschien. Er wollte einen Moment warten, bevor er die ersten Telefonate führte, da tönte das Telefon abermals. Diesmal um eine SMS anzuzeigen.

Krasberger hatte ihm mitgeteilt, dass er ihn nicht erreichen hatte können und er sich umgehend bei ihm melden solle. Martin bemerkte das Kribbeln in seinem Bauch, wie Kohlensäure, die millionenfach explodierte. Vielleicht war bei der Obduktion von Rotter doch mehr herausgekommen, als Pollroß erzählt hatte. Er suchte Krasbergers Nummer im Speicher. Schon wieder ein „Bing". Anja hatte ihm mitgeteilt, dass es dem Onkel besser gehe, der Termin für die Operation aber noch nicht feststehe. Er werde davor sicher aus dem Spital entlassen. Das war ja wenigstens zum Teil eine gute Nachricht, dachte er. Er betrachtete das Display, wartete auf ein weiteres Signal, das mit einer Nachricht Annes einherging. Er hielt das Telefon schräg, legte es wieder auf den Tisch, doch nichts kam, Anne schwieg sich aus, auch mit den Mitteln der Telekommunikation.

Er rief Krasberger an.

„No endli, herst, was woar denn los mit dir, seit gestern versuch i di zum erreichen."

Martin erzählte von seinem Unfall und dem im Gefolge vergessenen Handy. Krasberger sagte:

„Na servas, herst du machst Sachen! Aber warum i di anrufen wollt: I hab mir den Obduktionsbefund besorgt. Also hurch zua."

Martin lauschte gebannt den Ausführungen des Gruppeninspektors. Doch gab es aus der Bundeshauptstadt nichts Neues. Rotter war erstickt, vermutlich, so der Schluss des Berichts, hatte er sich im Kasten verschanzt, der Sauerstoff wurde knapp und er schaffte es nicht, bevor er ohnmächtig geworden war, die Tür zu öffnen. Nur der Todeszeitpunkt wurde auf einen Tag vor dem Unfall datiert.

„Das ist aber schon komisch, dass ein gesunder, junger Mann so draufgeht", sagte Martin. Außerdem, warum sollte Rotter sich schon am Vortag versteckt haben?

„I geb nur weiter, was in dem Papierl steht, i sag ja ned, dass es stimmt, aber was interessanter is, is des folgende, was i rausgfunden hab: Der Rotter war adoptiert."

„Adoptiert? Was soll denn das heißen?"

„Na adoptiert halt, soll ich dir des Bürgerliche Gesetzbuch vorlesen?"

„Nein, natürlich weiß ich, was adoptiert bedeutet!"

„Na, was fragst denn da so deppert? I glaub, der Sturz hat dir ned guat tan. Warst beim Arzt?"

„Nein, das sind nur ein paar Schrammen."

Krasberger blähte die Backen und blies hörbar Luft aus. Martin hatte das Bild vor sich, wie der korpulente Polizist die Augen rollte.

„Aber von wem war der Rotter dann das leibliche Kind?"

„So weit gehen meine Befugnisse a wieder ned, also da müsstest schon Beweise für an unnatürlichen Tod bringen, weil der Aktendeckel ist zu, da ermittelt kaner, und zuständig wären eh die Kollegen in Krems, oder was weiß ich."

Martin sah wieder sein Puzzle vor sich, da fügte sich langsam ein Stück in das andere. Er fragte: „Und wer war der Vater?"

„Keine Ahnung. Aber i tat deine Auftraggeberin fragen."

„Warum?"

„Die hat si um die Vormundschaft bemüht, nachdem die Rotter abkratzt is."

Das Puzzle ergab ein erstes Bild. Martin musste nochmals weg. Katharina Walbusch hatte ihm einiges zu erklären.

„Marco?", hörte er Krasberger fragen.

„Ja?"

„Interessiert dich der Befund von dem Trankler?"

„Ja, was steht drinnen?"

„Dass er ein Trankler war. Die Leber hin. Aber es ist schwierig bei jemand, der so lang im Wasser war, an genauen Befund zu bekommen. Man hat auch eine Fraktur bei an

Halswirbel gefunden. Ertrinken is ned die anzige Möglichkeit."

„Ein gebrochenes Genick?", fragte Martin.

„Vielleicht hat wer nachgholfen, dass der a nimmer aus dem Wasser steigt."

„Sonst noch was?"

„Ansonsten is des Kaff auch kriminalistisch tiefste Provinz, kane Gewaltverbrechen. Wann da in dera Gegend ned irgendwann amal a Bankraub gwesen war, hätt i goar nix in die Akten gfunden."

„Ein Bankraub? Die Sparkasse in Bad Blumenbach?"

„Na, aber ganz in der Näh'."

Martin bedankte sich und trennte die Verbindung. Wie schon so oft, hatte ihm Krasberger geholfen, einen großen Schritt vorwärts zu kommen.

Das Handy würde schon genug Saft für die nächsten Stunden haben, sagte er sich, als er das Zimmer versperrte und den Gasthof verlassen wollte. Wie gewohnt, wenn er nichts brauchte, lief er Seidl in die Arme. Dieser fragte: „Und, wie hams letzte Nacht gschlafen?"

„Danke, gut", kam es knapp. Martin steuerte dem Ausgang zu, doch Seidl setzte nach: „Anscheinend gfallt's Ihnen doch ganz gut bei uns. Reden S' einmal mit dem Pfarrer."

„Mit dem Pfarrer? Warum?"

„Na ich hab von Ihrem Unfall ghört. Kann gut sein, dass Sie sich noch das G'nack brechen. Vielleicht hamma noch a Platzl für Sie frei, auf unserm beschaulichen Friedhof."

Martin ersparte sich einen Kommentar. Klar, dass auch sein Unfall die Runde gemacht hatte, klar, dass ihm nun die Schadenfreude dieser verschlagenen Gestalten entgegen brandete. Aber es hieß immer noch: Wer zuletzt lacht, lacht am besten – oder am lautesten oder am längsten, das ließ sich variieren.

Er ging zu seinem Wagen, als er ein paar Kinder sah, die mit etwas spielten, mit kleinen Plastikfiguren. Martins Puls beschleunigte, wie er es nicht einmal am Vortag gemacht hatte, als ihm der Roller unter dem Hintern weggerutscht war.

Angeregt, mit dem bei Kindern üblichen Quietschen, zogen sie die kleinen Figuren über den Boden ihrer imaginären Spielwelt. Einer der Buben, die blonden Haare gescheitelt, wobei ihm eine freche Locke über die Augen hing, schaute mit wachen Augen kurz zu ihm auf. Martin drehte schnell den Kopf zur Seite wie ein ertappter Spanner und schlenderte weiter zu seinem Wagen. Weiterhin schickte er verstohlene Blicke zu der Gruppe von vier Buben um die zehn Jahre, die alle in kurzen Hosen und ausgeleierten Shirts steckten. Martin wusste von seinen eigenen Neffen, dass man in solchen Fällen nicht zu interessiert erscheinen durfte. Er hatte einen Plan. Er stieg in seinen Sportwagen und schob langsam zurück, bis er neben der Kindertruppe zu stehen kam. Er ließ die Seitenscheibe hinab. Sicher waren die Knaben neugierig, wie es sich in so einem Fahrzeug saß, vielleicht konnte er sie sogar zu einer Runde über den Vorplatz überreden, das interessierte sie sicher und er wusste, welche Gegenleistung er dafür verlangen würde. Wie er es erwartet hatte, blickten schon zwei neugierig zu ihm herüber. Die beiden anderen unterbrachen nun auch ihr Spiel. Der Bursche, der ihn zuvor beäugt hatte, erhob sich nun, stellte sich neben den Talbot und blickte Martin herausfordernd an. Er sagte: „Was wird denn des?“

„Ihr habt so ein Auto hier sicher noch nicht gesehen."

Der Knabe schien so was wie der Rädelsführer zu sein. Er drehte sich zu den anderen um und sagte: „Kein Wunder, wer fährt schon so an Schrott." Die anderen lachten.

„Vielleicht wollt ihr euch einmal hineinsetzen?", fragte Martin. „Der Wagen hat drei Plätze vorne, in einer Reihe."

„Waß i eh", gab der Bub gelangweilt von sich.

„Und er geht für sein Alter auch ganz gut", machte Martin ein wenig Werbung in eigener Sache. „Vielleicht wollt ihr eine Runde mitfahren."

Jetzt erhob sich ein zweiter Junge. Er hatte dunkle Haare, zu einer Bürste gestutzt, dabei wirkten die abstehenden Ohren wie zwei Flugsegel. Er hatte ein zerschundenes Schienbein, seine helle Hose war über den Knien ausgefranst und auf seinem Shirt prangte der Schriftzug von Mallorca. Er kam näher und sagte mit heiserer Stimme, der Stimmbruch hatte bereits angeklingelt. „Was soll das werden, Alter? Willst uns verzahen? Mein Vater sagt immer, i soll bei niemand ins Auto steigen, scho goar ned bei an alten Typen, de san alle Kinderverzahrer."

Die anderen lachten, allerdings ein wenig unsicher, vielleicht fürchteten sie sich wirklich vor Martin. Der versuchte sie mit einem einnehmenden Lächeln von seiner Harmlosigkeit zu überzeugen und sagte: „Ich bin Privatdetektiv, keine Sorge, bei mir seid ihr sicher."

„Und i bin James Bond, i steig nur in an Aston Martin", erwiderte nun der erste Busche und trollte sich wieder zurück zu den anderen.

Martin drehte das Zündschloss und der Motor erstarb. Er stieg aus. Es war an der Zeit, Farbe zu bekennen. Die Figuren aus der „Schlumpfolympiade" waren Ende der Achtziger in einem Diorama als limitierte Serie präsentiert worden. Konnte sein, dass es hier in der Pampa tatsächlich noch eine komplette.Serie zu ergattern gab, aber ohne Einsatz ging jetzt nichts. Er schlenderte mit lässigen Schritten vor und beugte sich zu den Überraschungseierfiguren hinunter.

„Seid ihr nicht schon etwas zu groß, um mit solchen Dingern zu spielen?", fragte er. „Ich würde sie euch abkaufen."

„Sind Sie nicht zu groß, um damit zu spielen?", kam die Gegenfrage, diesmal von einem anderen, dem der Rotz an der Nase klebte.

Martin hob seine Augenbrauen und musterte den Knaben. Auf den Mund war er nicht gefallen. Er sah, wie die zwei anderen zu tuscheln begannen. Ein gutes Zeichen, interpretierte er. Der vierte Bub saß nach wie vor eher unbeteiligt da und hielt eine der blauen Figuren in der Hand, den auf Stelzen gehenden Schlumpf.

„Also, wieviel?"

Der erste Knabe wischte sich die Haare von der Stirn und sagte: „Fünfzig."

„Was? Fünfzig Euro?"

„Mei Vatter sagt, wer solchane Figuren sammelt, is a Trottel und von an Trottel kannst an jeden Preis verlangen."

Martin reichte dem vorlauten Junggeschäftsmann mit säuerlichem Lächeln den Schein und sammelte schnell die Figuren vom Boden ein. Mit forderndem Blick blieb er vor dem Kleinen stehen, der ihm auch die letzte Figur aushändigte, während die anderen kicherten. Mit Wonne dachte er an die Filme mit Louis de Funès, in denen der Komiker bei solchen Gelegenheiten in einem unbeobachteten Moment kleinen Kindern den Arm verdrehte oder ihnen mit unschuldig erstauntem Gesichtsausdruck die Ohren langzog.

„Da war noch so ein Podest dabei“, sagte jetzt wieder der erste. Martin drehte sich zu ihm um. „Ja, das brauch ich auch, her damit.“ Martin wusste, dass die Serie mit dem Diorama, das Ferrero damals zu Zwecken der Präsentation in den Läden ausgestellt hatte, ein kleines Vermögen wert war. Damit würde er ein wahrlich gutes Geschäft gemacht haben. Doch der Bursch schüttelte den Kopf.

„Des hamma gestern weggschmissen.“

„Dann holt's es doch einfach aus dem Müll.“

„Des kostet aber extra.“

Martin reichte dem Kind einen weiteren 20-Euro-Schein. Er deutete auf den Hoteleingang. „Gebt es dort für mich ab, ok?“

Die Burschen nickten und rannten mit den Geldscheinen los. Wahrscheinlich würden sie sich gleich neues Spielzeug damit kaufen gehen. Martin fuhr zufrieden davon. Der Trip nach Bad Blumenbach hatte sich wenigstens in dieser Hinsicht für ihn ausgezahlt.

Martin trieb den Wagen über die engen Seitenstraßen. Maxl hatte gut gearbeitet, es gab kein Schlingern oder Hüpfen der Räder auf dem unebenen Grund. Wieder einmal stand die Sonne am Ende ihres Zenits und Martin hatte wieder keine Zeit für ein genüssliches Abendessen. In der Ferne sah er das Wäldchen am Ende des Felds. Die Nadelbäume, die kerzengerade in den Himmel wuchsen, wirkten wie die Borsten einer Zahnbürste, die ein Riese dort fallen gelassen hatte.

Als er das Haus erreichte, lag der Großteil der weißen, mit Spritzputz versehenen Außenmauer bereits im Schatten. Walbusch hatte die Schmierereien darauf entfernt.

Er trommelte an die Tür, bis die Hausherrin öffnete.

„Was ist denn? Was wollen Sie um diese Zeit?“, fragte sie.

„Reden, und zwar ein ernstes Wort.“

Sie bat Martin diesmal nicht in die Küche, sondern führte ihn in die Stube, die mit Lärchenholz ausgekleidet war. Ein Kachelofen nahm einen Teil des hinteren Raums ein, an den Wänden hingen ländliche Motive: gehäkelte Deckchen mit Sprüchen darauf, ein paar alte Holzwerkzeuge und Schwarz-Weiß-Bilder. Neben dem Eingang stand eine verzierte Holztruhe und in einem wuchtigen, bemalten Schrank bewahrte sie wahrscheinlich das gute Porzellan für die Festtage auf. Martin saß auf einem Hocker, sie hatte auf der Holzbank beim Ofen Platz genommen.

„Wieso haben Sie mir nicht gesagt, dass Rotter Ihr Sohn war?“

Die Walbusch hielt sich die Hand vor den offenen Mund. Nach einer Schrecksekunde fragte sie: „Wie kommen Sie denn auf diesen Blödsinn?“

„Weil der Sepp Rotter nicht das Kind seiner Eltern war. Ich musste nur eins und eins zusammenzählen.“

Die bisherige Fassade der Frau fiel in sich zusammen wie ein altes Gemäuer bei einem Erdbeben.

„Hören Sie, das war doch einfach. Ihr Interesse an den Todesumständen, Ihr Verschwinden damals und auch“, er räusperte sich, „Ihr Alleinsein jetzt. Das ergibt plötzlich alles einen Sinn. Aber wieso haben Sie damals Ihr Kind weggegeben?“

Sie vergrub ihr Gesicht in den Händen und begann zu weinen. „Das hat mein Vater damals arrangiert, wie ich schwanger worden bin." Sie sah Martin aus roten Augen an, als erwarte sie Verständnis.

„Das hat damals keiner wissen dürfen, ich war die Tochter des Bürgermeisters. Mein Vater hat mir das Kind weggenommen und es den Rotters gegeben. Das waren arme Leute, die keine Kinder hatten und sich auch kein Haus leisten konnten, auch das haben sie bekommen."

Jetzt nickte Martin, er wusste, wie das Grundstück in deren Besitz gekommen war. Sie fuhr fort:

„Er hat mich weggeschickt, damit ich den Buben austragen kann und es keiner da mitbekommt, dann hat er die Adoption eingefädelt. Und es hat sich auch keiner gewundert wie die Rotter auf einmal ein Kind hatten, weil die Frau war ja fast immer nur z'Haus."

„Warum haben Sie das Kind weggegeben?"

„Weil es ein Bankert war, also ein Bastard. Hat mei Vater immer gsagt."

„Ein Bastard?"

„Na unehelich halt."

Jetzt verstand Martin, auch wenn er die näheren Umstände noch nicht nachvollziehen konnte. Zu sehr erschien ihm die Sache nach einer Tragödie aus ferner Zeit, wie aus einem Stück von Anzengruber.

„Aber das wäre doch ein Argument gewesen, den Schnattl endlich zu heiraten."

„Der Sepp war nicht vom Schnattl."

Martin schluckte. „Verzeihen Sie, aber ... kann ich etwas zu trinken haben?"

Walbusch holte aus dem Bauernschrank eine Flasche mit klarer Flüssigkeit und zwei kleine Stamperl, doch Martin sagte: „Ein Glas Wasser wäre mir lieber, und dann erzählen Sie mir endlich die Geschichte."

Sobald Martin die Trockenheit, die sich wie eine Wüste oder verödetes Land auf seinem Gaumen anfühlte, weggewaschen hatte, fragte er: „Wer war der Vater, wieso nicht Schnattl? Ich dachte Sie beide …" Er wischte mit ausgestrecktem Zeige- und Mittelfinger durch die Luft um die gerüchteweise Verbundenheit der beiden bestätigt zu erhalten.

Sie sagte: „Es woar 1983, unten ist das Marillenfest gefeiert worden, der Sigi hat den Stand von sein Vater gmacht, er ist erst später raufkommen nach Blumenbach, wo natürlich auch gfeiert worden is. Wir waren ja z'samm."

„Aber er war nicht der Einzige?"

Walbuschs Lippen begannen zu zittern, sie presste sie zusammen, während in ihr Gesicht schwarze Wolken zogen. Sie herrschte Martin an: „Natürlich war er der Einzige, was glauben Sie? Die andern Burschen hätten schon wollen und haben es auch versucht, aber die ham mich nicht interessiert, diese Deppen. Tanzt haben wir, gefeiert, ausgelassen waren wir schon, aber ich hab auf den Sigi gwartet, alle ham des gwusst, dass s' meine Hüften nur auf der Tanzfläche in ihre Klebeln kriegen. Dann is der Sigi kommen, endlich, und ich bin mit ihm fort, wir sind aufs Feld, da war ein Wagen mit Stroh, des war unser Lager für den Abend."

Martin hob seine Augenbrauen, weil er sich denken konnte, was auf dem Wagen vonstatten gegangen war. „Und wieso sind Sie sicher, dass der Sigi nicht der Vater sein kann?"

„Weil wir aufpasst ham."

Oh Gott, dachte Martin an diverse, weit verbreitete Irrglauben, was Verhütung betraf, angefangen von Auswaschen der Vagina nach dem Verkehr, bis hin zu bestimmten Positionen in die sich die Frau dann zu begeben hätte, damit sich die Eizelle nicht einnisten könne, alles natürlich Humbug. Die Walbusch interpretierte seinen Blick und sagte: „Ned, was Sie glauben, er hat was drüber tan."

Auch das wirkte nicht immer, wie Schadenersatzprozesse gegen Kondomhersteller wegen ungewollter Schwangerschaften bewiesen.

„Aber Sie haben nicht ganz unrecht, mit dem was Sie vorher gsagt ham, aber es war anders."

Und sie begann zu erzählen, wie sie sich getrennt hätten. Es hatte zu regnen begonnen und sie hatte noch den Heimweg vor sich. Spät sei es auch schon gewesen und sie wollte keine Schwierigkeiten mit dem Vater bekommen, der sicher noch wach gewesen war und Zeitung las, wie er es jeden Abend tat. Volksfest hin oder her. Der Regen sei stärker geworden und der Wald immer dunkler. Sie habe es mit der Angst zu tun bekommen. Schritte gehört.

Sie sank in sich zusammen, ihre Augen starrten ins Leere. Martin konnte sich vorstellen, wie sie in ihrem Inneren den Film der Geschehnisse abspulte und die Bilder dieser Nacht in ihren Kopf projizierte wie in einem Hohlschädelkino. Aus irgendeiner Ecke holte sie das Verdrängte hervor, es wurde jetzt zu ihrer Realität, wenn auch längst vergangen, so trat es heraus, quoll hervor wie Lava bei einem Vulkanausbruch. Sie stammelte in Trance:

„Die Schritte, sie kommen näher, der Regen, er klatscht auf den Boden, es prasselt von den Blättern wie Maschinengewehrsalven. Ein Rauschen geht durch die Wipfel, die Tropfen peitschen mir ins Gesicht, ich bin klitschnass bis auf die Haut. Ich fahre herum, blicke in das Dunkel, ich sehe nichts, aber ich fühle, da ist wer ..."

Martin saß gespannt da wie ein Bogen, bevor man den Pfeil abfeuert.

„Ich rufe, ein-, zweimal: Hallo!" Ihr leerer Blick ging durch den Raum, ohne irgendwo anzustreifen. Sie rief in ein imaginäres Bild. „Da höre ich ein Knacken. Jemand ist auf einen Ast gestiegen. Für einen Moment wird es heller, der Mond schiebt sich zwischen zwei Wolken hervor. Ich sehe ein nasses Gesicht, ich sehe zwei kalte Augen, die an mir kleben wie saugende Blutegel."

„Wer?", war Martin versucht zu fragen, doch er wollte sie nicht unterbrechen. Womöglich hätte er sie wie eine Hypnosepatientin ins Jetzt zurück katapultiert und sie hätte wieder geschwiegen.

„Er grinst. Es ist Pollroß, der junge. Er grinst. Ich gehe langsam rückwärts, stolpere über eine Wurzel. ‚Was willst du?', frage ich, doch sein Blick verrät ihn, seine Gedanken sind offen wie ein Buch. Er grinst weiter sein schmutziges Grinsen. ‚Du warst mit dem Sigi z'samm, ich hab euch gsehn', sagt er. ‚Wennst es eh weißt, was fragst dann?', sage ich, während ich wieder stolper und zu Boden geh und im Gatsch zum Liegen komm. Er macht sich das Hosentürl auf und wirft sich auf mich. Er sagt: ‚Was er hatte, will ich jetzt auch.'"

Die Tränen zogen Bahnen über ihr Gesicht, ihre Augen glänzten wie polierter Granit, hart und kalt.

Martin schwieg, sein Körper entspannte sich, doch seine Hände ballten sich zu Fäusten. Das war es, jetzt hatte er es.

Er spracht sanft sein Gegenüber an: „Frau Walbusch?“

Doch sie wimmerte leise, zeigte keine Reaktion, bis sie ihm einen Blick zuwarf, einen hilfesuchenden Blick, der Martin verriet, was sie jetzt brauchte. Er stand auf und nahm sie in den Arm, zog ihren Körper gegen den seinen und drückte sie. Er spürte das Beben, das sie nun erfasste. Sie heulte laut los und trommelte mit den Fäusten gegen Martins Rücken, der die Luft anhielt und sie gewähren ließ. Es war draußen und was nicht draußen war, musste raus. Die Trauer, die Wut, die Empörung, der Hass – und auch die Liebe. Die Liebe zum verlorenen Kind und die Trauer über die verlorene Liebe. Da war eine Frau, der man den Boden unter den Füßen weggezogen hatte, schon vor langem, und jetzt hatte man ihr auch noch den letzten Grund für ihre Existenz genommen, das einzige Kind, dem nichts nachfolgen würde, dem nichts nachfolgen konnte.

So standen sie da, eine ganze Weile. Die Walbusch hatte mittlerweile ihr Trommelfeuer eingestellt und Martin spürte, wie ihr Körper nach und nach schlaffer wurde, wie sich die Glieder lockerten, und sie nur mehr ab und zu durch die Nase aufzog. Er dirigierte sie zu ihrem Platz zurück, setzte sie auf die Bank und sich daneben. Er griff sich ihre Hand und sprach sanftmütig wie ein Seelsorger mit einem Selbstmörder.

„Und Ihr Vater war dagegen, dass Sie das Kind behalten?“

Sie nickte.

„Und er hat das alles eingefädelt und zugleich auch vertuscht?“

Wieder ein Nicken. Martin konnte sich das ganz gut vorstellen, wie das in Niederösterreich in den Achtzigern des vorigen Jahrhunderts gelaufen war. Nicht viel anders als anderswo oder heutzutage. Walbusch schniefte. „Er hat gemeint, so einen Skandal kann ich ihm nicht antun, das muss er jetzt ausbügeln, sonst sei er die längste Zeit Bürgermeister gewesen."

„Haben Sie ihm das erzählt?" Er beugte sich nah an ihre faltige Haut, sie roch gut, frisch, vielleicht war sie vom Weinen gereinigt oder das Böse hatte ihr Herz verlassen, weil sie sich ihm anvertraut hatte. „Ich meine das mit Pollroß?"

„Nein, wie ich heim gekommen bin, war er wach wie sonst auch. Er ist in der Küche gesessen und hat Zeitung gelesen. Das weiß ich so genau, weil er ganz aufgeregt war wegen dem Bankraub, der am selben Tag passiert ist."

„Wie konnte denn das am selben Tag in der Zeitung stehen?" Martin glaubte nicht an eine Spätausgabe einer Tageszeitung in dieser Gegend und Internet gab es damals sicher auch noch nicht.

„Das muss er im Radio ghört haben. In der Zeitung ist es erst am nächsten Tag gestanden."

Martin konnte sich erinnern, dass Krasberger etwas davon erzählt hatte. Das einzige nennenswerte Verbrechen in dieser Gegend. Die Walbusch schenkte sich jetzt mit zittrigen Händen einen Klaren ein und kippte das Glas in einem Zug hinunter. Mit dem Handrücken wischte sie sich die Tränen aus dem Gesicht und sagte: „Er hat mich angschaut und sofort gwusst, dass was nicht stimmt, wie ich da zittrig vor ihm in der Küche gstanden bin, den Dreck in mir und auf dem G'wand."

„Sie haben ihm von der Vergewaltigung erzählt?"

Sie schüttelte den Kopf. „Aber nach ein paar Monaten war das Ergebnis zu sehen."

„Dann haben Sie es ihm erzählt?"

„Sind Sie verrückt? Der hätt doch glatt wen um'bracht. Er hat glaubt, der G'schrapp is vom Sigi, bis zu sein Tod."

„Aber Sie glauben, dass er vom Pollroß war?"

Sie nickte, schenkte sich nach und bot Martin auch einen Schnaps an. Er griff sich ein Glas und hielt es ihr hin, damit sie einschenken konnte. Er fragte: „Und der Pollroß? Was war mit dem? Hat er es gewusst?"

„Geh, der arrogante Pimpf hat sich bald danach eine blonde Schnepfe in der Stadt gsucht und mit der a Familie gegründet. San eh zwa süße Mädeln, die er kriegt hat, aber sei Frau hats da ned ausghalten, die Kinder sind bald in eine Privatschule gangen und sie hat sich a Wohnung in der Stadt gnommen, mit wechselnde Liebhaber."

„Während Sie Ihr Kind beim Aufwachsen bei fremden Leuten beobachtet haben. Hat es mit den Rotters nie Probleme gegeben? Ich mein, die werden doch gewusst haben, von wem das Kind war?"

Walbusch legte die Hände in den Schoß ihrer Schürze und blies sich eine Haarsträhne, die sich zuvor gelöst hatte, aus dem Gesicht. Sie sagte: „Die Rotters waren bescheidene Leute, die haben sich mit dem Geld zufrieden gegeben und nicht weiter gefragt. Die haben geglaubt, das ist ein Waisenkind, für das mein Vater die Obhut übernommen hat."

„Aber die mussten doch sicher eine Menge Papierkram bei der Adoption unterschreiben."

Die Walbusch lächelte entrückt, ihr Blick war an einer Bodendiele hängen geblieben. „Ich glaub, die haben nicht einmal lesen können. Mein Vater hat die Papiere gebracht und sie haben's unterschrieben. Und? Die haben nicht gefragt."

„Auch nicht, als Sie sich jedes Mal nach dem Buben erkundigt haben? Oder ihm was gekauft haben?"

„Ich hab mich halt im Hintergrund halten müssen, aber wenigstens ist es ihm gut gegangen und ich war in seiner Nähe."

Martin blickte aus dem Fenster. Der Himmel war aschgrau und der Wind bewegte den Ast einer dunklen Tanne vor dem Haus.

„Aber wie die Rotters dann gestorben waren, dann hätten Sie es doch Ihrem Sohn sagen können, ich meine, da stand ja dann nichts mehr zwischen Ihnen. Ihr Vater war tot, die Zieheltern, wer hätte da etwas Böses sagen sollen?"

„Sie kennen die Leute hier nicht."

Oh doch, dachte sich Martin, der seine Erfahrung mit den Dorfbewohnern aber besser für sich behielt. Da gab es harmlose Spinner und gefährliche Spinner, aber vor allem gab es Spinner. Er dachte in diesem Moment an die Pribil, seine Nachbarin, die ihn auch ständig drangsalierte, weil ihr wieder irgendetwas nicht passte. Die stammte wahrscheinlich auch aus so einem Dorf. Das Lächeln der Walbusch wurde versonnener. „Aber gesagt hab ich es ihm, zu seinem dreißigsten Geburtstag."

„Was, der Rotter, also Ihr Sohn wusste also, dass er Ihr Sohn war? Was ist mit dem Vater?"

„Das hab ich ihm nicht gesagt. Er hat mich eh ständig gedrängt, weil er wissen wollte, wer sein Vater war, aber ich hab ihm ein G'schichtl erzählt, dass ich in der Jugend eine wilde Henn' war und halt nicht so wählerisch. So einen Blödsinn halt."

„Und das hat er geglaubt?"

Sie zuckte mit den Schultern. „Ich weiß nicht."

Martin fixierte seine Auftraggeberin mit einem Blick wie ein Arzt, der von einem Raucher verlangt, sein Laster aufzugeben. Er sagte: „Frau Walbusch. Sie haben mich gebeten, Ihnen zu helfen. Aber da müssen Sie mir auch helfen und mir die Wahrheit sagen, auch wenn sie schmerzhaft ist."

Kaum hatte er das gesprochen, verfinsterte sich ihr Blick, ihre Stärke oder Verbissenheit, die sie ein Leben lang gezwungen hatte, sich zu verstellen, Theater zu spielen, allen etwas vorzumachen, kehrte augenblicklich zurück.

„Ich habe Ihnen alles gesagt, mehr gibt es dazu nicht zu sagen."

„Oja, doch. Jetzt frage ich Sie nach dem Vater. Haben Sie es Pollroß gesagt?"

Für Martin schien das Motiv sogar für einen Mord in diesem Fall naheliegend, aber er wollte Gewissheit.

Ein trotziges Kopfschütteln. „Mit dem Schwein wollte und will ich nichts zu tun haben."

„Aber er hätte sich vielleicht auch denken können, dass seine Tat nicht ohne Folgen bleiben wird."

Jetzt lachte sie auf. „Aber geh, des war doch ein blödes Bürscherl, außerdem war der sicher b'soffen, der wird sich am nächsten Tag gar nicht mehr viel gedacht haben. Sie werden es nicht glauben, aber mein Vater hat allen Ernstes noch geglaubt, er kann was retten, wenn er beim alten Pollroß zu Kreuze kriecht, damit mich sein Bua heiratet. Das Kind war für ihn ja, kaum dass er es mir weggenommen hat, schnell vergessen. Für ihn. Ja, so war er, mein Vater. Die Politik und seine weiße Weste waren ihm das Wichtigste. Ein Kind, und wenn es das eigene Enkerl war, zählte nicht für ihn." Sie erhob sich und ging zur Tür. Unverkennbar, dass für sie die Unterhaltung beendet war und sie Martin aus ihrem Haus haben wollte. „Und jetzt finden Sie endlich den Mörder von meinem Buben", forderte sie.

Martin stand in der Tür, da fiel ihm etwas ein, das er am Vortag eigentlich gleich telefonisch mit ihr hätte abklären können, aber da hatte er ja kein Handy. Er sagte: „Ich glaube nicht, dass Sie sich von Pollroß ferngehalten haben. Wahrscheinlich haben Sie ihn länger beobachtet. Sie sollten aber vorsichtig sein, wenn Sie sein Auto beschmieren wollen. Die Scheibe, auf die Sie MÖRDER geschrieben haben, gehörte nämlich meinem Wagen, ich hatte ihn nur beim Anwesen geparkt."

Der Walbusch stand der Mund offen, sie runzelte die Stirn, ehe sie sagte: „Ich habe kein Auto beschmiert und Ihres kenne ich ja."

16.

Am nächsten Morgen, Martin hatte tief und fest geschlafen, die Träume waren am Grund seines Unterbewusstseins hängen geblieben, versuchte er sein Puzzle weiterzubauen. Er lag noch im Bett und fügte vor seinem geistigen Auge die verschiedenen Teile zusammen, eins nach dem anderen, bis sich langsam ein Bild abzeichnete. Da war der reiche Erbe, der nun seinerseits um das Erbe, das er seinen Töchtern hinterlassen wollte, bangen musste. Ein besseres Motiv konnte es kaum geben. Also würde sein Weg nach dem Frühstück sofort zum Sägewerk führen. Er musste überlegen, wie er die nächste Konfrontation mit Pollroß, die letzte seiner Einschätzung nach, taktisch anlegen sollte. Er überlegte auch, Krasberger einzuschalten, das Einschreiten der Polizei konnte in diesem Fall vonnöten werden, wenn der Gutsbesitzer versuchen sollte, zu flüchten.

Martin blickte auf sein Handy. Es war kurz nach acht, Frühstück sollte es also geben. Er sah, dass eine SMS hereingekommen war. Anne hatte auf seine gestrige Nachricht, worin er ihr mitgeteilt hatte, dass sie ihm abgehe und er ihr eine gute Nacht wünsche, geantwortet. Unverbindlich. Wenn es eine Kälteskala für Kurznachrichten gab, war diese irgendwo zwischen Eis-Sorbet und Tiefkühl-Fischstäbchen anzusiedeln. „Dir auch", hatte sie ohne weitere Ausführungen geschrieben.

Vielleicht war es jetzt sie, die Platz brauchte, die alleine sein musste, um sich über ihre Gefühle im Klaren zu sein. Sie war euphorisch in eine vermeintliche Schwangerschaft geprescht, in der Illusion, dass sie eine fixe Bindung mit Martin eingegangen war. Für beide bindend. Doch er hatte das damals noch anders gesehen. Jetzt war umgekehrt seine Sehnsucht gewachsen, doch Anne schien wie von einer kalten Dusche aus einer Trunkenheit gerissen.

Ein Geräusch unterbrach Martin bei seinen Überlegungen. Vorsichtig wurde die Klinke zu seinem Zimmer hinunter gedrückt, was bei der alten Rückholfeder nicht ohne Quietschen abging. Ein Haarschopf schob sich vorsichtig ins Zimmer.

Martin huschte ins Bad und sagte: „Sie können gleich das Zimmer machen, ich geh frühstücken." Im Spiegel sah er einen Teil des erstaunten Gesichts, das sofort, kaum, dass er die ersten Worte gesprochen hatte, wieder verschwunden war. Dieses Zimmermädchen kam ihm bekannt vor. Er wusste aber nicht, wohin er das Gesicht einordnen sollte.

Kaum dass er angekleidet war, erschien er im Frühstücksraum, der an diesem Morgen nicht gedeckt war. Der Raum war leer und Personal war auch keines zu sehen. Aus der Küche hörte er das Scheppern von Töpfen. Er ging hinein und fragte eine dickliche Frau, die am Kopf einen Haarschutz trug und deren Oberarme ihn an die wenig zarten Stampfer eines Elefanten erinnerten: „Kann ich bitte Frühstück haben?"

Die Frau sah ihn mir großen Augen an, dabei stellten sich die Haare, die ihr oberhalb der Lippe wuchsen, auf wie Stacheln.

„Heit nix Frühstück, heit Ruhetag."

Sie hielt ihm ein Sandwich entgegen, von dem sie bereits abgebissen hatte.

Martin enteilte kopfschüttelnd. Das konnte einem auch nur hier passieren, dass man als Gast den Ruhezeiten des Wirts und des Personals unterworfen war. Zum Glück war ein weiterer heiterer Tag angebrochen und ein Kaffee mit Croissant am Dorfplatz in „seinem" Café hatte auch seinen Reiz.

Er fand ein Plätzchen neben dem plätschernden Brunnen, das bereits ein wenig von der Sonne beschienen war und ließ sich nieder. Er suchte die Zeitung, die sonst auf dem Serviertisch lag, von wo die Kellner Speisekarten, Besteck oder Aschenbecher holten, und musste feststellen, dass sie bereits von einem anderen Gast in Beschlag genommen war. Er wartete auf die Serviererin, die ihn freudig begrüßte wie einen alten Stammgast und ihm bald die Marmeladesemmel, das weiche Ei und die Melange mit einem Glas Wasser brachte. Und der Wind brachte den frischen Duft der Wiesen dazu.

Martin kämpfte mit dem glibbrigen Ei, das sich, kaum aufgeschlagen, schon wieder rinnend davonmachen wollte, als er sah, wie der andere Mann die Zeitung beiseite legte und das tat, was er sonst den ganzen Tag lang machte: beobachten, und zwar ihn. Der graue Scheitel war ihm gleich bekannt vorgekommen, doch er hatte Petrak ja bislang nur mit einem Fernglas vor den Augen gesehen. Ihm fiel auf, dass er eine Hasenscharte hatte, etwas, das eigentlich jeden, so böse konnten die Augen gar nicht blicken, ein wenig lächerlich aussehen ließ. Petrak senkte den Blick und erhob sich. Er steuerte Martin an und setzte sich auf den zweiten Stuhl an seinem Tisch.

„Eine Höhle gibt's da in dera Gegend ned, aber an Stollen. Warum interessiert Sie das?"

Martin machte sich mittlerweile keine Gedanken mehr darüber, wer hier aller von seinem Auftrag und den damit verbundenen Nachforschungen wusste.

„Es war nur so eine Idee", sagte Martin, der nach der gestrigen Enthüllung mittlerweile eine andere Spur verfolgte, aber schaden konnte es sicher nicht, wenn er zusätzlich auch in dieser Richtung weiterforschte. „Es müsste aber schon etwas Größeres sein, wo man auch was verstauen kann oder verstecken."

„Reicht Ihna a Nazistollen?"

Martin verschluckte sich fast an seinem Kaffee. „Wie bitte?"

„Naja, die Nazis ham ned nur in Krems einen Stollen in den Berg getrieben, sondern auch bei uns hier irgendwo, heißt es zumindest. Nur dass den bei uns no kaner gfunden hat."

„Und woher wissen Sie es dann?“

„Mir hat es der Quirin erzählt, wie i no a Bua war. Der hat gsagt, er hat daran selber mitgebuddelt, aber es war a Geheimsach, daher derf er niemandem verraten, wo der is.“

„Dieses Wissen ist dann wohl im wahrsten Sinne des Wortes untergegangen“, sagte Martin, doch Petrak erkannte den Zynismus dahinter nicht.

„Aber sonst gibt’s da nix, aber das hat Ihna der Herr Lehrer eh scho gsagt.“

Martin bedankte sich für die Information. „Kann ich Sie vielleicht auf etwas einladen?“

Petrak schüttelte den Kopf. „Ma hilft ja gern“, sagte er.

Eine Windböe fegte über den Platz und wirbelte kreiselnde Staubfontänen durch die Luft. Petrak rieb sich über die Unterarme, es hatte aufgefrischt, und wollte sich wieder von Martins Tisch entfernen, als der Detektiv fragte: „Was beobachten Sie eigentlich den ganzen Tag? Ich meine, gibt es da etwas Interessantes zu sehen?“

Petrak grinste, was ihn mit seiner Scharte jetzt ein wenig hilflos erscheinen ließ. „Ja, schon. Spielende Kinder, keifende Ehefrauen, saufende Männer, ja und die G’schicht mit dem Rotter hab i a gsehn. Und manchmal sogar an Unfall, aber des is scho a großes Glück.“

Martin erinnerte sich dunkel, dass Wipfinger etwas davon erzählt hatte, dass Eberl einen Unfall gehabt hatte und er konnte sich an die Diskussion erinnern, als es galt, das Auto vom Dorfplatz zu entfernen. Er fragte nach: „Sie meinen den vom Eberl.“

„Ja, des war der letzte, der davor ist sicher schon ein gutes Jahr her oder länger.“

Martin hielt Petrak die Hand hin, doch der ließ ihn so sitzen und entfernte sich. Martin rief ihm nach „Passen Sie gut auf."

Petrak drehte sich um und antwortete: „Na, wer denn sonst?"

Martin rief nach der Kellnerin, um zu zahlen. Er richtete seinen Blick zum Himmel. Es hatte zugezogen, der Wind hatte graue Wolken gebracht, die sich wie welke Schachteln übereinander türmten, es roch bereits nach nassem Gras. Er klemmte einen Geldschein unter den Aschenbecher und verließ das Café. Erste schwere Tropfen klatschten auf den Asphalt, sie zerplatzten darauf wie vom Himmel gefallene Vogeleier. Martin erinnerte sich an einen Urlaub mit seinen Eltern auf einem Bauernhof. Dort hatte eine Amsel ihr Nest im Gebälk des halb verfallenen Schuppens gebaut. Er und Anja waren neugierige Kinder und wollten den Inhalt des Nests sehen. Sie stiegen auf eine Tonne, zuerst er, dann sie, und kletterten über einen Balken unter dem Vordach zum Nest hin. Anja konnte als die Größere hineinsehen und sagte, dass sieben Eier darin lägen, was Martin mit eigenen Augen sehen wollte. Er beugte sich vor, gehalten von Anja und wollte das Nest kippen, als er beinah das Gleichgewicht verlor und nach vor kippte, was das Nest aus der Verankerung riss. Anja konnte ihren Bruder halten, doch für das Nest gab es keine Hilfe. Die Eier kullerten heraus und das ungeborene Vogelleben endete auf einem Holzstoß. Martin hatte diese Episode beinah vergessen gehabt, jetzt fiel sie ihm wieder ein.

Der Regen wurde stärker, er beschleunigte seine Schritte und erreichte sein Auto, da war sein Sakko auf den Schultern schon durchnässt. Er überlegte für einen Moment, ob er sich eine Überjacke aus seinem Zimmer holen sollte, kletterte aber in den Wagen, weil er zu Pollroß wollte, bevor der womöglich sein Haus verließ. So ein Wirtschaftstreibender hatte es ja nicht leicht, denn meist wurde er getrieben: von Terminen, zu denen er jagen musste, von den Ausschüssen, denen er Rede und Antwort stehen musste oder einfach von der Sorge, das Viele könnte einmal weniger werden. Und wenn einmal alles den Bach runterging, wurde aus dem Wirtschaftsgetriebenen ein Wirtschaftsvertriebener.

Martin fuhr los. Er konnte sehen, wie ein Kellner durch den Gastgarten lief, um die Sonnenschirme abzuspannen und eine Kellnerin brachte die Sets auf den Tischen in Sicherheit. Dem Theater war zu wünschen, dass der Wolkenbruch nicht in einen Dauerregen überging, denn dann fand die Aufführung im wenig charmanten Turnsaal der Volksschule statt.

Martin bog auf die Straße zum Sägewerk ein. Der Regen spülte einiges an Geröll von den Hängen auf den Weg und Martin musste achtgeben, dass er sich seinen Unterboden nicht an einem der spitzen Steine aufschlitzte. Vielleicht war er auf dem Weg zur Walbusch damals auch unachtsam gewesen und er hatte sich so die Bremsleitung zerstört. Aber das hätte ein kratzendes Geräusch gegeben, an das er sich nicht erinnern konnte. In Sturzbächen hüpften Schlammfontänen über die Böschung neben der Straße. Das Wetter hier konnte noch echte Urgewalten freisetzen, dachte er sich. Zum Glück war die Fahrt bald ausgestanden und er hatte sie ja nicht mit dem Moped zurücklegen müssen.

Er stand vor der Einfahrt zum Herrenhaus. Daneben war die Zufahrt, die über eine Seitenstraße zum Holzwerk führte.

Martin bog darin ein und hoffte, dass er so näher zum Haus kam und hatte Glück, denn eine Abzweigung am Grundstück verband auch diesen Weg mit dem Sitz der Familie Pollroß.

Er parkte den Wagen neben einem Rosenbeet und lief zum Eingang, wo er klingelte.

Die Hausangestellte, die das letzte Mal in der Bibliothek erschienen war, öffnete die Tür.

„Der gnädige Herr ist nicht da!", sagte sie ihren Spruch auf wie ein Schulkind sein Gedicht.

„Das glaub ich nicht, sein Auto steht vor dem Haus." Martin deutete auf den bulligen Land-Rover, Statussymbol für Städter, die gerne auf die Jagd gingen, oder Jäger, die damit die Straßen der Stadt verstopften.

Das Dienstmädchen zuckte mit den Schultern und sagte: „Dann is er halt spazieren gegangen."

„Bei dem Wetter?"

Jetzt wurde die Frau ungehalten. „Ja, was weiß ich, er hat gsagt, dass er ned da is."

„Und wo ist er nicht da?"

Die Frau deutete auf eine Tür. Martin nickte und betrat die Küche. An den Wänden und über der offenen Esse über dem mittigen Küchenherd, auf dem man Ochsen hätte braten können, hingen Kupferpfannen und Kasserolen wie in einem französischen Landgasthaus. Er schritt energisch durch den Raum, bis er den wuchtigen Holztisch erreichte, an dem der Hausherr Zeitung lesend seinen Kaffee im Morgenmantel schlürfte. Vor ihm auf dem Tablett waren die Reste eines Frühstücks zu erkennen. Er blickte unwirsch von seiner Zeitung auf und herrschte Martin an:

„Was bilden Sie sich ein, hier bei mir so einzufallen. Das ist Hausfriedensbruch. Das kostet Sie Ihre Lizenz, sofern Sie überhaupt eine besitzen."

Martin schluckte die Antwort, die ihm auf der Zunge lag hinunter und versuchte besonders zuvorkommend zu klingen, als er sagte: „Es gibt überhaupt keinen Grund unfreundlich zu sein, ich wollte nur mit Ihnen reden, aber es spricht sich bei einem Tässchen Kaffee sicher leichter."

Es war die Hausangestellte, die mit fragendem Blick hinter Martin stand, die es nun abbekam.

„Was stehen Sie da herum wie in der Baumschule, machen Sie unserm Gast halt einen Kaffee!", brüllte er sie an. „Und mir auch noch einen, aber drücken S' zweimal auf die Espressotaste, so ein Gschlader wie z'erst brauch ich nimmer."

Es dauerte keine zwei Minuten, da hielt Martin eine kräftige Melange mit festem Milchschaum in Händen und wärmte sich daran. Er zog einen Umschlag aus seiner Sakkotasche und holte das Schreiben mit dem mysteriösen Vorwurf hervor. Rotter hatte einige Zeit vergehen lassen, bevor er sein Wissen eingesetzt hatte. Es war ein Geheimnis, das den Sohn des honorigen Großbürgers, der nun selbst ein verdientes Kind seiner Gemeinde war, nicht nur in Bedrängnis gebracht hätte, sondern die Ächtung der Gemeinschaft wäre ihm auf Lebenszeit gesichert gewesen. „Wissen Sie, warum Rotter Ihnen diesen Brief geschrieben hat?"

Pollroß strich über seinen penibel gestutzten Oberlippenbart, der ihn zusammen mit seiner kerzengeraden Haltung wie ein K&K Offizier erscheinen ließ. Ein Hauptmann am Vortag des großen Kriegs. Er schüttelte den Kopf. „Keine Ahnung, das habe ich Ihnen schon das letzte Mal gesagt, Sie wiederholen sich."

Martin fragte sich, ob der Mann sich nur gut verstellte oder wirklich keine Ahnung davon hatte, was er damals angerichtet hatte, an diesem feuchtschwülen Abend, der mit einem ähnlichen Gewitter wie heute geendet hatte. Der Sturm drückte gegen die Scheiben im Haus, das Wasser lief in Bahnen über das Fenster.

„Es hat mit Ihnen zu tun und mit Rotters Mutter."

Pollroß' rechter Mundwinkel wanderte nach unten. Fehlte nur noch ein Monokel, um das Bild eines Hauptmanns von Trotta zu vervollständigen, dachte Martin.

„Ich hab mit der Mutter vom Rotter nichts zu tun gehabt. Es kann sein, dass die einmal für meinen Vater gebügelt hat, aber bei mir nie, außerdem, glaub ich, war sie schon tot, als ich das hier alles übernommen hab."

„Ich meine nicht die alte Rotter, ich meine die leibliche Mutter vom Sepp. Die Katharina Walbusch."

Das wäre jetzt der Moment, dachte Martin, in welchem dem Hauptmann sein Monokel aus dem Aug' springen würde. Pollroß riss tatsächlich die Augen auf. Er ballte die Rechte zu einer Faust. „Ich verstehe nicht ... ich meine ...," stammelte er. „Die Kathi? Echt?"

Martin nickte. Pollroß hatte sich aber sogleich wieder im Griff. Als hätte er seinen kurzen Anflug von Unsicherheit weggewischt wie einen am Tisch gelandeten Käfer. Er sagte: „Mit der Walbusch hab ich auch keinen Kontakt gehabt. Mit der hat niemand Kontakt gehabt, die hat ja total zurückgezogen gelebt. Wie eine Nonne."

„Können Sie sich den Grund dafür nicht vorstellen?"

Pollroß dachte kurz nach. „Naja, jetzt wird mir das schon klar, das mit dem Kind, ihr Verschwinden, das passt jetzt alles zusammen."

„Und Sie haben keinen blassen Schimmer, wie Sie in dieses Puzzle passen könnten?" Martin bemühte das Bild, das ihn seit Tagen beschäftigte.

Pollroß schnaufte laut, er rückte auf dem Sessel hin und her. „Sie werden es mir gleich sagen, nehme ich an."

Der Mann war entweder kalt oder er kam gut mit Verdrängung zurecht. Martin trank einen Schluck Kaffee. Er stellte die Tasse bewusst langsam auf den Tisch und sah Pollroß tief in die Augen. Der hatte keine Scheu, diesen Blick zu erwidern.

„Was wird das? Wollen Sie mit mir spielen?"

„Marillenkirtag, dämmert es Ihnen bei dem Wort?"

Er zuckte mit den Schultern und lehnte sich zurück, zog seinen Morgenmantel zu.

„Marillenkirtag neunzehnhundertdreiundachtzig, können Sie sich nicht erinnern?"

„Wohl kaum, da waren wir im Dorf ab acht sicher alle dicht, ich war da auch keine Ausnahme."

„Sie und Katharina Walbusch?", Martins Blick wurde fordernder. „Muss ich Ihnen wirklich alles aus der Nase ziehen oder brauchen Sie einen Psychiater, der Sie auf seiner Couch in Hypnose versetzt?"

Pollroß' Augen begannen zu wandern, von einem Punkt zum nächsten.

„Ich weiß nicht worauf Sie anspielen, aber mit der Kathi, da lief nichts."

„Freiwillig sicher nicht, aber Sie haben einen anderen Weg gefunden. Im Wald, als der Regen einsetzte."

Pollroß' Blick gefror an einem fernen Punkt. Die Erinnerung flutete sein Gehirn wie ein gebrochener Damm.

„Das ist verjährt, da können Sie mir nichts anhängen. Wollen Sie mich erpressen?"

„Nein, ich will wissen, warum Sie Ihren Sohn ermordet haben."

Pollroß schleuderte die Tasse von sich, sie zerbarst an der Wand in tausend Stücke, die Haushälterin steckte ihren Kopf in die Küche, doch Pollroß brüllte sie an: „Schleichen S' Ihna sofort wieda."

An Martin gewandt: „Sie brauchen den Psychiater, Sie sind krank! Ich hab niemanden ermordet und einen Sohn hab ich auch nie an ghabt. Raus oder ich hole die Polizei."

„Gute Idee", sagte Martin, „der können Sie gleich erzählen, wie das mit der Vergewaltigung der damaligen Bürgermeistertochter war. Eine hübsche junge Frau, die alle begehrten, aber bei der niemand außer ihrem Verlobten eine Chance hatte. Nicht einmal der verwöhnte Bub des reichsten Gemeindemitglieds, der sonst alles bekam, was er wollte, der gewohnt war, alles zu bekommen oder sich alles zu nehmen. Und er hat sich's genommen, das ist sicher."

Pollroß sank auf seinem Sitz zusammen. „Ich kann mich nur erinnern, dass ich ihr nach bin, vom Fest weg, sie hat den Schnattl getroffen, hat mit ihm geschlafen, ich hab zugeschaut, war betrunken, und dann ist sie nach Haus, also in die Richtung von ihrem Haus, da bin ich ihr gefolgt. Ich war vom Schauen, wie die zwei es gemacht haben ganz aufgegeilt, da hab ich ...", er schüttelte den Kopf.

„Hergefallen sind Sie über sie, wie ein Tier, sie hat es mir erzählt. Es fiel ihr schwer darüber zu sprechen, auch nach so langer Zeit, aber sie hat es mir erzählt."

Pollroß blieb jetzt stumm, er erwiderte nichts, durch das gekippte Fenster strömte die feuchtwarme Regenluft herein. Nach einer Schweigeminute fragte er: „Aber welchen Sohn soll ich umgebracht haben?"

„Das Kind, das Sie in dieser Nacht gezeugt haben."

Pollroß wandte sich von Martin ab, mit den Händen strich er über die Tischplatte.

„Ihr Handeln blieb nicht ohne Folgen."

„Die Chancen stehen fifty-fifty."

„Nein, weil Schnattl hatte vorgesorgt, Sie aber nicht."

Es beutelte Pollroß durch. Er erhob sich und schloss das Fenster. Das Ticken der Küchenuhr an der Wand erfüllte die Stille.

Martin setzte fort: „Der Rotter war dieses Kind, und seine Mutter hat ihm erzählt, wer sein Vater ist. Zum dreißigsten Geburtstag hat sie ihm die Wahrheit erzählt, das war knapp bevor er Ihnen diesen Brief geschrieben hat."

Pollroß kam aus dem Kopfschütteln nicht heraus. „Aber warum ist sie nie zu mir gekommen, warum hat sie das Kind weggegeben, warum hat ihr Vater nichts unternommen?"

„Sie hat es ihrem Vater nie erzählt. Der glaubte natürlich, dass es vom Schnattl war, wie sie es nicht mehr verbergen konnte. Dann hat er sie weggeschickt und später hat er ihr das Kind weggenommen und das mit der Adoption eingefädelt."

Ein Lächeln huschte über das Gesicht von Pollroß. „Ja, das sieht dem alten Intriganten ähnlich."

„Hätten Sie die Walbusch denn geheiratet, wenn Sie es gewusst hätten?"

„Ich weiß nicht, ich war ja damals schon verlobt und auch da wäre ich nur mehr schwer ausgekommen, meine erste Tochter war unterwegs."

Martin dachte an die vielen Paare, die Kinder nur mit medizinischer Hilfe oder durch Adoption bekamen, doch Pollroß schien von Fruchtbarkeit gesegnet. Ein Segen, der auch Fluch sein konnte, wie hier.

„Mit einem ledigen Kind hätt' die Kathi niemand genommen, damals schon gar nicht. Bei uns gehen die Uhren noch anders."

„Das hab ich gemerkt", sagte Martin, dem dabei sein Traum einfiel und dann Anne und ihr Kinderwunsch.

„Ich nehme an, Rotter hat Sie erpresst. Das war der Grund, warum er sterben musste."

Pollroß hatte schnell seine Haltung gefunden, der Offizier saß wieder am Tisch. „Sie können nichts davon beweisen, das ist Ihnen doch klar?"

„Ich werde den Behörden eine Sachverhaltsdarstellung übermitteln und dabei einen Vaterschaftstest anregen, ich bin sicher, dass die darauf einsteigen werden. Und dann liegt das Motiv klar am Tisch, das ist Fakt."

„Sie irren sich, ich habe für die Nacht des Mordes ein Alibi, ich war auf einer Messe. Und Sie täuschen sich auch. Vorausgesetzt das stimmt und Rotter war wirklich mein Kind. Warum hätte ich ihn, wie sagten Sie, aus dem Weg räumen sollen?"

„Er hätte Besitzansprüche stellen können, sein Erbe einfordern."

„Was für ein Erbe? Ich bin ja nicht tot."

Jetzt war es Martin, unter dessen Füßen der Boden ein wenig zu wanken begann. „Naja, zumindest den Unterhalt hätte er einfordern können."

„Das meiste auch verjährt, der Rest Peanuts. Und wissen Sie was? Ich hätte es ihm gerne gezahlt. Ich habe nämlich keinen Sohn, leider nur zwei Töchter und die interessiert das alles hier überhaupt nicht. Ein junger Mann, der noch dazu so innovative Ideen wie der Rotter gehabt hat, der wäre mir gelegen gekommen. Sie glauben, ich schwimme im Geld, weil es einfach so sprudelt, weil mich der Wald reich macht und der Boden. Alles Blödsinn. Das Holz wirft ja fast nichts mehr ab, am Markt erzielen sie kaum einen Preis, der dafür steht, überhaupt einen Baum zu pflanzen. Alle reden von Bio, vom ökologischen Baustoff Holz, dabei können Sie froh sein, wenn Sie das nicht alles zu Pressspanplatten einstampfen müssen, die dann in IKEA-Schränken verbaut werden." Er deutete aus dem Fenster. Martin wusste, dass er den Wald damit meinte. „Nein, ich habe nicht nur ein Alibi, ich hab auch kein Motiv. Und jetzt verlassen Sie mein Haus, sonst bin ich es, der wirklich die Polizei holt."

Pollroß richtete sich auf und stand wie eine Drohung vor Martin.

„Ich werde trotzdem die Behörden einschalten, Herr Pollroß."

„Tun Sie das, meine Anwälte freuen sich schon, diese Verleumdungsklage bricht Ihnen das Genick. Guten Tag."

Martin verließ das Haus. Es schien ihm ratsam, das Feld zu räumen.

Auf der Fahrt zurück nach Bad Blumenbach marterte ein Gedanke sein Gehirn: Was, wenn Pollroß die Wahrheit gesagt hatte? Wenn er sich einen Sohn gewünscht hatte, auch wenn es dabei der Quertreiber des Ortes war?

Lesen Sie Zeitung! Diese Aufforderung von Seidl senior spukte ebenfalls durch seinen Kopf. Er fuhr den Umweg über den Moorsee. Der Trubel um die Leiche war abgeebbt, die Schaulustigen hatten das Feld geräumt, das Gewässer lag still und friedlich da. Kleine Tropfen schlugen auf der Oberfläche auf, piekst en den See wie Nadelstiche. Martin stellte seinen Wagen neben dem Ufer ab. Das Gras war hier niedergetrampelt, offenbar war die Stelle von den Journalisten als Parkplatz genutzt worden. Zum Baden war der See zu kalt und unwirtlich, nur ein paar Gäste steckten ihre Füße in den Schlamm, der bei Krampfadern helfen sollte. Deswegen war auch die Leiche so lange unentdeckt geblieben, ein Angler hatte sie zufällig gefunden.

Martin holte aus dem Kofferraum einen Schirm und stellte sich ans Ufer.

Was hatte er?

Eine Leiche von einem alten Nazi. Eine Leiche von einem jungen Mann. Und da waren noch Löcher. Und auch Irrlichter.

Ein junger Mann war gegangen und einer war zurückgekehrt.

Er musste sich erkundigen, warum Eberl seinen Traum vom Theater aufgegeben hatte und wann er zurückgekommen war. Es würde ihn nicht wundern, wenn das auch in der fraglichen Zeit passiert war. Er brauchte eine Zeitmaschine, um ins Jahr 1983 zurückzukehren oder zumindest Informationen dazu.

Warum nur konnte ihm diesmal Krasberger nicht beistehen. Oder der Onkel.

Lesen Sie Zeitung!

Er holte sein Handy und suchte im Browser nach der Nummer der Niederösterreichischen Nachrichten. Dort rief er an.

17.

Martin schlief wieder einmal unruhig. Er hatte den Abend in der Gaststube verbracht. In der vergeblichen Hoffnung, irgendetwas aufzuschnappen, das ihn weiterbrachte. Und dabei gegrübelt. Irgendwie hatte er den Knopf in seinem Hirn nicht lösen können. Er hatte ihn dann, wie Alexander den gordischen mit dem Schwert, zerschlagen – mit Alkohol. Er hatte an diesem grauen Nachmittag den Blues bekommen. Anne meldete sich nicht auf seine SMS, das Gespräch mit Anja war ebenfalls nicht dazu geeignet gewesen, seine Stimmungslage aufzuhellen, der Onkel lag noch immer im Spital und war zu wenig stabil, um bald entlassen zu werden, zumal der Arzt nach wie vor weder einen OP-Termin noch eine Besserung in Aussicht stellen konnte, also war er gegen fünf beim ersten Bier gelandet. Er hatte sich eine Zeitung geholt, sie unkonzentriert gelesen und wieder zur Seite gelegt, dabei ein weiteres Bier bestellt.

Er wachte in der Nacht auf, eine Laterne warf einen Lichtstreifen auf den Teppich. Er drehte sich zur Seite. Das Bett neben ihm war leer.

Nachdem er eine Kleinigkeit gegessen hatte, und er beim dritten Bier saß, zu dem er noch einen Schnaps bestellt hatte, hatte er sein Handy hervorgeholt und Samantha angerufen, angetrieben von der Hoffnung, sie würde ihn ablenken und auch, ja, von sexueller Lust. Martin und Samantha.

„Ich würde dich gern wiedersehen, Samantha."

„Bei dir oder bei mir?"

So schnell konnte das gehen.

Sie war dann zu ihm gekommen, gleich auf sein Zimmer. Martin hatte eine Flasche Riesling mitgenommen und zwei Gläser. Sie hatten nicht lange geredet, Martin hatte sich an sie geschmiegt auf der Suche nach Geborgenheit und Wärme. Er hatte Rotter aus dem Zimmer vertreiben wollen, doch er blieb präsent, auch als Martin sein Hemd ausgezogen hatte und die Dollina ihre Bluse und sie ihn an ihren Busen gedrückt hatte, ein Busen, groß genug, um sich darin zu vergraben, zu verstecken, vor den marternden Gedanken zu flüchten. Sie hatten weitergetrunken und ein wenig geschmust, bis Samantha aus dem Rock und unter die Decke geschlüpft war. Ihr Slip wanderte unter der Tuchent hervor, landete auf dem Boden. Sie zog Martin zu sich, sie drehte ihn auf den Rücken und setzte sich auf ihn, rutschte hinauf bis zum Nabel. Hinter ihrem Rücken versuchte sie Martins Hose zu öffnen.

Und dann Filmriss, Martin musste eingeschlafen sein. Jetzt war er wieder allein. Kein beruhigendes Atmen, das über die Decke strich wie die tröstende Hand einer Mutter. Martin dachte an Anne und an Anja, seine „As", seine beiden Frauen. Er schlief ein. Im Traum setzte er mit ihnen das fort, was er mit Samantha begonnen hatte. Wie ein Sandwich lagen sie aufeinander, er auf Anja und Anne auf ihm. Die Frauen kosten seinen Körper, während sie sich küssten. Sie rollten nach links, sie rollten nach rechts, ein ineinander verschlungenes Knäuel, ein Liebesknäuel. Martin und Anne, Martin und Anja, Anne und Anja.

Vom Gang her hörte er ein Poltern. Langsam öffnete er die Augen, es war hell. Taghell. Das Licht schmerzte in den Augen und auch in seinem Kopf polterte es.

Er dachte an den Traum. Ein Geräusch im Zimmer ließ ihn hochschrecken. Die Putzfrau stand vor seinem Bett, den Rücken zu ihm gewandt nestelte sie an seinem Sakko herum, das er an den Bügel beim Kasten gehängt hatte. Vielleicht wollte sie es weghängen.

„Was machen Sie da? Sie können doch nicht das Zimmer machen, wenn ich noch schlafe."

Die Putzfrau duckte sich und ergriff die Flucht. Er konnte ihr Gesicht nicht erkennen, aber von der Kopfform her kam sie ihm bekannt vor. Er hatte die Frau schon einmal gesehen und damit meinte er nicht die eine Begegnung hier im Hotel. Sie stürzte zur Tür und Martin ihr nach. Kaum war er auf dem Gang, war sie aber schon verschwunden. Martin war noch im Nachtgewand. Er sah an sich herab. Die Pyjamahose war feucht und die Flecken darauf kündeten davon, dass er einen feuchten Traum gehabt hatte.

Mit einer kalten Dusche beseitigte er die Spuren der Nacht so gut es ging. Drei Kaffees machten ihn soweit munter, dass er gegen elf Uhr nach St. Pölten aufbrechen konnte. Dort befand sich das Archiv der NÖN. Er hatte mit dem Leiter einen Termin vereinbart. Der Mann hieß Fürst, was Martin schmunzeln ließ, weil in der Landeshauptstadt nicht nur der Landeskaiser residiert, sondern auch der Archivfürst.

Martin stellte den Wagen in der Nähe des NÖ Pressehauses ab und erklärte beim Empfang sein Erscheinen.

Fürst war ungefähr im gleichen Alter wie Martin, trug Jeans und Hemd und führte diesen in sein Heiligtum. Dort befanden sich alle Ausgaben seit 1900 in gebundener Form.

„Ich bin an den Regionalausgaben interessiert."

„Die haben wir seit 1983."

Glück musste der Mensch haben. Fürst ließ Martin mit den Ordnern zurück und der kehrte zurück in die Vergangenheit, für eine kleine Ewigkeit. Er suchte in den Sommermonaten, bis er die ersten Ankündigungen für einen Marillenkirtag, der in verschiedenen Orten wie ein Volksfest gefeiert wurde, stieß. Diese Ausgaben studierte er genau, machte sich Notizen, bis er endlich fündig geworden war.

Er musste Krasberger anrufen. Mit etwas Glück saß der gelangweilt in seinem Wachzimmer und würde bereitwillig nachsehen, ob davon auch etwas in den Polizeiakten aufschien. Hoffte er zumindest. Wo war dieses blöde Handy jetzt wieder? Er griff in alle Taschen, die seine Kleidung zu bieten hatte, doch nichts.

Fürst erschien auf der Bildfläche. „Brauchen Sie noch lang? Ich würde dann gern nach Hause gehen."

„Nein, ich bin eigentlich fertig. Sagen Sie, kann ich hier etwas kopieren?"

„Sicher, ich zeige Ihnen, wo der Kopierer steht."

Martin stieg ins Auto, das er in einer Garage abgestellt hatte. Er kletterte in den Fond, unter die Sitze, fuhr mit den Händen über die Ablageflächen und mit den Fingern in die Ritzen. Nichts, kein Handy. Es konnte sein, dass er es gestern im Zimmer ausgestreut hatte. Das war jetzt blöd, aber er musste ohnehin nach Bad Blumenbach zurück, er spürte, jetzt war er in der Zielgeraden. Er musste nur noch etwas herausfinden, aber das konnte er am besten, wenn er sich heute noch in das Café am Dorfplatz setzte.

18.

Er war müde, der Tag war lang gewesen, aber die Nacht dafür umso kürzer. Er war so ein Idiot gewesen, aber er hatte ihn gefunden, er hatte „Quirins Schatz“ gefunden. Er hatte seinen Schatz gefunden, nach so langer Zeit. Und auch das, was Rotter, dieser Idiot, für die Überreste von Quirin gehalten hatte. Das Skelett hatte tatsächlich gewirkt, als bewache er das Geld. Er betrachtete das Bündel. Bertha von Suttner blickte ihm streng entgegen, das Lächeln war ihr wohl nach den vielen langen Kriegen vergangen. Nutzloses Papier, das er bald anzünden würde, wenn die Zeit reif war, wenn die Felder voll waren von kleinen Feuern, die Luft geräuchert und ein weiteres nicht auffiel. Dann war er in Sicherheit, dann war dieser lange Albtraum, den er so lange verdrängt hatte, vergessen.

Die Schaufel war unnötig gewesen. Der Regen hatte den Eingang zugespült und der Regen hatte den Sesam wieder geöffnet. Für Rotter. Es hätte ihm von Anfang an klar sein müssen, dass Rotter zufällig darauf gestoßen sein musste. Da gab es nichts zu graben. Nur Rotter hatte den neuen Eingang zugedeckt gehabt, deswegen hatte er so lange gebraucht.

Er war müde.

War er jetzt zufrieden? Nein, war er nicht. Er hätte nicht zurückkommen dürfen, aber das schien ihm damals die beste Tarnung. Diese Tarnung ging so weit, dass er es jetzt zu etwas gebracht hatte. Er hatte Geld gespart, die Fetzen hier interessierten ihn nicht mehr. Aber er wollte seinen Lebensabend in Ruhe und Freiheit verbringen. So lange war das auch nicht mehr hin. Die meiste Zeit hatte er schon abgesessen, in diesem Gefängnis, das sein Leben war. Nur mehr zehn, zwölf Jahre vielleicht, die es durchzuhalten galt, dann konnte er weggehen, diesmal für immer.

Der einzige, der seine Kreise störte, war dieser Typ, der überall herumschnüffelte. Er schien zwar keine große Leuchte, aber besser wäre es, würde er verschwinden. Dann wäre Ruhe, alles würde sein wie vorher.

Martin kehrte erschöpft nach Bad Blumenbach zurück. Das Nieseln hatte aufgehört, Nebelfetzen hingen über den nahen Wäldern und dem in Sichtweite gelegenen Ebenstein. Mit Grausen dachte er an die Ruine und hoffte, nie wieder dorthin zu müssen. Bei dem Wetter war am Dorfplatz noch weniger los als sonst. Auf den Tischen des Cafés glänzten die Wasserlacken, die niemand wegwischte, die Sessel waren mit der Lehne dagegen gekippt.

Martin hatte auch nicht vor, sich dort niederzulassen. Er suchte den Balkon des Hauses mit der Adresse Dorfplatz 9. Die Nummerierung war durcheinander, offenbar war die Reihenfolge vom Baujahr bestimmt. Das Haus daneben trug die Nummer 17 und schien tatsächlich weit jüngeren Datums zu sein.

Er läutete bei Petrak. Zunächst passierte nichts. Martin drückte nochmals den Knopf, länger und mit der Vehemenz eines Entschlossenen, eines, der nicht gewillt war, zu gehen.

„Was wollen Sie schon wieder?“ Klar, dass Petrak den Platz unter Beobachtung hatte und daher gesehen hatte, wie Martin in seine Richtung gewandert war.

„Nur eine Frage. Lassen Sie mich rein?“

Keine Reaktion, zunächst. Martin stellte sich Petrak vor, wie er sich durch das fettige, dünne Haar strich und überlegte. Der Türschnapper schnarrte letztlich doch.

„Was für eine Frage ist das?"

„Wieso wussten Sie, was ich den Lehrer gefragt habe?"

Martin stand im Vorzimmer Petrak gegenüber. Der trug eine schlecht sitzende Stoffhose, wie aus der Kleidersammlung entnommen. Der Boden war mit grellrotem Linoleum ausgelegt, die Tür zum Balkon stand offen. Der Wind bewegte den ehemals weißen Vorhang.

„Sie können Lippen lesen, stimmt's", folgerte Martin. „Sie wissen, was die Leute hier reden, über Sie, über die anderen. Das ist der Grund, warum sie ständig alles und jeden beobachten."

„Na und? Ist ja nicht verboten."

„Nein, ist es nicht, aber interessant."

Martin holte einen der kopierten Zeitungsartikel hervor und hielt ihn Petrak hin. Der flog über die Zeilen und grinste hämisch. „Ja, der Eberl, wieder ein zerplatzter Lebenstraum."

„Sehen Sie das Datum?"

Petrak nickte.

„Können Sie sich erinnern, wann er zurück ist, also nach Bad Blumenbach?"

Petrak verzog die Mundwinkel. „Woher sollt ich ...? Aber es wird ned lang danach gwesen sein. Anfang der Achtziger vielleicht."

„Wie wär's mit neunzehndreiundachtzig?"

„Warum nicht? Ich glaub aber, dass des später war. Das war sicher erst weit nach dem Überfall auf die Sparkasse. Haben Sie davon gehört?"

Natürlich hatte Martin darüber gehört. Von den Leuten, von Krasberger. Er hatte auch davon gelesen. Das war der Aufreger in der Gegend hier, wahrscheinlich konnte die Sache mit der Vergewaltigung und dem Kind von der Walbusch langsam zuwachsen, weil der Focus der Sensationsgier auf eben den Bankraub gerichtet war.

„Und das hier?", Matin zog einen weit älteren Artikel aus den 1970ern hervor.

„Da war ich ja fast selber noch a Kind. Aber, ja, natürlich, das war ein Riesen Remmidemmi. Die ganze Gegend hat nach den zwei blöden Buama gsucht."

„Könnte das der Stollen gewesen sein, den der Quirin angeblich im Krieg mitgebaut hat?"

„Na was denn sonst?"

„Wissen Sie, wo der ist?"

„Nein, der Eingang is damals zugeschüttet worden."

„Hat es einen anderen Eingang gegeben?"

„Woher soll denn ich des wissen?", Petrak kratzte sich über das Kinn. „Aber wahrscheinlich schon. Da musste es auch Luftlöcher geben, aber was interessiert Sie das?"

„Ich versuche ein Puzzle zusammenzufügen."

Martin merkte, dass Petrak unruhig wurde. Er trat von einem Bein auf das andere und lugte ständig zwischen Balkon und Wohnungstür hin und her.

„Haben Sie etwas?", fragte Martin, den der Gedanken beschlich, Petrak könnte in irgendeiner Weise involviert sein.

„Ja, einen Druck auf der Blase."

Martin grinste, das war die ungewöhnlichste Ausrede seit langem.

„Ich hab nur noch eine letzte Frage: Sie haben sicher die Bühne gesehen, also wie sie aufgebaut wurde für die Sommerfestspiele. Da gab es ein Problem mit dem Kasten. Haben Sie gesehen, wie er getauscht wurde?"

„Ja."

„Und haben Sie vielleicht auch gesehen, wie der Rotter in den Kasten geklettert ist."

„Des war aber jetzt mehr als eine letzte Frage."

„Na, dann gehen S' halt."

Petrak verschwand in der Tür neben Martin, durch die sofort ein Plätschern wie von einem Sturzbach zu hören war. Danach das Rauschen der Spülung und Petrak kehrte zum Gespräch zurück. Während er den Reißverschluss des Hosentürls zuzippte, sagte er: „Nein, hab ich nicht, ich war aber eine Zeit auch zu abgelenkt, weil der Eberl ja den Unfall hat, wo der dem Touri aufgefahren ist. Den hab ich natürlich im Visier gehabt, also den Ausländer."

Martin fiel die Diskussion ein, die Wipfinger am Tag der Premiere deswegen mit dem Leiter der Sparkasse geführt hatte. Weil der den Wagen wegfahren sollte. Er fragte: „Was war denn an dem Unfall so interessant?"

„Die Reaktion vom Eberl. Der war komplett aufgelöst, also ich mein, der hat sicher genug Knödl und dann scheißt er sich wegen an Blechschaden an."

„Und sonst?"

„Dann hat mei Teewasser pfiffen und ich bin in die Küche."

„Sonst nichts?"

„Wie ich zurück bin zu mein Ausguck, da is dann der Pollroß auftaucht, der zahlt ja auch was für das Theater und hat den Eberl zur Seite genommen."

Martin konnte sich an das Transparent an der Bühne erinnern. „Wissen Sie, worüber die sich unterhalten haben?"

„Nein, weil die sind in den Schatten gegangen. Der Sonnenschirm hat mir die Sicht verdeckt."

„Danke, ich denke, Sie haben mir sehr geholfen."

„Solange Sie das nicht weitererzählen."

Martin zischte ab wie eine Rakete am Silvesterabend. Er hetzte zum Gasthof, sein verlegtes Handy suchen. Er musste Krasberger anrufen, der musste das mit den lokalen Polizeibehörden einfädeln. Wenn er ihn nur schon gesprochen hätte.

Der Wind hatte aufgefrischt, er trug einzelne Tropfen, die der Brunnen aus seinen Rohren spie, zu ihm herüber. Er versprach eine kühle Nacht, klar, ohne Wolken und mit beinah vollem Mond, wie Martin aus der Zeitung erfahren hatte. Doch Martin würde nicht nur wegen der Kälte frösteln.

Er erreichte den Gasthof, den Schlüssel trug er noch bei sich. Er hastete die Holzstufen empor, als ihn eine Stimme zurückhielt.

„Herr Martin!"

Martin stoppte und streckte seinen Kopf hinab. Seidl wachelte mit einem Kuvert in der Luft. „Da ist etwas für Sie abgegeben worden. Scheint dringend zu sein, steht zumindest drauf."

Martin machte kehrt und nahm den Umschlag in Empfang. In roter Schrift fand sich ein Stempel mit dem Vermerk „dringend" darauf.

Sein erster Gedanke war, dass etwas mit dem Onkel passiert war, der nächste, dass Pollroß ihm Schweigegeld anbot, doch nichts von alledem traf ein. Er öffnete dem Umschlag und las die auf den Bogen Papier geklebten Buchstaben, die jemand ausgeschnitten hatte.

„Scheiße."

19.
Er verfluchte diesen Abend.

„Halten Sie sich bereit. Anne wartet."

Jemand hatte Buchstaben aus der Zeitung ausgeschnitten, wahrscheinlich aus der NÖN. Am Vortag hatte er Stunden Zeit gehabt, sich mit dem Schriftbild dieses Formats vertraut zu machen. Er betrachtete den Stempel auf dem Umschlag. Wahrscheinlich stammte er aus einem Detektivset für Kinder.

Martin hatte zwar keine Ahnung, was der Brief genau bedeuten sollte, aber eine böse Vorahnung kam in ihm auf.

„Wer hat das abgegeben?"

„Keine Ahnung", brummte Seidl, „der lag schon am frühen Abend in Ihrem Fachl."

Martin wollte fragen, ob womöglich jemand anderer vom Hotel gesehen hat, von wem diese Nachricht stammen könnte, da schlich sich ein Bursch herein. Martin kannte ihn vom Sehen, es war einer der Knaben, die ihn beobachtet hatten, als er die Schlumpf-Olympiade erworben hatte. Er war ein wenig pummelig und die roten Ohren verrieten seine Aufregung. Er trappelte zum Empfang, stellte sich auf die Zehenspitzen, um hinaufzureichen und legte einen weiteren Umschlag auf die Theke. Martin sah den roten Stempel.

„I soit des fia den Herrn Martin abgeben", sagte er mit dünner Stimme.

Martin ergriff ihn an der Schulter und fragte. „Wer hat dir das gegeben?"

Der Junge schaute verschreckt zu Martin hoch, wand sich aber geschickt aus seinem Griff und stürmte zu Tür hinaus.

„Des woar der Darth Maul", rief er zurück.

Seidl verstand kein Wort und tippte sich nur an die Stirn. Doch Martin nickte. Er hatte verstanden. Darth Maul, der böse Sith aus Star Wars. Vielleicht eine Warnung, sicher aber eine Drohung – eine Bedrohung. Er öffnete das Kuvert.

„10 Uhr bei der Burgruine. Anne wartet nicht mehr lange."

Er verfluchte diese Nacht, wie er auch den Ebenstein mit seiner Burgruine verfluchte.

Es war wenige Minuten nach neun. Martin musste schnell ins Zimmer, sein Handy finden und Krasberger anrufen. Wenn der auf die Brisanz der Lage hinwies und seinen Kollegen klar machte, dass hier Gefahr im Verzug war, würden die mit einem Rollkommando losziehen. Hoffentlich.

Er hetzte die Stufen hinauf, die Tür in sein Zimmer flog auf, das Gewand wanderte auf den Boden, doch das Scheißding war einfach nicht zu finden, keine Spur von seinem Handy. Er hastete wieder zu Seidl hinunter und wies ihn an, die Nummer von Gruppeninspektor Krasberger zu suchen und ihm von den Botschaften zu erzählen und ihn anzuweisen, die Polizei zur Ruine zu schicken.

Seidl blickte Martin verständnislos nach, als dieser aus dem Hotel zu seinem Auto rannte. Dabei wusste er noch nicht einmal, ob es eine Straße gab, die bis hinauf befahrbar war.

Mit durchdrehenden Rädern hinterließ er eine Fontäne aus Staub und Kiesel. Die Scheinwerfer zogen bald schon eine Bahn durch die schwärzer werdende Dämmerung. Er nahm die Abzweigung, die er damals mit dem Fahrrad eingeschlagen hatte, bevor er zu Fuß durch den Waldsteig geklettert war. Den Wagen rüttelte es auf der schlechten Straße mit Schlaglöchern und Querrinnen durch. Von beiden Seiten ragten gespenstisch die Zweige der Tannen wie knöcherne Finger in die Fahrbahn. Martin schloss das Fenster.

Sobald sich das Gemäuer vor ihm aufbaute, hielt er den Wagen an. Er stellte ihn vor dem Eingang ab und strebte dem mit Brettern verbarrikadierten Burgtor zu. Die verfallenen Steine lagen auf dem Bergrücken im Mondlicht da wie ein ausgebleichtes Skelett. Über die schwarzen Baumwipfel tönte der Schrei eines Raubvogels. Es war fast zehn Uhr nachts.

Martin schlüpfte zwischen den Brettern durch, jetzt stand er im Burghof. Der Turm war wieder da, wie damals, als er Czapek stellte und seine Tante. Jemand hatte Fackeln angezündet, die Flammen tanzten im Wind, warfen Schatten an die Wände. Martin folgte den Lichtern, bis er im zweiten Hof wie angewurzelt stehen blieb. Anne!

Sie hing über dem Brunnen, ihr Körper baumelte an einem Seil über dem Loch, das vierzig Meter in die Tiefe reichte. Über dem Mund ein Knebel, der ihre Schreie dämpfte. Martin wollte ihren Namen ausrufen, hielt jedoch inne. Das Seil lief unter dem alten Holzgestell, auf dessen Trägern ein kleines Dach saß, über ein Sägeblatt, das eingespannt war. Mit jeder Drehung, den ihr Körper unter ihrem Strampeln machte, rieb das dünne Seil daran, einzelne Hanffäden standen bedrohlich ab. Losbinden, war sein erster Gedanke. Den er sofort verwarf. Die Gefahr, dass das Seil dabei durchriss, war zu groß.

Martin blickte sich um. Er lief zurück zum Eingang und riss eines der Bretter aus der Fixierung, Holzsplitter drangen in sein Fleisch. Der Schmerz brannte. Mit dem Brett rannte er zurück. Er schob es unter Anne über den Schacht, sie fand darauf Halt. Er kletterte auf den Rand und löste das Tuch über ihrem Mund.

„Verdammt, was machst du da?"

„Du hast mir doch die Nachricht geschickt, dass hier etwas Schreckliches passiert ist und ich sofort kommen soll."

Jetzt war es ihm klar, sein Handy war nicht ohne Grund verschwunden.

Martin versuchte vorsichtig das Seil zu lösen. Zunächst musste er das Sägeblatt aus der Verankerung bekommen, um das Seil langsam nachlassen zu können. Ihm schien klar, auf wen das hindeutete. Sägeblatt – Sägewerk. Pollroß schien vor nichts zurückzuschrecken.

Ein Schlag gegen seine Schulter holte ihn vom Brunnenrand. Er rollte ab, drehte sich zur Seite und sah ihn, Darth Maul, den schrecklichen Bösewicht, dem aus dem roten Kopf Hörner wuchsen. Schnell erkannte er, dass es nur eine Faschingsmaske war. Der Rest des Körpers, der in Frauenkleidern steckte, passte nicht zu dem Kopf. Eine Waffe war auf ihn gerichtet. Schon wieder.

„Wer immer Sie sind, was wollen Sie?"

„Rache!"

Sie riss die Maske vom Kopf.

„Sie?"

Martin schossen viele Bilder gleichzeitig durch den Kopf, das aufdringliche Zimmermädchen, die Kopfform, die er schon gesehen hatte und zwar hier. Vielleicht würden es die letzten Eindrücke sein, aber er wollte noch wissen, warum Anne und er sterben sollten. Er rappelte sich auf.

„Sie klettern jetzt schön zu Ihrer Freundin hinauf", sagte sie und dirigierte ihn mit dem Lauf der Waffe zum Brunnen, wo er das Brett, das er selbst eben da hingelegt hatte, besteigen sollte.

„Renate Hecher war meine Tante, mütterlicherseits", erklärte Czapeks Frau, die dem Vernehmen nach mit dem Yogalehrer auf und davon war. Hatte es geheißen und Martin hatte es geglaubt.

„Die Sache mit der Versicherung war meine Idee und mein blöder Mann sollte nur die Drecksarbeit machen, dann hätten wir ihn entsorgt, aber Sie mussten ja daher kommen."

„Eine schrecklich nette Familie"

„Ihr Zynismus wird Ihnen gleich vergehen", sagte sie als Martin zu Anne auf das Brett klettern musste.

„Das waren Sie? Also die Anschläge auf mich."

Die Frau grinste. „Jetzt fallt er, der Groschen."

„Sie haben mich die ganze Zeit beobachtet."

„Sicher."

Sie zielte mit der Waffe auf Martin. Der sah in den Lauf der Pistole, blickte zum Tor, irgendwo spiegelten zwei Gläser die Flammen wider.

„Aber lassen Sie Anne gehen, sie hat doch mit all dem hier nichts zu tun."

„Sie haben mir meine Tante genommen, ich nehme Ihnen Ihre Verlobte. Sie dürfen zusehen, wie sie in dem Loch verschwindet. Aber keine Sorge, Sie folgen ihr nach. Entweder Sie springen selbst oder ich verpasse Ihnen einen Herzschuss."

„Sie sind ja verrückt."

Sie lächelte. „Das hat mein Seliger auch immer gesagt."

Sie legte an und zielte auf Anne. Martin sah einen flinken Schatten.

„Nein, nicht!“, schrie Martin

Ein Schuss zerfetzte die Luft, dann ging die Frau zu Boden. Hinter ihr ein Mann mit einem Brett in der Hand. Bis jetzt schienen er und Anne unversehrt.

In diesem Moment gab das Brett unter Martins und Annes Gewicht nach. Als zerkaute ein Hund ein Stück Knochen, gab es ein teuflisches Knacken, dann stürzte Martin in die Tiefe. Anne stieß einen spitzen Schrei aus, der Martin wie ein Echolot leitete. Instinktiv umfasste er ihre Beine und baumelte jetzt daran wie eine Christbaumkugel, die für den Baum zu schwer war. Das Seil war angespannt und die einzelnen Bahnen des geflochtenen Strangs rissen an den scharfen Zähnen der Säge.

In Windeseile machte der unerwartete Helfer einen Spagat. Mit der Hand fasste er nach dem über dem Abgrund bedenklich baumelnden Bündel, um es an den Rand zu ziehen, mit der einen Fußspitze kickte er die auf dem Boden neben Czapeks Witwe liegende Waffe weg, mit den Zehen des anderen Fußes schleifte er das Brett über den Boden zu sich, um es endlich über den Rand zu legen. Eine Performance wie im Cirque de Soleil, die menschliche Gummiwurst. Er beugte sich über den Rand, reichte Martin die Hand, zog ihn zum Brett. Martin war der Erste, der wieder sicheren Boden unter Füßen hatte. Dann befreiten sie mit vereinten Kräften Anne aus ihrer misslichen Lage. Sie fiel Martin um den Hals, ein Weinkrampf erfüllte ihren Körper wie ein reinigendes Gewitter.

20.

„Das war knapp. Wie kommen Sie denn hierher?"

Hätte es einen Preis für blöde Fragen gegeben, Martin wäre an diesem Abend der Anwärter darauf gewesen.

Anne saß in der Wiese und tupfte ihre wunden Handgelenke mit einem Taschentuch ab, das ihr Petrak gereicht hatte. Er sagte: „Naja, wie i gesehn hab, dass die Czapek auf amal wieder auftaucht, war i neigierig, was die da will. Wie i dann gsehn hab, dass die Ihr Freindin abpasst, war i gewarnt. Und dann san Sie vorhin abbuhrt wie von der Tarantel gstochen, da bin i auf mei Mopal und Ihna nach. Den Rest kennen Sie eh."

„Ich weiß gar nicht, wie ich Ihnen danken soll. Sie haben uns echt vor der Wahnsinnigen gerettet. Wo ist die eigentlich?"

Drei Augenpaare wanderten zu der Stelle, wo die Czapek ohnmächtig zu Boden gegangen war und die jetzt verwaist war.

„Wir müssen die Polizei rufen", sagte Martin, als er die Flüchtende entdeckte. „Da!"

Czapek wollte sich davonmachen, sie lief auf eine hohe Mauer mit Zinnen zu.

„Bleiben Sie stehen, das Spiel ist aus", rief Martin ihr nach.

Doch sie begann die Steine hochzuklettern. Der Wind riss an ihrer Kleidung, die Haare flatterten wild. Sie kam oben an, richtete sich auf und kreischte mit schriller Stimme zu den dreien unten, die sie mit offenen Mündern beobachteten:

„Ich krieg dich schon noch, du Schwein!"

Im Mondlicht erschien ihre Silhouette wie ein Vampir vor dem Abflug.

Anne hatte sich zu Martin gestellt und drückte sich gegen ihn, während Petrak zu Martin flüsterte: „Das is die Nordmauer, i weiß ned wohin die will, da geht's drüben nur owe."

Die Czapek machte behände einen weiteren Satz hinauf, da löste sich ein Stein unter ihrem Fuß aus der löchrigen Mauer. Sie verlor den Halt, ihre Arme ruderten durch die Luft. Dann ein Schrei und wenig später ein dumpfer Knall.

„Des war's dann", stellte Petrak lapidar fest.

„Schrecklich", sagte Anne in Martins Ohr und presste sich fester gegen seinen Körper.

Petrak holte sein Handy und wählte die Nummer des Notrufs.

„Ich will hier weg, sofort. Bitte", flehte Anne Martin an. Dem war nicht entgangen, dass seine Freundin, sonst eine willensstarke Persönlichkeit, die so schnell nichts aus der Bahn warf, jetzt mit wackeligen Beinen dastand, wie ein Häufchen Elend.

Martin schickte Petrak einen Blick.

„Bringen Sie s' nur ins Hotel, ich mach das schon. Ich weiß ja, wo die Kieberer Sie finden können."

Martin überlegte kurz, dann sagte er: „Wird wahrscheinlich das beste sein. Ich wollte nur Pollroß auf den Zahn fühlen, aber das kann ich auch morgen tun, der scheint sich ja in völliger Sicherheit zu wiegen.

Petrak erhob seinen Zeigefinger. Er sagte: „Mir is da noch was eingfallen, nach unserem letzten Gespräch."

„Ja?"

„Sie haben mich doch nach dem Unfall vom Eberl gefragt?"

Martin nickte.

„Wissen Sie, was der damals von sich gegeben hat? Es ist mir jetzt wieder eingefallen."

21.

Die Vorhänge waren zugezogen, durch einen Spalt schien ein wenig Sonne auf den Boden und versprach einen freundlicheren Tag – bezogen auf das Wetter.

Die Polizei hatte Anne und Martin noch am selben Abend aufgesucht und eine erste Befragung durchgeführt. Bei Czapeks Leiche war sogar Martins Handy sichergestellt worden. Doch die Polizei konnte es ihm noch nicht aushändigen, es galt als Beweisstück, immerhin war Anne damit in die Falle gelockt worden.

Er hatte sich also Annes Mobiltelefon geborgt, um sich bei Anja nach dem Befinden des Onkels zu erkundigen; alles soweit unverändert.

Doch allein der Ausdruck in Annes Augen, als er bat, kurz seine Schwester anrufen zu dürfen, hatte ihm verraten, dass Anne den Geschwistern nicht mehr über den Weg traute.

Mit der Polizei war auch ein Rettungswagen gekommen und wollte die beiden ins nahe gelegene Spital bringen, doch nach einer Erstversorgung und der auf einem Revers geleisteten Unterschrift zogen die Sanitäter wieder alleine ab.

Anne hatte eine Schlaftablette genommen, Martin ein Bier, dann waren sie ins Zimmer gegangen und Martin versuchte eine Aussprache mit seiner Freundin zu führen, doch die war nach den Vorkommnissen weder in der Stimmung noch in der Lage, sich mit ihren Gefühlen Martin zu öffnen und schlief bald ein.

Sie war öfter mit einem erstickten Schrei aus einem Albtraum aufgewacht, hatte dann die Wärme von Martins Körper gesucht, sich an diesen gedrückt und war wieder für ein, zwei Stunden eingeschlafen.

Martin lag grübelnd seit ungefähr einer Stunde wach im Bett, bis auch Anne blinzelnd die Augen aufschlug. Es war bereits zehn Uhr vorüber.

Sie lächelte ihn an, während sich in ihren Augenwinkeln zugleich Tränen sammelten.

„Lass uns schnell nach Hause fahren, bitte“, sagte sie.

Wo ist das? Unser Zuhause. Martin war versucht, diese Frage zu stellen. Stattdessen drückte er ihre Schulter und antwortete: „Ja, bald, ganz bald. Ich muss nur noch einen letzten Besuch machen, dann fahren wir.“

Anne zog einen Schmollmund.

„Ich serviere Ihnen das Frühstück ans Bett, Gnädigste, und dann fährt die Kutsche vor.“

Anne lächelte. Sie sagte: „Ich liebe Sie, Herr Martin.“

Er schleppte die Benzinkanister durch die Garage und stellte sie neben dem Tor ab. Heute noch den Tag durchziehen – business as usual – und am Abend eine letzte Expedition. Er würde das Versteck abfackeln und mit ihm alles, was in die Vergangenheit führte. Er musste nicht einmal besonders vorsichtig sein, das Feuer würde alle Spuren vernichten und wahrscheinlich kaum zu sehen sein, ein wenig Rauch vielleicht, aber das würde niemanden beunruhigen. Irgendwo war hier im Sommer immer ein Lagerfeuer oder es qualmte von den unzähligen Feuerwehr- und sonstigen Festen.

Was der Schnüffler bislang wusste?

Gestern hätte ihm fast jemand auch dieses Problem abgenommen, wie er es gleich in der Früh von der alten Piribauer gehört hatte. Die verwechselte ihn auch mit der Seelsorge. Jeden Morgen kam sie, kaum, dass er geöffnet hatte und klagte ihm ihre Wehwehchen und versorgte ihn mit dem neuesten Dorftratsch. War Zeit, dass sich hier wieder ein Arzt niederließ, den die Alten dann statt seiner belagern konnten.

Er blickte auf die Uhr, die Mittagspause war vorüber, Zeit wieder zu öffnen. Er ging nach vorne.

Tatsächlich wartete schon ein Kunde. Was diese Bauern nur antrieb, immer schon ungeduldig auf ihn zu warten.

Martin hatte Annes Handy eingesteckt. Mittlerweile hatte er, oft seines eigenen Telefons verlustig, Krasbergers Nummer aufgeschrieben. Er rief ihn an.

„Bist du leicht allweil noch in dem Kaff?"

Martin gab im Telegrammstil durch, was die letzten Tage passiert war, dann bat er Krasberger um einen Gefallen.

„Jag das bitte alles durch deinen Computer und ruf mich dann unter dieser Nummer an."

Er ging in das Kaffeehaus am Platz, mittlerweile sein Café, und bestellte wie üblich eine Melange und ein Mineral. Am hinteren Ende sah er das Fernglas Petraks. Der Admiral hält seinen Ozean wieder unter Beobachtung, dachte er mit einem sonderbaren Gefühl der Geborgenheit.

Er hatte seinen Kaffee noch nicht getrunken, da klingelte Annes Telefon am Tisch. Krasberger rief zurück.

„Du könntest recht haben. Viel hab ich nicht gefunden, aber deine These hat was für sich."

Martin bedankte sich, legte Geld auf den Tisch, während er zu summen begann.

„Auf in den Kampf, Tore-he-he-he-ro", kam ihm die Textzeile aus der Oper von Bizet in den Sinn, als er sein Ziel ansteuerte.

Aus seinem Portemonnaie holte er sich das, was er sich von Seidl zuvor ausgeborgt hatte. Dann betrat er das Gebäude.

Er ging vor bis zum Schalter, wo der eben erschienene Direktor heute persönlich Dienst versah. Er hielt Eberl den Geldschein hin und sagte: „Ich habe hier einen der größten österreichischen Verfasser von Theaterstücken, der Sehnsucht nach Gesellschaft hat."

Eberl sah ihn verwundert an, als hätte ihn ein Kind um den Weg nach Hogwarts, der Zauberschule, gefragt. Dann fing er sich schnell. Mit eingefrorenem Lächeln, das er sich wohl in den langen Jahren hier im Umgang mit seinen Kunden antrainiert hatte, sagte er: „Ich verstehe Sie nicht, aber der Schein ist nicht mehr gültig."

„Ich weiß, das ist Geld, wie es die Nationalbank von ungefähr 1970 bis in die 1980er ausgegeben hat. Das konnte nur bis 2008 umgetauscht werden und weil es bei Einführung des Euros 2002 nicht mehr als gültiges Zahlungsmittel anzusehen war, ist auch ein unbefristeter Umtausch jetzt nicht mehr möglich."

„Ich hab keine Ahnung, worauf Sie hinauswollen. Sie werden mir doch jetzt keinen Exkurs über Zahlungsmittel halten wollen, das wäre dann doch eher mein Spezialgebiet."

Martin holte einen der Zeitungsausschnitte hervor und legte ihn vor Eberl hin. „Nein, ich werde Ihnen etwas über zerplatzte Jugendträume erzählen." Er ging zu der Wand neben

Eberls Büro und nahm das Foto ab. Er sagte: „Das Theater war Ihr Traum, der aber schnell nach dieser Kritik geplatzt ist."

Eberls Lächeln gefror. Offenbar hatte Martin etwas ausgesprochen, das im beschönigenden Blick auf die Jugend zurück keinen Platz hatte. „Der Kritiker hat Sie verrissen, Ihnen jegliches Talent für die Kunst des Ausdrucks abgesprochen. Offensichtlich waren Sie so eine Niete, dass nicht einmal eine Schauspielgröße wie Bionischek das Ganze retten konnte."

Eberl baute sich vor Martin auf, seine Haltung signalisierte Ablehnung. „Warum erzählen Sie mir das?"

„Weil ich nun weiß, warum es hier Irrlichter gibt, aber immer nur dann, wenn etwas passiert ist."

„Was wollen Sie denn mit diesem Aberglauben?"

„Sie wollten zum Theater, haben Ihre Liebe zur Bühne im Gymnasium entdeckt und Ihre Berufung gespürt. Sie hatten Glück und haben schon nach zwei Jahren einen Vertrag beim Landestheater ergattert. Und dann die große Chance: Gemeinsam mit Bionischek auf der Bühne zu stehen. Aber Sie haben es versemmelt. Warum eigentlich?"

Eberl zuckte mit den Achseln. „Was fragen Sie das mich? Vielleicht habe ich outriert, weil ich mein Bestes geben wollte. Diese Schmierfinken sind ja das Letzte, urteilen über andere, haben aber selbst keine Ahnung, maßen sich an zu entscheiden, was oder wer gut ist. Wer gibt ihnen das Recht dazu?"

„Das kann ich Ihnen nicht sagen. Aber für eine Rolle bekämen Sie sicher den Oscar, den hätten Sie sich verdient. Die Rolle Ihres Lebens."

Eberl ging darauf nicht ein. Er schaute demonstrativ auf seine Uhr und sagte: „Ich glaube, dass ich keinen Grund habe, weiter über meine Vergangenheit mit Ihnen zu reden."

Martin blickte sich in der leeren Bank um. „Ich denke, ich halte Sie nicht auf. Viele Kunden sehe ich im Moment nicht. Lassen Sie uns doch noch plaudern."

Eberl rollte die Unterlippe vor. Er wirkte wie ein beim Schummeln ertapptes Kind.

Martin hielt ihm einen anderen Zeitungsartikel hin. Schon die Aufmachung und das Druckbild verrieten, dass er älteren Datums sein musste.

„Was soll ich jetzt damit?", fragte Eberl.

„Da, sehen Sie sich das Kind an."

„Ja, und?"

„Das ist der Schiggl als Kind, nachdem er aus dem Stollen gerettet wurde. Man hat versucht, den Eingang zu versiegeln, aber offenbar ist es nicht gelungen."

„Ich weiß, die Gschicht mit den zwei Buben, die sich in dem alten Stollen verirrt haben. Da war ich selbst noch ein Kind."

„Sie waren damals nicht dabei?"

„Nein, wie kommen Sie darauf?"

„Aber der Schiggl."

„Ja, was hat das mit mir zu tun?"

„Der Schiggl wollte wie Sie zum Theater."

„Ja und?"

„Nur waren Sie beide zu wenig erfolgreich, um davon leben zu können, geschweige denn die eigene Bühne zu finanzieren." Martin hielt den nächsten Artikel hin, der zwei junge Männer vor einem Weinkeller zeigte, das die damals jungen Schauspieler zu einem Theater umfunktioniert hatten.

„Ja, okay, ich kannte den Schiggl! Warum zeigen Sie mir das alles?“

„Deswegen“, Martin reichte Eberl nun den Ausschnitt aus der NÖN, der über den Banküberfall berichtete.

Entweder Eberl war tatsächlich ein perfekter Schauspieler, wenn es um Verstellung ging, oder er zeigte sich deswegen unberührt, weil ihn die Sache nicht tangierte. Er kratzte sich nur kurz an der Nase, dann sah er den Detektiv herausfordernd an und sagte: „Sie werden es mir gleich sagen.“

„Ich sage, zwei junge Männer, die ihre Wurzeln kappen wollten, die in die große Welt hinauswollten, die einen gemeinsamen Traum träumten, von einem gemeinsamen Theater, denen nur zur Verwirklichung dieses Traumes eines fehlte: das Geld.“

Jetzt war es Martin, der den Blick zurückspielte wie einen Ball beim Tennis.

Eberls Mundwinkel zogen sich nach oben, doch der Blick blieb kalt. Er klatschte in die Hände, langsam, dann das Tempo steigernd, das Echo der Schläge hallte durch den Raum.

„Bravo, an Ihnen ist ein Autor verloren gegangen. Aber ich dachte, in Ihrem Beruf zählen die Fakten.“

„Ich hatte ein Puzzle vor mir. Am Anfang wusste ich nicht, dass es so viele Teile sein würden, die ein Bild ergeben, aber jetzt sehe ich ein stimmiges Bild vor mir. Vor über dreißig Jahren wird eine Bank überfallen. Am selben Abend kommt ein alter Saufkopf und Nazi ums Leben, der einzige, der um den Stollen aus dem Krieg genau wusste. Die Obduktion schließt nicht aus, dass Quirin Schauer an einem Genickbruch gestorben ist. In diesem Fall hat jemand nachgeholfen. In derselben Nacht wird von den ersten Irrlichtern berichtet. Kein Wunder, denn jemand hat mit der Taschenlampe etwas gesucht, das er nicht mehr gefunden hat: seinen Unterschlupf, den der Schiggl kannte, weil er als Kind einmal darin beinah verloren gegangen ist. Wie ich Kinder kenne, hat es ihn auch in späteren Jugendtagen immer wieder dorthin gezogen. Er wollte sicher die alte Röhre erkunden."

Martin zog sich einen Stuhl vom Warteraum herbei und setzte sich. „Wollen Sie nicht auch Platz nehmen? Ich bin noch lange nicht fertig."

Eberl schüttelte den Kopf. „Ich stehe lieber, ich werde mir auch sicher nicht länger Ihre Fantastereien anhören."

„Doch, das werden Sie, weil Sie haben nicht nur den Alten auf dem Gewissen, Sie haben auch den Rotter umgebracht."

„Was bitte, soll der Rotter damit zu tun haben? War er vielleicht Komplize? Ein Bankräuber in Windeln?" Eberls Lächeln wurde rostig wie Eisen, das zu lange im Regen war. Seine Augen sprachen jetzt eine eindeutige Sprache, doch Martin wollte ihn endgültig festnageln. Er fuhr fort: „Der Rotter muss irgendwann das Versteck, das Sie nicht mehr fanden, entdeckt haben. Ab da war er für Sie gefährlich. Er hat das Gras, das über die Jahre darübergewachsen ist, auf einmal ausgerissen."

„Sie widersprechen sich ständig. Wenn es mein Versteck war, warum sollte ich es dann nicht mehr gefunden haben?"

Martin hielt dem Bankdirektor nochmals den Zeitungsausschnitt hin. „Lesen Sie Zeitung." Jetzt warf er schon mit fremden Zitaten um sich! Eberl schob das Papier mit zwei Fingern von sich, als wäre es ein ekeliger Auswurf.

„Bei dem Banküberfall wurde einer der Täter von einer zufällig vorbeifahrenden Gendarmeriestreife angeschossen. Sie haben Schiggl in Sicherheit bringen wollen, in dem Tunnel, den er kannte wie seine Westentasche. Ich unterstelle Ihnen einmal, dass Sie ihm helfen wollten. Sie verließen ihn, um Verbandszeug oder Hilfe zu holen, wahrscheinlich aber eher ersteres. In dieser Nacht hatte es stark zu regnen begonnen, eine regelrechte Sturzflut ging auf das Land nieder, die sogar einige Erdrutsche hervorgerufen hatte. Wahrscheinlich wurde der Eingang, den er Ihnen gezeigt hat, verschüttet. Faktum ist, Sie sind dem Quirin über den Weg gelaufen, als er vom Kirtag wegtorkelte. Vielleicht war er erstaunt, dass er Sie wieder in der Gegend gesehen hat, wahrscheinlich war er aber so betrunken, dass er nicht viel sagen konnte. Auch nicht über andere Eingänge zu dem Stollen, nach denen Sie ihn sicher gefragt haben."

Eberl stand zwar noch da, aber seine Schultern schienen etwas mehr zu hängen als vorher.

„Kommt es Ihnen schön langsam wieder?"

„Selbst wenn, der Banküberfall, das ist sicher verjährt, bis auf den Schiggl ist ja niemand zu Schaden gekommen."

„Unterlassene Hilfeleistung?"

„Auch verjährt, und das mit dem Quirin können Sie nicht nachweisen. Jeder wird bezeugen, dass ich nicht mehr im Dorf gelebt habe zu der Zeit."

„Er hat aber recht, auf einmal warst du wieder da, wir haben uns damals eh gewundert, aber dann bist du ja bald wieder weg."

Der korpulente Schatten Wipfingers war in der Tür erschienen. Er musste schon länger zugehört haben.

„Und Sie haben im Dorf gelebt, als Rotter umkam“, setzte Martin fort.

„Das war ein Unfall.“

„Das kann sein.“

„Nein, so habe ich das nicht gemeint, ich meinte, der ist doch im Kasten erstickt, als er hineingeklettert ist.“

„Ich bin mir sicher, dass er schon tot war, als Sie ihn in dem Kasten abgelegt haben.“

„Wie kommen Sie jetzt darauf? Ich war einer der wenigen, der Rotter nichts Böses wollte.“

„Das mag sein, aber er wurde Ihnen gefährlich.“ Martin griff nach der alten 50-Schilling-Note und hielt sie in die Luft.

„Warum sollte er mir gefährlich werden? Der hatte es doch auf ganz andere hier abgesehen.“ Eberl richtete seinen Kopf in die Richtung, wo Wipfinger stand. „Auf die Politintriganten oder die, die unsere Umwelt verschandeln mit ihren Projekten.“

„Das stimmt zwar, aber er hatte den Schatz vom spukenden Quirin entdeckt.“

„Geh, mit dem Schas ging er ja schon lange hausieren. Warum sollt er mir auf einmal zur Gefahr werden?“

„Weil der spukende Quirin ausgespukt hatte. Als man die Leiche von dem Alten entdeckt hat, wäre sicher die Frage aufgekommen, wie Rotter zu dessen angeblichem Schatz gekommen ist. Sie konnten das Risiko nicht eingehen, dass er die Leute zu dem Stollen führt. Was er für den Geist des alten Schauer gehalten hat, war sicher das Skelett Ihres Komplizen Schiggl, den Sie damals zurückgelassen haben.“

„Alles Hirngespinste, nichts davon ist wahr und nichts davon können Sie jemals beweisen.“

„Doch, ich habe einen Augenzeugen, der Sie gesehen hat."

Erstmalig zeigte Eberl so etwas wie Überraschung und riss die Augen auf. „Echt? Wer soll das sein?"

„Sie kennen Herrn Petrak sicher, der hat Sie beobachtet."

„Na toll, noch ein Geistesgestörter, und den nennen Sie einen Zeugen?"

„Er kann Lippen lesen. Wussten Sie das?"

Eberl war nun desparat. Er schwieg und es war ihm anzusehen, dass er überlegte, ob er sich unvorsichtig verhalten haben könnte.

„Wobei will mich Petrak gesehen haben?"

„Bei Ihrem Unfall, als Sie verzweifelt den Kofferraum Ihres demolierten Wagens anjammerten und fragten: Was mach ich jetzt mit dir? Sie konnten den toten Rotter nicht mehr wegbringen, also mussten Sie ihn am Abend verstecken, wenn es hier still und keine Menschenseele auf der Straße war."

„Glauben Sie, ich wäre so blöd gewesen, eine Leiche mitten am Hauptplatz in einem Kasten zu verstecken, von dem ich wusste, dass er am nächsten Abend geöffnet wird? Sie vergessen wohl, dass ich das Stück von den Proben her kannte."

„Bingo! Sie sagen es. Natürlich waren Sie nicht so blöd, wie Sie es selbst ausdrückten, deshalb haben Sie ihn in einem Kasten in der Volksschule versteckt. Aber Sie haben nicht damit gerechnet, dass der Theaterschreck wieder zugeschlagen hatte. Nehmen wir einmal an, es war Rotter, der das Schloss des Kastens verklebt hat. Damit hat er Sie aber letztlich überführt, weil dadurch der Kasten ausgetauscht werden musste. Noch am Nachmittag der Premiere wanderte die Leiche im Kasten auf die Bühne. Deswegen waren Sie auch am Abend so nervös."

„Und ich hab glaubt, du warst wegen der Aufführung so aufgeregt", mischte sich nun Wipfinger ein.

Auf Eberls Stirn bildeten sich Falten. Auf einer nach oben hin offenen Zornesskala hätte er sicher eine Zehn erreicht. Blitzschnell griff er in die Lade unter dem Bankpult und zog einen Revolver hervor. Er rannte am sitzenden Martin vorbei, der den Flüchtenden in dieser Position nicht einmal kurz aufhalten konnte. Er giftete sich, dass er diese Reaktion nicht bedacht hatte. Außerdem, warum mussten diese Dorfheinis jedes Mal weglaufen, wenn er sie hatte. Er blickte Eberl nach, der auf den Ausgang zustrebte. Wenn doch diese Bank wenigstens eine Sicherheitsschleuse wie die Kreditinstitute in Italien hätte, wünschte er, dann würde ihn das kurz stoppen, doch Eberl kam auch so nicht weit. Wipfinger stemmte ihm unbeeindruckt von der Waffe seinen Bauch entgegen.

„Vergiss es, gib besser auf. Bei meiner Fetten kommt die Kugel eh nicht durch die Haut durch."

Eberl blieb stehen, ließ die Waffe sinken und stand erschlafft vor dem Bürgermeister. Er sagte: „Hast recht, i wü eh nimmer. Ich kann nimmer! Wie Ihr mich alle anzipft. Du und deine Schieberpartie, die ganzen Deppen da, und am meisten eicher dilettantisches Theater. Wurscht, wen Ihr holt, das wird immer nur a Provinzposse bleiben."

Wipfinger legte seine Pranke auf Eberls Schulter. „Komm, wir warten beim Seidl bei an Seidl auf die Schantis."

Martin überlegte, ob er den Bürgermeister darüber aufklären sollte, dass die Gendarmerie schon 2005 mit den anderen Polizeibehörden zusammengelegt worden war, aber eigentlich war es egal.

22.

„Das nennst du nur kurz etwas erledigen? Vielleicht gehen hier die Uhren anders, aber es ist trotzdem später Nachmittag."

Anne saß auf dem Bett und funkelte ihn an. Martin nickte, er wusste, dass es jetzt wohl kaum sinnvoll war zu widersprechen und noch sinnloser wäre es gewesen, Anne zu bitten, noch ein wenig Geduld zu haben, da er seiner Auftraggeberin noch einen Besuch schuldig war. Sie hatte ein Recht darauf zu erfahren, wer ihr Kind auf dem Gewissen hatte und sie hatte das Recht, es von ihm zu erfahren. Er wollte nicht, dass sie der Dorftratsch erreichte, bevor er ihr die Wahrheit sagen konnte. Welche Wahrheit fragte er sich. Nach dem Verursacherprinzip war die Sache klar, da gab es nur Eberl, der den alten Mann und den jungen Rotter umgebracht hatte, auch wenn er sich Wipfinger anvertraut und diesem erzählt hatte, dass er letzteren nur betäuben hatte wollen und der Unglückliche wohl im Kofferraum erstickt war, aber was die Verantwortung betraf, hatten viele Faktoren mitgespielt, allen voran die verlogene Stimmung, die in dem Dorf herrschte, die es seit jeher manchen Menschen unmöglich gemacht hatten, ein freies, von ihrem Willen bestimmtes Leben zu leben.

Martin betrachtete Anne. Sie wartete offenbar auf eine Rechtfertigung. „Wir fahren jetzt wirklich. Ein kurzes Telefonat noch. Hast du schon gepackt?"

„Was soll ich denn packen? Ich bin gestern gleich zu dir, nachdem ich diese Nachricht erhalten hatte. Ich glaubte ja wirklich, du steckst in Schwierigkeiten."

Martin lächelte geschmeichelt. Offenbar hatte Anne tatsächlich sofort alles stehen und liegen gelassen, um ihm beizustehen.

Deswegen hatte er auch versprochen, sie mit ihrem Wagen nach Wien zu bringen. Nicht ihr, dem Sanitäter am Vorabend, der gemeint hatte, er solle sie ja nicht aus den Augen oder Auto fahren lassen; ein posttraumatischer Schock könne sich jederzeit noch einstellen.

Martin reichte ihr die Hand und half ihr auf, als es an der Tür klopfte. Martin spürte, wie sich Annes Griff um seine Hand enger schloss. „Schon gut", sagte er zu ihr und „herein" zu dem Besucher.

Wipfinger betrat das Zimmer. Er hatte eine Lederhose an und der Oberkörper steckte, wie an den Knöpfen zu sehen war, in einem etwas zu engen, blau karierten Hemd. Sollte der Bürgermeister einmal im Anzug oder noch schlimmer, in Jeans auf der Bildfläche erscheinen, wäre es Martin, der einen posttraumatischen Schock hätte. So aber hatte er einen gewohnten und damit Sicherheit vermittelnden Anblick vor sich und fragte: „Was können wir für Sie tun, Herr Bürgermeister?"

Es war nicht zu übersehen, wie das von Martin benutzte Wort „wir" bei Anne ein Lächeln auf die Lippen zauberte.

Wipfinger grüßte die im Raum Anwesende, blickte zu Martin, dann zu Anne, ehe er sagte. „Ich wollte Sie unter vier Augen ..."

Es war ihm sichtlich peinlich, Anne aus dem Raum zu schicken.

„Was wir zu besprechen haben, kann meine Verlobte ruhig hören."

Annes Lächeln wurde bei dieser ihrer Bezeichnung noch breiter. Sie richtete sich kerzengerade auf und drückte sich an Martin, so als wollte ihn ihr Wipfinger streitig machen.

Der erwiderte: „Gut, aber setzen wir uns unten bei einem Kaffee zusammen."

Dagegen gab es nichts einzuwenden.

Abermals saßen sie in der dunkel getäfelten Stube, wo sich der Rauch in das Holz hineingefressen hatte. Wipfinger hob an: „Ich muss mich bei Ihnen entschuldigen."

„Wofür?", fragte Martin.

„Naja, um ehrlich zu sein, war i ja ned grad begeistert, wie Sie angfangen haben, bei uns herumzustierln. I hab halt gmeint, man soll die Vergangenheit ruhen lassen, aber jetzt bin ich ganz froh, dass die Wahrheit ans Licht kommen is."

Der Bürgermeister presste die Lippen zusammen.

„Noch etwas?", fragte Martin.

„Naja, weil ich Ihnen keine große Hilfe war, und weil ja das Haus, wo der Rotter gwohnt hat, der Gemeinde ghört, hab ich mir dacht, ich biet Ihna des an, also a Wohnrecht auf Lebenszeit. Sie müssten halt das Ganze renovieren, aber dann hätten S' ein Wochenendhäusl bei uns, wenn Sie ausspannen wollen ..."

Der posttraumatische Schock hatte Martin in seinen Klauen, dabei war es nur Anne, die ihre Fingernägel in seinen Oberarm bohrte.

Martin sagte: „Ich weiß gar nicht, was ich sagen soll", was auch der Wahrheit entsprach. An seinen weit aufgerissenen Augen hätte man die Antwort auch ablesen können, doch der Bürgermeister war mit der gesprochenen Aussage, die eine Deutung in viele Richtungen zuließ (er hörte natürlich nur die ihm konvenierende) nicht unglücklich. Er sagte:

„Sie können es sich ja noch überlegen."

„Ja, das tun wir sicher." Nun war es Anne, die für beide gesprochen hatte.

„Übrigens", fragte Wipfinger weiter, „wollen S' nicht noch eine Nacht dranhängen und heute Abend das Stück in Ruhe anschauen?"

Der Blick, den er von beiden erntete, war aussagekräftig genug.

Anne hatte ihren Wagen nicht beim Gasthof geparkt, sondern war von Czapeks Witwe zu einer Seitenstraße gelockt worden, wo sie Anne in ihr Auto gezwungen hatte. Sie brachen dorthin auf, überquerten dabei den Dorfplatz, wo Martin am Ende den Balkon suchte. Als er die zwei Gläser im Licht spiegeln sah, war er beruhigt. Der Admiral war wieder auf seinem Posten – Bad Blumenbach konnte sich sicher fühlen. Er wollte ihm winken, als ihn Anne am Arm zog. Sie zischelte ihm zu: „Da ist diese furchtbare Person wieder."

Erst zu spät erkannte Martin die beiden vom tiefen Dekolletee nur schwach bedeckten Brüste, die Samantha Dollina vor sich herschob wie zwei Artilleriegeschütze. Martin wollte wegschauen, doch Samantha hatte ihn schon entdeckt. Sie wedelte mit der Hand in der Luft und rief laut seinen Vornamen über den Platz. Anne ließ seinen Arm los.

Warum gab es die Löcher, die sich manchmal in der Erde auftaten, um Menschen zu verschlucken, nicht dann, wenn man sie brauchte?

Samantha stürmte herbei, was Anne mit den Worten „Du, die kommt auf uns zu" kommentierte, wobei Martin dachte: Nein, die kommt auf mich zu.

Und so war es auch. Sie schien Anne gar nicht wahrzunehmen, sondern wandte sich nur Martin zu, dem sie links und rechts ein Küsschen auf die Wange drückte. Außer Atem sagte sie: „Du, Marco! Heute Abend spiele ich wieder. Wär doch ganz fein, wenn du mir zuschaust. Nachher könnten wir noch feiern gehen, und wer weiß, wo das dann endet."

Sie zwinkerte ihm mit dem rechten Auge zu und eilte dann weiter über den Platz.

Anne war zur Salzsäule erstarrt, während Martin peinlich berührt weiterging.

Auf der Autofahrt sprachen sie kein Wort. Erst als die beleuchtete Skyline der um die UNO-City gewachsenen Wolkenkratzer auf der Autobahn auftauchte, sagte Anne monoton, die Augen auf das Handschuhfach gerichtet, so, als wollte sie es diesem erzählen: „Mein Mann hat jetzt endlich einer Scheidung zugestimmt, wir sind uns einig geworden."

Es dauerte bis zur Auffahrt auf die Nordbrücke, bis Martin antwortete. Auch bei ihm klang es mehr nach Feststellung. „Dann können wir ja heiraten", sagte er.

„Ich bin mir über meine Gefühle im Klaren, aber bei dir bin ich mir nicht so sicher."

Es klang traurig, tieftraurig, wie Anne das sagte.

Es war nichts! Okay, es war fast nichts, wollte Martin sagen, schluckte es aber hinunter. Er wusste, dass er diese Nacht und viele folgende Nächte allein in seiner Wohnung verbringen würde.

Der Abspann

Die Wochen waren vergangen, die Abende waren nur mehr selten lau, und dennoch saßen sie beim Heurigen.

Es gab etwas zu feiern. Gut, keine Hochzeit, die schien im Moment in weiter Ferne, aber der Onkel hatte seine Operation hinter sich gebracht. Nach den Wochen des Bangens, des Wartens und der Reha, war er so weit auf dem Damm, dass er Martins Einladung zu einer Art Familientreffen hatte folgen können. Klar, dass sie sich beim Frostbachl-Fadinger eingefunden hatten. Auch wenn der Onkel nur mit Mineralwasser anstoßen durfte. Michi Bogensberger, die Chefin, freute sich über die gern gesehenen Gäste, die sich diesen Sommer eher rar gemacht hatten, war aber zunächst erschrocken darüber, als Onkel Alfred ihr den Grund dafür erklärt hatte. Doch jetzt war es soweit ausgestanden. Martin hatte seinen Fall gelöst und die feigen Anschläge auf seine Person auch heil überstanden. Er würde im Detail berichten, nachdem Alfred seine Krankengeschichte dargelegt hatte (manche seiner Ausritte in die Welt der Gefäßchirurgie waren eher für ein Wissenschaftsmagazin – „Medizin heute“ – geeignet, denn für das breite Publikum). Anja war mit ihren Buben Raffael und Laurenz, Martins Neffen, gekommen, allerdings ohne Niklas, ihren Angetrauten. Scheidung war zwar nach wie vor kein Thema, aber sein Fremdgehen, das vor über einem Jahr im Zuge der Ermittlungen zu den Baustellenmorden ans Licht gekommen war, konnte sie ihm nicht verzeihen. So ein Seitensprung brannte sich in die Seele und war ebenso schwer wegzubekommen wie eine Tätowierung aus der Haut eines Navy-Soldaten (der noch dazu das Problem hatte, dass er nur mehr Frauen des gleichen Namens seine Liebe schwören konnte – man konnte nur hoffen, dass er nicht in Kärnten von Amors Pfeil getroffen wurde – „I Love Notburga“ – dafür einen namensgleichen Ersatz in Kalifornien zu finden, scheint ein Ding der Unmöglichkeit).

Auch Anne hatte sich entschuldigt. Trotz eines losen Umgangs, den Martin mit ihr pflegte, eigentlich wie zu Beginn des Sommers, trug er ein Loch in der Brust. Seine Uhr tickte lauter denn je zuvor, aber der Wunsch sich zu vermehren, schrumpfte diametral zu dem Lärm, den seine beiden Neffen beim Herumtollen von sich gaben. Er fragte sich, ob es Eltern generell so erging. Dass die eigenen Kinder immer die lautesten waren, während der Nachwuchs der anderen immer als wohlerzogen und gesittet erschien. Gut, an dem späten Nachmittag gab es trotz Altweibersommers, den man Altweiberherbst hätte nennen müssen, nicht mehr allzu viele Gäste, die sich gestört hätten fühlen können oder Kinder, die hätten stören können. Vielleicht war es aber auch so, dass diese hinterhältigen Zwerge sich bei Fremden von ihrer besten Seite zeigten („So wohlerzogene Kinder“, freut sich die alte Dame, hinter deren Rücken die Zunge herauswandert). Raffael und Laurenz verstellten sich aber wenig. Wie die Pfitschi-Pfeile sausten sie durch den Garten und kreischten dazu wie ein Raubvogel auf der Jagd. Martin lächelte milde. Ob er doch bereit war für Kinder? Er rief Raffael zu sich und griff in seine rechte Hosentasche. Daraus beförderte er einen kleinen Plastikelfen hervor, eine der Figuren, die er doppelt in seiner Sammlung hatte. Laurenz bremste sich mit traurigen Augen bei ihm ein, als er sah, wie sein Bruder beschenkt abzog.

Martin griff in die andere Hosentasche und gab auch dem Jüngeren eine Plastikfigur, diesmal eine aus Rotters Nachlass. (Denn diesen Wunsch hatte er an Wipfinger gerichtet gehabt: sich nochmals in dem Haus umsehen zu dürfen.)

„No", vermeldete Onkel Alfred, „jetzt wirst doch noch a echter Onkel Markus, aber jetzt erzähl endlich du, was du da am Land aufgführt hast."

Martin begann damit, dass es im Frühjahr auf Messers Schneide gestanden hatte, als er den Finanzjongleur der Gemeinde des Versicherungsbetrugs im Zusammenwirken mit seiner Tante überführt hatte. Auf einmal sah er, wie die anderen am Tisch abgelenkt waren. Er drehte den Kopf zum Eingang. Krasberger kam, wie immer leicht verschwitzt und mit rotem Kopf, bei der Tür herein. Er hatte Martin am Telefon nicht zusagen können, weil wieder irgendwas in der Ruster Ferienwohnung kaputtgegangen war, das er von einem ungarischen Pfuscher reparieren lassen wollte. Wenn es um Handwerkerechnungen ging, verhielt sich auch die Staatsgewalt nicht anders als die meisten Bürger es tun würden.

„Bin i zu spät? Weil sonst musst noch amal von vorn anfangen."

„Na, du kommst grad recht", erklärte der Onkel, der sich freute, den Gruppeninspektor nach langer Zeit wieder einmal zu sehen.

Nun konnte Martin endlich erzählen, was es mit dem Toten aus dem Kleiderschrank in Bad Blumenbach auf sich hatte.

Alle lauschten andächtig, als es um geplatzte Ideale ging, um verirrte Geister (letztlich hatte nur Eberl mit seiner Taschenlampe den Irrglauben um das Irrlicht gestärkt), verschmähte Liebe, erhoffte Liebe, erzwungene Liebe und was sonst noch die Ingredienzien dieses sonderbaren Falls ausmachte.

„Und da war echt ein Skorpion in deinem Bett?", fragte Anja, die sich so eine Begegnung nicht vorstellen wollte, aber es eben aus genau diesem Grund tat; weil man an etwas nicht nicht denken kann. Sie verzog ihr Gesicht zu einer verschrumpelten Kartoffel.

„Da bin ich mir nach wie vor nicht sicher, ob der aufgrund der Sorglosigkeit meines Wirts in mein Zimmer kam oder ob da auch die Czapek nachgeholfen hat. Aber der Rest, das war sicher alles die Czapek."

„Und wie geht es der Frau Walbusch damit?"

„Ich denke, sie kann jetzt richtig trauern und irgendwann damit abschließen", beantwortete Martin Michis Frage.

„Aber ich glaube nicht, dass sie damit fertig wird, so was lässt sich nicht vergessen. Ich glaube auch nicht, dass der Schmerz geringer wird", sagte Anja.

„Und wos is mit dem Sägeheini?", wollte der Onkel wissen.

„Du meinst den Pollroß?", fragte Martin, um dann gleich zu sagen: „Ich nehm an, das Meiste von dessen Untaten ist tatsächlich verjährt und was den Rest betrifft ..."

„Jojo, Beziehungen, und den Rest bügeln die Anwälte weg. Wennst genug Gerschtl host in unsern Land, dann kannst a als Gauner guat schlofen."

„Dazu zählt der Eberl anscheinend ned", sagte Krasberger. „Soweit i des bei de Kollegen aussegfunden hab, zeigt er sich voll geständig. Er gibt zu, den Rotter z'erst betäubt und dann in sein Kofferraum verfrachtet zu haben und am Schluss hat er ihn dann in'n Kasten abglegt. A die Gschicht mit dem Bankraub."

Anja war die Erste, die sich verabschiedete. Die Kinder mussten ins Bett, daher brach sie mit Einsetzen der Dämmerung auf. Ein letztes rosa Leuchten über den Reihen der Weinstöcke verabschiedete den Tag und die Kälte begann im Garten vom Boden emporzusteigen, also brachte Michi für den Rest Decken. Doch auch Krasberger verabschiedete sich. Seine Frau sei in der Yogastunde und er habe ihr versprochen, dass sie einander danach zu Hause treffen würden. Er fragte Onkel Alfred, ob er ihn mitnehmen könne. „Du solltest es ned glei übertreiben."

„Danke, i pass scho auf", lehnte Alfred das Angebot ab. Michi hatte sich ebenfalls zur Schank zurückgezogen, so verblieben nur der Onkel und Martin. Auch Martin drängte zum Aufbruch.

„Der Ernst hat recht, wir sollten auch gehen. Du musst dich noch schonen."

Alfred legte Martin eine Hand sanft auf seine Rechte. Er sagte: „I bin ganz froh, dass wir zwei alanich sind. I muss dir no was sagen."

Martin war über diese Ankündigung überrascht und fragte sich, was kommen würde. Vielleicht wollte ihm der Onkel sagen, dass er ihn nach dem Ganzen als Erben eingesetzt hatte, aber er wollte davon nichts hören. Es war ihm erst mit der ganzen Aufregung bewusst geworden, wie sehr er an ihm hing. Er drückte seine Hand zurück. Wie ein ungleiches schwules Pärchen saßen sie in trauter Zweisamkeit im Halbdunkel der Heurigenlampe. Alfred sagte: „Die ganze G'schicht hat mir zeigt, wie schnell es aus sein kann. Daher muss ich dir noch was erzählen, was wichtig is für di. Ich hab zwar deine Eltern versprechen müssen, dass ich des nie irgendwem erzählen werd, aber ich hab nachdacht und ich glaub, dass es des Beste fia di is, wenn du die Wahrheit kennst."

Martin schüttelte den Kopf. Was immer der Onkel ihm erzählen wollte, er wusste nicht, ob er es hören wollte. Von dunklen Geheimnissen hatte er genug. Doch der Onkel setzte unbeirrt von dieser Geste fort: „I hab des schon lang gsehn, wia du di quälst. Deine späte Berufung zum Privatdetektiv war doch nur a Sublimierung für deine unerfüllten Triebe."

Martin war erstaunt, dass der Onkel offenbar tatsächlich Wissenschaftsmagazine las, hatte aber keinen Tau, worauf er hinaus wollte. Er hatte den Beruf des Bestatters aufgegeben, weil er die ständige Umgebung des Todes nicht mehr ausgehalten hatte und er sich bald als dessen Gehilfe sah, wenn er das, was der Gevatter mit der Sense von der Welt abberufen hatte, dann als letzten Schritt in dieser Sterbekette entsorgte.

„Und deine ständig wechselnden Beziehungen. Du hupfst ja bei die Weiber um wia a Flummi – amal in die Ecken, dann wieder in die andere."

Martin fragte sich weiterhin, worauf sein Onkel hinaus wollte. Wurde das eine Moralpredigt über sein verpatztes Leben? Vielleicht war bei des Onkels Nahtoderfahrung im Sommer nicht dessen eigenes Leben an diesem vorübergezogen, sondern das von Martin. Was für eine schreckliche Vorstellung – für beide.

„Und jetzt kriselt's wieder mit der Anne, dabei is di so a liabs Madl. Du derfst die Anne ned mit der Anja vergleichen."

„Wie kommst du denn jetzt auf das?“

„Weil du des bei ana jeden tuast.“

„Blödsinn!“

„Nein, das ist Fakt. Du waßt es, i waß es. Du hast es mir doch sogar einmal gestanden. Deswegen, grad jetzt nach dem Fall da mit dem Buam im Erwin-Land, musst du eins wissen.“

„Was hat jetzt der Rotter mit der Anja zu tun?“

„Na genau so war des auch bei eich.“

Martin musste an diesem frühen Abend nicht viele Körperbewegungen beherrschen, denn aus dem Kopfschütteln kam er nicht hinaus.

„Wie was?“, fragte er.

Jetzt wurde der Onkel doch etwas lauter: „Der steht immer noch auf der Saf! Die Anja ist ned dei Schwester! Hast es?“

Kopfschütteln (wir wissen das bereits), dann kam es stockend aus Martin: „Du meinst, der Vater hat …?“

„Also dei Auffassungsgabe is so schnell wie das Licht von aner Energiesparlampen. Weder dei Vater no dei Mutter ham was mit wem andern ghabt. Die Anja is adoptiert.“

Jetzt stoppte Martin sogar die Drehung seines Kopfes und starrte vor sich hin. Der Onkel gab ihm die halbe Minute, bis Martin seine Gedanken gesammelt hatte. „Und ich?“

Der Onkel lachte und klopfte ihm auf die Schulter. Dann erzählte er, dass Martins Eltern lange einen unerfüllten Kinderwunsch in sich trugen. Nach der medizinischen Expertise, beide hatten sich eingehend in dieser Hinsicht untersuchen lassen, gab es keinen klinischen Befund, der auf Unfruchtbarkeit hingedeutet hätte, es hatte einfach nur nicht geklappt.

Die Reproduktionsmedizin war damals noch nicht so weit wie heute, wo man ja fast alles nachzüchten kann, daher entschied sich das Ehepaar Martinec zu einer Adoption und bald wurde ihnen ein kleines Mädchen von der Jugendbehörde zugewiesen. Damit war der sehnlichste Wunsch doch noch in Erfüllung gegangen und Kinderlachen wie -schreien erfüllte daraufhin die eigenen vier Wände. Sobald die Kleine aus dem Gröbsten heraus war und die Windeln abgelegt hatte, fand auch das Ehepaar öfter wieder zusammen. Als junger Papa musste auch Martins Vater bei der Polizei nicht allzu oft Überstunden schieben, das tat er dann lieber im Ehebett mit seiner Frau und oh Wunder, es dauerte keine vier Monate, bis sie wieder unter Tränen, diesmal aber solche der Freude erzählte, dass ihre Periode ausgeblieben war.

„Du bist ganz normal gezeugt worden, mein Lieber."

Martin erweiterte sein Bewegungsspektrum nun doch und begann zu nicken. Er selbst hatte auch schon davon gehört, dass Paare, die zu sehr auf Nachwuchs fokussiert waren, diesen nicht bekamen. Erst wenn der Druck nachgelassen hatte, klappte es auch bei solchen Paaren nach einer Adoption oder Fertilisation plötzlich auf ganz natürlichem Weg.

„Du meinst also, ich bin kein wirklich Perverser?"

„Naja, dei Schwester ist sie ja schon, und du hast es ja a ned gwusst, aber von den Genen her seids ihr ned verwandt."

Martin lächelte selig. Doch der Onkel gab ihm zum Abschied noch die folgende Aufforderung mit nach Hause:

„Ned, dass d' jetzt auf blöde Gedanken kommst. Die Anja is zwar ned dei leibliche Schwester, aber sie hat ihr eigenes Leben, ihr eigene Famülie, da hast d' jetzt kan Platz als Liebhaber mehr. Versprichst mir das?"

Als Martin an diesem Abend nach Hause kam, fühlte er sich leicht und schwer zugleich. Er ging zum Bücherregal und zog aus einer hinteren Ecke ein kleines schwarzes Büchlein hervor. Das Dienstbuch seines Vaters, Revierinspektor Werner Martinec. Martin besah den Schnitt im Einband. Das Messer des Irren in dem Automatencafé bei der Quellenstraße hatte sich dort hineingebohrt, aber das Buch hatte seinem Vater das Leben gerettet. Damals.

Vor dem Krebs, der ihn dann Jahre später zerfressen hatte, konnte es ihn nicht bewahren.

Martin nahm sich vor, seine Eltern doch wieder einmal zu besuchen. Am Zentral.

Jetzt wollte er noch einmal versuchen, Anne anzurufen.

ENDE

Dank an:

Dank an meine Eltern, Astrid Haider, Andreas P. Pittler, Andreas Hartl, Stefan Slupetzky, Michele Agostinis, Gerhard & Martina, meinen Verleger und natürlich an die TestleserInnen Angelika Weiss und Christina Mann. Mein besonderer Dank gilt Birgit Stark, die nicht nur das Skript gelesen, sondern mich mit viel Information über das Waldviertel versorgt hat. Ebenso besonders bedanken möchte ich mich bei Univ. Prof. Dr. Wolfgang Weninger, der mich medizinisch, wissenschaftlich beraten hat (Danke auch an Stefan Gehrer, der diesen Kontakt hergestellt hat). Nicht zu vergessen auch Alexander König vom Archiv der Niederösterreichischen Nachrichten, der mir bezüglich der alten Ausgaben sehr weitergeholfen hat.

Freuen Sie sich auf den nächsten großen Kriminalfall
von Marco Martin. Bis bald im STEINVERLAG.

Weitere Fälle von Marco Martin zum Nachlesen finden Sie in
„Die Presse am Sonntag" unter http://diepresse.com/krimi

Mit freundlicher Unterstützung des Landes Niederösterreich

KULTUR
NIEDERÖSTERREICH

VATER STAAT. MUTTER ERDE. TANTE MITZI.

45 Geschichten die das Leben schrieb. Oder auch nicht.

von Herbert Schürz

Zwischen 1960 und 1980 geboren?
Das ist Deine Biographie!

ISBN 978-3-901392-28-3
200 Seiten im Format 125 x 190 mm

WARUM BEZAHLEN FÜRS ESSEN?

Anleitung für einen Buffettiger.

von Charles Maertn (alias Dr. Georg Schörner)

Wer schätzt es nicht, in angenehmer Umgebung Interessantes zu hören oder zu beplaudern und dabei ein köstliches Buffet zu genießen? Dieses Buch, in dem 40 Jahre Erfahrung eines echten Buffettigers stecken, klärt die drei wichtigsten diesbezüglichen Fragen.

ISBN 978-3-901392-24-5
88 Seiten im Format 135 x 200 mm,
Lesezeichen u. Buffettiger-Illustrationen

versandkostenfrei auf www.steinverlag.at

WINZERTOD

Marco Martin ermittelt.

von Christian Klinger

Während ganz Neufried wie jedes Jahr seinen Kirtag feiert, bricht in der Nacht beim Traditionsweingut Fadinger ein Brand aus. Fast der gesamte aus Holz errichtete Teil des Gehöfs wird ein Raub der Flammen. Mit Mühe gelingt es, eine größere Feuersbrunst zu verhindern. In der Brandruine wird die Leiche von „Bogi“, dem alten Knecht, aufgefunden.

ISBN 978-3-901392-27-6
276 Seiten im Format 123 x 190 mm

GLEICHENFEIER

Marco Martins zweiter Fall.

von Christian Klinger

Marco Martin wird bei diesem Fall nicht nur von nächtlichen Panikattacken gequält. Auch seine Schwester, zu der er vor Jahren den Kontakt abgebrochen hat, meldet sich unversehens und bittet ihn, die Unschuld ihres Mannes Niklas zu beweisen, dem man vorwirft , im Zuge einer Baustellenkontrolle einen flüchtenden Arbeiter in die Tiefe gestoßen zu haben.

ISBN 978-3-901392-35-1
378 Seiten im Format 123 x 190 mm

versandkostenfrei auf www.steinverlag.at